DANIEL DEUTSCH

Anna-Maria
UND DIE ANDEREN 99 SCHAFE

EIN GEMEIND

SCM

R.Brockhaus

SCM

Stiftung Christliche Medien

Der SCM Verlag ist eine Gesellschaft der Stiftung Christliche Medien, einer gemeinnützigen Stiftung, die sich für die Förderung und Verbreitung christlicher Bücher, Zeitschriften, Filme und Musik einsetzt.

MIX
Papier aus verantwortungsvollen Quellen
FSC® C014496
FSC www.fsc.org

SCM-Verlag GmbH & Co. KG · Bodenborn 43 · 58452 Witten
Internet: www.scm-brockhaus.de; E-Mail: info@scm-brockhaus.de

Umschlaggestaltung: Kathrin Spiegelberg, Weil im Schönbuch
Titelbild: Matthias Holländer, Bonn, www.derholle.de
Satz: typoscript GmbH, Walddorfhäslach
Druck und Bindung: GGP Media GmbH, Pößneck
Gedruckt in Deutschland
ISBN 978-3-417-26824-9
Bestell-Nr. 226.824

Teil 1
GLAUBE

1

Sonntag, 7. Dezember 1997

Es war schon nach Mitternacht, als es klingelte.

Hatte er das eben geträumt?

Doch da klingelte es wieder, diesmal etwas länger.

Er warf sich in seinen Morgenmantel und schlurfte über die alten Dielen langsam zu seiner Wohnungstür.

Es klingelte noch ein drittes Mal. Wahrscheinlich wieder irgendwelche Betrunkenen von drüben aus dem Ratskeller. Er ließ es drauf ankommen, räusperte sich mehrmals und nahm den Hörer von der Sprechanlage in die Hand. »Hallo?«

»Ach, Gott sei Dank! Hallo, Herr Weber. Hier ist Katja … Barloschky.«

Er kratzte sich am Kopf. Beinahe wäre er wieder eingeschlafen, mit dem Vorderkopf an der Wand.

»… Ihre Nachbarin!«

Plötzlich war er hellwach. Katja Barloschky! Tagtraum seiner endlos scheinenden Stunden in der Buchhandlung, Göttin der Morgenröte, Lehrerin der Herzen, Lieblingsmieterin (und im Übrigen auch seine einzige). Sie war vor einigen Monaten in die Wohnung über ihm eingezogen, und noch nie hatte er sich so sehr über den Türspion in seiner Wohnungstür gefreut wie seit jenem Tag. Sie allmorgendlich engelsgleich die Treppe herunterkommen zu sehen, dafür legte er sogar – sobald er ihre Wohnungstür oben ins Schloss fallen hörte – seine heiß geliebte Zeitungslektüre weg und schlich vom Frühstückstisch zum Spion.

»Herr Weber? Sind Sie noch da?«

»Äh, ja, Entschuldigung.«

»Könnten Sie mir bitte aufmachen? Ich habe mich ausgesperrt. Meine Schlüssel liegen oben in meiner Wohnung.«

»Ja, natürlich.« Er drückte auf den Summer – und geriet sofort in Panik, denn nun wurde ihm klar, dass er ihr mitten in der Nacht in diesem Aufzug gegenübertreten musste, um ihr den Nachschlüssel zu überreichen. Während er die Schritte auf der alten Holztreppe näher kommen hörte, schloss er vor dem Spiegel noch fein säuberlich seinen Morgenmantel und brachte seine Haare in Ordnung. Automatisch lugte er durch den Türspion, bis ihm plötzlich klar wurde, dass er ja heute einen Schritt weitergehen musste.

»Hallo, Herr Weber!« Dieser umwerfende Augenaufschlag, mit dem sie sich für die nächtliche Ruhestörung entschuldigte! Und dann ihr blondes, schulterlanges Haar, in dem ein paar Schneeflocken hängen geblieben waren, ebenso wie auch auf ihrem Mantel, der wirkte, als sei er ihr auf den Leib geschneidert worden …

Seine Knie wurden weich. Er kam sich plötzlich ziemlich schäbig vor in seinem Aufzug – und hielt sich sicherheitshalber am Türrahmen fest. »Frau Barloschky, was machen Sie denn hier? Nikolaus war doch bereits gestern.« Er freute sich, dass er damit über seine Unsicherheit hinwegtäuschen und sie zum Lächeln bringen konnte.

»Es tut mir sehr leid, dass ich Sie geweckt habe. Das ist mir wirklich sehr unangenehm, aber ich komme gerade von der Weihnachtsfeier mit dem Kollegium und, na ja, habe erst jetzt gemerkt, dass ich mich ausgeschlossen habe. Sie sagten mal, Sie hätten noch einen Nachschlüssel, weil Sie neulich auch die Handwerker …?«

»Ja, natürlich.« Er griff in den Schlüsselkasten neben der Haustür und gab ihn ihr, wobei sich ihre Hände kurz berührten, was auch sie offenbar kurzzeitig aus der Fassung brachte.

Nach einer etwas zu langen Pause sagte sie: »Vielen herzlichen Dank! Sie haben mich vor einer eiskalten Nacht im Auto gerettet.« Sie ließ noch mal ihren Augenaufschlag vom Stapel, der seine Wirkung nicht verfehlte.

»Oder vor einer sehr teuren im Hotel. – Keine Ursache!«

Katja B. hatte sich schon halb zur Treppe umgewandt, da drehte sie sich um und sagte plötzlich: »Darf ich Sie als Entschuldigung zum Frühstück einladen?«

Diese Einladung traf ihn wie ein Blitz. Was für ein Traum! Sie und er, zusammen an einem Tisch …

Doch gleich darauf folgte die Ernüchterung. »Ähm …« Plötzlich war seine Unsicherheit wieder da. »Tut mir leid«, sagte er, während er an seiner Brille herumnestelte. »Ich habe eine …«, – er rang um ein passendes Wort – »Vereinssitzung, ja. Wir treffen uns immer sonntags.«

»Ah, ach so, schade. Was ist das denn für ein Verein? Sagen Sie bloß, Sie sind im örtlichen Schützenverein? Ein paar meiner Schüler sind dort auch aktiv, vielleicht kennen Sie sie.«

»Nein, nein.« Er lachte, leicht hysterisch vielleicht sogar, denn ihm wurde sichtlich unwohler. »Es ist eher eine Veranstaltung zum Sitzen, in die ich gehe. Weniger zum Schießen.«

»Zum Sitzen? Schach?«

Er schüttelte den Kopf.

Er bemerkte, wie ihr Blick auf den Segensspruch an der Wand hinter ihm fiel, und ihr Gesicht hellte sich auf. »Ach so! Sie gehen zum Gottesdienst. Warum sagen Sie das denn nicht gleich!«

Er kratzte sich am Kopf. »Wenn man so will, ja.«

»Das ist aber interessant! Ich finde das immer sehr spannend. Ich hatte schon überlegt, hier in Rhiemberg auch mal eine Kirche zu besuchen.« Sie sah ihn mit ihren großen blauen Augen an. Offenbar erwartete sie eine Reaktion von ihm, doch er nestelte nur an seiner Brille herum und schaute in seinen dunklen Flur, so als habe er seinen Text vergessen und halte Ausschau nach dem Souffleur.

»Vielleicht nehmen Sie mich ja mal mit?« Ihre Augen waren wie die eines kleinen Mädchens auf ihn gerichtet, doch er sah nur auf den Boden und musste schlucken.

»Ist Ihnen nicht gut?«

»Ich … äh, glaube, das ist keine so gute Idee. Das mit dem Mitkommen, meine ich«, fügte er noch murmelnd hinzu.

Und als sie nichts erwiderte, blickte er auf und sah die Enttäuschung in ihrem Gesicht, die sie durch ein tapferes Lächeln zu kaschieren versuchte. Und schon hatte sie sich wieder halb weggedreht. »Ich sollte mich jetzt besser wieder hinlegen.«

So traurig hatte er sie noch nie gesehen. »Okay, dann danke noch mal für den Schlüssel.« Sie hielt ihn lustlos in die Luft und presste ihre Lippen aufeinander. »Ich lege Ihnen den dann morgen früh hier vor ihre Tür. Gute Nacht.« Und damit war sie auch schon auf der Treppe.

»Gute Nacht.« Er schloss die Tür. Und lehnte sich erschöpft dagegen.

Was für ein Riesenhornochse er doch war. Aber in diese Gemeinde, da konnte er wirklich niemanden mitnehmen.

2

Sonntag, 7. Dezember 1997

Um diese Zeit war auf dem Uhlandplatz noch weniger los als sonst. Daran konnten auch die wenigen Gottesdienstbesucher nichts ändern, zumeist graue Gestalten, die für gewöhnlich schnell im Gemeindegebäude verschwanden.

Heute aber wurden sie von zwei 17-Jährigen daran gehindert. Einer von ihnen hatte ein Mikrofon in der Hand, der andere eine Videokamera. Im Moment warteten sie noch auf die nächsten Besucher, und so nutzte der Junge mit der Videokamera die Zeit für ein paar Großaufnahmen des Platzes, an dessen einem Ende das Rhiemberger Stadttheater lag.

Die Kamera fing den Eingangsbereich mit den weißen Säulen ein, zwischen dessen Türen Schwarz-Weiß-Bilder der aktuellen Inszenierungen zu sehen waren, und schwenkte dann über den Platz mit den stattlichen Wohnhäusern aus dem 19. Jahrhundert, die sich auf der einen Seite nahezu lückenlos aneinanderreihten. In der Mitte lag eine Grünfläche mit einem Teich, um den Wege, Parkbänke und alter Baumbestand gruppiert waren. Nun, da der Platz wie mit Puderzucker bestäubt war, wirkte alles wie auf einer Postkarte. Das Eis auf dem Teich war von den Anwohnern wieder aufgehackt worden. Darin schnatterten ein paar Enten herum, denen ein kleines Mädchen Brotkrumen zuwarf.

»Erik!«

Erik schaute von der Kamera auf und zu Simon herüber. »Was ist?«

»Du solltest nur einen kurzen Schwenk über den Platz machen und keinen Naturfilm!«

»Ich dachte, es passt so gut zur Atmosphäre …«

»Wir haben schon genug Atmo im Kasten. Also los jetzt!«

»Soll ich noch mal von vorne anfangen?«

»Nein, wir schneiden das später raus. Film einfach weiter!«

Erik tat, wie ihm geheißen, und drehte sich mit der Kamera herüber auf die nicht so schöne Seite des Platzes, zum Gemeindehaus, einem wenig einladenden Bau aus den Fünfzigern, mit einer gräulichen Fassadenfarbe aus den Siebzigerjahren, die nun langsam abblätterte. Hinter den Fenstern im Erdgeschoss waren abschreckende grobmaschige Gardinen zu sehen, und neben dem Eingang hing ein Schaukasten mit einer Magnettafel, auf der die Termine standen. Allerdings waren einige der Magnetbuchstaben heruntergefallen, sodass es jetzt hieß:

Gotte dien t onntag 9.3 Uhr

Daneben hing ein ausgeblichenes Plakat aus den Siebzigern, irgendwas mit Ähren, einem Kornfeld und einem Bibelvers, den man nur noch erraten konnte, da die Schrift fast verblichen war und sich das Plakat an den Ecken schon einrollte.

Erik fokussierte auf Simon, den jungen Mann mit dem Mikrofon, dunkelblonden Haaren und einem schwarzen Dufflecoat. Betont ernst sprach Simon ins Mikrofon: »Die Gemeinde am Uhlandplatz, am Ende des 20. Jahrhunderts. Was sich hinter diesen Mauern abspielt, lässt sich nur schwer erahnen. Ist es lediglich der Treffpunkt eines kleinen religiösen Zirkels? Oder womöglich einer Sekte? Was verbirgt sich hinter dem heiligen Schein? Wir wollen es genauer wissen und fragen nach.«

In diesem Moment kam Agnes Wagenknecht, eine 85-jährige Dame mit Faltenrock und grauem Dutt, auf ihrem alten Fahrrad angefahren. Der Arzt hatte ihr eigentlich verboten, mit ihrem schwachen Herzen noch so sportlich unterwegs zu sein, gerade bei dem Schnee und der Glätte, aber sie ließ es sich nicht nehmen. Man kannte sie auch gar nicht anders.

Simon näherte sich ihr vorsichtig mit dem Mikrofon: »Hallo, Tante Agnes, darf ich dich mal was fragen?«

»Nun lass mich erst mal mein Rad abschließen, Simon.«

»Wir machen eine kleine Umfrage für ein Video, und ich wollte dich fragen, warum du eigentlich jeden Sonntag zum Gottesdienst kommst …«

Sie blickte irritiert auf und entdeckte Erik mit der Kamera. »Video? Fernsehen ist nichts für uns, das hab ich euch schon oft genug gesagt. Ihr solltet lieber mal mehr in der Bibel lesen.« Damit nahm sie ihre fleischfarbene Handtasche aus dem Fahrradkorb und begab sich ins Gemeindehaus, wo sie etwas aus ihrem Fach herausholte. Erik filmte ihr noch eine Weile hinterher, während Simon nur mit den Schultern zuckte. »Bibel? Ist das nicht dieses Atomkraftwerk?«

Als Nächstes kamen Katrin Jacobsen, Simons Mutter, und seine Oma Berta aus dem Auto. Oma Berta grantelte mal wieder vor sich hin, weil Katrin offenbar zu weit weg vom Bürgersteig geparkt hatte und Oma Berta beim Aussteigen in einen kleinen Schneehaufen hatte treten müssen. Nun hatte sie sich aber bei ihr eingehakt, wobei sich aufgrund von Bertas Leibesfülle schon die Frage stellte, wer hier wem Geleit gab.

Simon stellte sich ihnen in den Weg, direkt vor den Eingang des Gemeindehauses. »Hallo, ihr beiden. Erik und ich machen eine Umfrage. Warum geht ihr denn in den Gottesdienst?« Und damit hielt er das Mikro unter die Nase seiner Mutter, deren bleiches Gesicht nur noch bleicher wurde.

»Also Simon, was soll das denn nun schon wieder? Macht ihr das für die Schule?«

Oma Berta, die mit einem grünen Mantel, Wanderstock und Jägerhütchen eher für einen zünftigen Waldspaziergang als für einen Gottesdienst gerüstet zu sein schien, war auf einmal voll in Fahrt. Sie nahm ihrem Enkel beherzt das Mikrofon aus der Hand und sprach so laut hinein, als wenn sie es mit einem Schwerhörigen zu tun hätte: »Mein Junge, ich will dir jetzt mal was sagen! Dein Großvater, der Opa, mein verstorbener Mann, der Kurt, ja Kurt hieß er, genau wie dein Papa ...« Es klang, als ginge es um fünf verschiedene Personen.

»Ich weiß, Oma!«

»... der hat diese Gemeinde hier gegründet und dieses Haus mit seinen eigenen Händen mit aufgebaut, damals noch mit dem Werners Jürgen und diesem, diesem, wie hieß der doch noch ... Katrin, sag mal schnell!«

»Werner Schneider.«

»... und dem Schneiders Werner ... Also dein Opa, der hat hier mit den Stunden angefangen, und das ist bis heute so geblieben!« Berta hatte sich so in dieses Thema hineingesteigert, dass sie sich etwas Spucke vom Mund abwischen musste. Sie legte eine kurze Pause ein, die Simon geschickt nutzte.

»Ja, Oma, das ist ja auch schön, aber warum gehst du denn immer jeden Sonntag hier hin?«

»Na, das weißt du doch, mein Junge! Wir treffen uns hier immer zur Unterweisung unter dem Wort! Das ist doch für einen Christenmenschen das A und O! Die Schrift! Also wenn ihr junges Gemüse euch besser aufs Abitur vorbereiten würdet, dann hättet ihr auch nicht so viel Flusen im Kopf, so wie mit diesem neumodischen Krams da, diesem ...« Mit einer abfälligen Handbewegung zeigte sie auf Erik und die ihr offenbar sehr suspekte Kamera.

»Flausen, Mutter, das heißt Flausen, nicht Flusen«, sagte Katrin nahezu im Flüsterton. Es war nicht das erste Mal, dass die Familie für eines von Simons Videos herhalten musste.

Simon wollte zu einer neuen Frage ansetzen, doch Katrin meinte: »Du weißt doch, dass Oma sich nicht so lange auf den Beinen halten kann. Frag bitte jemand anderen, und dann komm rein, der Gottesdienst fängt gleich an. Du holst dir ja noch den Tod hier draußen.« Dabei ließ sie die Oma kurz los, die sich daraufhin ganz verwirrt auf ihren Wanderstock stützte und Katrin dabei zusah, wie diese Simon seinen Mantel zuknöpfte

»Ja, ja, ist ja schon gut, Mama!« Er wurde rot und sah, wie Erik das alles aufnahm und ein Grinsen nicht verbergen konnte. »Das schneiden wir später natürlich alles raus«, fügte Simon hastig zu.

Auch Jan hatte nun den Uhlandplatz erreicht. Er hatte es nicht weit, denn die Gemeinde lag nur wenige Gehminuten vom Marktplatz entfernt. Wie jeden Sonntag schlenderte er mit den Händen in den Manteltaschen zur Gemeinde, dieses Mal jedoch nicht mit der Frage beschäftigt, welche Bücher er nun morgen ins Schaufenster stellen sollte, um das Weihnachtsgeschäft anzukurbeln. Vielmehr fragte er sich, wie er nur so selten dämlich sein konnte, der schönen Katja B. einen Korb zu geben. Nur wegen dieser Gemeinde. War der kleine Haufen es wirklich wert, dafür ein Rendezvous sausen zu lassen? Das Problem war nur: Würde er seine schöne Mieterin hierher mitnehmen, würde sie *ihn* eben genau *wegen* dieses kleinen Haufens sausen lassen. Er hatte noch keinen Menschen erlebt, der nach einem erstmaligen Besuch der Gemeinde wiedergekommen wäre. Katja B. hätte ihn als weltfremden Sektierer abgestempelt und ihn als bedauernswerte Person vor ihren Freundinnen dargestellt – Frühstückseinladungen und weitere Verabredungen wären in weite Ferne gerückt. Diese Gemeinde war ein Liebestöter, ebenso wie Mundgeruch oder ein Damenbart. Jan überlegte, ob es vielleicht einen literarischen Helden gab, der schon einmal in einem ähnlichen Dilemma gesteckt hätte. Ihm fiel keiner ein. Ein Kanarienvogel in einem Käfig hatte wahrscheinlich ein spannenderes Leben als er.

Als er die Jungen sah, schob er diese Gedanken schnell beiseite. »Ach, schau mal einer an, Simone und Erika!« Er wusste, dass die beiden diese Bezeichnung hassten, und gebrauchte sie deswegen umso lieber. »Macht ihr wieder eines von euren Filmchen?«

»Nein«, sagte Simon. »Das wird ein kleines Tatsachenvideo über unsere Gemeinde.«

»Investigativer Journalismus, sozusagen«, meinte Erik.

»So so, und wer soll sich das dann anschauen? Die Video-AG?«

»Nein, das ist für unsere kleine Weihnachtsfeier im Hauskreis.«

Jan grinste. »Du meinst, falls wir uns gar nichts mehr zu sagen haben, können wir ja immer noch ein Video einschieben.«

Simon überlegte kurz, dann sagte er: »Ja genau. Und deswegen würden wir dich auch gern noch interviewen. Erik, schmeiß mal die Kamera wieder an, mit einer schönen Großaufnahme auf Jan.«

»Na, wenn ihr meint…« Jan konnte nicht so recht einschätzen, auf was er sich da eingelassen hatte, aber das wusste man bei den beiden sowieso nie so genau. Skeptisch hörte er sich Simons Frage an.

»Nun sag mal, Jan, warum kommst du denn jeden Sonntag hierher?«

Jan überlegte kurz, dann sagte er vollkommen ernsthaft, immer noch mit den Händen in den Manteltaschen: »Das ist eine reine Kundenbindungsmaßnahme. Hier in der Gemeinde sind einige meiner besten Abnehmer. Ich kann mir einfach nicht leisten, die zu verlieren. Gerade jetzt nicht im so wichtigen Vorweihnachtsgeschäft.« Und damit war er auch schon im Gemeindehaus verschwunden.

Simon ließ enttäuscht das Mikrofon sinken und schaute Erik an. »Ich glaube, die nehmen uns nicht ernst.«

Jan hatte sich wie immer in die vorletzte Reihe gesetzt, neben Agnes, bei der er schon in der Kinderstunde gesessen hatte und die daher für ihn genauso wie für Simon und Erik immer nur »Tante Agnes« war. Mittlerweile war er es, der sich immer wieder um sie kümmerte, auch wenn ihn ihr Gejammer oft störte. Heute war sie zum Glück nicht so gesprächig, und er genoss die Ruhe vor dem Gottesdienst. Doch irgendetwas schien sie zu beschäftigen, während sie durch die ganze Zettelwirtschaft in ihrer Bibel kramte. »Diese Gemeinde bringt mich noch ins Grab«, murmelte sie vor sich hin.

Jetzt kam die Leier schon wieder. »Sollen wir die Heizung wärmer drehen? Du weißt aber, dass wir eigentlich auf der letzten Gemeindeversammlung…«

Sie schüttelte nur den Kopf, ohne von ihrer Bibel aufzublicken. »Sie macht mir das Leben schwer …«

Weiter sprach sie nicht, und da begann glücklicherweise schon der Gottesdienst. Jan dachte sich seinen Teil. Agnes meinte mit »sie« entweder die Gemeinde, die Heizung, oder aber – und das war noch viel wahrscheinlicher – Frau Dügelsberger, die auf der anderen Seite des Ganges saß. Agnes zufolge hatte Frau Dügelsberger ihr »das Blumenamt« entrissen, während Frau Dügelsberger behauptet hatte, Agnes damit nur »entlasten« zu wollen. Sie habe dies überdies nur mit Agnes' Zustimmung getan, woran diese sich aber nach eigener Aussage nicht erinnern konnte. Das Ganze war sogar ein Tagesordnungspunkt bei einer Gemeindeversammlung gewesen, die allerdings zu großen Teilen Frau Dügelsberger das Recht zugesprochen hatte, sich nun fortan um den Blumenschmuck für den Gottesdienst kümmern zu dürfen, da sie mit ihren 65 Jahren noch zur »jungen Generation« gehörte. Heute, da der Adventsschmuck so trocken aussah, als könnte er jeden Moment in Flammen aufgehen, kam wahrscheinlich alles wieder hoch. Martha, eine ebenfalls rüstige Rentnerin, die neben Agnes saß, tätschelte ihr nur tröstend den Arm und schaute dann nach vorn.

Das leise Gemurmel im Gemeindesaal mit dem pflegeleichten, grauen PVC-Boden aus den Siebzigern und den grellen Neonröhren an den Decken (einige waren schon ausgefallen, eine andere flackerte bedenklich) verstummte langsam, als Kurt Jacobsen, ein etwas zu klein geratener Mann mit Knopfaugen und einem grauen Haarkranz, um Punkt 9 Uhr 30 (nachdem er drei Mal auf seine Funkuhr geschaut hatte) auf den Fußhocker (den er selbst für sich angefertigt hatte) hinter der Kanzel stieg und mit seinem durchdringenden Blick auch seinen Sohn und dessen besten Freund in der letzten Reihe zum Schweigen brachte. Der Raum war nur halb gefüllt. Etwa 20 Leute, die meisten davon schon jenseits der Berufswelt, saßen verstreut auf ihren Stammplätzen.

Kurt schaute auf seine Papiere, räusperte sich und sagte: »Ich begrüße Sie alle zum heutigen Gottesdienst am 1. Advent. Ja ... Weihnachten rückt näher und ... äh ... Es ist auch nur noch eine Woche bis zum zweiten Advent. Und dann ist ja auch bald schon Weihnachten. Ja ...«

Simon rollte mit den Augen.

Kurt fuhr munter fort. »Lassen Sie uns zu Beginn das Lied unter der Nummer«, er raschelte wieder mit seinen Zetteln, »173 singen: *Tochter Zion, freue dich!*«

Während die Gemeindeorganistin Elvira Hoppe-Schlenker, in deren zugesprayten und hochtoupierten Haaren eine ganze Vogelfamilie problemlos hätte nisten können, sich an die alte Wurlitzer-E-Orgel setzte, die links neben der Kanzel an der Wand stand, machte Kurt keine Anstalten, sich hinzusetzen. Vielmehr fing er (nach Elviras leicht dissonantem Vorspiel im Vibrato-Sound) mit voller Leibeskraft zu singen an, wobei ihm bei »ja-a-a-a-auch-ze *laut*, Je-ru-u-u-u-sa-lem!« auch schon wieder die Puste ausgegangen war und er nur noch einige gepresste Laute hervorbringen konnte.

»Peinlich!«, meinte Simon zu Erik und versuchte sich hinter dem Liederbuch zu verstecken, damit er nicht länger den Anblick seines Vaters ertragen musste, der ihn momentan eher an ein quietschendes Meerschweinchen erinnerte. Die Gemeinde quälte sich ebenfalls durch das Lied, bis es endlich zu Ende war.

Und bis der Gottesdienst endlich zu Ende war, verging eine weitere halbe Ewigkeit. Kurt hatte, seitdem er vor wenigen Jahren das Amt des Gemeindeleiters von seinem verstorbenen Vater übernommen hatte, eigentlich alles, was er nicht gerade für »Frauenarbeit« hielt, an sich gerissen. Nicht nur, dass er nunmehr jeden Sonntag durch den Gottesdienst führte. Wo er schon mal dort oben stand, predigte er dann auch gleich noch, und zwar meistens über seine Lieblingsthemen »Die Rolle der Frau« (Kinder kriegen und dem Mann dienen), »ein reines Christenleben« (Tanzen ist Sünde) sowie über die erbaulichen Lieder aus der »guten, alten Zeit« (spätestens nach Manfred Siebald fing die böse, neue Zeit an).

Als Jan sich später zu erinnern versuchte, worüber Kurt heute gepredigt hatte, fiel ihm nichts ein, denn er war mit seinen Gedanken an Katjas Frühstückstisch: Eine Kerze brennt, er köpft ein Ei, und Katja schenkt ihm heißen Kaffee mit noch heißeren Blicken ein. Die Vorstellung aber, sie hierher mitzunehmen, trieb ihm den Angstschweiß auf die Stirn. Die Vorstellung, sich bei ihr jede Chance vertan zu haben, allerdings auch.

Dass der Gottesdienst zu Ende war, merkte er erst, als nur noch Agnes und er auf ihren Stühlen saßen.

Agnes hatte die Predigt von Kurt wohl auch nicht vom Hocker gehauen. Sie saß immer noch da, mit geschlossenen Augen, die Hände auf der Bibel. Jan stand auf und wusste nicht so recht, ob er sie aufwecken sollte.

»Ist sie eingeschlafen?« fragte Martha, die mit ihrem Weidenkorb unter dem Arm noch einmal in den Saal schaute.

»Ich weiß auch nicht«, sagte Jan, der sich seinen Mantel zuknöpfte, den er die ganze Zeit anbehalten hatte. »Tante Agnes? Der Gottesdienst ist zu Ende.« Er gab ihr einen kleinen Stups an die Schulter. Doch sie reagierte nicht. Ihr Körper kippte zur Seite. Kurts Predigt hatte sie dann wohl doch vom Hocker gehauen.

3

Sonntag, 7. Dezember 1997

»Wir müssen Anna-Maria Bescheid geben.« Das war das Einzige, was Martha gesagt hatte, nachdem Agnes Wagenknechts Tod festgestellt und ihr Leichnam abgeholt worden war. Herzversagen, hatte der Arzt gesagt.

Jan passte das ganz und gar nicht in den Kram. Er wollte eigentlich nur einen ruhigen Sonntag haben, musste sich ab morgen ja wieder um den Laden kümmern, dann war da diese Geschichte mit seiner Nachbarin, und jetzt auch noch das. Ausgerechnet in der geschäftsintensiven Adventszeit. Hätte Agnes nicht wenigstens einen Monat warten können? Er machte sich Sorgen über das, was jetzt noch alles organisiert werden musste.

Insofern hatte Martha Recht. Anna-Maria musste informiert werden. Sie war Jans einzige Chance auf etwas Entlastung.

Meine Güte, wie lange war das jetzt her? Das Letzte, was er von ihr gesehen hatte, war eine kleine Postkarte, die auf der Vorderseite eine Betonwüste zeigte: »Bin mit Horst in Hannover. Ich komme nicht mehr zurück. Schönes Leben noch. Anna-Maria«. Das war 1974. Daran musste Jan jetzt denken, als er vor dem Spiegel stand, mit dem Telefonhörer in der Hand. Da Anna-Maria den Kontakt mit Agnes abgebrochen hatte, hatte er weder eine Adresse noch eine Telefonnummer von ihr. Er rief die Telefonauskunft an. Doch die fand keine Anna-Maria Wagenknecht in Hannover. Vielleicht hatten sie und Horst ja geheiratet. Wie hieß der Typ noch mit Nachnamen?

Er hatte Glück. »Anna-Maria Martin? Ja, die gibt es.«

Er ließ sich verbinden und hörte nach den Wartetönen schließlich ein Klicken und Rauschen vom anderen Ende der Leitung.

»Guten Tag, hier ist Anna-Maria Martin. Ich bin leider nicht zu Hause«, hörte er ihre freundliche Stimme, die so wie früher klang. Dann aber änderte sich ihr Tonfall jäh: »Horst, du Schwein, wenn du das bist: Ruf mich nie wieder an!« Und dann wieder ganz freundlich: »Alle anderen können mir gern eine Nachricht hinterlassen.« Schließlich piepte der Anrufbeantworter.

Jan räusperte sich: »Äh, hallo, Anna-Maria. Hier ist Jan. Weber. Aus Rhiemberg. Ich würde es dir gern persönlich sagen, aber: Deine Oma ist gestorben. Die Beerdigung ist am kommenden Donnerstag um 13 Uhr in der Friedhofskapelle. Du weißt schon, dort, wo wir als Kinder immer …« Dann piepte es erneut. Jan wurde aus der Leitung geschmissen. Da stand er, mit dem Telefonhörer vor dem Spiegel. Und fragte sich, ob er in seinem Leben überhaupt jemals an den Punkt kommen würde, wo ihn eine Frau als Schwein bezeichnet.

4

Donnerstag, 11. Dezember 1997

Mit zugekniffenen Augen trat Jan aus der dunklen Friedhofskapelle ins Tageslicht, das für diesen Dezembernachmittag ungewöhnlich hell war. An seinem Arm hatte sich die weinende Martha eingehakt, die immerzu ein Stofftaschentuch in ihrer Hand knüllte. Gemeinsam mit dem Rest der kleinen Trauerschar folgten sie den Trägern mit dem Sarg und Eduard, dem pensionierten Pastor, durch die lange Allee mit den alten Pappeln.

Es hatte aufgehört zu regnen, der Schnee war fast komplett weg, und an den kahlen Zweigen und Büschen klebten Tropfen, die die Spinnweben sichtbar machten und hier und da herunterfielen. Aus dem Boden stieg Nebel auf, so als würden die Geister der Toten den Neuankömmling begrüßen.

Jan schaute umher und atmete die klare Luft ein. »Schön hier, nicht wahr?«

Martha blieb kurz stehen, sodass Jan auch anhalten musste. »Wie kannst du das jetzt sagen?«, fragte sie mit einem verstörten Gesichtsausdruck.

»Für einen letzten Ruheort, meine ich … Da ist es doch ganz schön hier.«

»Na ja, da magst du recht haben«, sagte Martha, und sie gingen weiter.

Letzter Ruheort. Für wen eigentlich, fragte er sich. Für den Körper? Was war mit der Seele? War die wirklich schon zum Himmel aufgestiegen?

»Glaubst du, dass sie noch kommt?«, fragte Martha.

»Hm.« Es klang wie der Ansatz eines Lachens. »Ach, die. Mit der Pünktlichkeit hat sie es ja nie so genau genommen. Ich glaube ehrlich gesagt nicht, dass sie noch auftaucht.«

Martha legte ihre Hand auf Jans Arm und schaute ihn bemitleidend an. »Und dabei habt ihr euch doch immer so gut verstanden.«

«Meine Güte, wir haben uns 23 Jahre nicht gesehen. Wer weiß, wo sie jetzt steckt?«

»Die beiden hatten doch nur sich«, meinte Martha auf einmal. »Ich verstehe nicht, warum sie sich so zerstritten haben.« Gedankenverloren knetete sie ihr spitzenbesetztes Taschentuch, in das sie einst ihre Initialen eingestickt hatte.

»Die waren wie Tag und Nacht, die haben sich immer gestritten, Martha.« Bis Anna-Maria dann mit Horst auf seinem Motorroller durchgebrannt war.

Der Trauerzug hatte die Allee verlassen und bog nun in einen Seitenweg ein. Nach einer Weile waren sie beim Grab angelangt, das gleich neben dem Stein von Agnes' Mann angelegt worden war. »Karl-Heinz Wagenknecht, vermisst 1945«, stand dort, sonst nichts. Martha und Jan stellten sich an den vorderen Teil der Hecke. In einer Ecke stand eine Vogeltränke. Sie war total vermoost, die Glasur an den beiden Keramikspatzen war schon halb abgeblättert, und auf dem modrig-grünen Wasser schwammen einzelne Blätter.

Als alle ihren Platz gefunden hatten, öffnete Eduard seine alte Bibel. Langsam schaute er in die Runde und sprach: »Ihr Leben lang hat Agnes Wagenknecht ein Psalm begleitet, den sie immer wieder betete. Es ist der Psalm 23: Der gute Hirte.« Und mit einer unendlichen Ruhe rückte er seine altmodische Hornbrille zurecht und las: »Der Herr ist mein Hirte, mir wird nichts mangeln. Er weidet mich auf einer grünen Aue und führet mich zum frischen Wasser. Er erquicket meine Seele. Er führet mich auf rechter Straße …«

Plötzlich war von der Straße her das Aufheulen eines Motors zu hören, der in den falschen Gang geschaltet worden war. Dann beschleunigte der Wagen wieder, und die Leute schauten erwartungsvoll zu Eduard. Doch kaum hatte sich die Trauergemeinde beruhigt, war ein heftiges Abbremsen zu vernehmen, das mit einem furchterregenden Knirschen und Spritzen von Steinchen einherging. Alle zuckten kurz zusammen, und als nichts mehr zu hören war, gab es ein allgemeines Aufatmen, und Eduard las weiter: »Er führet mich auf rechter Straße … um seines Namens willen.«

Als wenn es nicht schon genug Aufregung gegeben hätte, wurde die gerade wieder hergestellte andächtige Stille erneut gestört, dieses Mal durch das übermäßig laute Zuschlagen einer Autotür, gefolgt von mehreren Flüchen, die von dem kräftigen Organ einer Frau kommen mussten. Dann schnelle Schritte auf dem Kies. Das quietschende Friedhofstor fiel lautstark ins Schloss. Die Schritte knirschten näher, entfernten sich, knirschten wieder näher – und hörten auf einmal auf.

Eduard schien nicht verärgert, sondern nur etwas verwirrt zu sein. Er rückte abermals seine Brille zurecht, vertiefte sich wieder in die Bibel und fuhr fort. »Und … ob ich schon wanderte im finsteren Tal, fürchte ich kein Unglück . . .««

Jan schaute sich um. Diese Stimme, diese Flüche, diese schnelle Gangart kamen ihm bekannt vor. Sein Blick schweifte umher, suchte Stein und Gesträuch ab und blieb auf einem Engel aus Sandstein ruhen, der mit hängenden Flügeln und traurigem Blick über einem Grab mit kahlen Rosenstöcken wachte. Schräg daneben, halb durch ihn verdeckt, stand sie und schaute Jan direkt in die Augen. Locken, Lederjacke, Lederhandtasche – alles schwarz. Nur die Jeans war blau. Und das Gesicht knallrot. Sie atmete tief ein und aus und hielt sich an ihrer Handtasche fest. Und sie nickte. Er nickte auch und bedeutete ihr herüberzukommen, doch sie schüttelte nur mit dem Kopf. Vielleicht wollte sie nicht gesehen werden. Doch alle hatten sie gesehen.

Als Jan die kleine Schaufel an Martha weitergegeben hatte, stahl er sich so unbemerkt wie möglich davon und ging zu Anna-Maria, die immer noch bei dem traurigen Engel stand.

»Warum bist du nicht zu uns herübergekommen?« fragte Jan.

»Ich wollte nicht stören.«

»Oh, keine Sorge. Abgesehen von deiner lautstarken Ankunft hat keiner etwas gemerkt.«

»Ja, tut mir leid.« Sie klang eher abwehrend als reuevoll, schaute aber verschämt zu Boden.

»Mir auch. Ich meine mit deiner Großmutter. Herzliches Beileid.« Er reichte ihr die Hand, doch Anna-Maria blieb regungslos. Unsicher zog er seine Hand zurück, ohne zu wissen, wohin damit. »Und herzlich willkommen zurück«, fügte er hastig hinzu.

Eine Weile sagten beide nichts, dann schaute Anna-Maria ihm direkt ins Gesicht. Hör mal, Jan, ich weiß nicht, ob es richtig war, hierherzukommen. Ich brauche auch kein Beileid. Ich trauere nicht um sie. Eigentlich bin ich froh, dass sie tot ist.«

»Warum bist du dann hier?«

»Das weiß ich auch nicht so genau. Vielleicht musste ich ... Na ja, und dann ist da noch das Haus. Ich habe einen Brief vom Anwalt bekommen.« Wie zum Beweis öffnete sie ihre Handtasche und kramte darin herum.

»Kommst du zurück nach Rhiemberg?«

Sie unterbrach ihr Gewühle und schaute Jan entsetzt an. »Um Gottes willen, *nein*! Ich hoffe, dass ich den alten Kasten schnell loswerde, und dann geht es wieder zurück nach Hause.«

Sie schwiegen eine Weile und beobachteten die anderen, wie sie alle Erde in das Grab warfen und sich dann auf den Weg zum Parkplatz machten. Einige nickten Anna-Maria zu, andere gingen achtlos an ihr vorbei.

»Ich sehe, die verlorene Tochter ist zurückgekehrt«, hörte Anna-Maria auf einmal eine Stimme neben sich. Und als sie sich umwandte und nach unten schaute, sah sie Kurt neben sich stehen. Seine mausgraue Erscheinung wurde durch eine Baskenmütze komplettiert, deren kleiner Zipfel lustig hin- und herwackelte. Er starrte Anna-Maria mit funkelnden Knopfaugen an, nahm seine Mütze ab (womit er seinen grauen Haarkranz freilegte), zog seinen

Lederhandschuh aus und gab ihr die Hand, drängte sie ihr förmlich auf. »Mein Beileid.«

»Also, Kurt, erstens war ich nie verloren, zweitens nicht ihre Tochter und drittens bin ich auch nicht zurückgekehrt. Trotzdem danke.«

Kurt war Widerspruch nicht gewohnt, vor allem nicht als Leiter der Gemeinde. Seine Augen verengten sich zu kleinen Schlitzen. »Ich bin verwundert, dass du dich noch an mich erinnerst. Schließlich warst du lange fort.« Er rieb sich den Kopf und setzte die Mütze wieder auf. Seine Frau Katrin, die er einst auf einer christlichen »Rüstfreizeit« für junge Erwachsene kennengelernt und dann hierher verschleppt hatte, stand schräg hinter ihm und war einen Kopf größer als er. Sie nutzte die kurze Pause, um ihre Beileidsbekundungen loszuwerden.

»Wie könnte ich dich vergessen? Du hast es ja offenbar auch nicht«, flötete Anna-Maria, und sie konnte sich ein kleines Grinsen nicht verkneifen.

Kurt errötete leicht. Er und seine Frau verabschiedeten sich.

Danach kamen nur noch Martha und Eduard zu Jan und Anna-Maria, um zu kondolieren. Martha umfasste Anna-Marias rechte Hand mit beiden Händen und sagte: »Deine Großmutter war so ein guter Mensch. Sie hätte …«

Anna-Maria wich zurück. »Deine Trauer in allen Ehren, Martha, aber ich möchte im Augenblick lieber nicht über sie reden.«

»Aber vielleicht solltest du doch von ihr Abschied nehmen«, sagte Eduard.

»Ja, mal sehn«, sagte Anna-Maria, und Martha und Eduard verabschiedeten sich.

»Kommst du danach auch ins *Eichhörnchen*?«, fragte Jan.

»Ich habe keine Lust auf diese Leichenschmause. Hatte ich noch nie. Ich glaube, ich wäre jetzt lieber alleine.«

»Ist in Ordnung«, sagte Jan, und hielt die Hand zum Abschied hoch. »Bis bald!« Bescheuert dachte er, diese Geste. Als wenn er einem gerade abfahrenden Zug hinterherwinken würde. Und dann steckte er die Hände in seine Manteltaschen und ging davon.

Als niemand mehr zu sehen war, kam Anna-Maria aus dem Schutz des Engels mit den hängenden Flügeln hervor und ging langsam und vorsichtig zu dem Grab. Sie sah hinunter auf den Sarg, auf dem hier und da Erde und ein paar Blumen verteilt waren. Hier liegst du also, dachte sie. Und sie war verwundert, dass sie überhaupt nichts empfand, keine Trauer, keinen Schmerz, rein gar nichts. Dabei hatte sie ihre ganze Kindheit bei ihr verbracht. Vielleicht, so hatte sie oft gedacht, wäre es besser gewesen, wenn sie als kleines Mädchen damals zusammen mit ihren Eltern umgekommen wäre, dann wäre ihr das alles erspart geblieben.

Sie wühlte in ihrer Tasche herum und zog eine Schachtel Gauloises Blondes und ein Feuerzeug heraus. Als sie die Zigarette anzündete, dachte sie, ihre Großmutter würde sich jetzt bestimmt im Grabe umdrehen, wenn sie das wüsste. Und da musste Anna-Maria lachen. Und sie nahm einen Zug, ganz tief, schaute über den nebligen Friedhof, stieß den Rauch in die Höhe, als wolle sie die grauen Wolken damit noch größer machen, und klopfte die Zigarettenspitze über dem offenen Grab aus. Asche zu Asche, Staub zu Staub.

5

Donnerstag, 11. Dezember 1997

Der Schlüssel lag immer noch unter dem Blumenkübel. Nichts schien sich hier verändert zu haben. Gleich im Flur schlug ihr dieser altvertraute Geruch entgegen, der ihr sofort wieder alles in Erinnerung brachte.

Hier unten an der Treppe hatte ihre Großmutter gestanden, als Anna-Maria mit ihrem Rucksack die Treppe heruntergestürzt kam. »Ich will dich nie wieder sehen«, hatte sie in dramatischem Teenie-Tonfall geschrien und ihre Großmutter zur Seite gestoßen. Agnes hatte geweint und ihrer Enkeltochter nicht weniger dramatisch hinterhergerufen: »Bind dir wenigstens deinen Schal um!« Und dann war Anna-Maria zu Horst auf den Motorroller gestiegen und mit ihm davongefahren. *Bind dir wenigstens deinen Schal um.* Der Schal hing immer noch dort, an der Garderobe, zusammen mit den alten Mänteln ihrer Großmutter, so als sei die Zeit buchstäblich angehalten worden. Hier sah es so aus wie früher; sogar der alte Wasserkessel stand noch auf dem Herd, und ein Bund Petersilie in einem Glas mit Wasser stand in der Ecke. Anna-Maria fuhr ein Schauer nach dem anderen über den Rücken. War es jetzt 1997 oder 1974? Für einen Moment war sie sich nicht mehr sicher. Zum Beweis, dass sie nicht träumte, fasste sie die alten Stühle an und strich über den Tisch mit der Wachstuchtischdecke.

Selbst das Fensterbild hing da noch. Anna-Maria hatte es in der Schule gebastelt und ihrer Großmutter mitgebracht. Es war eine Art Osternest in einem Rahmen, in dem ein Körbchen angedeutet war, worin Eier lagen, lieblos ausgeschnitten. Jetzt waren die Farben so ausgeblichen, dass man die Bedeutung des Ganzen nur noch erahnen konnte. Wie lange war das her? 30 Jahre?

Automatisch öffnete sie die Tür und trat in den Garten, eine weite grüne Fläche mit alten Obstbäumen, die sich zum See hin erstreckte. Wie betäubt ging sie den leichten Abhang hinab, vorbei an der alten Schaukel, die immer noch an dem Apfelbaum hing. Sie gab ihr einen Schubs und schaute, wie sie hin- und herschlingerte. Als Kinder hatten sie hier oft gespielt, waren in den Bäumen herumgeklettert. Und dann kam ihre Oma und rief sie, weil sie ihre Hausaufgaben noch nicht gemacht hatte. Und dann gab es einen Streit, der stets damit endete, dass die Oma sie an den Haaren oder Ohren ins Haus zog und Jan nach Hause schickte.

Anna-Maria stand auf dem Bootssteg und schaute auf den See. Sie dachte an die vielen Sommer, die sie hier verbracht hatte. Doch nun war alles grau in grau. Die Dämmerung hatte eingesetzt, und der Wind wehte über das Wasser und machte kleine Wellen.

Gern hätte sie jetzt das Boot gesehen, dass es wie früher hier vertäut liegt und leise hin- und herschaukelt. Es war der einzige Gegenstand, der fehlte. Sie hatte es immer benutzt, wenn sie wieder einmal etwas ausgefressen hatte und vor ihrer Oma fliehen wollte. Und das kam fast jede Woche vor. Dann war sie zur anderen Seite hinübergerudert und hatte sich auf einem Jägersitz versteckt. Einmal war sie dort sogar eingeschlafen und musste am nächsten Tag von der Polizei gesucht werden. Da hatte sie dann die Wahl: Den restlichen Tag im Keller eingesperrt sein oder eine Tracht Prügel mit dem Holzpantoffel. Sie hatte in diesen Situationen immer Letzteres gewählt, dann konnte sie danach wenigstens wieder rausgehen. Zumindest die körperlichen Schmerzen waren schnell vergessen.

Das alles lag weit zurück, das Boot war vielleicht im Schuppen oder gar nicht mehr da, und Agnes auch nicht. Es war kalt und ungemütlich hier draußen, und sie ging wieder zurück ins Haus. Sie schloss die Terrassentür, schaute ein letztes Mal hindurch, und sie wollte sie nie wieder öffnen.

Den restlichen Abend verbrachte sie mit dem Stromern durch das Haus. Sie hatte das Gefühl, dass sie es für sich einnehmen musste, um die Geister der Vergangenheit zu vertreiben. Und um alles zurückzulassen. Sie heizte den Ofen an, machte sich einen Tee, ging durch alle Räume. Auch ihr altes Zimmer war noch so, wie sie es verlassen hatte. Nur ins Schlafzimmer ihrer Großmutter traute sie sich nicht, ebenso wenig wie in den Bückkeller neben der Küche, in den sie ständig gesperrt worden war. Diese Räume mussten warten mit der Rückeroberung, und vielleicht war es auch besser, wenn sie sie nie wieder betreten würde.

Auch das Wohnzimmer sah aus, als würde Agnes jeden Moment wiederkommen. Im Korb neben dem Ohrensessel lag sogar noch das Strickzeug. Sie sah sich nach etwas Neuem um, irgendeiner Veränderung, doch es gab kaum etwas, außer vielleicht ein paar neue Bücher. Einen Fernseher suchte man hier vergeblich. Ihre Großmutter hatte nie einen besessen. Sie war immer der Meinung gewesen, dass die nicht gut für Christen seien. Sie hatte sogar Traktate zu diesem Thema in der Gemeinde ausgelegt, immer wieder.

Auf einer Kommode am anderen Ende des Zimmers entdeckte Anna-Maria alte Schwarz-Weiß-Fotografien, von ihren Eltern, ihrem Opa, den sie gar nicht mehr kennengelernt hatte, und vor allem von sich. Sie traute sich nicht, näher heranzugehen. Und trotzdem zog sie etwas zu den alten Fotoalben, die sich in der Kommode befanden. Bilder einer Kindheit, die Anna-Maria als braves Mädchen darstellen sollten, aber es doch nie ganz schafften, so gut sie auch inszeniert waren. Auf dem Gruppenfoto aus der Kinderstunde zog Anna-Maria ein Mädchen an den Haaren, und auf dem Klassenfoto verschränkte sie die Arme und zog eine Fresse, wie sie heute wohl sagen würde.

In der Kommode befanden sich nur die alten Fotoalben. Sie sah, dass nach ihrem Verschwinden kein neues hinzugekommen war.

Das alte Plüschsofa war noch da, mitten im Raum, nahezu makellos, mit seinem roten, etwas ausgeblichenen Samtbezug. Sie setzte sich, lehnte sich vor und sah die Traktate auf dem Tisch mit der Spitzendecke liegen. Sie lachte kurz, und dann lehnte sie sich zurück, in das weiche Sofa, sie konnte die Augen nicht mehr offenhalten, alles schien sich zu drehen, um sie herum, immer weiter weg, weiter weg. Sie war eingeschlafen.

6

Freitag, 12. Dezember 1997

Als Anna-Maria die Augen aufschlug, war der nächste Tag schon halb vorbei. Sie war unruhig, doch unter der warmen Decke hervorkriechen wollte sie auch nicht. Sie fragte sich, wie sie wohl hierhin geraten war. Wieso war sie plötzlich wieder an dem Ort, an den sie nie zurückkehren wollte? Und dann langsam fiel ihr alles wieder ein, die Beerdigung, der Gang durch den Garten, durch das Haus. Wie lange das wohl schon her war? Sie schaute auf die Uhr. Um Himmels Willen, schon Viertel vor eins. Sie setzte sich aufrecht hin und fuhr sich durch die Haare. So kalt hier. Sie konnte schon ihren eigenen Atem sehen. Sie stand auf, ging zu dem alten Ofen in der Ecke des Zimmers und fand dort einen Korb voller Feuerholz. Als Kind musste sie es immer selbst hereinholen und später sogar hacken, als ihre Oma zu schwach dafür wurde.

Sie nahm ein langes Streichholz, zündete damit ein wenig Reisig an und legte ein paar Holzscheite nach. Langsam wurde es warm.

Was war das für ein Geräusch? Kam das jetzt aus dem Ofen oder von draußen? Sie hörte es nun deutlich: Jemand machte sich an der Haustür zu schaffen.

Mit dem Feuerhaken im Anschlag stellte sie sich an die Wand, neben die halb offene Wohnzimmertür. Der Hauseingang lag gleich daneben. Die Haustür hatte sich geöffnet und wieder geschlossen. Sie hörte leise Schritte auf dem Flur. Anna-Maria presste sich so stark in die Ecke wie es nur ging, damit der Eindringling sie nicht sehen konnte. Sie konnte seinen Atem hören, ihr Puls erhöhte sich. Reflexartig hob sie den Feuerhaken und …

»Jan!« Beinahe hätte sie ihn am Kopf getroffen. Erschreckt ließ sie den Haken wieder sinken.

»Dir auch einen schönen guten Tag«, sagte er. »Du siehst so enttäuscht aus. Wäre dir ein Einbrecher lieber gewesen?«

»Ehrlich gesagt – ja. Dann hätte ich wenigstens zuschlagen können.« Sie atmete tief durch und stellte den Feuerhaken wieder in das Gestell zurück. »Warum hast du nicht geklingelt?«, fragte sie, als sie sich die Hände an der Jeans abwischte.

»Macht der Gewohnheit. Ich habe gerade Mittagspause und dachte, ich bringe uns was vom Griechen mit.« Er hielt einen Plastikbeutel hoch und lächelte.

»Dass du dich daran noch erinnerst ... Tja, dann werde ich mal Besteck holen, bevor das Essen einfriert. Ein Tee könnte auch nicht schaden.«

Sie gingen in die Küche, wo Anna-Maria einen Kessel mit Wasser aufsetzte. Jan stand an der Terrassentür und schaute von dort auf den Garten und den See.

»Es ist doch wirklich unglaublich, dass sie überhaupt nichts weggeschmissen hat«, meinte Anna-Maria.

Jan, der gerade überlegt hatte, wie lange dieses absolut scheußliche Fensterbild mit den eckig ausgeschnittenen Ostereiern hier wohl schon hängen musste, konnte da nur zustimmen.

»Sogar diese Puppentässchen haben überlebt. Daraus kann man doch echt nichts trinken.« Sie stellte das filigrane Teeservice auf ein Tablett.

Jan wandte seinen Blick ab vom See und hin zu Anna-Maria. »Und du willst das Haus wirklich verkaufen?«, fragte er.

»Jepp. Ich kann das Geld gut gebrauchen.« Sie schaute in den Schrank, in dem früher immer der Tee war. Tatsächlich. Er stand immer noch dort. Wie zur Erklärung schob sie hinterher: »Von Horst hab ich ja nichts zu erwarten. Wo ist denn bloß der Zucker?«

Jan nahm die Dose von dem kleinen Esstisch und gab sie ihr. »Ihr seid ...«

»... frisch geschieden. Gott sei Dank!«

Sie schwiegen eine Weile, während Jan wieder aus dem Fenster ins Weite starrte und Anna-Maria die Schränke durchforstete.

Krampfhaft stand er da und suchte nach einem Gesprächsthema, aber ihm fiel nichts ein.

Es war wie eine Erlösung, als der Wasserkessel endlich pfiff.

Wenig später saßen sie im Wohnzimmer und aßen aus den Styroporschachteln.

Anna-Maria schlang das Essen in sich hinein. »Man, ich könnt ein ganzes Schwein verdrücken«, sagte sie schmatzend und stopfte sich noch einen Happen von dem käseüberbackenen Souvlaki nach.

»Das sieht man.« Jan hatte seinen braunen Mantel angelassen. Er wusste nicht, was er sagen sollte. Verlegen stocherte er in seinem Tomatenreis herum. »Hast du gut geschlafen?«

Anna-Maria nickte. »Ja. Mehr oder weniger. Ich bin gestern nach der Beerdigung gleich hierher und habe mich noch ein wenig umgesehen. Irgendwann bin ich dann auf dem Sofa gelandet und war sofort weg. Jetzt brauch ich 'nen neuen Rücken.«

»Oha, dann hast du ja ganz schön viel aufzuholen gehabt, wenn du die ganze Zeit geschlafen hast.«

»In Hannover komm ich ja nicht dazu. Die Arbeit, die ganze Scheidung …«

»Wie lange ist das her?«

»Wir sind erst seit einem Monat geschieden. Aber wir leben schon seit einem Jahr getrennt. Ich bin echt froh, dass ich den Mistkerl endlich los bin«, sagte sie und fuchtelte mit ihrer Gabel herum, »das kannst du mir glauben.«

»Das hört sich ja nicht gerade nach einem friedlichen Ende an.«

»Das war es auch nicht.« Anna-Maria stopfte das letzte Stückchen Fleisch in sich hinein. »Sagen wir mal so: Ich war nicht die Einzige, mit der er unser Ehebett geteilt hat. Leider hab ich das viel zu spät gemerkt.« Anna-Maria ließ das Besteck in der Schachtel liegen und griff nach ihrer Handtasche. »So! Und jetzt erst mal 'ne Fluppe. Stört es dich?«

»Nein, ist doch jetzt dein Haus.«

»Und meine Schulden!« Sie versuchte sich ihre Zigarette anzustecken, aber das Feuerzeug funktionierte nicht. Sie ging zum Ofen.

»Deine Oma hatte eine sehr kleine Rente, aber sie hatte keine Schulden. Sie wollte nicht, dass du damit Probleme bekommst.«

»Wirklich?« Anna-Maria stutzte kurz und entfachte dann ein langes Kaminstreichholz. »Ich bin nur überrascht.«

»Sie hat an alles gedacht.«

Anna-Maria stieß einen Rauchkringel in die Luft und schaute ihm hinterher. In ihrem Gesicht konnte man förmlich die langsame Erleichterung sehen, dass sie vielleicht doch nicht auf den Kosten für die Beerdigung sitzen bleiben würde. Vielleicht war sogar noch etwas übrig. Erst als Jan sich räusperte, wurde sie seiner Gegenwart wieder gewahr. »Wie war es denn gestern noch im *Eichhörnchen*?«, fragte sie.

»Schön. Es gab Schnittchen und Butterkuchen.«

»Na, dann hast ja wenigstens du deinen Spaß gehabt.«

»Und die Damen endlich mal wieder ein Kaffeekränzchen, bei dem sie den neuesten Klatsch austauschen konnten.«

»Ach ja, die alten Schachteln leben ja alle noch, habe ich gestern gesehen!« Sie setzte sich wieder.

»Ja, die waren alle da und hatten sich in Schale geworfen, wie es sich gehört. Wie der Ku-Klux-Klan, sozusagen.« Jan fand seine Bemerkung sehr komisch und konnte ein Grinsen nicht zurückhalten.

»Und in der Gemeinde? Wie läuft es da so? Immer noch so stocksteif wie früher?«

Jan fühlte sich ein bisschen auf den Schlips getreten, weil er der Gemeinde sein Leben lang treu geblieben war. »Ich fürchte: Ja. Nur dass jetzt Kurt das Ruder von seinem Vater übernommen hat.«

»Das wundert mich überhaupt nicht. Dieser kleine Zwerg wollte schon immer hoch hinaus.« Anna-Maria musste auf einmal laut auflachen und schlug Jan aufs Knie, so doll, dass es schon wehtat. »Weißt du noch, wie ich damals weiter gepinktelt habe als er?

Ich glaube, das hat er bis heute nicht ganz verkraftet!« Vor lauter Lachen ließ sie sich wieder ins Sofa zurückfallen.

»Du könntest morgen ja mal in den Gottesdienst kommen«, meinte Jan scheinbar unberührt. Die Mauer steht noch.

»Keine schlechte Idee. Vielleicht mache ich das mal.«

»Ich hoffe, du meinst den Gottesdienst. Ist nicht alles alt. Wir haben jetzt nämlich auch einen …«

In dem Moment hatte Anna-Maria Jans Handgelenk ergriffen, um einen Blick auf seine Armbanduhr zu werfen. »Ach du Scheiße! Es ist ja schon halb zwei.« Hektisch fuhr sie hoch. »Ich komme zu spät zum Notar! Jan, tut mir leid, aber ich muss los.« Sie schnappte sich ihre Handtasche und kramte darin herum. »Wo ist denn jetzt nur der Autoschlüssel?«

»Kein Problem, ich muss auch zurück zur Arbeit. Soll ich dich mitnehmen?«

Anna-Maria wühlte eine Minute weiter, Jan stand schmunzelnd daneben. »Nein danke, ich habe ihn schon gefunden. Lass einfach alles stehen. Ich räum das später weg«, sagte sie, und damit waren sie beide auch schon aus der Tür und auf dem Gehweg vor dem Haus.

»Kommst du nun übermorgen?«

»Ich weiß nicht«, sagte sie. »Vielleicht. Mal sehen. Vielleicht fahre ich nach dem Termin auch wieder zurück nach Hannover. Tschüss!« Sie stieg in den Wagen.

»Tschüss!« Gedankenverloren ging er zu seinem Wagen und zog langsam den Autoschlüssel aus seiner Manteltasche, während Anna-Maria versuchte ihr Auto zu starten. Noch mal. Und dann noch mal. Nach einer halben Ewigkeit öffnete sich ihre Autotür.

»Scheiße, verdammte! Jan?«

»Ja?«

»Kannst du mich vielleicht doch mitnehmen?«

7
Sonntag, 14. Dezember 1997

Heute leuchteten schon zwei Kerzen in dem äußerst trockenen Adventskranz der Gemeinde am Uhlandplatz. Schräg davor, vom Fußhocker hinter der Kanzel, kündigte wieder einmal Kurt Jacobsen die Veranstaltungen der Woche ab. »Der gemischte Liederkranz der Gemeinde am Uhlandplatz trifft sich wie gewohnt am Dienstag um 19 Uhr 30 in den Räumen der Gemeinde. Am Donnerstag um …«

Just in diesem Moment hörte man von draußen ein nervenaufreibend lautes Reifenquietschen und danach ein Türenknallen. Anna-Marias Auto hatte offenbar einen guten Tag erwischt.

Kurt hielt sich an der Kanzel fest und versuchte sich zu beruhigen. »Donnerstag um 19 Uhr findet die Bibelstunde statt, diesmal zu dem Thema ›Gewaschen im Blute des Lamms‹. Gastreferentin ist unsere liebe Schwester Hermine Schneider vom Diakonissenmutterhaus Bethesda-Tabor, Zweigstelle El-Ohim-Schenach, aus Öschewitz. Am nächsten Sonntag . . .«

Weiter kam Kurt nicht, denn in diesem Moment flog die Tür zum Saal auf, und mit hochrotem Kopf platzte Anna-Maria herein – die Locken leicht zerzaust und die Handtasche fest in ihrem Griff. Alle Augen richteten sich automatisch auf sie.

»Schnell!« raunte Simon Erik zu. »Schmeiß die Kamera an!«

Kurts Augen funkelten wieder. »Anna-Maria! Wie schön, dass du es auch noch geschafft hast«, flötete er süßlich von der Kanzel herunter. »Hier vorn in der ersten Reihe ist noch ein Platz frei!«, rief er ihr zu und machte dabei eine eher ausladende Geste mit seinen kurzen Ärmchen, wobei natürlich jeder im Saal wusste, dass in jeder Reihe noch mehr als genügend Plätze frei waren.

»Nein danke!« zischte Anna-Maria leicht aggressiv und setzte sich zu Jan, der nun darüber nachdenken musste, dass sie auf dem Platz ihrer verstorbenen Großmutter saß. Ob sie sich dessen bewusst war? Anna-Maria raschelte noch ein bisschen. Als sie merkte, dass alle auf sie warteten – und einige der grauen Häupter, die dazu noch in der Lage waren, sich zu ihr umgedreht hatten –, reagierte sie mit einem lauten Kaugummischmatzer, verschränkte die Arme und war endlich still.

»Gut«, sagte Kurt kühl, der augenscheinlich ganz vertieft in seinen Unterlagen, aber mit den Gedanken noch bei der Störung war, »dann kann ich ja fortfahren. Am nächsten Sonntag treffen wir uns hier wieder zum Gottesdienst« – dabei warf er einen eindringlichen Blick in Anna-Marias Richtung – »um *Punkt neun Uhr dreißig!*« Daraufhin machte er eine kleine Kunstpause, hielt sich wieder mit beiden Händen an der Kanzel fest und versuchte ein Mona-Lisa-Lächeln auf seinem kleinen Gesicht zu modellieren.

»Nun kommen wir zu unserem nächsten Programmpunkt. Der Gemischte Liederkranz der Gemeinde am Uhlandplatz unter Leitung unserer geschätzten Elvira Hoppe-Schlenker hat extra für den heutigen Tag ein adventliches Lied eingeübt, auf das ich mich persönlich schon sehr freue: »Macht hoch die Tür, die Tor macht weit!« Ich darf die Sänger bitten, nach vorne zu treten!« Kurt machte es sich auf seinem Stuhl neben der Kanzel bequem, von dem aus er die ganze Gemeinde im Blick hatte, während sich das kleine Grüppchen auf der anderen Seite der Kanzel aufbaute.

Der Gemischte Liederkranz der Gemeinde am Uhlandplatz bestand im Grunde genommen nur aus zwei Ehepaaren: Elvira Hoppe-Schlenker und ihrem Mann Helmut sowie ihren Freunden Gisela und Manfred Krause.

Erik drückte auf »Record«, und Simon lehnte sich genüsslich zurück. Bei seiner Umfrage letzte Woche hatte er nur mit Müh und Not ein paar O-Töne der überdrehten Elvira und ihres schweigsamen Gatten einfangen können (»Na komm schon, Helmut, ich muss die Orgel noch warmlaufen lassen …«).

Elvira jedenfalls schien keine Probleme damit zu haben, etwas warmlaufen zu lassen. Sie war ständig auf 180, und wenn sie redete, dann redete sie immer mit Händen und Füßen, und sie wirkte, als ob sich auf ihren Wangen mehrere Schichten Rouge und an ihrem Hals drei Flaschen Kölnischwasser befinden würden. »Ach du meine Güte, Simon. Was habt ihr denn nun schon wieder vor?«, hatte sie ihn bei dem Interview noch gefragt – und dann später auf seine Frage nach dem Warum des Gottesdienstbesuchs lapidar geantwortet: »Na, du hast Nerven! Wer soll denn sonst die Orgel bedienen? Der feine Herr Weber spielt ja nur Chopin, und das auch nur auf seinem heimischen Konzertflügel!«

Nun also machte sich Elvira im Stehen an der Heimorgel zu schaffen, die an der Wand neben der kleinen Bühne stand, und spielte einen F-Dur-Akkord, um allen die jeweiligen Anfangstöne zuzuteilen. Helmut Hoppe-Schlenker brauchte drei Anläufe, um seinen Ton zu finden, und Manfred Krause grummelte derartig tief herum, dass man meinte, er müsse vor dem ersten Ton noch das Frühstück in seinem Magen ordnen. Schließlich ertönte das erlösende La-La-La-Laaaaaaa, Elvira konnte sich nun zu den anderen in die Reihe stellen und zum Dirigieren anheben.

Was nun folgte, hatte Anna-Maria so noch nie gehört. Der Gemischte Liederkranz setzte sich wie ein langsamer Zug in Bewegung, der jedoch schon auf seinen ersten Metern einen Waggon verloren hatte: Helmut Hoppe-Schlenker hinkte konsequent einen Takt zurück und schaffte es während des ganzen Liedes nicht, seinen Rückstand aufzuholen. Manfred Krause grummelte weiter vor sich hin, so als wolle er sich über das Wetter beschweren, während seine Augenbrauen in einer beängstigenden Weise nach oben und unten sprangen, je nachdem, welchen Verlauf die Melodie nahm. Die Stimme seiner Frau hingegen wimmerte ganz jämmerlich, und über allem dominierte die opernhafte Stimme von Elvira Hoppe-Schlenker, die mit einem solchen Vibrato in den Saal krakeelte, dass die Gardinen zu zittern anfingen.

»Wer hat die denn bestellt?« fragte Anna-Maria Jan in einem etwas zu lauten Flüsterton. »Das ist ja absolut unterirdisch.«

Jan starrte ungerührt nach vorn. »Ich nenne sie auch gern Die gemischten Gefühle der Gemeinde am Uhlandplatz.«

Anna-Maria musste aufpassen, dass sie nicht laut loslachte. Sie ließ das Lied über sich ergehen. Wie viele Strophen hatte es denn noch? Mittlerweile war das bizarre Quartett schon in der vierten angekommen. »Die Zweiglein der Gottseligkeit steckt auf mit Andacht, Lust und Freud ...«

»Na dann gute Nacht!«, sagte sie und lehnte sich mit verschränkten Armen zurück. Spätestens in diesem Moment stellte sie sich ernsthaft die Frage, warum sie überhaupt hier war.

Unglaublich, wie schnell die meisten nach dem Gottesdienst wieder verschwunden waren. Auch Anna-Maria hätte das gern getan, wäre sie im Flur nicht von Kurt aufgehalten worden, der es in seiner Predigt geschafft hatte, alle Frauen zu beleidigen, und seine Ehefrau am meisten (»Paulus hatte sicherlich gute Gründe dafür, als er schrieb, dass die Frau sich dem Mann unterordnen sollte. Frauen können andere Dinge dafür umso besser. Zum Beispiel ... äh, kochen, wie ich bei meiner Frau Katrin feststellen darf. Was natürlich, ähm, also, nichts gegen deine Kochkünste ist, Mutter ...«). Nur Jan zuliebe hatte sie den Gottesdienst bis zum Schluss durchgehalten.

Doch plötzlich stand Kurt vor ihr. »Anna-Maria! Du wolltest schon gehen?«

Sie schaute abschätzig auf ihn herab. »Ja, warum?«

»Nun, ich habe da noch etwas für dich ...« Und damit öffnete er den Reißverschluss seiner rissigen Herrenhandtasche. Er zog einen knittrigen Briefumschlag heraus, der offenbar schon öfters benutzt worden war und jetzt in Anna-Marias Hände übergehen sollte.

»Was ist das?« fragte sie.

»Nun, Anna-Maria, es ist so: Deine Großmutter, die leider viel zu früh verstarb, war unserer Gemeinde immer sehr ... Also, sie hat sich hier ja immer eingebracht und wir haben deshalb … also, uns ja auch um die Beerdigung … Also …«

»Kannst du dich bitte etwas klarer ausdrücken! Wenn es um die Beerdigung geht, ich dachte, wir hätten das geklärt. Sie hatte dafür ja was zurückgelegt, und das habt ihr auch bekommen.«

»Lass mich bitte ausreden, Anna-Maria! Es geht nicht um die Beerdigung. Du weißt, wir haben uns darum gekümmert, obwohl in der Summe, nun ja … Also wir mussten noch etwas dazu …«

»Du meinst, ihr habt euch Eiche handgeschnitzt und den teuersten Leichenschmaus-Schuppen ausgesucht, obwohl das niemand verlangt hat, und ich soll das jetzt bezahlen?!«

»Nein, nein, Anna-Maria, du missverstehst mich! Du warst nicht hier, wir wussten ihre Wünsche für die Bestattung nicht und wollten ihr auch unsere Wertschätzung … Es geht nur darum … Also, du warst ja jetzt … Das Testament … Da steht … Nun, also, deine Großmutter, ich wollte fragen, hat sie denn der Gemeinde sonst gar nichts … Vielleicht eine Spende …? Sie war uns doch immer so verbunden … Und der Dauerauftrag von der Bank ist ja jetzt auch …«

»Spende?«

»Ja, du kannst dir das ja noch einmal im Testament … Also es wäre schön, wenn du baldmöglichst, also, in dem Umschlag ist die Bankverbindung … Ich will dich auch nicht länger aufhalten …«

Anna-Marias Gesicht war knallrot. »Meine Großmutter hat gerade erst ins Gras gebissen, und dich interessiert nur das Geld? Ich glaube, mein Schwein pfeift! Und zwar mein Sparschwein – nämlich aus dem letzten Loch!« Sie war so laut geworden, dass die wenigen Leute, die noch im Saal oder im Flur herumstanden, verstört herüberschauten.

Kurts rechtes Augenlid fing auf einmal nervös an zu zucken, aber ansonsten blieb er betont ruhig. »Anna-Maria, wir wollen doch jetzt nicht streiten.«

»Doch, das wollen wir!« Sie stützte ihre Hände in die Hüften.

Kurt wusste nicht so recht, wie er damit umgehen sollte, und klammerte sich an sein Herrenetui. »Ich sehe, Anna-Maria, du bist durch … äh … diesen Vorfall … noch ganz durcheinander. Das ist ganz normal. Wir sollten vielleicht ein anderes Mal miteinander reden.«

Anna-Maria hob die Hand »Moment mal. Wenn du mich hier als verwirrte Betschwester abstempeln willst, hast du dich aber geschnitten. Wir können das gut und gerne auch jetzt klären.« Sie blieb in ihrer Kampfposition.

»Nun lass mal gut sein, Anna-Maria«, sagte Kurt, tätschelte jovial ihren Arm und wollte sich schon umdrehen, aber Anna-Maria schnaubte: »Gar nichts ist gut. Das ist ja wohl das Letzte!« Und damit stopfte sie den Umschlag zurück in Kurts Herrenhandtasche und rauschte aus der Tür.

Kurt blieb nichts anderes übrig, als die umstehenden Personen anzulächeln und schamvoll den Reißverschluss zuzumachen.

8

Sonntag, 14. Dezember 1997

»Scheiße verdammte«, fluchte Anna-Maria mit einer Zigarette zwischen den Lippen, als sie in der Aufregung mal wieder in ihren Sachen herumwühlte und das Feuerzeug nicht fand. Sie brauchte wirklich dringend was zum Rauchen, bevor sie riskierte, zu schnell zu fahren und gegen einen Baum zu donnern. So wie ihre Eltern damals.

»Brauchst du Feuer?« fragte auf einmal eine Stimme neben ihr.

Anna-Maria erschrak. In ihrer Aufregung hatte sie gar nicht gemerkt, dass sie aus Versehen statt durch den Vorder- durch den Hinterausgang gegangen war. Nun stand sie auf einmal auf dem Hof, neben ihr Eduard, der auf der Gartenbank neben der Tür saß und sich seine Pfeife angesteckt hatte.

Anna-Maria beugte sich zu ihm herunter, um sich ihre Zigarette anzünden zu lassen.

»Ärger mit Kurt, was?« Er drehte an dem Rädchen, und eine kleine Flamme schoss hervor.

»Hast du das etwa mitbekommen?«

»Du warst ja nicht gerade leise. Das darfst du nicht so ernst nehmen. Er ist manchmal etwas forsch.«

Anna-Maria blieb stehen und starrte die Hofmauer an. »Manchmal ist gut. Der war doch schon als Kind so. Ich bin doch keine Weihnachtsgans, die man einfach so ausnehmen kann!«

Eduard entgegnete nichts darauf, aber Anna-Maria spürte, dass er sie nur zu gut verstehen konnte.

Für eine Weile schwiegen die beiden, pafften vor sich hin und starrten gemeinsam ins Leere. Eduards Anwesenheit hatte etwas Beruhigendes für Anna-Maria.

»Danke übrigens, dass du die Beerdigung gemacht hast. Sie war gut.«

»Du hast davon doch kaum etwas mitbekommen.«

Anna-Maria schaute ihn kurz an. »Nein, aber, ich bin mir sicher: Sie war gut.« Sie starrte auf den Boden. »Predigst du hier sonntags gar nicht mehr?«

»Ach, Kurt macht das doch auch nicht schlecht.«

»Das bezweifle ich.«

»Es wird Zeit, dass man die Jungen mal ans Ruder lässt.«

»Die Jungen? Aber du bist der Pastor.«

»Ich bin im Ruhestand. Ich predige nur noch aushilfsweise. Und bei Kasualien.«

»Also bei Beerdigungen.«

Eduard lächelte nur milde.

»Schade eigentlich. Ich mochte deine Predigten. Und es gibt nicht viel in dieser Gemeinde, von dem ich das behaupten kann.

Eduard musste lachen, aber es klang eher resigniert. »Anna-Maria, du warst über 20 Jahre weg. Hier hat sich einiges geändert.«

»Naja, ich glaub wohl eher nicht! Außer dass alles nun etwas mehr nach Erde riecht.« Manchmal konnte sie sich wirklich auf die Zunge beißen. Aber gesagt war gesagt. Etwas sanfter fuhr sie fort: »Da hängen immer noch die ollen Gardinen von damals, und da stehen dieselben unbequemen Stühle, und auf denen sitzen immer noch dieselben Gestalten wie vor 20 Jahren. Außer diese beiden Jungs, die gab's damals wohl noch nicht.«

»Der eine ist Kurts Sohn, und der andere ist ein Freund von ihm.«

»So so.«

»Redet ihr über mich?« Unmerklich war Simon in der Hintertür erschienen, diesmal ohne Erik, der pünktlich zum Sonntagsbraten zu Hause sein musste. Anna-Maria wandte sich zu ihm um und musterte ihn. »Du musst Kurts Sohn sein, obwohl du zwei Köpfe größer bist.«

»Ja, stimmt, und Sie?«

»Du kannst ›du‹ zu mir sagen! Ich bin Anna-Maria.«

Er gab ihr die Hand. »Simon. Hallo.« Unvermittelt setzte er sich auf die Bank und schlug Eduard auf die Schulter. »Du, Eduard, ich wollte eigentlich nur fragen, ob wir dich gleich mal interviewen dürfen. Wir machen da so eine kleine Reportage, für unsere Weihnachtsfeier.«

Anna-Marias Neugier schien geweckt worden zu sein. »Ihr habt einen Hauskreis?«

Simon fuhr herum, ganz überrascht, dass sich jemand dafür interessierte. »Ja. Wir treffen uns immer bei Jan und reden so ... über dies ... und das.«

»Davon hat er mir gar nichts erzählt.«

»Kennen Sie ... du! Kennst du ihn?«

»Ja, wir sind quasi zusammen groß geworden – Jan und ich waren zusammen mit deinem Vater in der Kinderstunde und in der Schule.«

Simon entnahm ihrem Tonfall, dass das eine Strafe gewesen sein muss. Er nickte mitleidsvoll. »Er hat neulich mal so was erwähnt.« Wie Wickie rieb er sich plötzlich an der Nase und sagte: »Ach! Dann warst du das also mit dem Auto auf der Beerdigung? Schade eigentlich, dass ich das verpasst hab.« Simon lachte, doch dann wurde ihm auf einmal klar, dass ihr das vielleicht unangenehm war. »Entschuldigung.«

»Schon gut. Ich muss ja 'nen ganz tiefen Eindruck hinterlassen haben.«

»Das kann man wohl sagen«, meinte Eduard.

Simon sprang von der Bank hoch, ebenso unvermittelt, wie er sich gesetzt hatte. »Ich hol mal Erik, dann können wir das Interview hier draußen machen, mit Pfeife und so – das bringt bestimmt richtig viel Atmo.«

Und damit war er auch schon verschwunden, und fast gleichzeitig gesellte sich Jan zu den anderen beiden. »Na, ist dein Wagen mal wieder verreckt?«

Anna-Maria äffte sein blödes Grinsen nach und boxte ihn in die Seite. »Hey, Mister! Ich wusste gar nicht, dass du einen Hauskreis hast.«

»Ich wollte dir das ja neulich erzählen, aber dann hattest du es plötzlich so eilig…« Was macht ihr denn da so, im Hauskreis? Außer Weihnachtsfeiern?«

»Letzte Woche zum Beispiel haben wir die Weihnachtsfeier geplant! So etwas organisiert sich schließlich nicht von allein. Und eine Stunde lang Gebetsanliegen ausgetauscht… Fürs Beten war dann kaum noch Zeit.«

»Also ein ganz normaler Hauskreis.«

»Komm doch auch vorbei.«

»Ich bin ja eigentlich nur auf der Durchreise.«

»Ja, bis du das Haus verkauft hast. Und solange willst du doch nicht jeden Abend in dem kalten Kasten rumhocken, oder?«

9
Mittwoch, 17. Dezember 1997

Soeben war der letzte der acht Glockenschläge von St. Andreas über der Altstadt von Rhiemberg verklungen, die um diese Zeit etwas Gespenstisches hatte: dunkel, menschenleer, Bürgersteige hochgeklappt. Schon seit einer Weile schneite es; ganz gerade fielen die Flocken hernieder.

Am Rand des Marktplatzes erschien eine Gestalt, die dicht an den Häuserwänden vorbeihuschte. Es war Anna-Maria, eng eingehüllt in ihre Lederjacke. Sie hatte ihren Wagen in einer der Seitengassen abgestellt und wollte nun so schnell wie möglich in Jans warme Altbauwohnung. Sie hätte wirklich etwas Dickeres anziehen sollen, doch in der Eile vor der Beerdigung hatte sie nicht daran gedacht, noch mehr Sachen einzupacken.

Das mit dem Hausverkauf hatte sie sich irgendwie einfacher vorgestellt. In diesen Rosamunde-Pilcher-Fernsehfilmen war das doch immer ratzfatz erledigt. Aber hier … Der Wert musste geschätzt, die letzten Angelegenheiten mit dem Notar geklärt werden – und wie sollte sie *jetzt* einen Käufer finden, so kurz vor Weihnachten, wo Haus und Garten trostlos am grauen See vor sich hinschlummerten? Schließlich war da auch noch das ganze Gerümpel. Sie hatte sogar schon daran gedacht, einen Makler einzuschalten, doch sie hatte keine Lust, dass der sich auch noch daran bereicherte, so wie Kurt das schon versucht hatte.

Direkt neben der Buchhandlung war die Haustür zum Treppenhaus, das zu den darüberliegenden Wohnungen führte. Sie drückte auf den Klingelknopf. Während sie auf Antwort wartete, schaute sie auf die andere Seite des Marktplatzes, auf den Weihnachtsbaum und das Rathaus, das von riesigen Scheinwerfern angestrahlt wurde. Im grellgelben Licht sah man die Flocken, wie sie geräuschlos und ganz selbstverständlich zu Boden fielen, und dahinter, in der Ferne, hoch oben auf dem Berg, das Rhiemberger Schloss, das ebenfalls angestrahlt wurde.

Aus dem kleinen Lautsprecher kam ein Knistern. »Ja?«

Sie neigte sich zum Mikrofon. »Pizzabote.«

»Ich habe nichts bestellt.«

»Mensch, Jan, ich bin's! Jetzt mach auf, ich erfrier noch hier unten.«

»Du könntest schon längst drin sein, wenn du …«

»Ja, jetzt mach schon endlich auf!«

Es summte, und nach dem seltsam vertrauten Gang über die knarrende Treppe betrat Anna-Maria Jans Altbauwohnung mit den hohen Decken. »Meine Fresse, hier hat sich ja echt überhaupt nichts verändert!«, sagte sie, als sie Jan ihre Jacke überreichte und den Schnee ihm Flur verteilte, während sie schon einen kurzen Blick in das Wohnzimmer werfen konnte. »Als wäre hier überall die Zeit stehen geblieben.«

»Ich habe jetzt einen Kater und …«

»Wie? Jetzt schon?«

Jan ignorierte das einfach. »Und hast du nicht die neue Klingelanlage gesehen?« Jan war so verwundert, dass er mit dem Kleiderbügel in der Hand einen Moment innehielt.

»Doch, doch. Ganz toll. Hier.« Sie drückte ihm eine Packung mit Lebkuchen in die andere Hand. »Wollte ja auch was zu dem Abend beisteuern.«

»Und deswegen bist du eine halbe Stunde zu spät? Die anderen warten schon.«

»›'tschuldigung. Der Verkehr!«, sagte sie, und wiederholte das Ganze , als Jan sie ins Esszimmer führte, in dem schon Simon, Erik sowie eine junge blonde Frau, die sie noch nicht kannte, warteten.

»Das ist Lena«, stellte Jan sie vor.

»Ich bin Anna-Maria, Tag. Hast bestimmt schon viel Schlechtes von mir gehört.«

Lena wurde etwas rot, und außer einem »Oh« und einem kleinen Kopfschütteln brachte sie nichts heraus.

Anna-Maria ließ sich auf einen Stuhl neben Lena fallen. »Na, Jungs, habt ihr das Video im Kasten?«

»Du wirst dich noch wundern«, meinte Simon verschmitzt.

Da kam auch schon Martha mit einem großen Topf voll dampfender Kartoffeln herein, den sie passgenau auf einen Untersetzer stellte. »Anna-Maria! Wir dachten schon, du kommst nicht mehr. Schön, dass du da bist!« Sie wischte sich die Hände an ihrer großen Schürze ab und umarmte den neuen Gast.

Auf dem großen Tisch war alles mit den Zutaten für das Raclette zugestellt, auch natürlich mit dem Grill selbst. »Das ist mir jetzt echt unangenehm«, meinte sie, »dass ich so in euren Hauskreis reinplatze und ihr warten musstet. Und dann habe ich noch nicht mal was zu essen mitgebracht.«

Jans Hauskreis widersprach vehement.

»The more, the merrier«, sagte Jan. »Und außerdem dürfen wir ja die eingeschweißten Aldi-Lebkuchen nicht vergessen, die du beigesteuert hast!«

Anna-Maria legte sogleich ihr reuevolles Gesicht wieder ab und streckte Jan die Zunge raus.

Erik, heute noch gestriegelter als sonst, mit Seitenscheitel und Flanellhemd, schmunzelte, weil ihm offenbar ein Gedanke gekommen war, den er mitteilen musste. »Und man denke nur an die Arbeiter im Weinberg, die doch alle denselben Lohn empfingen, obgleich sie zu unterschiedlichen Zeiten hinzugestoßen waren.« Erik musste immer noch schmunzeln. Er tupfte seinen Mund mit einer Serviette ab, obwohl er noch gar nichts gegessen hatte.

Offenbar begriffen die anderen erst langsam, was Erik damit gemeint haben könnte. Anna-Maria stand total auf dem Schlauch.

»Na, dann werde ich mal beten«, sagte Jan, und faltete die Hände.

Nach dem ausgiebigen Raclette-Gelage, bei dem sie sich kaum unterhalten konnten, weil alle nur mit ihren Pfännchen und dem

Hin- und Herreichen der diversen Zutaten beschäftigt gewesen waren, hatten sie sich ins Wohnzimmer geschleppt, um sogleich in den riesigen, weichen Polstermöbeln zu versinken. Anna-Maria bewunderte den mondänen Einrichtungsstil, inklusive schweren Damastvorhängen und schwarzem Flügel, an dem Jan gerne die Werke großer Komponisten spielte, wenn er alleine war. Als Kind hatte sie hier nie reingedurft. Jans Eltern hatten sie immer für eine zu große Gefahr gehalten. Zu Recht.

Das Feuer im Kamin prasselte, und der grau-schwarz-getigerte Kater, der Anna-Maria als Tillmann vorgestellt worden war, bei der Begrüßung aber nur ein Gähnen für sie übrig gehabt hatte, schlummerte gleich daneben auf seinem Hocker. Im Fernseher lief Simons und Eriks Video. Nachdem schon die Interviews vor dem Gemeindehaus sowie Kurts Reaktion auf Anna-Marias verspätetes Erscheinen im Gottesdienst zu erleben gewesen waren, war nun (nach einer geschickt zusammengeschnittenen Sequenz mit dem verunglückten Liedvortrag) der Streit zwischen den beiden zu sehen, gefilmt aus einem versteckten Winkel des Treppenhauses und immer wieder unterbrochen durch heftiges Geflüster der beiden Jungfilmemacher (»Halt weiter drauf, Erik!« – »Meinst du wirklich? Ist das jetzt nicht …?« – »Jetzt mach einfach!«).

»Das ist mir jetzt echt unangenehm …« Anna-Maria war knallrot im Gesicht, als sie ihren Streit mit Kurt in Jans Fernseher sehen musste.

»Das hat dem Film doch erst die richtige Würze gegeben«, sagte Simon, offenbar überhaupt nicht verlegen darüber, dass er mit Erik diese Szene heimlich aufgezeichnet hatte.

»Also das ist wirklich unmöglich!« Martha schüttelte nur immer wieder mit dem Kopf.

»Wir?«, fragte Erik ängstlich.

»Nein. Kurt!«

Jan hingegen saß mit übereinandergeschlagenen Beinen und einem Glas Rotwein in seinem Ohrensessel und schien das Ganze mit einer gewissen Distanz zu betrachten. »Guter Schnitt, Erik!«

»Danke! Ich finde, besonders die Nahaufnahme von Herrn Jacobsens Gesicht ist mir gut gelungen.« Lustig war schließlich auch, dass Kurt mit seinem kleinen hochroten Kopf aus den kleinen Knopfaugen zu Anna-Maria aufschauen musste – und die Kamera bei den Nahaufnahmen daher entsprechend hoch- und runterschwenkte.

»Also das ist wirklich unmöglich von Kurt«, wiederholte Martha, nachdem das Video zu Ende war. »So kann man mit keinem Menschen umgehen, schon gar nicht mit jemandem, der gerade seine Großmutter verloren hat und dann auch noch nach vielen Jahren zurück in die Gemeinde kommt.«

»Mich hat vor allem seine Geldgeilheit gestört«, sagte Anna-Maria, um die anderen bloß nicht auf den Gedanken zu bringen, sie hätte ihre Großmutter verteidigt. Sie schwenkte gefährlich stark ihren Wein. »Stock im Arsch und Charisma wie ein Knäckebrot, so war er schon als Kind.«

Martha machte einen leicht säuerlichen Gesichtsausdruck. »Also Anna-Maria, bei aller Liebe …«

Lena musste auf einmal anfangen zu lachen, und Anna-Maria stimmte mit ein.

»Wie kleine Schulmädchen«, murmelte Jan.

»Also das geht nun wirklich zu weit, Anna-Maria, bei allem Respekt. Kurt ist doch auch unser Bruder«, meinte Martha.

»Ja, leider. Wenn ich daran denke, dass ich mit dem die Ewigkeit verbringen muss, dann bleib ich lieber hier.«

Martha fiel fast die Kinnlade runter.

Wie vor der Polizei hob Anna-Maria ihre Hände (wobei ihr das Glas fast aus der Hand fiel, sodass Jan wie seine Eltern damals Sorge um seine Polster hatte) und schaute zu Martha und Simon. »›'tschuldigung! Ich weiß, Simon, es ist dein Vater.«

Simon winkte ab. Ihn kratzte das nicht. Er freute sich vielmehr, dass hier endlich mal jemand Klartext redete.

»Also Leute, so kommen wir doch hier jetzt auch nicht weiter«, fuhr Jan plötzlich dazwischen. »Kurt hat sich vielleicht etwas ungeschickt nach dem Erbe erkundigt, und Anna-Maria hat ihm mehr als deutlich gemacht, dass es da nichts zu holen gibt. Und noch ein paar spontane Gedanken mehr … Damit sollten wir die Sache auf sich beruhen lassen. Lasst uns also lieber mal Gebetskarten austauschen.« Und dann verteilte er Zettel und Stifte.

»Wie funktioniert das denn, Boss?« fragte Anna-Maria unverfänglich nach.

»Jeder notiert darauf seine Gebetsanliegen.« Lena flüsterte fast.

»Mit Namen und Datum«, fügte Erik hinzu.

»Und dann mischen wir die, und jeder zieht die Karte von einem anderen«, meinte Simon stolz, als wäre es Jans Hauskreis gewesen, der dieses Prinzip erfunden hätte.

Während die anderen dies also wohl jede Woche machten und auch schon emsig vor sich hinschrieben, starrte Anna-Maria auf ihre leere weiße Karte. Bei ihr zu Hause in der Jerusalem-Gemeinde machte man so was Durchorganisiertes nicht. Alles war »vom Geist geleitet«, und über Probleme sprach man dort auch nicht. Negative Gedanken galten genauso wie Krankheiten als Folge von Unglaube und Sünde. Und natürlich war *sie* schuld, dass ihr Mann fremdgegangen war – hätte sie bloß keinen Nichtchristen geheiratet!

Aber was sollte sie jetzt auf die Karte schreiben? »Das Haus, dass es sich bald verkaufen lässt«, schrieb sie einfach. »Und dass Gott mir Geduld schenken soll, wie es weitergeht.« War zwar alles kein richtiges Deutsch, sah chaotisch aus, aber egal. Die anderen warteten schon, damit sie endlich ihre Kärtchen ziehen konnten, die Jan zu einem Fächer aufgebreitet hatte.

»Ich habe dich!«, rief Martha Anna-Maria freudestrahlend zu und sagte, nachdem sie sich die Karte durchgelesen hatte, mit einem gutmütigen Zukneifen der Augen: »Ich werde dafür beten.«

»Danke.«

Dann schaute Anna-Maria auf die Karte in ihrer Hand. Sie war von Lena, die die die ganze Zeit nichts gesagt hatte. Darauf stand nur ein Wort: »Robert«.

Es war mittlerweile schon halb zehn durch – und das Schrottwichteln, das den Höhepunkt des Abends bilden sollte, war in vollem Gange. Das kannte Anna-Maria noch von ihren feuchtfröhlichen Weihnachtsfeiern mit den Kollegen in Hannover. Jeder hatte etwas besonders Hässliches mitgebracht, verpackt in Geschenkpapier. Es musste aber noch gebrauchsfähig sein, das war die Bedingung. Da alle Geschenke in einer Bücherkiste lagen, auf die Jan sorgsam eine Decke gelegt hatte, wusste niemand, welches Päckchen von wem war. Nachdem fast 15 Minuten mit der Diskussion über die höchst komplizierten Würfelregeln verstrichen waren, und eine weitere Viertelstunde, bis überhaupt alle Päckchen aus dem Wäschekorb auf den Tisch gewandert waren, ging es nun aufs Ende zu. Man stand kurz vor dem Durchbruch, sprich: dem Auspacken.

Das machte es aber nicht minder spannend, versuchte jeder doch, vom Äußeren des Geschenks auf dessen Inhalt zu schließen. So stritten sich Simon und Erik um das größte Päckchen, während Lena und Jan gerade auf die kleinen Wert legten, da sie darin das geringste Übel für ihre Wohnungen vermuteten. Martha und Anna-Maria hingegen wollten lieber das am schönsten verpackte Geschenk, das mit einer riesigen Schleife versehen und akkurat in goldenes Geschenkpapier eingepackt worden war. Schließlich stellte Jan seinen Wecker, und es blieben drei Minuten, um die Geschenke entweder nach links oder rechts weiterzureichen oder um mit jemandem zu tauschen.

»Ich habe eine 6! Ich habe eine 6!«, schrie Simon fast. »Ich will deins, Jan!« Und schon wanderte das größte Päckchen von allen zu Simon, während dem sichtlich angewiderten Jan einfach nur eine abgeranzte Plastiktüte in die Hand gedrückt wurde, die mit einem Bindfaden lieblos zusammengebunden worden war. »Hast dir ja richtig viel Mühe gegeben, Anna-Maria.«

»Woher weißt du …?«

»Die hattest du in der Hand, als du zur Tür reinkamst.«

»Ach so, ja.« Anna-Maria war es etwas schummerig zumute.

Vor ihr lag das kleinste Päckchen, doch sie schien erst mal mehr Anteil an dem Leid und Freud der anderen zu nehmen, die um ihr Leben zu würfeln schienen.

Schließlich war die Zeit abgelaufen, die Uhr piepte, und ein allgemeines Ächzen und Stöhnen setzte ein, begleitet von mehreren »*Neeeeeeeein!*«s.

Jan blieb tatsächlich auf der abgeranzten Plastiktüte sitzen, doch Anna-Maria hatte noch in letzter Sekunde das goldene Päckchen ergattert.

»Ich verkaufe dir dein Haus, wenn ich mit dir tauschen darf«, versuchte Simon sie zu betören.

Anna-Maria streckte ihm schon ihre Hand entgegen, doch Jan setzte dem Ganzen ein Ende: »Nix da, Regeln sind Regeln! Alle machen jetzt nacheinander ihr Geschenk auf und müssen damit leben. Tauschen is' nich'!«

Lena durfte als Erste auspacken, weil sie gleich wegmusste. Sie hatte Glück. Es war lediglich eine *ALF*-Kassette, und, wie sie richtig tippte, war sie von Simon. »Die anderen sind zu alt dafür«, sagte sie, »und Erik hat bestimmt noch nie eine *ALF*-Kassette in der Hand gehabt.« Kurz darauf hatte sie sich schüchtern verabschiedet. Ihr war es offenbar unangenehm, dass sie über Anna-Marias Witze gelacht und sich dafür von Martha und Jan Kommentare eingefangen hatte.

Erik hatte eine besonders hässliche Blumenvase erwischt (von Martha) und Simon ein Buch von Bill Hybels (»Das habe ich dir mal geschenkt, Erik!« – »Du weißt genau, was ich von amerikanischen Mega-Gemeinden halte, Simon! Du kannst dich freuen, dass ich es nicht gleich weggeworfen habe!«). Martha hatte das riesigste Geschenk von allen erhalten, und nachdem sie 5 Minuten lang an dem Geschenkpapier herumgeknibbelt hatte (»Das kann man doch noch einmal aufbügeln!«), war es endlich so weit: Eine überlebensgroße Diddl-Maus, die sie auch noch gut fand, woraufhin Simon nur angewidert sagen konnte: »Darum also ist Lena früher gegangen. Ich glaub, mir wird schlecht.«

Das Lachen legte sich langsam, es wurde wieder etwas leiser in dem schummrig beleuchteten Wohnzimmer mit den hohen Decken. Die Standuhr zwischen den alten, dunklen Bücherregalen schlug zehnmal, und Jan legte noch Holz im Kamin nach. Tillmann hatte sich nach einer ausgiebigen Fellpflege nun wie eine Sphinx auf seinem Hocker drapiert. Auch er wollte mitbekommen, was in den beiden interessantesten Päckchen des Abends versteckt war. Mit dem Geschenkpapier zu spielen, war weit unter seiner Würde. Er schaute nur in die Runde und legte ab und zu seinen Kopf schief, als wenn er so das Ganze besser wahrnehmen könnte.

Anna-Maria schenkte sich ihr viertes Glas Rotwein ein; ihr tiefrotes Gesicht sprach Bände.

»Du bist an der Reihe. Hallo? Anna-Maria?« Simon trommelte mit den Fingern.

»Ah, ach so, ja. Ich habe schon 'n Kleinen im Tee«, versuchte sie ihr Versäumnis wegzulächeln. »Dein Rotwein knallt echt, Jan. Ist das der von Aldi?«

Jan verzog säuerlich das Gesicht. »Nein, Feinkost Schmelzer, 39 Mark 90! Aber freut mich, Anna-Maria, dass er so schön ›knallt‹.«

Anna-Maria hatte das Goldpapier achtlos abgerissen (dass das Geschenk offensichtlich von Jan sein musste, konnte sie zu diesem Zeitpunkt nicht mehr kombinieren) und fand nun einen sehr edlen Schuhkarton vor sich. Als sie den Deckel öffnete, fing sie wieder an zu kichern. »Was ist das denn?« Aus dem Karton zog sie einen Schundroman nach dem anderen: *Papidou – Insel der Leidenschaft. Carina – die Frau am Ende des Regenbogens. Fliegender Doktor Dave – ein Leben für die Freiheit und die Frauen. Barbara – verloren im Strudel der Gefühle.*

Wie entgeistert lasen alle die Titel laut vor; Anna-Maria kicherte nur noch.

»Das ist ein bisschen was für dich zum Lesen, so allein in dem großen Haus«, sagte Jan. »*Carina, Barbara* und *Fliegender Dr. Dave* laufen nicht mehr so gut, die mussten raus. En vogue ist jetzt *Landarzt Dr. Lars Lund – Lachen, Lieben, Leben retten.* Insbesondere die letzte Folge: *Lebertransplantation im Lerchenwald.* Ist leider schon wieder vergriffen. Die aktuelle verkauft sich aber auch prächtig.« Er sagte das nicht ohne einen gewissen Masochismus, denn dass ausgerechnet diese Groschenromane einen Großteil seines Umsatzes ausmachten, fügte ihm als (aus)gebildetem Buchhändler fast körperliche Schmerzen zu.

»Aah, Lllllars Llllllund, den kenn' ich …«, lallte Anna-Maria. »Der llllag imma bei uns inne Praxis rum.«

Martha klatschte in die Hände. »So, und jetzt bist du dran, Jan«.

»Wo hast du nur diese geile Verpackung her?« Simon bewunderte die Tüte einer längst nicht mehr existierenden Drogerie.

Anna-Maria zuckte nur mit den Schultern. »Ang … gnes Wagenknnnecht halt. Die hat nnie was weggeschmissn.«

Als Jan das Geschenk aus der Tüte hervorzog, hielten alle den Atem an: Eine hässliche, abgewetzte Handtasche kam zum Vorschein, die noch ziemlich prall gefüllt war.

Simon verzog das Gesicht. »Iiih, die fleischfarbene Handtasche!«

»Man hat Frau Wagenknecht nie ohne sie gesichtet«, konstatierte Erik.

Anna-Maria deutete mit dem Weinglas in der Hand auf die Tasche. »Ja, ich hatte keine Zeit mehr, sie llllag da so rum, da habe ich sie einfach eingepackt.«

Jan sagte fast teilnahmslos: »Sie ist mit der Tasche in der Hand gestorben.«

»Ach, wirklich?«, fragte Anna-Maria. »Ach, stimmt ja, Kurts Predigt hat sie umgebracht!«

Simon und Erik mussten lachen, während Martha einfach nur entsetzt war. »Also, wirklich, Anna-Maria!«

Doch die schien sich nicht beirren zu lassen. »Na lllos, Jan, mach sie auf!«

»Ich kann sie doch nicht einfach öffnen!«

»Ist doch jetzt deine!« Simon und Erik pflichteten ihr bei.

Jan tat, wie ihm geheißen und öffnete sie zögerlich. Drinnen, tat sich das ganze Universum einer älteren Dame auf: Kölnischwasser, Taschentücher, eine Regenhaube, eine zusammenfaltbare Einkaufstüte, alte, verklebte Bonbons, Traktate, aber auch Agnes' zerfledderte Bibel mit den vielen Zetteln. Er zog sie heraus.

»Die hatte sie früher schon«, plärrte Anna-Maria vollkommen emotionslos vor sich hin, und leerte ihr Glas in einem Zug.

»Ja, und jeden Sonntag auf ihrem Schoß«, sagte Jan. Er blätterte ein bisschen darin herum, aber er wollte nicht zu indiskret sein. Es kam, wie es kommen musste – die halbe Zettelwirtschaft fiel herunter auf den Teppichboden. Tillmann hatte dafür nur ein Gähnen übrig – seelenruhig sah er dabei zu, wie sein Herrchen den ganzen Papierkram aufhob.

Simon half ihm dabei. »Der Wein, was, alter Mann? Oh. Was ist denn das hier?«

Jan sammelte weiter die Zettel, Bibelverse und Busfahrkarten auf, die sich in der Bibel befunden hatten. »Was soll das schon sein. Ein Brief halt.«

»Ja, aber er ist aufgefaltet – und nicht im Umschlag.« Wie zum Beweis griff Simon den leeren Umschlag aus dem Stapel. »Der ist an Anna-Maria adressiert – in Hannover. Und offenbar wieder zurückgekommen: unbekannt verzogen ...« Fragend schaute er zu Anna-Maria herüber, wollte ihn ihr geben.

Anna-Maria träumte vor sich hin: »Ja, die Zeit in Hannover ... Das war ziemlich geil. Wir sind da nachts immer ...«

»Du hast zu viel *TKKG* gelesen, Simon.« Jan versuchte Simon den Brief wegzunehmen, der ihn schon auffalten wollte.

Anna-Maria wirkte schon wieder ein bisschen nüchterner, weil sie jetzt auch gespannt auf den Inhalt war, es aber nicht zugeben wollte. »Kannst ihn ruhig lesen. Ich mach das bestimmt nicht. Die Alte kann sich ja jetzt nicht mehr beschweren, die is' ja tot! Guck nich' so streng, Martha! Is' so!«

Simon war plötzlich unsicher – das war ihm jetzt doch etwas zu heiß. Aber da alle ihn so erwartungsvoll ansahen, selbst Jan mit seinem glasigen Blick, ließ er sich relativ schnell überreden. Er begutachtete den Umschlag. »Dem Poststempel nach irgendwas aus den Achtzigern. Aber der Aufkleber hier, der ist erst von letzter Woche.« Und dann zog er das kleine Briefpapier aus dem Umschlag und las den Brief langsam vor.

Danach war es erst mal still, nur das Kaminfeuer knisterte.

Die Bombe war geplatzt. Tillmann hatte das als Erster gemerkt. Schnell war er von seinem Platz aufgesprungen und in Jans Küche geflüchtet, wo er sich an seinem Trockenfutter gütlich tat. Denn mit dem wachsenden Entsetzen, das sich nun im Wohnzimmer ausbreitete, wollte er nichts zu tun haben.

10

Donnerstag, 18. Dezember 1997

»Hast du sie erreicht?« Martha kam mit einem Stapel *Landarzt Dr. Lars Lund*-Groschenromanen aus dem Lager und ging vorbei an Jan, der gerade den Hörer aufgelegt hatte.

»Nein, leider nicht«, sagte er resigniert, und nahm den Stapel in die Hand. »Vielleicht will sie auch einfach nicht rangehen.« Und schon musste die nächste Kundin bedient werden, die auf der Suche nach dem neuesten Kochbuch von Alfred Biolek war. Zum Glück Marthas Steckenpferd.

Das Weihnachtsgeschäft war in vollem Gange, und Jan verschwand mit den Groschenromanen in den hintersten Teil des Ladens, wo er sie schamvoll in das unterste Regalfach einsortierte. Wenn die Leute schon Schund kaufen wollten, sollten sie auf dem Weg dorthin wenigstens an Dostojewski und Dürrenmatt vorbeigehen müssen, um sich so vielleicht noch eines Besseren besinnen zu können.

»Hallo, Herr Weber«, hauchte plötzlich neben ihm eine junge Frauenstimme, und beinahe wären ihm die Heftchen aus der Hand gefallen.

Er schaute nur kurz an einer weißen Hose und einem pinken Wintermantel nach oben, bevor er widerwillig fortfuhr, einen *Lars Lund* nach dem anderen ins Regal zu schieben, ohne ihr ins Gesicht zu schauen. »Maja, was … machen Sie denn hier?«

Das war natürlich eine rein rhetorische Frage, denn beide wussten nur zu genau, warum Maja hier war. Die sehr schöne, aber leider nicht sehr helle Arzthelferin, die aussah wie Schneewittchen, lehnte sich lasziv an die Wand neben dem Regal, strich sich ihre langen, schwarzen Haare hinters Ohr und legte ihren Nacken frei.

»Der läuft gut, der *Lars Lund*, was? Ist bei uns im Wartezimmer auch sehr beliebt. Und nicht nur dort …« Sie tippte mit einem ihrer pink lackierten Nägel auf das Heftchen, das Jan in der Hand hielt, darauf Lars Lund mit langer, blonder Mähne, in einem viel zu weit aufgeknöpften Hemd und einem hübschen, noch blonderen Ding in seinen Armen, das ohnmächtig geworden war. »Kein Wunder, ist ja auch ein gutaussehender Mann. Und er hat so schöne, tiefblaue Augen. Genau wie Sie, Herr Weber! Sexy Strickjacke übrigens!«

»*Lars Lund* ist nichts weiter als eine inszenierte Illusion, mit der gelangweilten Hausfrauen das Geld aus der Tasche gezogen werden soll«, murmelte Jan nur, während er skeptisch an seiner langweiligen Strickjacke heruntersah. »Und meine Augen sind *grau*-blau«, fügte er etwas lauter hinzu, ohne Maja eines Blickes zu würdigen. Er räumte einfach weiter die restlichen Heftchen ins Regalfach, doch als sie nach zwei Minuten immer noch dort stand, schaute er sie plötzlich mutig an. »Suchen Sie was Bestimmtes?«

Sanft öffnete sie ihre zarten Lippen und säuselte: »*Lechzen nach Liebe.*«

Er wandte sich wieder den Heftchen zu. »Das ist Folge 61, die kommt erst im Januar raus. Ich kann Ihnen nur die aktuelle Ausgabe anbieten: *Liebesspiele im Lavendelfeld*. Hier links.«

Sie näherte sich noch weiter an und hauchte ihm ins Ohr: »Oh, Herr Weber! Ist es dafür nicht etwas zu kalt im Winter?«

»Schauen Sie sich einfach um. Frau Krüger steht dort hinter dem Tresen, wenn Sie noch eine Frage haben.« Und damit ließ er sie einfach vor dem Regal stehen, doch Maja schien das nichts auszumachen, kam sie doch oft in ihren Pausen – so wie heute Nachmittag – hierher, um Jan zu sehen. Er hatte ihretwegen sogar schon den Hausarzt wechseln müssen. Die letzte Blutabnahme bei ihr war die reinste Tortur gewesen.

»Na, die Kleine scheint dich ja wohl zu mögen, Jan«, sagte Martha dann normalerweise immer. Doch heute sagte Martha nichts, sondern tat nur wortlos das Geld für das Biolek-Kochbuch in die Kasse.

Jan zischte: »Nächstes Mal, bevor sie mir wieder hinterrücks auflauert, könntest du mich wenigstens vorwarnen, Martha!«

Leicht aufgebracht flüchtete Jan nach nebenan und zerriss die Kartons. Maja Frank. Hübsch ja, aber nix im Kopf. Hatte die überhaupt einen Schulabschluss? Die war ihm intellektuell doch gar nicht gewachsen. Wieso konnte ihm nicht mal Katja B. so hinterherlaufen, wie Maja es tat? Sollte sie sich doch mit Martha unterhalten, die ließ sich ja gern von allen Leuten das Ohr abkauen.

Jan stand im Hinterraum, der gleichzeitig als Lager und Teeküche fungierte, und wartete am Türspalt darauf, dass Maja endlich den Laden verlassen würde. Doch die schien sich immer noch bei *Lars Lund* aufzuhalten, offenbar in der Erwartung, dass Jan dorthin zurückkehren würde, zum weiteren Einsortieren. Indes gab Martha einer Touristin Auskunft, die alles über das Rhiemberger Schloss wissen wollte. Hinter ihr, draußen vor dem Schaufenster, lief auf einmal Katja B. vorbei.

Jan stockte der Atem. Gerade noch hatte er an sie gedacht. Ein Zeichen des Himmels? Donnerstags kam sie immer um diese Zeit aus der Schule. Seit Sonntag hatten sie sich weder gesehen noch gesprochen – den Schlüssel hatte sie ihm tatsächlich nur vor die Tür gelegt. Kurzerhand öffnete er die Verbindungstür, die vom Hinterraum ins Treppenhaus führte, so als ob er »schnell mal« hoch in seine Wohnung wollte.

»Ach, Frau Barloschky, schönen guten Tag!«

Sie ließ die Haustür hinter sich ins Schloss fallen. »Hallo«, sagte sie mit einem sichtlich unterkühlten Blick in seine Augen, um dann die Treppe hochzugehen.

Dumm nur, dass er nicht weitergedacht hatte. Er wollte ihr noch etwas mit auf den Weg geben, sich erklären, aber fand die Worte nicht, und sie war schon fast im ersten Stock angelangt. Frustriert ging er zurück und schenkte sich einen Tee ein.

Martha kam mit einem sehr sorgenvollen Gesicht dazu.

»Sie ist weg. Du kannst aufatmen.«

»Maja?«

Martha schaute Jan an, als sei der gerade vom Bus überfahren worden. »Ja, wer sonst?« Sie wischte leicht abwesend mit einem Lappen über die Spüle, die ohnehin schon glänzte.

Jan zog einen Stuhl unter dem kleinen Tisch hervor. »Komm, setz dich, Martha. Ganz schön was los heute, nicht?«

Martha jedoch trat nur einen Schritt in den Raum hinein. »Es ist nicht deswegen.« Nervös nestelte sie an ihrem Amulett herum, in dem sich ein Foto ihrer Enkeltochter befand. »Es ist Anna-Maria. Du solltest wirklich noch mal mit ihr reden. Sie ist nach der Sache mit dem Brief gestern so überstürzt verschwunden.«

»Ach was, Anna-Maria ist hart im Nehmen. Die wird schon nicht gegen einen Baum gefahren sein.« So wie ihre Eltern, dachte er bei sich. War vielleicht etwas unpassend.

»Aber das wissen wir doch nicht, Jan! Wir müssen der Sache doch nachgehen!«

Jan senkte den Kopf, einfach weil er realisierte, dass er jetzt noch eine Baustelle mehr hatte. Komisch, vor zwei Wochen war sein Leben noch in ruhigen Bahnen verlaufen. Jetzt musste er sich plötzlich um drei Frauen kümmern: Katja, Anna-Maria – und Martha. Und dazwischen so anstrengende Kunden wie Maja. Doch er konnte Martha unmöglich allein mit dieser Sorge lassen. Immerhin war er es, dem dieser Brief in die Hände gefallen war. Und immerhin war Anna-Maria seine alte Sandkastenfreundin. Zerknirscht musste er Martha versprechen, sich gleich noch mal hinter den Hörer zu klemmen. Er ging wieder hinter den Tresen, vorbei am Telefon, brachte erst mal die Bestellungen ordentlich in Reihe. Im Grunde genommen stand in dem Brief doch eigentlich gar nicht viel drin, nur Agnes' Bitte um Verzeihung dafür, wie sie ihre Enkeltochter behandelt, sie abgelehnt hatte, nachdem »es« passiert gewesen war. Sie hätten doch sicherlich gemeinsam eine Lösung finden können. Agnes hatte sich schwere Vorwürfe gemacht. Gott hätte ihr gezeigt, dass sie zu hart gegen ihre Enkelin gewesen wäre.

Aber das war ja alles nichts Neues. War doch eigentlich ganz schön, dass Agnes doch noch zur Einsicht gelangt war. Nur schade, dass Anna-Maria dieser Brief nie erreicht hatte – bis gestern.

In dem Moment klingelten mal wieder die Glöckchen an der Ladentür, und zusammen mit einer ziemlich steifen Brise wehte Anna-Maria herein. »Tag, Bruder!«

Die Hand schon halb am Hörer, wich die Überraschung in Jans Gesicht langsam der Erleichterung. »Tag, Schwester! Was kann ich für dich tun?«

»Wo habt ihr denn die Zeitungen versteckt?«

»Direkt vor dir?!«

»Ah, ach so …« Sie griff sich den *Rhiemberger Boten,* die alteingesessene und natürlich auch einzige Zeitung für die Stadt und das Umland, und blätterte gedankenverloren darin herum. Etwa drei Minuten lang, während Jan ungeduldig mit den Fingern trommelte.

»Willst du sie nur lesen oder auch kaufen?«

»Was? Ach so, ja.« Sie patschte die Zeitung auf den Tresen und kramte in ihrer Handtasche herum. Sie hatte zwischenzeitlich vergessen, wonach sie eigentlich suchte, sah nur Jans fragenden Blick und sagte: »Ich wollt mal in den Immobilienteil schauen. Wie diese Anzeigen so aussehen. Damit ich selbst eine reinsetzen kann. Capice?«

»Die Immobilienanzeigen stehen nur mittwochs und samstags drin. Ich kann dir meine alte Zeitung von gestern geben, wenn du willst.«

»Ach nee, danke, lass mal, da wart' ich lieber bis Samstag.«

»Wenn du meinst. Da drüben« – er zeigte schräg über den Marktplatz – »ist die Redaktion. Daran hat sich auch nichts geändert. Geh doch einfach direkt hin und gib eine Anzeige auf.«

Anna-Maria schaute mit Jan zusammen zu den Fenstern des *Rhiemberger Boten*. Dabei fiel ihr Blick auf den Brunnen. »Hey Jan, weißt du noch, wie wir nachts zwei Packungen Waschpulver in den Brunnen geschüttet haben? Am nächsten Tag war der halbe Marktplatz voller Schaum! Und dein Vater ist im Dreieck gesprungen.«

»*Du* hast das Waschpulver dort hineingeschüttet. Es war dein Geburtstagsgeschenk an mich, meintest du, damit ich gleich morgens, wenn ich aus dem Fenster schaue, was zum Gucken habe.« Jan musste auf einmal lächeln, auch wenn er das eigentlich gar nicht wollte. Irgendwie war es ja auch süß von Anna-Maria gewesen.

»Ach ja, stimmt! Ich musste danach zwei Tage in den Keller, bei Wasser und Brot.« Anna-Maria fuhr es kalt den Rücken herunter. »Aber das war es wert.«

Die beiden wurden von weiteren Kunden unterbrochen, und Anna-Marias Blicke wanderten im Laden umher. Tatsächlich sah der noch so aus wie früher, was ihr ein Gefühl von Heimat gab. Früher als Kind konnte sie mit Büchern nicht viel anfangen – das kam erst später, auf den alljährlichen Mallorca-Urlauben mit Horst, um die langen Zeiten des Schweigens zu überbrücken. Bücher waren da eine schöne Fluchtwelt, so wie dieses Geschäft. Die alten, dunkelbraunen Holzregale strahlten eine große Gemütlichkeit aus, ebenso wie der massive Tresen, der für Jan wie eine Schutzmauer war.

Da klingelten auch schon wieder die Glöckchen. Es war Lena mit ihren beiden Kindern im Schlepptau. Sie wirkte latent gestresst, aber wie immer stets darauf bedacht, sich das nicht anmerken zu lassen. Unter einer Wintermütze schauten die hellen, blonden Haare hervor, und irgendwie sah sie immer noch aus wie Anfang 20. Während sie zu Jan und Anna-Maria an den Tresen ging, blieben Julia und Philipp etwas schüchtern hinter ihr stehen. Ganz die Mama.

»Hallo Anna-Maria! Hallo Jan, wie geht's dir?«

»Hallo Lena. Geht so. Bisschen viel los gerade. Hallo Kinder.« Das war seine allgemeine Begrüßung an kleine Buchladenbesucher, denn so musste er sich ihre Namen nicht einprägen.

»Wie heißt ihr denn?«, fragte Anna-Maria. »Der Onkel kann sich das ja offenbar nicht merken. Ist schon etwas alt, wisst ihr.«

Jan zog eine sauertöpfische Miene, Lena wurde mal wieder rot, Julia und Philipp kicherten, und Anna-Maria verwickelte sie in ein Gespräch.

Lena sprach nach dem gestrigen Abend lieber mit Jan, während sie den schweren Korb, der bereits angefüllt war mit allerhand Einkäufen, immer noch in der Hand hielt, anstatt ihn abzusetzen. »Es wird irgendwie gar nicht weniger. Ich muss noch so viel erledigen und mir fehlen noch so viele Geschenke. Ich dachte, dass ich hier bei dir bestimmt was finde, für meine Schwiegereltern und so weiter.« Lena schaute sich nervös nach ihren Kindern um, doch die waren mit Anna-Maria schon im hinteren Teil des Ladens verschwunden. Dort – ganz in der Nähe vom *Lund*-Schund – war eine Kinderecke, die Martha kürzlich erst eingerichtet hatte, vor allem, um Jans Nerven zu schonen und dem Laden einen Anstrich von Kinderfreundlichkeit zu geben. Mit dem Blick halb nach hinten gerichtet, fragte Lena Jan: »Hattet ihr noch einen schönen Abend gestern?«

Jan schaute von seinen Bestellungen auf. »Ja, nun ja, es ist da noch so einiges zum Vorschein gekommen …«

Lena nahm das als positives Signal auf. »Ach schön. Wie fand Simon die Diddl-Maus?«

»Er meinte, er würde sich am liebsten übergeben.«

Lena presste die Lippen aufeinander. »Ach schön! Was? Ach so! Haha.«

»Ich meinte aber eigentlich noch etwas anderes, Schlimmeres.«

»Oh. Ist etwas passiert?«

Wie ein altes Waschweib stützte Jan sich auf dem Tresen auf und wollte zu einem Bericht ansetzen, doch er musste stocken, denn da schob sich auch schon Anna-Maria ins Bild und stützte sich, Jan nachäffend, ebenfalls auf dem Tresen auf, und schaute Jan und Lena herausfordernd an. »Na, was gibt's Neues? Hat die Hoppe-Schlenker ein neues Haarspray? Ist Kurt einen Zentimeter gewachsen?« Und als keiner antwortete, fuhr sie unbeirrt fort. »Du hast da zwei sehr brave Kinder, Lena. Bisschen zu brav vielleicht. Musst aufpassen, dass die später nicht überpubertieren und 'ne Drogenkarriere starten. Wobei … Das gibt dann ein schönes Zeugnis ab bei ihrer Taufe! Drogen- und Gefängnisstorys kommen immer super bei Taufen.«

Lena versuchte mit ihren Gesichtsmuskeln ein Lächeln zu fabrizieren.

»Anna-Maria!« Martha stand im Türrahmen und schlug die Hände zusammen. »Wir haben uns solche Sorgen gemacht!«

Du, Martha, nicht *wir*, dachte Jan.

»Was? Warum das denn?«

»Weil du gestern so schnell weg warst. Nach dem Brief. Und dann noch der Wein …«

»Ach, da mach dir mal keine Sorgen, Martha. Ich bin schon mit wesentlich mehr Promille über die Straßen gedonnert. Und hier schläft die Polizei ja nachts noch.«

Jan versuchte einen neuen Ansatz. »Aber das mit dem Brief, das war wirklich in Ordnung für dich?«

Anna-Maria bemerkte die wachsende Neugier, gab sich bewusst zugeknöpft und winkte nur ab: »Ach, das war doch nichts.«

Nun platzte es aus Lena heraus. Deutlich aufgeregt und leicht errötet fragte sie: »Kann mir mal einer sagen, was da gestern bei euch noch los war? Was stand denn nun in diesem Brief?«

Jan wollte gerade zu einer Zusammenfassung ansetzen, doch da strömte auch schon eine halbe Busladung Rentner herein, die das Schloss und die Altstadt besichtigt hatten, nun nach Souvenirs lechzten und Martha und Jan sogleich mit Beschlag belegten.

Anna-Maria flüsterte Lena konspirativ ins Ohr: »Die fleischfarbene Handtasche meiner Großmutter hat zu uns gesprochen.«

»Was?«

Lena zog Anna-Maria am Ärmel: »Komm, bitte erzähl es mir. Was war in der Handtasche?«

»Die Storys von der wilden Lederbraut aus der Großstadt sind spannender, als das Kreuzworträtselbuch für Schwiegermutti zu kaufen, was?«, sagte Anna-Maria. Und mit einem Blick auf die rüstigen Rentner, die alle in Beige gekleidet waren und die beiden in alle Richtungen schoben, um die Waren betrachten zu können: »Lass uns lieber nach nebenan gehen, ins Café. Riecht mir zu sehr nach Erde hier.« Ein älterer Mann starrte sie entsetzt an.

Lena zögerte noch, aber ihre Neugierde war einfach größer.

Anna-Maria machte entschlossen ihre Jacke zu und griff den *Rhiemberger Boten* vom Tresen. »Tschüss Jan, bis bald! Das Geld für die Zeitung gebe ich dir nächstes Mal.«

Jan, der sich gerade in den Fängen eines schwäbischen Ehepaars befand, konnte nur gequält lächeln.

11

Donnerstag, 18. Dezember 1997

Das Café Meyerbeer lag gleich neben Jans Haus und war ebenso wie die Buchhandlung eine Institution in Rhiemberg, nicht zuletzt wegen der leckeren Torten und Kuchen, die in dem langen Tresen im Erdgeschoss gefällig drapiert waren. Alles war wie vor 50 Jahren eingerichtet, aber noch sehr gepflegt. Das Publikum des Cafés machte denselben Eindruck: ältere Menschen in Beige, viele graue und weiße Häupter. Hier wurde der Kaffee noch im Kännchen serviert. Anna-Maria stöhnte, als sie beim Reinkommen hinter einem Rollator herdackeln mussten, aber der Anblick der Kuchen und Torten in der langen Glasvitrine sowie der Duft des Kaffees versöhnten sie schnell. In der Kindheit, auf dem Weg zu Jan, hatte sie sich hier öfter mal etwas stibitzt, aber nach ihrer neuerlichen Hinwendung zum Glauben in Hannover (inklusive Geistestaufe, natürlich!) war sie zur Buße geführt und dazu überredet worden, überall reinen Tisch zu machen und um Vergebung zu bitten, so auch hier. Eine sehr einseitige Läuterung, wie sich zeigte. Denn die Cafébetreiberin hatte leider nicht, wie erwartet, mit Tränen der Rührung und einem kleinen niedlichen Zeitungsartikel reagiert, sondern nur mit ihrer Bankverbindung. Das war Anna-Marias letzter Kontakt nach Rhiemberg gewesen, bevor sie die Nachricht vom Tod ihrer Großmutter erreichte.

Doch zum Glück war die Cafébesitzerin nicht anwesend, und nun standen erst mal irdische Entscheidungen auf dem Programm. Nussecke oder Schwarzwälder Kirsch? Kaffee oder Tee? Nachdem sie sich etwas ausgesucht und die altmodischen Zettelchen mitgenommen hatten, die ihnen das Kuchenmädchen mit der Haube auf dem Kopf in die Hand gedrückt hatte, setzten sie sich in eine gerade freigewordene Fensternische im Obergeschoss, wo ihnen alsbald alles auf kleinen Metalltabletts mit weißen Papierdeckchen serviert wurde.

»Ich habe aber wirklich nicht so viel Zeit, Anna-Maria.« Lena schaute schuldbewusst, während sie emsig den heißen Kakao ihres Jüngsten kälter pustete. »Neugierig bin ich aber schon …«

»Ja, also …« Anna-Maria schluckte schnell das Stückchen Kuchen herunter, das sie gerade im Mund hatte. »Um es kurz zu machen: Ich hatte damals 'nen Braten in der Röhre.«

Lena schaute von ihrem Kakao auf und hatte nur Fragezeichen im Gesicht. Das ging ihr jetzt doch etwas zu schnell.

»Ein Brötchen im Ofen!«

»Tut mir leid, Anna-Maria, ich verstehe nicht?«

»Na, ich war schwanger!«

Lena reagiert mit ihrem üblichen Erröten und dem unvermeidlichen »Oh!«. Mehr brachte sie nicht heraus.

»Schwanger kennst du doch, oder sind deine etwa durch unbefleckte Empfängnis entstanden?«

»Ich bin verheiratet!«

»Mit Robert, nich'? Tja, ich war das halt damals nicht. Also weder mit Robert noch mit 'nem anderen.«

»Und wer war der Vater?« Lena genehmigte sich einen Biss in einen Sandkeks.

Anna-Maria wirkte nachdenklich. »Wenn ich das wüsste … Da waren so viele.«

Aus Lenas Mund kamen plötzlich Kekskrümel heraus. Sie hatte sich verschluckt und hustete.

»Das war ein Scherz, Lena! Spül mal ordentlich mit deinem Tee nach. Dann staubt's hier auch nicht mehr so.« Anna-Maria wedelte mit ihrer Hand die imaginäre Staubwolke weg.

»Tut mir leid«, sagte Lena, obwohl es gar nichts zu entschuldigen gab.

»Man, Sandkeks und Kamillentee – du lässt es ja heute richtig krachen!«

Anna-Maria lachte laut, guckte aus dem Fenster und lächelte dann genüsslich schmatzend Julia und Philipp zu, die der Hustenanfall ihrer Mutter herzlich wenig interessierte. Sie hatten nämlich unten auf dem Marktplatz einen Weihnachtsmann entdeckt. Er hatte Anna-Maria als Hauptattraktion offenbar abgelöst. Das galt aber nicht für Lena. Die hielt ihren halb gegessenen Sandkeks in der Hand und war voller Fragen.

Anna-Maria hatte einen Moment der Erkenntnis. »Mir tut es leid, Lena. Ich kann mich leider nicht so gewählt ausdrücken wie der Herr Buchhändler. Aber ich bessere mich! Früher war ich noch schlimmer.« Sie gestikulierte mit ihrer Kuchengabel. Aber ich war keine Schlampe!«

Lena schluckte. Zum Glück hatte auch das Café eine Kinderspielecke in Sichtweite, und so schickte Lena die beiden ganz schnell dorthin.

Nach einer kurzen Pause fragte sie: »Und wer war jetzt der Vater?«

»Da kam natürlich nur einer infrage, aber der wollte von dem Kind nichts wissen. Da habe ich ihm den Laufpass gegeben. So ein Schlappschwanz, echt. Lurchi, aus der 11 b. Olaf heißt der eigentlich. Keine Ahnung, was der jetzt macht, will ich auch nicht wissen. Ich hatte damals mit Ach und Krach den Realschulabschluss fast in der Tasche. Es waren nur noch ein paar Wochen. Doch dann blieb meine Regel aus, die Morgenkotzeritis ging los, und ich musste irgendwie mal klarkriegen, wie das alles weitergehen soll. Wegmachen kam für mich nie infrage. Die Sache mit Lurchi war durch, mit meiner Großmutter konnte ich nie im Leben darüber reden. Und so bin ich zu meiner damals besten Freundin Daggi. Was, wie sich zeigte, der größte Fehler von allen war.«

»Und was war mit Jan?«

»Haha, guter Witz! Der hatte damals noch keine Ahnung von nichts. Hing irgendwann nur noch über den Schulbüchern, sollte natürlich nur Einsen nach Hause bringen. Und ganz der brave Sohn, hat er auch immer schön gemacht, was seine Eltern von ihm wollten. Bis heute. Im Nachhinein hätt ich aber trotzdem lieber mit ihm darüber reden sollen. Der hätte wenigstens dichtgehalten. Doch ich dachte, Daggi versteht das besser. Tja, selbst schuld, dass ich es ihr gesagt habe. Die konnte noch nie was für sich behalten. Nach einer Woche wusste es die halbe Schule. Und irgendwann hat es dann ein Lehrer meiner Großmutter gesteckt. Und ich hab nix davon mitbekommen. Ich dachte, ich hätte noch ein paar ruhige Wochen …«

»Wie hat sie reagiert?«

»Anders als ich dachte. Einfach so mittags, als ich nach Hause kam. Ich so: ›Was gibt's zu essen?‹ Da hat sie die Suppenterrine auf den Tisch geknallt und gefragt: ›Ist es vom Olaf?‹ Mehr nicht. Ich hab nur mit den Schultern gezuckt. Dann ist sie sofort aus dem Haus, zu Lurchis Eltern. Aber die haben sich schön vor ihren Sohnemann gestellt. Haben gesagt, das Kind wäre nicht von ihm, und vielleicht wär ich ja noch nicht mal schwanger. Für sie waren wir arme Schweine, die nur an ihr Geld wollten. Als wenn die Krösus wären. Aufgeblasene Sägewerksbesitzer sind das. « Sie nahm einen großen Schluck aus der Tasse.

»Aber das war doch sehr nett von deiner Großmutter, dass sie sich so für dich ins Zeug gelegt hat.«

Anna-Maria lachte höhnisch. »Ja genau, total selbstlos. Man Lena, der ging es doch nur um ihren Ruf! Stell dir mal vor: Die heilige Kinderstundentante ohne Fehl und Tadel – und dann missrät ihr ausgerechnet ihr eigenes Kind? Dass dann auch noch unehelich schwanger wird? Das war eine Schande für sie! Ich sollte so schnell wie möglich unter die Haube, solange man noch nichts sehen konnte, und dann mit Lurchi und Kind brav jeden Sonntag neben ihr in der Reihe sitzen. Tja, der Plan ging wohl nicht so richtig auf …«

»… weil Lurchi nicht wollte«

»Genau. Sie war schon drauf und dran, mich mit Jan zu verheiraten, wie ich später erfahren habe. Oder mit Kurt.« Anna-Maria lachte laut auf, und steckte damit auch Lena an. »Stell dir das mal vor! Nur waren die ja nicht volljährig, und die Zeit drängte, damit fiel diese Option auch weg. Ich hab ja eh nicht mehr geredet mit ihr, und wenn, dann nur geschrien. War drauf und dran, abzuhauen, wusste aber nicht wohin, hatte ja auch kein Geld. Aber dann sind Horst und ich uns nähergekommen.«

»Dein Mann.«

»Ex-Mann! Er war Lurchis bester Freund. Und irgendwie viel netter als der Lurchi, was ich leider erst später gemerkt hab. Lurchi hatte es ihm erzählt, sich bei ihm ausgekotzt über mich, und Horst hat ihm ordentlich den Kopf gewaschen – und dann mich getröstet. Da wurden wir ein Paar. Er wollte sich um mich und das Kind kümmern. Und da war uns klar: Bevor das hier die Runde macht, sind wir weg. Horst hatte seine Ausbildung zum Tischler ohnehin gerade beendet, der würde auch woanders was finden, hat er gesagt. In Hannover. Sein Onkel hatte ihm da was organisiert in einer Tischlerei. Aber das dicke Ende kam ja erst noch …«

»Und du wolltest das hier einfach alles so zurücklassen?«

»Lena, das war Ende der Siebzigerjahre! Was sollte ich denn machen? Kannst du dir vorstellen, was hier los gewesen wäre? Hexenverbrennung auf dem Marktplatz! Ich wollte es eigentlich niemandem sagen! Einfach abhauen!«

»Was ist eine Hexe?«, fragte Philipp, der unbemerkt am Tisch aufgetaucht war.

Lena schaute Anna-Maria an, und dann ihren Kleinen. »Das ist nichts für kleine Kinder. Aber wenn ihr größer seid, lese ich euch mal ein Märchen vor.« Damit schickte sie Philipp wieder fort.

Anna-Maria schaute ihm nach. »Also so ruhige Kinder wie deine hab ich noch nie gesehen. Mit welchen Medikamenten hast du die denn ruhig gestellt?« Sie grinste. Dann plötzlich wurde sie ernst, weil sie merkte, dass Lena sie ja noch fast gar nicht kannte und sie geschockt anschaute.

Anna-Maria fiel das Gebetskärtchen von gestern wieder ein. »Und Robert? Ist das dein Mann?«

Lena löste sich aus ihrer Schockstarre und nickte beschämt. »Oh. Bitte entschuldige. Der Hauskreis kennt meine Anliegen schon in-

und auswendig, deshalb schreibe ich oft nur ›Robert‹ auf.« Sie machte eine Pause. Dann schob sie hinterher: »Er ist kein Christ.«

»Ach so, verstehe. Und hör bitte auf, dich ständig zu entschuldigen.«

»Oh, okay, ja, Entschuldigung« Lena blickte traurig auf ihre Sandkekskrümel. »Er sieht es eigentlich nicht so gern, wenn ich viel Zeit in der Gemeinde und mit dem Hauskreis verbringe. Ich hoffe, dass er mir später keine Vorwürfe macht, dass ich zu lange …« Sie schaute verlegen aus dem Fenster auf die Uhr am Rathaus. »Er kommt nämlich bald nach Hause.«

Anna-Maria musste sehr viele Gedanken und Gefühle, die in ihr hochkamen, hinunterschlucken, um sich nicht in eine Hassrede über ihren Ex-Mann und Männer im Allgemeinen hineinzusteigern. Automatisch griff sie in ihre Handtasche und hatte die Zigarettenschachtel schon in der Hand, doch ließ sie dann wieder fallen. »Sollen wir zahlen? Nicht, dass ich nachher noch der Grund für einen Ehekrach bin.«

Lena wurde rot und wehrte ab: »Nein, nein, so schlimm … ist es auch wieder nicht. Er ist eigentlich ein total Lieber.«

Anna-Maria atmete tief ein und aus. Das sagen sie alle, dachte sie. »Ich nehme an, du hast schon oft versucht, ihm Jesus schmackhaft zu machen – nur, dass die Gemeinde hier nicht wirklich appetitlich ist?«

Lena stützte sich auf den Tisch. »Er hat sich immer dagegen gewehrt, hat sonntags lieber freiwillig mit den Kindern was gemacht. Er meinte ja immer, dass die Gemeinde nur an mein Geld will.«

»Und du hast ihn dann irgendwann so weich gekocht, bis er mitgekommen ist.«

Lena nickte. »Wenn ich ihm verspreche, dass ich danach nie wieder davon anfange. Und dann hat Kurt ausgerechnet an dem Tag über Geld gepredigt. Und dass wir ruhig alle etwas mehr spenden könnten. Er verwaltet ja auch die Gemeindekasse und so weiter …«

»Klar. Er macht ja alles, was er nicht für Frauenarbeit hält.«

»Robert ist mitten in der Predigt rausgestürmt.«

»Also mit ihm als Leiter wird es die Gemeinde nicht mehr lange machen, glaub ich. Gründet mit eurem Hauskreis lieber eine neue. Allerdings, mit deinem Robert, da habe ich grad so eine Idee ...«

Lena konnte da nur milde lächeln. Sie hatte kaum noch Hoffnung, dass sich bei Robert was tun würde. »Die Gemeinde ist ein Reizwort für ihn. Und manchmal würde ich mir auch einfach eine andere wünschen – in die man wirklich mal jemanden mitnehmen kann. Ohne dass man sich schämen muss.«

Anna-Maria nahm sich vor, Lena später lange zu drücken. Sehr lange.

»Ich würde so gern wissen, wie es weitergegangen ist.«

»Ah! Ja! Wo war ich ...?«

»Das dicke Ende ...?«

»Ach ja! Tja, du musst halt wissen: Es waren die Siebziger! Da galt die Devise: Worüber wir nicht reden, das existiert auch nicht. Also redete man einfach nicht darüber. Zumindest nicht mit mir. Ich war einfach nur noch Luft. Agnes konnte mir ja mit nichts mehr drohen, das war ihr Problem. Schließlich war ich fast volljährig. Und ich hatte den Realschulabschluss fast schon geschafft, wenn auch nicht glorreich. War ja auch mal sitzen geblieben ...«

»Aber deine Großmutter wusste doch gar nicht, dass du abhauen willst, oder?«

»Das stimmt. Das hätte sie mir wohl nicht zugetraut. Das mit Horst hatte sie auch nicht mitbekommen. Wir haben uns nur heimlich getroffen. Und Agnes konnte nicht ewig den Kopf in den Sand stecken. Irgendwann würde mein Bauch zu sehen sein. Doch sie wollte erst mal Schadensbegrenzung betreiben. Dass es die Schule wusste, war schon schlimm genug. Es durfte aber auf keinen Fall sonst noch jemand erfahren, schon gar nicht die Nachbarn. Und die Gemeinde sowieso nicht! Versuch das mal, in einer Kleinstadt! Mir war in dem Moment sowieso schon alles egal. Wenn meine Großmutter es wusste, konnten es auch alle anderen erfahren. Sollte sich das doch rumsprechen. Ich hatte sogar schon überlegt, es in der Gemeinde zu verkünden. Wär richtig gut gekommen, vor allem für

Agnes. Damit hätt' ich ihr noch mal so richtig schön einen reinwürgen können. Hatte mir das irgendwie so nett vorgestellt, sonntags im Gottesdienst, zwischen allen anderen Bekanntmachungen: Leute, Lurchi und ich haben einander erkannt. Ich hab mich befruchten lassen! Danke, Großmutter! Danke, dass du mich immer in den Keller geprügelt und dort eingesperrt hast, hat leider nichts gebracht. Ich bin ein gefallenes Mädchen. Aber mit Realschulabschluss! Hier, seht mal!« Anna-Maria tat so, als wenn sie ein Zeugnis hochhielt und mit der anderen ihren Babybauch streichelte. Sie lachte wieder. »Aber da bin ich schon lange nicht mehr hingegangen. Und ich dachte eigentlich, dass es sich schon längst rumgesprochen hatte. In der Schule wussten es nämlich irgendwann alle. Aber Agnes hatte die Gemeinde gut unter Kontrolle. Falls jemand sie darauf ansprach, sagte sie, dass das alles nur Gerüchte sind. Tja, und dann, an einem Dienstagnachmittag, das weiß ich noch, da gab es dann den großen Knall …«

Anna-Maria erzählte davon, und erst als das Kuchenmädchen wiederkam, um zu fragen, ob sie noch etwas bestellen wollten, wurde sie aus ihrem Redefluss gerissen. Lena sagte gar nichts mehr, saß nur noch mit offenem Mund da. Es war wie ein Stillleben: Lenas Kinder drückten ihre Nasen an der Scheibe platt, um den Weihnachtsmann zu sehen, Lena starrte auf Anna-Maria und Anna-Maria auf das Kuchenmädchen. Das wiederum wurde im selben Moment plötzlich und ruckartig durch die leibliche, mentale und olfaktorische (Altdamen-Parfüm) Präsenz von Berta (mit Stock und Hut) und Elvira (das Vogelnest frisch durchonduliert) verdrängt und huschte ängstlich von dannen.

»Lena. Anna-Maria. Guten Tag.« Jedes von Bertas Wörtern klang wie eine Gewehrsalve, als säße sie auf einem Hochsitz und würde auf Rehe und Hirsche in der Lichtung abfeuern. Ihr grüner Rock mit dazu passender Weste mit Hirschknöpfen sowie das obligatorische Jägerhütchen mit der Feder verstärkten diesen Eindruck.

Auch Lena und Elvira sagten brav Guten Tag.

Anna-Maria zog eine Augenbraue hoch. »Ja. Hallo.«

»Wir haben gehört, du bleibst länger hier?«, fragte Berta mit eindringlichem Blick – und die Feder an ihrem Hut schien sich noch mehr aufzurichten, fast wie eine Antenne.

»Ja, vielleicht, keine Ahnung …«

Berta feuerte weiter ihre Salven ab. »Du tauchst ja genauso schnell auf wie du wieder verschwindest. Das war ja damals auch schon so …«

… nachdem dein Mann mir das Kind wegmachen wollte, dachte Anna-Maria und ballte die Faust unter dem Tisch.

12

Donnerstag, 18. Dezember 1997

Sie musste erst mal ein paar Runden über die Landstraße drehen. Soweit sie diese vor lauter Rauch überhaupt noch sehen konnte. Die Zigarettenpackung war fast leer. Im Sommer wäre sie mit ihrem Motorrad über die Hügel gekurvt. Irgendwo musste sie hin mit dieser negativen Energie. Dieser Wut. Auf ihre Großmutter. Die Jacobsens. Diese Gemeinde. Diese Stadt. Wieso war sie überhaupt zurückgekommen? Warum war sie nicht in Hannover geblieben? Warum musste sie ausgerechnet an den Ort zurück, an dem all diese Erinnerungen wieder hochkamen? Während die Bäume an ihr vorbeizogen, erschienen auch die Szenen mit den Jacobsens wieder vor ihren Augen. Damals, dieser Dienstagnachmittag, als Anna-Maria in Jogginghose und langem T-Shirt die Treppe runterkam, standen sie dort auf einmal: Agnes, und neben ihr Kurt Jacobsen senior und zwei weitere »Brüder« aus der Gemeindeleitung. Eduard war nicht dabei, denn er war gerade im Urlaub. Sie hatten den Moment gut abgepasst.

»Ah, hast du doch noch die Exorzisten gerufen. Hat aber lange gedauert…«, spottete Anna-Maria.

Ihre Großmutter sagte nichts, stand mit einem harten Gesicht unten an der Treppe, aber mit feuchten Augen.

Kurt Jacobsen senior nahm seinen Hut ab, als stünde er an einem Grab. Seine Augen, fixiert auf Anna-Maria, verengten sich zu kleinen Schlitzen. Betont ruhig sagte er: »Wollen wir uns nicht ins Wohnzimmer setzen und in Ruhe über alles reden?« Der Satz war weniger eine Frage, sondern vielmehr ein Befehl, fast schon eine Drohung.

Anna-Maria gab sich lässig. »Leute, ich bin schwanger und muss ständig pieseln. Wenn ihr nicht gleich in einer Pfütze stehen wollt, dann macht es lieber kurz.«

Kurt Jacobsen senior ignorierte das geflissentlich, sprach salbungsvoll, während die anderen drei stumm blieben. »Anna-Maria, wir wollen dir helfen«.

»Dann lasst mich aufs Klo.«

»Deine Großmutter wäre bereit, mit dir zum Arzt zu gehen.«

»Oh, super. Ziehen wir das Kind dann gemeinsam auf? Eine schöne kleine Familie? Zwei prügeln besser als einer, was, Agnes?«

Agnes wurde ganz bleich im Gesicht. Sie hatte Anna-Maria stets streng verboten, sie beim Vornamen zu nennen.

»Du wolltest es doch schnell machen, Anna-Maria«, sagte Kurt Jacobsen senior streng. »Deine Großmutter geht mit dir zum Arzt. Noch haben wir ja gar keine Gewissheit, ob du wirklich ...«

»Ihr meint, ich lüge, oder was?«

»Es wäre besser für dich – für uns alle –, wenn da ... nichts unterwegs ist. Das würde dir und uns viel Ärger ersparen.«

»Ja, sicher.« Anna-Maria krallte sich voller Wut am Treppengeländer fest, sodass ihre Knöchel ganz weiß wurden.

»Und wenn doch, dann ...«

»... wird wieder die Hexenverbrennung auf dem Marktplatz eingeführt?«

»Anna-Maria!« Agnes kullerten nun die Tränen die Wangen herunter.

Kurt Jacobsen senior fuhr betont ruhig, aber sichtlich angespannt fort: »... dann sollte der Vater schnellstmöglich um deine Hand anhalten. Das geziemt sich so.«

Anna-Maria konnte nur lauthals auflachen. »Der Lurchi kann gar nichts – ›geziemen‹ schon mal gar nicht.« Sie malte die Anführungszeichen in die Luft, begleitet von einem verächtlichen Gesichtsausdruck. »Der pinkelt gegen den Wind und kann noch nicht mal Zigaretten aus dem Automaten holen. Dass der mit seinem kleinen Lurchi mal was hinkriegt ... das war wohl eher ein Glückstreffer. Lieber geh ich ins Kloster, als den zu heiraten! So, und jetzt muss ich wirklich mal ...« Sie wollte die Brüder, die direkt vor der Treppe standen, beiseiteschieben, doch die ließen sie nicht durch. »Hey! Sagt mal, geht's noch? Ich dachte, ihr wolltet ins Wohnzimmer?«

Kurt Jacobsen senior wurde plötzlich laut: »Anna-Maria, entweder du heiratest ihn oder ...«

»Oder was?«

»Oder es wäre besser, das Kind wird nicht geboren. Wie sieht das denn in der Stadt aus? Du ziehst unser Bild in den Schmutz. In unserer Gemeinde ist kein Platz für ein Balg, das in Sünde gezeugt wurde.«

Anna-Maria war plötzlich ganz ruhig. »Tja, in meinem Bauch aber schon«. Und damit zog sie ihre Hose runter und pinkelte mitten auf die Treppe.

»Du tauchst ja genauso schnell auf, wie du wieder verschwindest«, wiederholte sich Bertas Gewehrsalve von eben in ihrem Kopf. »Das war ja damals auch schon so. Und deine Familie? Ist die noch in Hannover?«

»Du meinst mein Kind, das ›in Sünde gezeugt wurde‹, wie du es damals gesagt hast? Ja, das habe ich *nicht* wegmachen lassen, wie dein Mann es damals vorgeschlagen hat!«

»Du redest Unsinn, Anna-Maria, und das weißt du ganz genau«, sagte Berta.

»Im Gegensatz zu dir war ich damals dabei, Berta! Du meintest damals: ›Wer solche kurzen Röcke trägt, der sündigt auch gern.‹ Dabei habe ich nur ein einziges Mal einen Rock getragen. Bei meiner Einsegnung!«

»Und der war auch zu kurz!«, regte sich Berta auf.

»Tja, Jesus liebt mich trotzdem, Berta. Dem ist die Kleidung nicht so wichtig wie dir.« Anna-Maria machte eine Atempause. »Gott sieht das Herz an.«

»Aber an deinen Taten wird er dich erkennen.«

»Meinst du, ich habe das geplant mit der Schwangerschaft? Stolz war ich da auch nicht drauf. Aber was verteidige ich mich hier eigentlich? Hätte ich das Kind wegmachen sollen, wie die lieben Brüder das damals wollten? Ist das etwa christlich?«

»Ach, das ist doch Humbug, Anna-Maria, und das weißt du auch! Er wollte dir nur helfen. Dass alles in geordneten …«

»… Bahnen verläuft, jaja, damit es bloß kein Gerede in der Stadt gibt und die Gemeinde gut dasteht, am besten noch mit einer schönen Hochzeit: Die geläuterte Anna-Maria, die nun zur braven Hausfrau mutiert, und der frisch bekehrte Lurchi, der nun wieder zum Olaf geworden ist, mit Seitenscheitel!«

»Du übertreibst maßlos, Anna-Maria.«

Anna-Maria schaute wieder auf. »Ich kann mich noch sehr gut dran erinnern, was dein Mann damals gesagt hat. Hab es gerade Lena erzählt.«

»Ach, jetzt wickelst du auch noch andere Menschen aus der Gemeinde in deine Geschichten ein! Leute, die das gar nicht beurteilen können.«

Berta stampfte wieder mit ihrem Gehstock auf und blickte abschätzig auf Lena herab, die mit hochrotem Gesicht dasaß und kein Wort herausbrachte.

»Wie ist das denn jetzt gemeint?«

»So wie ich es sage. Lena war damals gar nicht dabei. Sie kennt unsere Gemeinde noch nicht so gut. Außerdem ist ihr Mann …«

»… kein Christ? Und deshalb ist Lena nur ein halber? Willst du das sagen?«

Anna-Maria schmiss ihre Handtasche in die Ecke und erhob sich, sodass sie sich nun Aug in Aug mit Berta gegenüberstand. Auch Lenas Kinder hatten nunmehr festgestellt, dass das hier spannender war als der Weihnachtsmann unten auf dem Marktplatz. »Willst du das sagen?«

Berta schaute verwirrt drein. Widerworte war sie nicht gewohnt. »Anna-Maria, es geht hier nicht um uns. Es geht um den Herrn.

Um die Unterweisung unter seinem Wort. Und wie man ein rechtes Christenleben führt.«

Anna-Maria stemmte die Hände in die Hüften. »Ach, und dazu gehört, über andere Menschen zu richten und sie zu verurteilen?«

»Es geht darum, was Gott von uns will.«

»Und du weißt das also besser als wir?«

»Ich habe mehr Erfahrung, Anna-Maria. Lebenserfahrung. Und ich bin viel länger mit dem Herrn unterwegs. Lass dir eines gesagt sein: Der schmale Weg zur Erlösung heißt auch Entbehrung und Verzicht.«

»Ja, und *du* hast vor allem auf Freude verzichtet in deinem Leben, das sieht man dir an. Hat dir nicht unbedingt gutgetan.«

Berta war kurz davor, mit Stock und Handtasche auf Anna-Maria einzuprügeln.

Nun schritt Elvira auf den Plan, legte den beiden ihre Hände auf die Unterarme. »Anna-Maria, Berta, bitte. Jetzt streitet doch nicht. Wir freuen uns doch, dass du wieder hier bist.«

Anna-Maria fuhr tatsächlich wieder einen Gang runter. »Du vielleicht, aber sie bestimmt nicht.«

Elvira hakte sich bei Berta ein. »Nun komm, Berta, wir setzen uns da drüben hin und lassen die jungen Leute in Ruhe. Ihr habt euch sicherlich viel zu erzählen, nicht, Anna-Maria? Und wir sehen uns doch jetzt sicherlich öfter, kommst ja vielleicht auch mal wieder in die Gemeinde. Jetzt, wo du das schöne Fachwerkhaus übernimmst von deiner Großmutter.«

»Ich werde es verkaufen, Elvira. Oder besser noch abbrennen. Ist ja schließlich ein entheiligter Ort. Dort wurde ein Kind in Sünde gezeugt!«

Der kleine Philipp lehnte sich plötzlich an seine Mama an. »Eine Hexe, wohnt die in so einem Fachwerkhaus?«

Die Bürgersteige waren schon längst hochgeklappt, als sie in den Uferweg einbog. Viel zu viel Benzin verfahren. Und dann dieses Haus. Dieser kalte Kasten aus Holz, Stein und Lehm, in dem sie nicht besonders viel Gutes erlebt hatte. Sie nahm ihre Handtasche vom Beifahrersitz, schloss die Autotür, bog um die Hausecke und erschrak.

Da saß sie vor der Haustür, auf ihrem Koffer, lange Stiefel, kurzer Mantel, ebenfalls rauchend.

»Alex!«

»Mann, Mama, wo warst du denn? Ich frier mir hier echt den Arsch ab!«

»Kein Wunder. Dein Rock ist auch viel zu kurz.«

13

Freitag, 19. Dezember 1997

Der Aufstieg unters Dach war nicht ganz einfach. Baupolizeilich war das Ganze hier höchst bedenklich. Wie konnte man nur einen Mitarbeiter hierhin verfrachten? Die ersten Etagen hatte Eduard vom Keller aus noch mit dem altmodischen Paternoster überwinden können. In der dritten Etage war er mit einem gekonnten Schritt auf die oberste Ebene des wunderschönen, altehrwürdigen Treppenhauses getreten, mit den prächtigen alten Teppichen und den frisch polierten Lüstern und Wandlampen. Auf der Freitreppe unten hatte er noch ein glückliches Brautpaar erspähen können, das sich vom Hochzeitsfotografen hatte ablichten lassen. Wie lang es wohl schon her war, dass er selbst mal eine Trauung durchgeführt hatte? Er konnte sich nicht mehr erinnern, und wischte dann diesen Gedanken schnell beiseite. Dann war er geräuschlos in den dunklen Seitenkorridor entwichen und hatte an die schwere Eichentür geklopft. Hinter der saßen die Damen, die wie Zwillinge ausschauten: beide an ihren Schreibmaschinen, in Bleistiftröcken, und mit so fest gebundenen Dutts, dass ihre Augen schon zu engen Schlitzen geworden waren. Doch die Frauen hatten ihn relativ brüsk abgelehnt. Da ginge jetzt vor Weihnachten gar nichts mehr, hatten sie gesagt. Er solle nicht vor Mitte Januar wiederkommen, wenn nicht sogar später, hier staple sich die Arbeit. Als er fast schon die Tür hinter sich geschlossen hatte, hatte die eine noch leicht verächtlich hinzugefügt, er könne es ja mal oben versuchen, bei dem Herrn von Stein. Und so war er nicht nach links, zurück zum Treppenhaus, sondern bis zum Ende des Korridors weitergegangen, durch die hintere, unscheinbare Tür, ins Seitentreppenhaus, das im Vergleich zum Haupttreppenhaus kärglich aussah – und auf seinen letzten Metern eher einer Hühnerleiter als einer Treppe glich. Eduard ging gemütlich die steilen Stufen hoch, und es klappte erstaunlich gut. Durch ein verschmutztes altes Fenster in einer kleinen Gaube konnte er unten auf der Gasse noch einzelne, mit Tüten voller Weihnachtsgeschenke bepackte Menschen sich abhetzen sehen.

Eduard arbeitete seit etwa zwei Jahren hier, doch diesem Arthur von Stein war er noch nie begegnet. Sie hatten nur ein paarmal telefoniert, weil dieser Mann auch so etwas wie eine heimliche interne Telefonzentrale war. Er wusste alle Durchwahlen der Rathausmitarbeiter und konnte oft weiterhelfen, wenn eine Liste mit Telefonnummern mal wieder hoffnungslos veraltet war. Obwohl sie sich noch nie gesehen hatten, fühlte sich Eduard diesem Mann in gewisser Weise verbunden. Denn beide waren in die jeweils hintersten Winkel des Rathauses verfrachtet worden – Arthur nach ganz oben, in eine verstaubte Dachkammer, und Eduard nach ganz unten, noch hinter das Archiv, aus dem er den Großteil der Informationen für die Stadtchronik bezog und blinde Flecken in der Geschichte der Stadt Rhiemberg zu erhellen versuchte. Doch warum Herr von Stein hier oben saß und die Zwillings-Sekretärinnen nicht gut auf ihn zu sprechen waren, konnte Eduard sich nicht erklären.

Oben angekommen, drückte er die alte Klinke herunter und öffnete die quietschende Tür. Nur langsam gewöhnten sich seine Augen an die Dunkelheit dahinter, dank einer weiteren Gaube mit verdrecktem Fenster. An einem Garderobenständer hing eine dicke, gelbe Winterjacke. Ein elektrischer Heizlüfter stand in der einen Ecke, wodurch es unglaublich warm und stickig hier drin war. Doch hinter dem Schreibtisch – ein altes Möbelstück aus den Fünfzigern – saß niemand. Vielleicht da hinten, in dem kleinen Abstellraum, oder war es ein Waschraum …?

»Hallo? Ist hier jemand?«, rief Eduard vorsichtig.

Ein paar Sekunden lang Stille, dann plötzlich ein Rascheln hinter dem Schreibtisch.

»Hallo?« Eduard ging um den Schreibtisch herum. Hinter dem ein Mann lag, kaum größer als Kurt, untersetzt, mit einem Ziegenbärtchen. War er umgekippt? Etwa tot? Eduard ergriff eine leichte Panik.

Der Mann hatte noch die Augen offen, seinen Blick direkt auf Eduard gerichtet, aber seltsam leer. Doch da, ein Zucken! »Jetzt haben Sie mich aber erwischt. Ich muss wohl eingeschlafen sein.«

Eduard erschrak, wich leicht zurück.

»Normalerweise höre ich immer, wenn jemand die Stufen hochkommt, und setze mich dann schnell wieder an den Schreibtisch. Sie waren wohl zu leise.« Noch etwas desorientiert, tastete er sich auf dem Boden entlang und erhob sich langsam.

»Brauchen Sie Hilfe?«

»Nein, nein, es geht schon.« Und dann setzte er sich vorsichtig an seinen Schreibtisch. Offenbar war der Mann blind.

»Ich bin Eduard Bergmann, der Stadtchronist.« Eduard streckte ihm die Hand entgegen, merkte dann aber, dass Herr von Stein das ja gar nicht sehen konnte.

»Ja, ich weiß, ich erkenne ihre Stimme wieder. Wir haben zwei Mal miteinander telefoniert, weil Sie ein paar Telefonnummern brauchten. Ich habe sie dann immer gleich verbunden.«

»Ja, richtig.«

»Sie können ruhig das Licht anmachen. Ich brauch es ja nicht. Haha.«

»Ach so, ja.« Eduard fand den Lichtschalter neben der Tür und betätigte ihn. Arthur sah etwas hilflos aus, wie er da so als kleiner Mann hinter dem großen Schreibtisch saß, mit den ganzen Apparaturen und der elektronischen Schreibmaschine für Blinde.

»Warum sind Sie hier oben? Sicherlich gar nicht immer so einfach, hier hochzukommen?«

»Ja, vor allem, wenn man nichts sehen kann.« Das klang ziemlich resigniert. Und auch irgendwie einsam. »Aber man gewöhnt sich halt dran. Die hatten da unten keinen Platz mehr frei. Haben sie zumindest behauptet. Die denken, ich bin hier nur, weil meine Eltern mit dem Bürgermeister und seiner Frau befreundet sind.

Stimmt ja auch irgendwie. Ohne die Kontakte meiner Eltern hätte ich diesen Job nicht.«

»Aber Sie machen ihn gut!«

»Na ja, besser als den ganzen Tag zu Hause rumzusitzen. Die Bücher bei uns in der Bibliothek habe ich schon alle durch. Mehrmals. Und meine Eltern und die Haushälterin sind auch froh, wenn sie mich los sind und mir nichts vorlesen müssen.«

Eduard stand noch immer vor dem Schreibtisch, hielt sich an einem Stuhl fest. Er wusste nicht, ob er sich setzen durfte. Aber als Pastor mit langer Erfahrung wusste er, wie er damit umgehen musste, wenn ihm jemand sein Leid klagte. »Sie sind hier von immensem Wert für das Rathaus. Ihre Informationen haben mir schon oft geholfen.«

Arthur konnte anscheinend nicht gut mit Lob umgehen. Er klang wie jemand, der schon zu viel Enttäuschung erlebt hatte und darüber recht bitter geworden war. »Was soll ich machen – hab keine Ausbildung. Aber Namen und Zahlen, ja, die kann ich mir merken.« Und dann, ohne große Pause: »Warum sind Sie überhaupt hier oben?«

Eduard hob das Diktierband hoch. »Ich habe hier einige Minuten Recherche über die Jahre 1450 bis 1500 draufgesprochen und suche jemanden, der es für mich abtippen könnte. Die Damen vom Schreibdienst haben mich zu Ihnen geschickt.«

»Die sogenannte schwarze Dekade in der Rhiemberger Stadtgeschichte.«

»Sie wissen davon?«

»Ja, mein Vater hat mir davon erzählt. Es gibt keinerlei Aufzeichnungen aus dieser Zeit. Haben Sie etwas gefunden?«

»Wenn Sie das Band abtippen, werden Sie es erfahren.« Eduard schmunzelte.

Doch Arthur fand das offenbar gar nicht lustig. »Nun gut. Es ist ja nicht so, dass ich hier mit Arbeit zugeschüttet werde. Die wollen mich hier eher aushungern. Geben Sie her.« Arthur streckte seine Hand aus, und Eduard drückte ihm das Diktiergerät in die Hand.

»Ich glaube nicht, dass Sie hier ausgehungert werden sollen. Es muss sich einfach nur mehr rumsprechen, dass Sie überhaupt hier sind und zur Verfügung stehen.«

»Ich bin seit einem Jahr hier. So groß ist das Rathaus nun auch wieder nicht.« Er nahm die Kassette raus und gab Eduard das Diktiergerät zurück. »Und das brauch ich übrigens nicht. Ich habe hier selbst eins. Mit Fußpedal.« Arthur legte die kleine Kassette mit einem geübten Griff in sein Abspielgerät ein. Er hatte schon die Kopfhörer in der Hand, wollte sie aufsetzen. Offenbar hatte er wirklich nichts anderes zu tun. Aber da die Holzdielen nicht knarzten, merkte Arthur, dass Eduard noch immer dicht vor dem Schreibtisch stand. »Ist noch was?«

»Danke! Das hilft mir wirklich sehr.«

»Ja, schon gut.«

Eduard tat dieser Mann irgendwie leid, aber er wusste, dass Arthur das Mitleid nicht haben wollte. Er strich kurz über den Schreibtisch, verabschiedete sich und ging Richtung Tür.

»Vergessen Sie den Lichtschalter nicht. Die Stadt soll ja nicht noch Strom an einen Blinden verschwenden.« Eduard knipste das Licht aus, hatte schon die Hand am Türgriff.

»Sie waren früher Pastor, oder?«

Die plötzliche Frage überraschte Eduard. Er knipste das Licht wieder an und wandte sich um zu Arthur.

»Ja. Warum?«

»Weil man's merkt.«

»Wie kommen Sie darauf?«

»Weil Sie einer von diesen unverbesserlichen Optimisten sind.«

»Vielleicht weil ich weiß, dass am Ende alles gut wird.«

»Sie meinen, für die Guten, die in den Himmel kommen?«

»Gut kann man nicht aus sich selbst heraus sein. Die Gnade Gottes ist es, die das bewirkt, dass ich vor ihm bestehen kann.«

»Ja, wenn Sie meinen. Ich glaube nicht daran.«

»Warum nicht?«

Arthur war leicht verunsichert über diese Gegenfrage und schob seinen Kopfhörer zurück, sodass ein Ohr frei lag. »Wie meinen Sie das, ›Warum nicht‹?«

»Warum glauben Sie nicht daran?«

»Ich glaube nur an Dinge, die ich sehen kann.«

Jetzt war es an Eduard, verunsichert zu sein. Wie konnte ein Blinder so was sagen?

»Ja, ich weiß, ich bin blind. Aber Sie wissen, wie ich das meine. Ich glaube nicht an Gott. Ich bin Atheist. Ich halte Gott für ein Gedankenkonstrukt von Menschen, die so was brauchen. Aber ich brauche das nicht. Man kann ihn nicht beweisen. Er hat sich mir auch noch nicht vorgestellt. Ich habe die ganze Bibel durchgelesen. Sie steht bei uns in der Bibliothek und füllt ein ganzes Regal. Ich glaube trotzdem nicht daran.«

»Also mir hat sich Gott schon vorgestellt.«

»Ich wusste, dass Sie das jetzt sagen würden. Jetzt kommen Sie mir wahrscheinlich gleich mit Jesus und dem Kreuz. Verschonen Sie mich damit.« Arthur schob seinen Kopfhörer wieder in Arbeitsposition.

»Ja, ich weiß, ich bin Pastor. Im Ruhestand. Aber für Christen gibt es keinen Ruhestand.«

Arthur lachte laut auf, nahm den Kopfhörer nun ganz ab. »Und offenbar haben Sie als Pastor nicht genug Geld verdient. Sonst müssten Sie jetzt hier nicht im Keller sitzen und alte Dokumente durchwühlen.«

Das traf Eduard jetzt doch ein wenig. Aber er schluckte es tapfer runter. »Ich gebe zu, die Rente ist nicht sehr üppig. Freikirche halt. Die Arbeit hier als Stadtchronist ist ein gutes Zubrot.« Er hielt sich wieder am Stuhl fest wie an einer Kanzel, von der er predigte. »Aber ich arbeite viel mehr als die 10 Stunden pro Woche. Weil es mir Spaß macht. Ich bin ein Kind dieser Stadt und habe mich schon immer für ihre Geschichte interessiert. Wo wir herkommen.«

»Ich dachte, wir kommen von Adam und Eva?« Arthur kraulte mit einer etwas unbeholfenen Handbewegung sein Ziegenbärtchen. Mit seinen leeren Augen sah er fast diabolisch aus. Ein Gedanke, für den Eduard sich selbst hätte ohrfeigen können. »Die waren ja lange vor 1450.«

Arthur musste wieder lachen. Langsam fand er Gefallen an dem intellektuellen Geplänkel mit dem Theologen. »Adam und Eva ... Auch so eine Erfindung, damit die Menschen sich an etwas festhalten können. Die Religion als Welterklärung, um ganze Völker damit unterdrücken zu können.«

Eduard hielt sich an dem Stuhl vor ihm fest, beugte sich vor zu Arthur. »Sehen Sie, ich kann die Bibel nicht wissenschaftlich beweisen. Aber wenn Sie Gott wirklich einmal eine Chance geben würden, dann könnte er ihre Meinung vielleicht ändern.«

»Schön wär's. Dazu müsste es diesen Gott erst mal geben. Ich hatte schon mit zwei Jahren einen Gehirntumor. Warum? Sollte das eine Strafe Gottes sein? Wofür? Dann bin ich operiert worden – und mein Sehzentrum wurde zerstört. Ein Teil meiner Hypophyse noch dazu. Deshalb bin ich auch so klein. Ich muss mein Leben lang Medikamente nehmen. Mehr als Maschinenschreiben habe ich nie gelernt. Eine Frau werde ich nie finden. Freunde habe ich auch keine. Nur meine Eltern. Und die sind froh, dass sie mich nicht den ganzen Tag ertragen müssen. Gott? Wenn es ihn geben würde, hätte er ja mal eingreifen können. Ich glaube nicht an ihn.«

»Ich schon. Ich habe zu viel mit ihm erlebt, als dass ich nicht an ihn glauben könnte. Ich rede jeden Tag mit ihm.«

»Tja, schön für Sie. Wenn Sie den Abschrieb noch vor Weihnachten haben wollen, sollten Sie jetzt gehen. Damit ich arbeiten kann.«

Das war deutlich. Eduard begab sich wieder Richtung Tür und betätigte den Schalter.

»Trotzdem danke«, kam es aus der dunklen Ecke des Raums, wo jetzt nur noch das Licht des Kassettenabspielgeräts zu sehen war.

»Wofür?«

»Dass ich was zu tun habe. Und dass Sie persönlich vorbeigekommen sind.«

»Hat mich gefreut, Herr von Stein! Wir können uns ja demnächst gerne mal weiter unterhalten. Ansonsten schöne Weihnachten!«

»Ja, werde ich nicht haben, aber egal. Auf Wiedersehen.«

14

Samstag, 20. Dezember 1997

»Nur zwei, bitte. Und für die Jungs hier jeweils einen Kinderpunsch.«

»Nix da! Ich nehme auch einen«, sagte Simon. »Und dein blödes Grinsen kannst du dir auch sparen.« Zusammen mit Jan bezahlte er die Getränke am stark belagerten Glühweinstand und lavierte sich durch die Menschenmenge zurück an den Stehtisch, den Erik und Martha solange für sie freigehalten hatten. Von hier hatte man einen guten Blick auf einen Großteil des Rhiemberger Weihnachtsmarktes, vor allem auf die Mittelgasse. Auf der Rathaustreppe spielte gerade der Posaunenchor der örtlichen Kirchengemeinde.

»Ach herzlichen Dank, ihr beiden!« Martha legte sofort ihre dünn behandschuhten Hände um ihren Becher und summte das Adventslied der Bläser mit. »Jetzt kann Weihnachten kommen.« Die letzten Wochen im Buchladen waren wirklich anstrengend, aber auch sehr erfolgreich. Jan wollte ihr zum Jahreswechsel sogar einen Bonus auszahlen.

»Lass das bloß nicht deinen Vater sehen«, ätzte Jan mit Blick auf Simons Glühweinbecher.

»Keine Sorge. Der geht nicht auf Volksfeste, wie du weißt. Das ist für ihn das moderne Sodom und Gomorrha. Lieber sitzt er mit Mama und Oma zu Hause auf dem Sofa und guckt anderen dabei zu … beim *Musikantenstadl.*«

»Sauft euch nicht voll des süßen Weins! Steht schon in Epheser 5«, raunte Erik mit einem verächtlichen Blick auf die Becher der beiden.

»Und deshalb hat Jesus gleich als erstes Wunder Wein in Wasser verwandelt?«, lachte Simon.

»Die Bibel mahnt uns, es nicht zu übertreiben. Es geht um das richtige Maß! Das heißt ja nicht, dass man sich von den Menschen und ihren Festen entfernen sollte.«

Simon hatte lauter Fragezeichen im Gesicht. »Du sprichst wie ein Alien, Erik. Bist du gar kein Mensch, sondern … eine Maschine?«

»Haha, sehr lustig. Ich lache ganz herzlich.«

Martha ging dazwischen. »Schluss jetzt, ihr beiden! Jeder trinkt das, was er mag, und fertig.«

Jan betrachtete die drei lächelnd. »Also ich halte das für eine gesunde Einstellung, Erik! Da bist du schon weiter als Kurt. Darauf stoßen wir mal an«, sagte er, um die Diskussion zu beenden. Solche Traditionen hatten schon was für sich. Auch wenn nunmehr ein weiteres Jahr vergangen war, das genauso wie alle anderen gewesen war. Bis auf Anna-Marias Wiederauftauchen. Wo Katja jetzt wohl war? Sehnsüchtig schaute er sich nach seinem Haus um. Doch hinter den Fenstern der schönen Nachbarin war es dunkel.

Wenig später wurde er auch schon aus seinen Träumereien herausgerissen, als Lena mit ihrer Familie hinzustieß. Sie hatte schon beim Hauskreis angekündigt, dass sie, wenn überhaupt, nur kurz vorbeikommen könnten, es sei ja noch so viel zu tun so kurz vor Weihnachten. Aber sie wollte ihren Hauskreis auch nicht enttäuschen. Typisch Lena. Alle zufriedenstellen. Die Kinder und ihre gestresste Mutter wurden mit einem kleinen Punsch versorgt, während Robert mit Glühwein anstoßen konnte.

»Wo ist denn nun diese berühmte Anna-Maria?«, fragte er. »Lena hat mir schon die ganze Woche von ihr vorgeschwärmt.« Lässig lehnte er am Tresen, eine Hand auf der Schulter seiner Frau. Er war wie Lena Mitte 30, sah aber wie Ende 20 aus, sehr sportlich und gut gekleidet, Typ erfolgreicher Geschäftsmann. Dieses Bild stellte er gern nach außen dar, wobei er letztlich nur der stellvertretende Geschäftsführer im *Goldenen Eichhörnchen* war – immerhin das erste Haus am Platze.

Jan beneidete Robert ein wenig um dieses Image, seine jugendliche Frische und Attraktivität. »Ach, sagen wir mal so: Es wäre seltsam, wenn sie pünktlich kommen würde. Dann würde irgendwas nicht mit ihr stimmen.«

Lena hatte schon wieder leicht rote Bäckchen. »Also, ›vorgeschwärmt‹ ist jetzt etwas übertrieben. Ich habe ihm einfach nur ein bisschen von ihr erzählt.«

Während die Frauen über Weihnachtsdekoration redeten und die Jungs sich in Lästereien über den Posaunenchor ergingen, standen Robert und Jan recht schweigsam nebeneinander. Jan wollte irgendwas Cooles sagen, ihm fiel aber partout nichts ein. Robert brach das Eis. Immerhin hatten sie beide »ihre« Geschäfte am Marktplatz. »Und Jan, wie läuft der Laden? Bestimmt viel Umsatz gemacht die letzten Wochen, oder?«

»Ja, das kann man wohl so sagen. Die Leute kaufen uns gerade die Regale leer. Und ab Montag kommt dann ja noch das Last-Minute-Geschäft.« Jan nahm einen großen Schluck aus seinem Becher, während eine Hand in der Manteltasche steckte. »Und bei dir? Alles beim Alten im *Eichhörnchen*?«

»Ja, wir haben gerade ein paar Umstrukturierungen. Gehen noch mehr so Richtung Event-Marketing. Wobei die Auslastungszahlen bei den Betten auch sehr gut sind. Wir haben da ein neues Konzept in Bezug auf die Busreisen.« Robert war in seinem Element – er redete am liebsten über seine Erfolge als Geschäftsmann. Jan hörte halbwegs interessiert zu, war dann aber auch froh, dass die Kinder langsam ungeduldig wurden. Sie hatten schon die ganze Zeit an ihrem Vater herumgezogen und wären am liebsten die ganze Zeit über den Markt gesprungen, auf der Suche nach dem Weihnachtsmann. »Sorry, Jan, ich glaub, ich muss mit denen mal 'ne Runde drehen.« Und damit waren sie auch schon wieder weg.

Jan stand etwas verloren mit seinem Glühwein herum und war aus lauter Langeweile schon kurz davor, sich in Simon und Eriks pubertäre Lästereien über die »Bläser« und ihre »Ständer« einzuklinken, als sein Blick plötzlich von den Rathaustreppen zur anderen Seite des Marktplatzes gelenkt wurde. Denn während der Posaunenchor noch recht behäbig »Ihr Kinderlein, kommet« spielte, hatte sich direkt vor seiner Buchhandlung, gleich neben dem Café Meyerbeer, eine kleine Menschentraube gebildet, es waren einzelne Schreie zu vernehmen. Durch die ganzen Buden und Menschen hindurch konnte er nur erahnen, dass es dort einen kleinen Tumult gab. Eine Schlägerei? Oder ein Herzinfarkt? Vielleicht sollte er mal nach dem Rechten sehen (nicht, dass ihm noch die Scheiben eingeschlagen wurden, oder Ähnliches). Allemal besser, als hier dumm rumzustehen, dachte er, und schlenderte – beseelt vom Glühwein – an den Buden vorbei zum Ort des Geschehens. Es war etwas schwierig, sich inmitten der Leute und der Traube an Schaulustigen einen Überblick zu verschaffen, aber schließlich konnte er erspähen, dass dort jemand auf den Pflastersteinen lag. Ein Mann. Auf ihm – nein, neben ihm – hockte eine Person, die offensichtlich versuchte, seinen Puls zu fühlen. Jan kämpfte sich weiter durch und sah: Es war Anna-Maria. Und der Mann war Lurchi. Er lag in perfekt stabiler Seitenlage und schaute sie mit seinen großen Augen an. Auch sonst sah er ziemlich heruntergekommen aus. Seitdem er Anna-Maria schwanger sitzen gelassen hatte, war es eigentlich nur noch bergab mit seinem Leben gegangen. Mehrere abgebrochene Ausbildungen, Arbeitslosigkeit, Alkohol. Er wohnte immer noch bei seinen Eltern. Und war nun ausgerechnet vor Anna-Maria in Ohnmacht gefallen? Gerade noch hatte sie ein paar Worte aus ihm herausbekommen können. Doch nun starrte er nur noch, sagte nichts mehr, schaute sie nur wieder mit seinen riesigen Glupschaugen an.

Jan stellte sich ganz mutig neben Anna-Maria. »Ist er umgekippt?« Anna-Maria schaute kurz überrascht auf, dann wieder zu Lurchi, und sprach in lautem Ton weiter, sodass die Umstehenden es hören konnten (was Jan schon wieder peinlich war): »Der hat mich dummerweise wiedererkannt. Und mich vollgesülzt. Da habe ich ihm erst mal ein paar Takte die Meinung gegeigt. Und dann hat er mich angegrapscht. So was Ekliges! Da habe ich ihm ordentlich eine geknallt. Wusste ja nicht, dass der so besoffen war, dass der gleich umkippt und sich den Kopp auf die Pflastersteine aufhaut. Hat ganz schön einen in die Puschen, kann ich dir sagen.« Und dann mit einem Blick auf die Umstehenden: »Was glotzt ihr denn alle so? Verpisst euch mal lieber!« Ihr Ton und ihr nachdrücklich aggressiver Blick verfehlten ihre Wirkung nicht. Etliche Leute gingen weiter, nur ein paar blieben stehen.

»Habt ihr schon einen Krankenwagen gerufen?«

»Ja. Irgendwer ist ins Café und hat telefoniert. Müssten gleich da sein.«

Doch bevor der Krankenwagen da war, erschien auch schon Frau Wendt, Jans ehemalige Hausärztin, wie er sie kannte: schwarze Hornbrille, durchgegeltes Haar, perfekt gekleidet, mit Arztkoffer natürlich. Die Kompetenz in Person. Sie hatte ihre Praxis hier ganz in der Nähe, und offenbar Wochenenddienst. Jan hatte sich bei ihr eigentlich immer gut aufgehoben gefühlt – wäre nicht irgendwann diese aufdringliche Sprechstundenhilfe Maja eingestellt worden …

Frau Wendt kniete sich auf die andere Seite des Mannes und ließ sich von Anna-Maria noch einmal alles genau erklären. Dieses Mal war Anna-Maria aber etwas vorsichtiger mit ihren Formulierungen. »Hab mich nur ein bisschen gewehrt. Was soll man denn machen, wenn man hier friedlich auf den Weihnachtsmarkt will und plötzlich sexuell belästigt wird?«

Frau Wendt nickte sehr verständnisvoll. Sie hatte ein Herz für emanzipierte Frauen. Schließlich hatte sie ihren Ehemann dazu gebracht, ihren Namen anzunehmen, um den klischeehaften Doppelnamen zu vermeiden.

Anna-Maria wirkte überraschend kompetent. »Er ist dann wieder zu sich gekommen, konnte sich aber an nichts mehr erinnern, aber ihm ist schlecht und er hat starke Kopfschmerzen. Retrograde Amnesie, wenn sie mich fragen – und Verdacht auf Commotio cerebri.«

»Alle Achtung! Sind Sie eine Kollegin?«

»Hallo?«, wimmerte es leise. Lurchi lag hilflos am Boden und musste die Fachsimpeleien über sich ergehen lassen. Die beiden Frauen sprachen miteinander, als wäre er gar nicht da.

»Fast. Ich bin Arzthelferin. Aus Hannover. Also eigentlich von hier. Aber dann später halt nach Hannover. Bei Frau Dr. Schulze-Schmellinghaus. Bekannt?«

Frau Wendt schüttelte den Kopf. Sie war eine Frau der klaren Ansagen. »Wenn Sie einen neuen Job suchen – dann kommen Sie bitte in meine Praxis. Am besten am Montag. Ist gleich hier drüben. Ich kann nämlich noch eine fähige Arzthelferin gebrauchen. Und jetzt vielen Dank. Ich übernehme ab hier.«

Und dann wandte sich Frau Wendt wieder Lurchi zu. Mittlerweile hatten sich auch die Sanitäter den Weg bis zur Unfallstelle gebahnt.

Lurchi schaute noch einmal hilflos zu Anna-Maria, die sich nun wieder erhob und ihm dabei noch etwas mit auf den Weg gab: »Hör endlich mit der Sauferei auf und krieg dein Leben auf die Reihe. Jesus kann dir helfen.« Als sie sich umwandte, stand plötzlich Alex zwischen ihr und Jan. »Mama? Wer ist das denn?«

»Darf ich vorstellen: Dein Erzeuger! So! Und nun brauch ich 'nen Glühwein.«

Anna-Maria zog Jan am Ärmel, ließ ihre verdatterte Tochter stehen, die zusah, wie ihr leiblicher Vater von den Sanitätern auf eine Trage gehoben wurde.

Sollte es noch Leute in Rhiemberg geben, die noch nicht von Anna-Maria und ihrem Wiederauftauchen gehört hatten, so sollte sie spätestens jetzt auch bei ihnen mit einem »Schlag« bekannt sein. Den Übrigen war sie als schwarzes Schaf der Stadt ohnehin ein Begriff. Auch wenn die meisten heute so taten, als würden sie sie nicht wiedererkennen. Doch sie konnte sich sicher sein: Wenn selbst der sturzbetrunkene Lurchi sie und ihre schwarzen Locken wiedererkannte, dann sicherlich auch der Rest der Stadt.

Die Story von der Frau, die dem Mann Erste Hilfe leistete, den sie gerade erst selbst k. o. geschlagen hatte, verbreitete sich rasend schnell über den Marktplatz – und war sogar schon vor der Ankunft von Anna-Maria, Alex und Jan an der Glühweinbude angelangt. Auch Robert hatte sich mit den Kindern wieder eingefunden, schließlich wollte er jetzt endlich mal die Frau sehen, von der er schon so viel gehört hatte.

»Jetzt kriegt euch mal wieder ein«, wehrte Anna-Maria ab, nachdem sie die Geschichte noch einmal aus erster Hand berichtet hatte, unter den geschockten Gesichtern von Lena und Martha und den amüsierten der anderen. »Ich hätte mir das jetzt auch anders vorgestellt, wie Alex ihren Erzeuger kennenlernt. Nämlich gar nicht.« Sie zuckte mit den Schultern. »Tja, so ist es nun halt mal.«

Alex schien das nicht weiter zu stören, sie lehnte lässig neben Robert am Glühweintresen, ließ sich von ihm Feuer geben und rauchte. Ihrer Wirkung auf Männer war sie sich durchaus bewusst, auch hier auf dem Weihnachtsmarkt. Wie ihre Mutter war sie viel zu dünn angezogen – im Gegensatz zu Anna-Maria war das aber Berechnung und kein Versehen. »Einen Vorteil hat die Kleinstadt ja. Mama fällt hier noch mehr auf als in Hannover. Vielleicht findet sie so ja wieder einen Typen.« Weiter kam sie nicht, denn da hatte sie sich schon einen Rippenstoß ihrer heute sehr schlagkräftigen Mutter eingefangen. Was gerade Simon sehr amüsierte. Endlich war hier mal wieder ein bisschen mehr los.

»Gib mir auch mal eine, Motte.«

»Mama! Wenn du mich so nennst, kriegst du keine.«

»Bitte, Alex!«

Anna-Maria nahm einen weiteren Schluck Glühwein, und einen ersten Zug an der Zigarette. Selig lächelte sie Jan an, der neben ihr stand und die Runde mit einigem Erstaunen betrachtete. In den letzten zwei Wochen hatte sich hier mehr verändert als in den letzten zwei Jahren.

»So, und du bist also Robert. Lena hat mir ja schon so einiges von dir erzählt«, plauderte Anna-Maria munter drauflos.

Robert legte den Arm um seine Frau und konnte einfach nur grinsen. »Ich glaub aber, ich weiß mehr von dir als du von mir. Lena war ja total aus dem Häuschen nach eurem Kaffeeklatsch im Café.«

Lena störte offensichtlich das Wort »Kaffeeklatsch«. »Oh, also das war ... Also so war das ja nun auch wieder nicht. Wir ...«

»... hatten ernsthafte Sachen zu bereden, unter vier Augen«, sprang Anna-Maria ihr bei. »Du hast da wirklich eine ganz tolle Frau!« Versau es nicht, sagte ihr Blick.

»Ja, das habe ich«, sagte Robert, als stünde Lena gar nicht neben ihm. »Auch, wenn mir das ganze Gerede von der Gemeinde und diesem Glaubenszeugs schon manchmal ein bisschen auf den Sack geht.«

Das war deutlich. Und nicht zu überhören. Er hatte es wohl etwas zu laut gesagt, wie ihm jetzt bewusst wurde. Eigentlich war es nur für Anna-Maria bestimmt. Er hatte in ihr eine »Verbündete« vermutet und sie aufgrund ihrer Lebensgeschichte gar nicht der »Sekte« zugeordnet. Die anderen standen peinlich berührt da. Allen voran Lena, die am liebsten im Erdboden versunken wäre, aber sie versuchte es mit einem braven Lächeln zu überspielen. Ihr Frust jedoch war nicht zu überhören. Es sollte witzig klingen, war aber alles andere als das: »Ja, wenn ihm das alles zu viel wird, dann geht er immer raus in den Wald, joggen. In letzter Zeit eigentlich jeden Tag. Obwohl es so kalt ist.«

Martha legte ihr sanft die Hand auf den Arm.

Schließlich war es wieder Anna-Maria, die die Situation rettete. »Also wenn du mich fragst: Mir geht die Gemeinde auch ziemlich auf den Sack! Also außer euch hier, natürlich! Und von wegen ›Glaubenszeugs‹: Lena hat sich von diesem schrägen Bodenpersonal nicht abschrecken lassen – würde dir bestimmt auch mal ganz guttun, Mister«, sagte sie mit einem Augenzwinkern und einem Schulterklopfer, ohne jedes Anzeichen von Scheu.

»Äh ja, Wie auch immer …«, meinte Robert und kratzte sich am Kopf. »Sorry, Leute. Ich glaub, ich muss mal die Kiddies vom Weihnachtsmann wieder wegholen.« Und damit war er auch schon verschwunden.

Alex war von diesen Aussagen am allerwenigsten überrascht. Sie kannte ihre Mutter nicht anders. Trotzdem war es ihr peinlich. »Mama muss mal wieder alle bekehren«, sagte sie, weiter lässig an der Ecke stehend und die Blicke der Männer genießend.

»Das ist aber schön, dass Sie jetzt auch hier sind, Alex!«, sagte Martha. »Dann können Sie gemeinsam mit ihrer Mutter Weihnachten in Rhiemberg feiern.«

»Ich fände das gar nicht schlecht«, sagte Alex.

»Genau, zusammen mit Lurchi am Kamin«, lachte Anna-Maria. »Ich mach Gänsebraten …«

»Mama kann gar nicht kochen!«

»… Motte sagt ein Gedicht auf …«

»Wovon träumst du nachts?«

»… und Lurchi kriegt was von mir selbst Gestricktes geschenkt – als Hausfrau habe ich ja dann Zeit – und 'ne Entziehungskur. Friede, Freude, Eierkuchen.« Allgemeines Lachen. Alex entschuldigte sich damit, dass sie Nachschub vom Kiosk holen musste.

Martha schaute Alex milde lächelnd hinterher, dann sagte sie: »Weißt du, Anna-Maria, nachdem du mit Horst weg bist, war dieser Lurchi, also der Olaf, sogar mal bei uns im Gottesdienst.«

»Ach wirklich?!« Anna-Maria war ehrlich überrascht.

»Ja, ich denke, er hat wirklich bereut, dass er nicht zu dir und dem Kind gestanden hat, und wollte es wohl irgendwie wiedergutmachen. Niemand wusste ja, wo du … wo ihr hingezogen seid. Da ist er zu deiner Großmutter. Und die hat ihn mit zur Gemeinde genommen.«

»Alle Achtung! Die hat ihn bestimmt mit ihren Traktaten hypnotisiert.«

»Er schien sogar Interesse am Glauben zu haben …«

»Na, immerhin. Dann hat er wirklich kapiert, dass er Jesus braucht. Ich habe das auch erst später verstanden.« Anna-Maria war ganz erstaunt.

»… aber?« Simon merkte, dass die Geschichte einen Haken haben musste.

Martha knetete ihren Glühweinbecher, als würde sie ihn gerade erst töpfern. Das Thema war ihr dann doch unangenehm. »Nun ja, er … er sah sehr mitgenommen aus damals. Und hatte auch eine leichte Fahne …«

»Lass mich raten«, fuhr Simon fort, »dann kam einer der Ältesten und hat ihn rausgeschmissen.«

Jan warf ein: »So kann man das nun auch nicht sagen.«

Nun war es plötzlich Martha, aus der es hervorbrach: »Doch, so kann man das schon sagen! Ich habe noch die Worte von Kurt Jacobsen senior im Kopf: Kurz vor dem Beginn des Gottesdienstes ging er zu Olaf und Agnes, die sich extra schon nach ganz hinten gesetzt hatten, und sprach mit Agnes über Olaf, als wenn er gar nicht da wäre, dabei saß er direkt daneben: ›Agnes, bei aller Liebe, aber hier ist wirklich kein Platz für Betrunkene. Und auch sicherlich nicht in diesem Aufzug. Es ist Sonntag! Er kann ja wiederkommen, wenn er nüchtern ist.‹«

»Das hat er gesagt?«

»Das hat er gesagt.«

»Und er kam nie wieder, oder?«, fragte Simon.

Martha und Jan zuckten mit den Schultern, nickten dann aber beide simultan.

»Mich wundert das überhaupt nicht«, sagte Anna-Maria. »Von dem war man ja nichts anderes gewöhnt.«

Martha war den Tränen nahe. »Aber von mir, Anna-Maria, von mir! Jan war ja damals noch sehr jung – und so ein ruhiger und bescheidener Mann. Noch gar nicht ausgewachsen …«

Jan verzog sein Gesicht. Was sollte das denn jetzt?

»Aber ich hätte eingreifen sollen, dem Olaf und der Agnes den Rücken stärken, Kurt in seine Schranken weisen, mit Eduard reden oder was weiß ich. Es tut mir so leid, Anna-Maria!«

»Ich mach euch keinen Vorwurf, Martha. So ist halt die Gemeinde. Aber das ist nicht Gott. Gott – das ist nicht die Gemeinde am Uhlandplatz.«

Wie tiefenpsychologisch, dachte Jan. Aber war das wirklich die Wahrheit? Anna-Maria war die letzten 20 Jahre gar nicht da gewesen.

»Also, bei aller geschwisterlichen Liebe, aber das ist ja nun auch etwas übertrieben«, erboste sich Erik. »Ich habe in der Gemeinde schon viel gute Unterweisung und Zurüstung empfangen!«

»Das kann ich mir vorstellen«, lachte Anna-Maria. Deinen Wortschatz hast du direkt von Simons Vater.« Sie deutete mit ihrem Becher auf Simon und Erik. »Vielleicht seid ihr beiden bei der Geburt einfach vertauscht worden?«

»Erik saugt die Predigten meines Vaters auf wie ein Schwamm«, meinte Simon. »Er kopiert sie sich sogar in der Schule. Erik ist der Lieblingszuhörer meines Vaters.«

Erik schien das tatsächlich gar nicht peinlich zu sein. Er fügte hinzu: »Das Ironische ist, dass ich durch Simon überhaupt erst zur Gemeinde gekommen bin.«

»Jetzt muss ich ihn nicht nur als Nachbarn und in der Schule, sondern auch noch in der Gemeinde ertragen.«

»Hey! Was soll das denn jetzt?«

»Aber so hab ich ihn wenigstens unter Kontrolle. Erik weiß einfach zu viel über mich.« Alle lachten.

Nur Lena nicht. Sie konnte die Geschichten von Lurchi, ihrem Mann und all den anderen, die von dieser Gemeinde so abgeschreckt oder gar abgelehnt worden waren, nicht einfach so abhaken, wie die anderen das offensichtlich konnten. Unvermittelt erzählte sie, mit dem Blick traurig auf den Tisch gerichtet: »Einmal, da habe ich mich getraut, eine Freundin mitzubringen, zu einer Bibelstunde. Ich hatte mich extra vorher nach dem Thema erkundigt. Und dass es nicht Kurt macht.« Kurzer Blick zu Simon, der aber eher amüsiert schien. »Schwester Hermine war da. Vom Diakonissenmutterhaus Betschwester-Ohnehin-Scharlach, oder wie das heißt. Hat über Gnade gesprochen. Das war auch echt gut. Meine Freundin braucht viel davon. Und wir saßen da alle so im Kreis und … sie hatte einen sehr kurzen Rock an. Das ist halt ihr Stil. Da kam dann deine Oma, Simon, die Berta«, sie machte eine lange Pause, um sich zu sammeln, »mit einer Decke. Und hat sie der Kerstin einfach auf den Schoß gelegt. Mit der Bemerkung: ›Damit keiner Anstoß nimmt. Sie sind ja noch ganz neu und können nicht wissen, dass man sich hier nicht so kleidet.‹«

Anna-Maria war knallrot im Gesicht. Aufgebracht drehte sie am Rädchen des Feuerzeugs.

»Langsam hoffe ich, dass ich adoptiert worden bin und dass das nicht meine richtigen Verwandten sind«, sagte Simon trocken.

»Kerstin hat das alles sehr … Sie war sehr enttäuscht darüber. Sie hat es zwar noch bis zum Ende der Bibelstunde ausgehalten. Aber sie wollte dann sofort nach Hause. Sie wollte nie wieder in diese Gemeinde kommen. Und zu mir auch nur noch ganz selten.«

In Anna-Maria brodelte es; die anderen erwarteten jetzt einen großen Wutausbruch bei ihr. Stattdessen nahm sie noch einen großen Schluck Glühwein und sagte dann sehr sachlich: »Vielleicht solltet ihr einfach eine neue Gemeinde aufmachen.«

Kurze entsetzte Stille, dann redeten plötzlich alle aus dem Hauskreis wild durcheinander: »Meinst du wirklich?« – »Und dann?« – »Das kommt überhaupt nicht infrage!« – »Einfach etwas wegschmeißen, nur weil es kaputt ist?« – Schließlich sagte Martha: »Das ist doch *unsere* Gemeinde, Anna-Maria! Die können wir doch nicht einfach so verlassen! Die ohne uns und wir ohne die …«

»Dann gehen beide ein. Und am Ende ist niemandem geholfen«, fügte Jan hinzu.

Alle schauten Anna-Maria an. Abwehrend hielt sie ihre Hände in die Luft: »Leute, macht was ihr wollt, aber wenn ich hier nach

Rhiemberg zurückziehe, werde ich bestimmt nicht wieder Mitglied und mich König Kurt unterordnen.«

»Du ziehst nach Rhiemberg zurück?« Martha war selig.

»Immer noch besser, als in die Wohnung zurück, wo Horst mich betrogen hat. Dann zieh ich lieber in das Haus, in dem ich als Kind geschlagen wurde. Da muss ich wenigstens keine Miete zahlen. Und meine Tochter will auch aus Hannover weg, hat grad eine« – sie zeichnete Anführungszeichen in die Luft – »Findungsphase. Schon seit einem Jahr, aber egal … In der Praxis hier wird ja gerade eine Arzthelferin gesucht. Da war die kleine Schlägerei mit Lurchi echt hilfreich. Man kann sagen: Lurchi hat mich aus der Stadt vertrieben, und nun hat er mich wieder hergeholt. Und ihr seid hier wenigstens nicht so durchgeknallt wie die Christen in der Jerusalem-Gemeinde.« Die anderen starrten sie etwas verwundert an.

Simon wirkte nachdenklich. »Das musst du uns sowieso noch mal erklären, warum du nach der ganzen Geschichte nicht etwa vom Glauben abgefallen, sondern zur charismatischen Christin geworden bist.«

»O das ist ganz einfach. Ich hab einfach das gemacht, was Agnes am meisten gestört hätte. Sie hat immer gesagt: »Atheisten kann man bekehren, Charismatiker nicht, da ist alles zu spät. Na ja, wenn die wüsste … Die in der Jerusalem-Gemeinde denken ja, das mit Horst war die Strafe dafür, dass ich einen Nichtchristen geheiratet habe. Wobei, da würden sie sich vielleicht mit Kurt gut verstehen …« Anna-Maria hörte abrupt auf, paffte an ihrer Zigarette und schaute nachdenklich dem Rauch hinterher, der über den Weihnachtsmarkt hinwegzog.

Jan tat es ihr gleich. »›Nicht so durchgeknallt.‹ Hm, das nehmen wir dann mal als Kompliment, oder, was denkt ihr? Prost!«

15

Mittwoch, 24. Dezember 1997

Über ganz Rhiemberg war Neuschnee gefallen, sodass die Laternen und Weihnachtslichter auf den Straßen und Plätzen nun umso heller strahlten, und hinter vielen Fenstern konnte man auf dem Weg zum Uhlandplatz schon die ersten Festessen und Bescherungen erspähen. Die Festlichkeit des Heiligabends hatte selbst den Gemeindesaal erreicht. Hatte dieser das ganze Jahr über den Charme einer kleinen miefigen Turnhalle, den auch die durchaus bemühten, aber letztlich biederen Blumengestecke von Frau Dügelsberger nicht auf ein anderes Niveau zu heben vermochten, so war er nun fast gemütlich zu nennen. Das lag vor allem daran, dass man kaum etwas sehen konnte. Verantwortlich dafür war Eduards Deckenfluter. Einmal im Jahr wurden die grellen Neonröhren aus- und Eduards alte Funzel aus dem Baumarkt eingeschaltet. Wenn er denn nur noch wenige Male predigen durfte, so wollte er es wenigstens auf seine Art und Weise machen. Das ging nun schon seit Eduards Pensionierung so. Doch gleich beim ersten Mal hatte es böse Zwischenrufe gegeben, weil gerade die älteren Leute (also alle außer Simon und Erik) den Text aus den Gesangbüchern nicht mehr erkennen konnten. So hatte man sich nach langer Diskussion in der darauffolgenden Gemeindeversammlung auf den Kompromiss geeinigt, die Saalbeleuchtung zu jedem Lied ein- und danach gleich wieder auszuschalten. Was zur Folge hatte, dass man sich die Hälfte der Christvesper quasi blind fühlte.

Der hässliche PVC-Boden, die alten Tapeten und Vorhänge, all das lag fast im Dunkeln, genauso wie die Leute, die auf ihren Plätzen saßen und mit dem üblichen Flüstern, Murmeln und Räuspern den Beginn der Christvesper erwarteten. Angenehm, wirklich angenehm, dachte Jan. Links von ihm saß Erik. Martha war von Berta und Frau Blume genötigt worden, doch weiter vorne bei ihnen zu sitzen. Sie sollte sich bloß nicht zu sehr vom Hauskreis und dieser unsäglichen Anna-Maria instrumentalisieren lassen. Lena feierte derweil eine – hoffentlich – friedliche Bescherung mit ihrer Familie bei Roberts Eltern. Und Anna-Maria? Jan schaute immer wieder zur Tür. Wo blieb sie denn nur wieder? Warum musste sie immer zu spät kommen? Ihre Tochter schien offenbar auch keinen guten Einfluss auf sie zu haben.

Doch da ging es auch schon los. Heute war wirklich alles anders als sonst: nicht nur die Beleuchtung und der Prediger, auch die »Orgelbekleidung«, wie es Manfred Krause immer so schön falsch formulierte, war eine andere: Simon »betastete« heute die Gemeinde. Bei Eduard machte er das gerne. Was Kurt sehr wurmte. Simon sah heute sehr brav aus, hatte eine seiner berühmten karierten Hosen an und einen Pullover wie von Mutti rausgesucht. Nur an seiner Frisur konnte man seine Frechheit (auch von hinten) erahnen. Er hatte sich an die E-Orgel gesetzt und spielte nun aus den Noten, die im Schein der Klavierleuchte zu erkennen waren. Behutsam intonierte er die Melodie von »Stille Nacht, heilige Nacht«. Man konnte fast das Aufatmen im Saal hören, dass heute mal nicht Elviras Gewimmer erklang, sondern »die Jugend« sich »einbrachte«. Ein schöner, schlichter, klarer Klang. Hier und da summte auch jemand mit. Doch dann war die erste Strophe zu Ende. Kurze Pause. Simon drückte aufs Pedal, und dann war auf einmal alles doppelt so laut. Jetzt kam das ganze Lied noch mal als Bluesversion. Die Mitsummer konnten nicht mehr mitsummen, die alten Damen sich nicht mehr im Takt wiegen. Ein Rhythmus war für Laien nicht mehr zu erkennen, die Melodie nur noch zu erahnen. Viele vermeintlich »schräge« Noten, denen leider nur Jan als alter Jazzer, der sie gekonnt als »Blue Notes« identifiziert hatte, etwas abgewinnen konnte. Als Simon in der dritten Strophe sogar noch einen draufsetzte, ging schon leises Geraune los – bis er schließlich zum großen Finale ausholte: ein großer, lauter Akkord, bestehend aus 13 Tönen, die nicht wirklich alle derselben Tonart entstammten, ließ den Gemeindesaal erzittern. Und dann war plötzlich wirklich stille Nacht. Zumindest für einen Moment. Ob sie aber jetzt immer noch heilig war, daran zweifelten wohl etliche der immerhin 30 Leute hier im Saal. Berta hüstelte. 2 Hörgeräte fiepten. Ein paar Leute im Saal nahmen vorsichtig die Finger aus den Ohren. Simon konnte sich ein Grinsen nicht verkneifen, Jan konnte es im Schein der Klavierleuchte sehen. Ziel erreicht.

Eduard schien es jedoch gefallen zu haben, wie in seiner Begrüßung deutlich wurde. Er stand in seinem allerbesten Anzug *vor* der Kanzel (ein Mikro brauchte er als erfahrener Pastor in dem kleinen Raum nicht mehr) und sagte: »Liebe Gemeinde, liebe Gäste« (obwohl Jan ziemlich sicher war, dass es wie immer keine Gäste gab), »herzlich willkommen zu unserer Christvesper! Na, das war doch mal was, dieses so wohlvertraute Lied in einem ganz neuen Gewand zu erleben! Danke, Simon!«

Totenstille.

»Und wir wollen gleich musikalisch weitermachen. Indem wir gemeinsam singen: ›O du fröhliche!‹ Bitte schlagt das Lied Nummer …« Und schon waren alle Neonröhren an (persönlich angeknipst von Kurt, der dieses Amt keinem anderen überlassen wollte und sich dafür extra neben dem Schalter an der Tür auf einem Stuhl postiert hatte, auf dem er wie ein Tennisschiedsrichter wirkte, zumal seine Füße nur knapp auf den Boden reichten) und alle Augen kleine Schlitze. Der Raum erstrahlte in seiner üblichen Tristesse, und plötzlich sah alles aus wie an einem Filmset, nachdem man hinter die Kulissen gegangen war: der Weihnachtsbaum mit seiner krummen Spitze nicht mehr ganz so ansehnlich, sondern eher zweite Wahl, der Adventskranz kurz vorm Exitus. Simon spielte nun wieder ganz brav, konnte es sich aber nicht verkneifen, die eine oder andere Jazz-Harmonie ins Lied einzuflechten. Alle in den Reihen sangen aus voller Kehle mit, gerade hatte die letzte Strophe eingesetzt, und Kurt hatte schon wieder seinen Finger auf Anschlag, bereit, beim letzten Ton des Liedes das Saallicht totzuknipsen.

Doch da, bei »Himmlische Heere«, flog plötzlich die Tür auf, um ein Haar wäre Kurt am Kopf getroffen worden, und hinein schwebten, Lichtgestalten gleich, Anna-Maria und Alex, beide in festlicher Abendgarderobe. Anna-Maria war kaum wiederzuerkennen, total aufgebrezelt, mit leichtem Make-up, gemachten Haaren – und sie trug ein Kleid! Ganz in Schwarz natürlich. Und Geschmeide! Zudem umwehte sie ein angenehmer Duft, der den Kölnischwasser-Mief wunderbar überdeckte. Woher hatte sie das bloß? Alex hatte einen Hauch von nichts an. Spaghettiträger! Und ein viel zu kurzes Kleid! An Heiligabend! Ungeheuerlich! Würde Berta wieder Decken verteilen? Jan traute seinen Augen kaum, genauso wie alle anderen aus der Gemeinde, die mit etwas weniger Inbrunst, jedoch wie ferngesteuert das Lied zu Ende sangen, während sie die beiden mit ihren Blicken verfolgten, die wiederum zwei zusammenhängende Plätze suchten. Was dadurch erschwert wurde, dass Kurt beim letzten Wort, »Christenheit«, perfiderweise wieder das Saallicht löschte, es sich auf seinem Stuhl bequem machte und Anna-Maria und Alex nun hilflos an der Seite standen. Im Dunkeln.

Simon, dem der Auftritt der Damen auch nicht verborgen geblieben war, fügte sogleich noch ein Nachspiel an, damit es nicht allzu peinlich wurde, und Eduard geleitete sie flink zu zwei freien Plätzen in der ersten Reihe, wo sie sich elegant niederließen. Was für ein Auftritt! Jan war begeistert. Jetzt konnte Weihnachten kommen!

»Gut, dass du deine Androhung nicht wahrgemacht hast«, meinte Jan zu Anna-Maria, als sie vollgefuttert in ihrem Wohnzimmer saßen, das jetzt schon viel gemütlicher als noch vor ein paar Wochen wirkte. Vielleicht, weil es das erste Mal hier wirklich warm war – und festlich geschmückt. Das schien dem Mutter-Tochter-Gespann tatsächlich wichtig zu sein. Das Kochen eher weniger. Es hatte Aldi-Tiefkühlkost gegeben. Aber immerhin aus der Gourmet-Festtagsreihe. Gar nicht mal so übel.

»Welche Androhung?« Anna-Marias Kopf schaute hinter dem ebenfalls geschmackvoll geschmückten Baum hervor, nachdem sie die Lichterkette eingeschaltet hatte. Dass es ein Gummibaum war, schien hier keinen zu stören. Die Damen hatten es tatsächlich geschafft, mit ihrem improvisierten Weihnachtsfest eine besondere Stimmung zu schaffen. Aus dem kleinen CD-Spieler auf der Kommode kamen amerikanische Weihnachtslieder in Rock-Version.

»Na, dass du aufspringst und rumschreist, wenn dir was an der Predigt nicht passt.«

»Da dachte ich ja auch noch, dass Kurt predigt.« Anna-Maria warf ein paar Holzscheite in den Ofen nach.

»Das hört sich ja fast so an, als wenn du das vermisst hättest.«

Anna-Maria verzog das Gesicht, hob ein Holzscheit in die Luft und täuschte einen Wurf an. Jan zuckte zusammen. Alex musste laut lachen. Jan war peinlich berührt.

»Motte, du kannst dich auch mal nützlich machen und die Geschenke aus der Abstellkammer holen. Sind im Wäschekorb.«

Alex, die bis jetzt hauptsächlich damit beschäftigt gewesen war, hübsch auszusehen und einen Rauchkringel nach dem anderen in die Luft zu pusten, schwang ihre Beine elegant von der Sessellehne auf den Boden und spazierte von dannen. Auch wenn Jan weit außerhalb ihres Beuteschemas lag, genoss sie doch seine Aufmerksamkeit.

»Gut erzogen hast du sie ja«, sagte er, gemütlich auf dem roten Plüschsofa sitzend, sein Rotweinglas schwenkend.

»Und das sogar ganz ohne Schläge! Na gut, einmal, da ist mir die Hand ausgerutscht.« Anna-Maria dachte kurz nach. »Aber das war auch mehr als berechtigt!«

»Keine weiteren Fragen!« Jan wollte gar nicht wissen, womit sich Alex diese Prügel verdient hatte, und betrachtete zufrieden die beiden Päckchen, die er für Alex und Anna-Maria bereits unter den Baum gelegt hatte.

Alex kam wieder bibbernd in den Raum hinein und legte die restlichen dazu. »Man, ist das kalt im Flur!«

»Kein Wunder bei dem Hauch von nichts!«, tönte die Mutter, noch am Ofen stehend, während sie ihre Tochter von hinten betrachtete.

Alex drehte sich kurz um. »Sei du mal ruhig. Du hast früher bestimmt auch nicht immer so ausgesehen, wie deine Erziehungsberechtigte dich haben wollte.«

Sie legte das letzte Geschenk unter den Baum. Dann nahm sie sich die Schachtel und das Feuerzeug, drapierte sich wieder auf dem Sessel und zündete sich die nächste Zigarette an. Es fehlte eigentlich nur noch eine Zigarettenspitze.

»Sie hatte nur einmal einen kurzen Rock an«, plauderte Jan munter aus. »Zu ihrer Einsegnung.«

Alex lachte laut und strahlte Jan an. »Wirklich? Das hat sie mir gar nicht erzählt! Hier muss es doch bestimmt noch Fotos geben.«

»Ja, bestimmt. Die können wir dann ja … später angucken.« Anna-Maria ließ sich neben Jan auf das Sofa fallen und klatschte Jan mit der Hand aufs Knie, dass es richtig knallte.

»Aua! Die Schläge haben ja in eurer Familie offenbar Tradition. Wenn du so weitermachst, verrate ich Alex, wo sie deine Konfirmationsfotos finden kann.«

»Jetzt lass doch mal die alten Kamellen. Ich bin ja schon brav.« Sie setzte ein entsprechendes Lächeln auf. Jan lächelte entsprechend zurück. »Das ist jetzt wirklich … ähm, ja, viele Jahre her. Wenn die Leute in der Gemeinde nichts anderes haben, worüber sie reden können, dann muss das hier in Rhiemberg ja wohl ziemlich langweilig sein.«

Das saß. Somit gehörte Jan wohl auch zu den Langweilern. »Na ja, also jetzt hör mal!«

»So, und jetzt lasst uns Geschenke auspacken! Motte, guck mal da rechts, das rote, das ist für dich.«

Alex verrenkte etwas ihren Hals. »Ah.« Dann paffte sie weiter.

»Ja, musst es schon selbst holen. Das haben wir immer so gemacht!«

»Och, Mensch, Mama! Du hörst dich ja an wie deine Oma …«

»Hey, du hast sie doch nie kennengelernt!«

»Ich bin doch keine fünf mehr! Hab die da grad alle hingelegt. Jetzt muss ich schon wieder aufstehen und sie da wegnehmen. Mach doch mal gemütlich!«

Anna-Maria stützte sich auf ihre Knie, um sich vom Sofa hochzuwuchten. »Na gut, wie du willst, dann mach *ich* halt eins auf.« Und schon war sie halb unter dem Gummibaum verschwunden.

Sie kam mit einem ganz kleinen, liebevoll verpackten Päckchen zurück, auf das Jan fein säuberlich »Für Anna-Maria« geschrieben hatte. »Ist das für mich?«

»Gibt es hier noch 'ne andere Anna-Maria?«

Und damit war das Papier auch schon aufgerissen und das kleine Schmuckkästchen zum Vorschein gebracht. Sie machte es auf, dieses Mal etwas vorsichtiger. »Ohrringe?«

Jan stöhnte. »Nein, das ist Bettwäsche. Mundgeblasen. Aus dem Erzgebirge.«

»Die passen ja zu meiner Kette!« Sie hielt den kleinen Herzanhänger ihrer Kette hoch, um ihn mit den Ohrringen zu vergleichen. »Danke, Jan!« Sie fiel ihm um den Hals und stürmte daraufhin sogleich in den Flur, um sich vor dem Spiegel die Ohrringe anzulegen.

Alex fröstelte ob des Luftzugs. Sie zog die Knie an und kuschelte sich in den Sessel, betrachtete das alles recht amüsiert. Ging da etwa was zwischen ihrer Mutter und Jan? »Die sind echt schön, Jan. Wirklich. Da hast du 'ner alten Frau echt 'ne Freude gemacht.«

»Motte!«, kam es streng aus dem Flur.

»Wenn du mich weiter ›Motte‹ nennst, nenn ich dich ›alte Frau‹!«, rief Alex zurück.

Anna-Maria betrat, ja beschritt förmlich den Raum, schloss die Tür hinter sich und hob die Hände dramatisch nach oben, hinter ihre Ohren, wie im Shopping-Fernsehen. »Na, wie findet ihr sie? Stehen sie mir?«

Jan und Alex raunten große Zustimmung.

»So, Jan, jetzt bist du aber dran.« Anna-Maria zog das mit Abstand größte Paket unter dem Baum hervor. Es war für ihre Verhältnisse überraschend gut eingepackt. Natürlich vom Laden, wie er nun bemerkte. Vorsichtig zupfte er an dem Geschenkband rum.

»Na nun reiß es schon auf, Mann!« Anna-Maria schien von allen die Ungeduldigste zu sein.

Jan schob das Geschenkband zur Seite und öffnete sorgsam das Papier. Ein Schuhkarton?

»Brauchst du das Papier noch für das Leben nach dem Dritten Weltkrieg?«

Jan äffte ihren Gesichtsausdruck nach und riss gleichzeitig das Papier runter. Tatsächlich. Ein Schuhkarton. »Schuhe?«

»Na, jetzt mach schon auf.«

Da lagen sie, zwei ganz weiße Turnschuhe. Jan betrachtete sie wie Wesen von einem fremden Planeten. »Äh, nun ja, vielen Dank, Anna-Maria ...«

»Alex hat sie mit ausgesucht. Hab beim letzten Hauskreisabend auch deine Schuhgröße rausgefunden. 44.«

»Stimmt, hm ... Danke. Wie komm ich denn zu der Ehre?«

Anna-Maria grinste und klopfte sanft auf seinen Bauch. »Gegen den Speck. Und die Midlife-Crisis. Und damit es mit der Nachbarin besser läuft.«

Nachbarin? Woher ...?

Jan wusste nicht, ob er lachen oder weinen sollte. Doch was er vor allem nicht wusste: dass Anna-Maria noch einen ganz anderen Plan damit verfolgte.

Aber die lehnte sich erst mal entspannt zurück und grinste sich einen.

16

Mittwoch, 31. Dezember 1997

»Das meinst du jetzt aber nicht ernst, oder?«

»Wieso?«

»Du willst heute deine allerletzte Zigarette rauchen?«

»Na ja, das ist ja der Sinn vom Neujahrsvorsatz: dass man Silvester aufhört mit irgendwas.«

»... *und* Schrägstrich *oder* an Neujahr mit etwas Neuem anfängt.«

»Genau. Mit dem Kaugummikauen. Oder so.«

»Du ohne Fluppen, das kann ich mir gar nicht vorstellen.«

»Also, so oft hast du mich doch noch gar nicht rauchen sehen!«

»Mehr als genug! Neulich nach der Christvesper konntest du ja gar nicht schnell genug draußen sein.«

»Das hat vielleicht auch mit der Gemeinde ...?!«

»Da hast du dir draußen im Auto auch sofort eine angesteckt, zusammen mit deiner Tochter, hab ich genau gesehn.«

»Und hast es wieder gefilmt?«

»Und der arme Jan saß hinten auf dem Rücksitz und wurde vollgequalmt.« Simon grinste und streckte die Zunge seitlich aus dem Mund raus, und Erik lächelte sein genüssliches Lächeln.

»Ihr seid ganz schön frech. Ich habe ja nicht mein ganzes Leben geraucht. Erst seit ...« Anna-Maria versuchte kurz im Kopf zurückzurechnen. Angefangen hatte sie mit 17. Da war sie also genauso alt wie die beiden Jungs hier vor ihr. Heimlich, auf dem Schulhof. »... seit ein paar Jahren«, log sie. Vergib mir bitte, Jesus, betete sie still. Ich lüg auch nie wieder im neuen Jahr.

»Na wir gucken mal, wie lang du durchhältst«, meinte Simon trocken.

Tollen Hauskreis hatte sie sich da ausgesucht.

»So, und jetzt gebt mir mal eure Jacken. Oder wollt ihr euch hier noch länger die Beine in den Bauch stehen?«

Anna-Maria nahm Simon und Erik die Jacken ab – und versuchte, einen Garderobenhaken freizuschaufeln. Dabei fiel ihr ein, dass ja gleich noch mehr Menschen – und damit Jacken – folgen würden. »Jungs, nehmt die noch mal kurz, bitte.« Sie drückte ihnen ihre Jacken zurück in die Hände. Und räumte dann mit ein paar beherzten Handgriffen die Garderobe frei. Da stand sie nun, beladen mit Damenmänteln, Lederjacken, Schals und Handtaschen aus dem Hause Martin-Wagenknecht.

»Was grinst ihr denn so blöd? Ihr könnt euch jetzt aufhängen. Also, eure Jacken.« Die Jungs taten, wie ihnen geheißen, während Anna-Maria sich noch auf der Suche nach einem Platz für ihren Jackenhaufen hin- und herdrehte. Kurzerhand ging sie in den hinteren Flur, stieß die Tür zum Schlafzimmer von Agnes auf, das sie bisher kaum betreten hatte, und schmiss alles aufs Bett. Zufrieden rieb sie sich die Hände. Als sie wieder in den Eingangsbereich des Hauses kam, standen dort plötzlich drei Leute: Martha war hinzugekommen, beladen mit einem Korb voller Essen, plus einer Schnittchenplatte. »Martha! Schön, dass du da bist! Komm, ich nehme dir das mal eben ab. Jungs, setzt euch doch schon mal ins Wohnzimmer.« Anna-Maria stellte den Korb sowie die Schnittchenplatte auf jeweils einem Umzugskarton ab. Martha ließ sich von Anna-Maria aus dem Mantel helfen:

»Anna-Maria, ich helfe dir noch mit dem Anrichten.«

»Ach, setz dich doch ruhig auch ins Wohnzimmer!«

Während Anna-Maria sich wieder an der Garderobe zu schaffen machte, hielt sich Martha, eine Frau der Arbeit, an ihrer Handtasche fest. Sie konnte sich nicht einfach auf die faule Haut legen. Vor allem nicht, wenn sie das ganze Chaos hier sah. Und dazwischen Anna-Maria, die leicht überfordert wirkte. Die unzähligen Umzugskartons ließen die Abstellkammer überquellen und schienen von dort aus das halbe Haus zu überfluten. Sie waren einfach überall: unter der Treppe, in der Küche, auch ein paar im Wohnzimmer, wo sie doch gleich Silvester feiern wollten.

»Vielleicht hätten wir doch lieber bei Jan ...«, murmelte Martha leise in sich hinein. Anna-Marias Chaos war ein großer Gegensatz zu dem Leben, das ihre Großmutter hier geführt hatte: sauber, ordentlich, gepflegt, ruhig. Aber auch Martha musste wie Jan neulich erkennen, dass es nun um einiges gemütlicher und wärmer war, seitdem Anna-Maria hier wohnte. Diese Wärme ging letztlich auch von Anna-Maria selbst aus.

»Was?«

»Komm, Anna-Maria, zu zweit geht es doppelt so schnell.« Behutsam nahm sie das Essen, das schon fast in den Kartons versunken war, und folgte Anna-Maria in die mit Kerzen und Lichterketten beschienene Küche.

»Wie ist es für dich, hier wieder zu wohnen?« fragte Martha, während sie am Herd stand und die Hackfleischsuppe umrührte.

»Hm?« Anna-Maria wirkte hektisch, doch plötzlich hielt sie inne, schaute aus der Terrassentür und sagte: »Seltsam ist es irgendwie. Als wäre es gestern gewesen. Und dann wieder hundert Jahre her. Viele Erinnerungen kommen hoch. Aber es hat irgendwie seinen Schrecken verloren. Ich kann was anderes draus machen. Es zu meinem machen, verstehst du?«

Martha nickte. »Ja, das kann ich sehr gut verstehen. Und deine Tochter hilft dir sicherlich auch dabei, dass es wieder zu deiner Heimat wird.«

»Ja, das tut sie. Wenn sie nicht gerade wie heute unter dem Brandenburger Tor zu Technomusik tanzt.« Da sprach die sorgenvolle Mutter.

»Aber weißt du, deine Großmutter hatte auch sehr gute Seiten. Sie hat sehr oft von dir gesprochen. Und immer nur gut.«

Anna-Maria kramte in der Besteckschublade und murmelte: »Tja, nur nicht zu mir.«

»Du warst ja nicht mehr da!«

»Ich war nicht mehr da, *weil* sie nie ein gutes Wort für mich hatte! Bibelverse runterbeten, das konnte sie, die ganze Zeit von Gottes Geboten erzählen. Aber mal was Nettes sagen? Ermutigung? Lob? Das gab es nur für die, die in der Kinderstunde einen Fleißpunkt gesammelt hatten.«

»Sie hat dich geliebt, Anna-Maria. So wie du deine Tochter.«

»Davon habe ich aber nicht viel gemerkt. Eigentlich gar nichts.«

»Du übertreibst, Anna-Maria.«

»Wer sein Kind liebt, der züchtigt es, ja.«

Martha seufzte schwer, um die Tränen zu unterdrücken. »Wir haben nie die Hand gegen unseren Sohn erhoben. Er hat sehr viel Liebe bekommen. Alles. Trotzdem sehe ich ihn und meine Enkel nur zwei Mal im Jahr. Ich kann mich freuen, wenn er mal zum Geburtstag anruft.« Um sich abzulenken, fummelte Martha die Klarsichtfolie von der Schnittchenplatte runter. Nun wurden ihre Augen doch noch feucht. Sie hielt sich an der Arbeitszeile fest. Anna-Maria legte ihr die Hände auf die Schultern. »Komm, Martha, nicht traurig sein. Mir geht es jetzt gut. Und du bist auch nicht allein. Ich freue mich, dass ihr hier seid. Lass uns fröhlich ins neue Jahr starten. Und den alten Mist vergessen.«

Martha legte ihren Kopf sanft auf Anna-Marias linke Hand. Gemeinsam schauten sie ganz verträumt in die Hackfleischsuppe. »Ich hätte es jetzt anders ausgedrückt. Aber ja, du hast recht …«

Mit vollen Bäuchen saßen sie im warmen Wohnzimmer und unterhielten sich über Neujahrsvorsätze. Jan, ganz der Hauskreisleiter, hatte diese Gesprächsrunde angestoßen. Anna-Maria saß ihm gegenüber und knabberte an ihrer Herzkette herum. Wollte sie damit irgendwas überspielen? Es freute ihn, dass sie nun auch die passenden Ohrringe dazu trug.

»Also, ich habe das mit den Vorsätzen schon vor einer ganzen Weile aufgegeben«, meinte Lena.

Anna-Maria lachte laut. »Ich wüsste auch nicht, was du dir als Vorsatz vornehmen solltest. Außer dass du vielleicht mal wieder die Sau rauslassen musst.«

Lena war gerade wieder kurz davor, rot zu werden. Beschämt schaute sie zu Boden. »Na ja, so würde ich das nun auch wieder nicht sagen. Ich weiß aber nicht, was ich daran ändern könnte. Mir wäre es auch lieber, wenn Robert heute hier wäre.«

»Aber heut ist Hochbetrieb im *Goldenen Eichhörnchen*, nicht wahr?«, fragte Jan.

»Ja, der ganze Saal ist ausgebucht. Na ja, dafür hatte er Weihnachten frei. Wir konnten zu seinen Eltern fahren.« Was anscheinend nicht so toll gelaufen war; ihr Gesicht sprach Bände. Keiner wollte Lena jetzt die Stimmung vermiesen, und so stellte man lieber keine Nachfragen.

Wie sich herausstellte, war Anna-Maria die einzige mit einem Neujahrsvorsatz. Was sie ziemlich umzutreiben schien. »Wie, Leute, das kann doch nicht sein? Seid ihr alle schon so eingefahren? Jan, du bist doch immer so organisiert. Keine Pläne?«

»Bei mir ist das nicht an einen festen Termin gebunden«, sagte Jan. Nachdenklich schwenkte er seinen Rotwein und überlegte, wie es wohl wäre, mit seiner Nachbarin jetzt auf dem Fell vor dem Kamin zu kuscheln.

»Hm, der weise alte Mann hat gesprochen, Jan Hieronymus Weber!«

Jans zweiter Name war zwar kein Geheimnis, aber keiner wusste eigentlich, warum er so hieß. Er selbst vermutete, ja war sich sogar ziemlich sicher, dass er von der Vorliebe seiner Eltern für den Maler Hieronymus Bosch herrührte. Doch Erik behauptete steif und fest, dass dieser Name vielmehr von dem Verfasser der Bibelübersetzung Vulgata stammen musste, die dann später wiederum von Luther ins Deutsche übersetzt wurde. Schließlich waren Jans Eltern feste Größen in der Gemeinde gewesen, bibelfest wie nichts.

Anna-Maria knabberte wieder an ihrer Kette, musste sie doch dem Hauskreis zuliebe hier drinnen auf das Rauchen ihrer letzten Zigaretten verzichten. »Vulgata? Das hört sich irgendwie so …«

»… vulgär an?«, fragte Jan.

Anna-Maria nickte. Aber Erik erklärte ihr gerne noch mal, woher dieser Name kam.

»Also ganz ehrlich: Wenn ich da manchmal so im Gottesdienst bei uns sitze, habe ich oft das Gefühl, dass das alles Lateinisch ist.«

Jan stutzte. »Hab ich das richtig gehört? Du hast ›bei uns‹ gesagt?«

Anna-Maria schreckte auf und ließ ihre Kette baumeln. »Hm?«

Simon, der mit einer Salzstange herumfuhrwerkte, stimmte ihm zu, mit prüfendem Blick auf Anna-Maria, so als wäre sie ein Tier, das sie von ferne beobachten würden: »Ich glaube, sie fühlt sich schon wieder ganz heimisch.«

»Ja, das stimmt!« Martha strahlte, mit rosigen Wangen.

Anna-Maria machte eine abwehrende Geste: »Also nun mal halblang, Leute. Solange Kurt da jeden Sonntag an seiner Kanzel klebt und diesen Stuss redet …«

»*Fast* jeden Sonntag«, berichtigte sie Erik.

»Das ist doch kein Stuss, Anna-Maria!«, warf Martha ein.

»… kann ich das nicht als meine Gemeinde bezeichnen. I'm sorry!« Anna-Maria machte eine abwehrende Geste und schaute herausfordernd reihum in die nun wieder aufgeweckten Gesichter.

»Aber du würdest gerne, oder?« Lena hatte sich neugierig vorgebeugt, mit ihrer Apfelschorle in der Hand. Jetzt, wo ihre Kinder in Alex' Bett schlummerten, konnte sie sich etwas entspannen.

Anna-Maria wiegte den Kopf hin und her. Plötzlich fühlte sie sich wie in einem Verhör.

Jan schenkte sich noch etwas Rotwein nach und lehnte sich dann wieder zurück. »Was müsste denn passieren, damit du sie als deine Gemeinde bezeichnen könntest?«

Sie überlegte eine Weile, dann sagte sie: »Als Erstes würde ich Kurt zum Hausmeister machen.« Alle lachten. »Ich mein, Licht an- und ausknipsen kann er ja schon mal. Und die Heizung runterregulieren auch.« Sie kicherte, stand auf und ging zum Ofen, um ein paar Scheite nachzulegen. »Und als Zweites müsste Eduard wieder predigen. Er hat sich von Kurt ganz schön aufs Abstellgleis schieben lassen. Rente hin oder her. Aber der hat doch eigentlich noch Bock! Haben wir ja an Heiligabend gemerkt. Ich mein, der Mann ist 67! Das ist doch kein Alter!«

Martha schob den Ehering an ihrem Finger vor und zurück. In ihr arbeitete es. »Es ist ja nicht so, dass Eduard seine freie Zeit als Rentner nicht genießen kann. Er liest sehr gern, geht gerne spazieren, und die Arbeit als Stadtchronist bereitet ihm auch Freude. So kann er sich noch etwas zu seiner kleinen Rente hinzuverdienen.«

»Das könnte er doch auch als Prediger«, meinte Anna-Maria. »Ist weniger langweilig. Und das ist doch auch seine eigentliche Berufung! Und Leidenschaft!«

»Die Gemeinde hat kein Geld mehr, ihn zu bezahlen, Anna-Maria. Wir sind in den letzten Jahren immer weniger geworden.«

Anna-Maria schaute hinter der Ofentür hervor. »Kein Wunder, wenn die alle bei Kurts Predigt einschlafen – und nicht wieder aufwachen …«

»Und wir sind auch alle keine Großverdiener.« Beim letzten Wort schaute Martha Jan an, ihren Chef.

Was sollte das denn jetzt? Hatte sie ihn jetzt wirklich als Großverdiener bezeichnet? Oder wurde er von ihr in den Kreis der Hungerlöhner einbezogen? Was von beidem war wohl schlimmer?

»Natürliche Dezimierung«, warf Simon trocken ein. »Die Gemeinde stirbt langsam aus.«

»Wir sind immerhin noch 29 Mitglieder!«, meinte Erik.

»28«, sagte Jan. »Ihr müsst Agnes abziehen.«

»Aber vielleicht wird ihre Enkelin sie ja schon bald ersetzen!?«, flötete Erik.

Anna-Maria, die mit dem Feuerhaken im Ofen herumstocherte, warf den Kopf zurück und brach in schallendes Gelächter aus.

»Das wird wohl so schnell nicht passieren. Die kann ich eh nicht ersetzen, wirklich nicht.«

Martha ließ das Thema Eduard nicht los. »Aber du hast schon recht, Anna-Maria. Eduard könnte wirklich öfter predigen.«

»Sag ich doch.« Sie knallte die Ofentür zu. »Jetzt mal ehrlich, Leute: Wenn die Gemeinde so weitermacht, wird es sie in ein paar Jahren nicht mehr geben.«

Martha knetete ihre Hände. »Vielleicht sollten wir stärker zu unseren Gottesdiensten einladen.«

»Also mir fällt keine Person ein, die ich dazu einladen würde. An Heiligabend war es meine Tochter, die mich in die Christvesper geschleppt hat. Aber auch nur, um mal ein paar Bilder und Gesichter zu all den Geschichten zu haben, die ich ihr darüber erzählt hab.«

Erik fragte: »Und welchen Eindruck hatte deine Tochter von der Gemeinde?«

»Ziemlich verstaubt und langweilig. Sie kennt ja nur das Kinderprogramm aus der Jerusalem-Gemeinde. Da lernt man schon mit drei, bei den ersten Takten die Hände hochzureißen. Aber sie fand Eduard ganz putzig. Oh, und deine Einlagen auf der E-Orgel hat sie auch gelobt, Simon.«

»Na, das ist doch schon mal ein Anfang«, sagte dieser.

»Nur leider ist es im Rest des Jahres nicht so schön«, seufzte Lena.

»Stimmt«, meinte Anna-Maria trocken, die sich mittlerweile wieder hingesetzt hatte und in ihre Zigarettenschachtel lugte. »Zwei Mal hast du Leute mitgebracht. Und zwei Mal ist es nach hinten losgegangen.« Sie schüttelte die Schachtel und schaute dann wieder hinein, so als hoffte sie darauf, dass sich die beiden noch darin befindlichen Glimmstängel durch den Schütteltrick wie durch Zauberhand vermehrt hätten.

»Ja«, seufzte Lena wieder. »So wie die Gottesdienste jetzt sind, mit der altmodischen Musik und den Predigten von Kurt, und diesen ewig langen Abkündigungen, die er auch noch alle macht …«

»... wobei die Gemeindemitglieder auch Grußworte und Informationen weitergeben dürfen!«, merkte Erik an.

Lena seufzte: »Na, ob das immer so gut ist ... Also wie dem auch sei: Ich kann da einfach keinen mehr mitnehmen.«

Auch Jan seufzte nun. Die Entscheidung, Katja nicht mitzunehmen, war wohl die richtige gewesen, hatte ihm aber leider auch vieles verbaut.

Aus Erik brach es nun hervor: »Ihr redet ja gerade alle so, als würden bei uns Irrlehren verbreitet, die obendrein noch komplett unverständlich wären. Es kommt doch ganz allein auf das Wort an! Und das gibt Herr Jacobsen doch eins zu eins wieder!«

»Ja, aber genau das ist es doch, Erik!«, sagte Anna-Maria. »Bibelstellen aus alten Übersetzungen aus dem Zusammenhang reißen und damit um mich werfen, das kann ich auch. Das konnte auch meine Großmutter.«

»Na, dann habt ihr ja doch was gemeinsam«, sagte Jan schmunzelnd.

»Aber man sollte seine Bibel schon gut kennen!«, meinte Martha.

»Ja, das ist ja auch nicht schlecht. Aber dann such ich mir einfach nur die raus, in denen es darum geht, eine brave Hausfrau zu sein, immer mein Geld an den Gemeindeleiter abzudrücken und ansonsten schön weltfremd zu bleiben. Aber es geht doch im Glauben um viel mehr als das! Es geht doch um Gott, und um unsere Beziehung zu ihm. Und wie wir das leben können. Aber davon merke ich bei Kurt nicht sehr viel.«

Jan nahm den Faden wieder auf, er wollte jetzt am Ball bleiben: »Und als Drittes?«

»Bitte?« Anna-Maria verstand mal wieder nur Bahnhof.

»Du hast gesagt, als Erstes würdest du Kurt zum Hausmeister machen – und als Zweites Eduard wieder zum Pastor. Was wären dann die nächsten Punkte?«

»Pfff, keine Ahnung. Man sollte vielleicht mal an dem ganzen Drumherum arbeiten: die Musik, diese ewigen ›Abkündigungen‹«, sie malte Anführungszeichen in die Luft, »der ganze Raum … So wie das jetzt alles ist, sagt das doch nur: Hey, komm rein, leg dein Lächeln ab, zieh 'nen Faltenrock an, mach dir 'ne Halleluja-Zwiebel und werde genauso langweilig, grau und freudlos wie wir – und lass dich durch unseren verrückten kleinen Gartenzwerg da vorne mal so richtig schön auf Linie bringen. Ich sach' euch, so kommt keiner!« Vor lauter Aufregung hatte sie sich eine Zigarette zwischen die Lippen geschoben.

»Meinst du nicht, dass das etwas übertrieben ist, Anna-Maria? Sicherlich könnte man hier und da etwas kürzen, aber im Großen und Ganzen …«

»Ich sag dir, Martha, ein bisschen Make-up hier und da wird da nicht helfen. Die GAU wird von allen immer nur ›die Sekte vom Ententeich‹ genannt. Woher kommt das wohl? Ihr müsst doch nur mal die Leute aus der Stadt fragen: die Ärztin, die Nachbarn, sogar den Lurchi: Da kommt keiner. Also wenn ihr euch noch was vornehmen wollt für 1998, dann vielleicht den Abriss …«

Wieder guckte sie in entsetzte Gesichter und korrigierte dann schnell: »… vermeiden und die Gemeinde vor dem Exitus bewahren. Denn wenn nicht, dann …« Sie machte die Kopf-ab-Handbewegung. » … Super-GAU«.

Martha war total entsetzt. »Anna-Maria!«

»Veränderung? Also, ich wär' dabei«, meinte Simon.

Anna-Maria ließ das kalt. »Ich sag mal: Viel Glück dabei! Ich bin raus.« Und damit lehnte sie sich zurück und steckte sich wieder die Zigarette in den Mund, die sie beinahe angezündet hätte.

Jan wirkte sehr nachdenklich. »Wie soll das denn gehen, Veränderung, ohne dich?«

Simon pflichtete ihm bei: »Ja, wie soll das gehen? Du hast so viel Feuer im Hintern …«

»Leute! Ich komme wirklich gern in euren Hauskreis, das bringt mir echt was. Aber nicht in die Gemeinde, nicht in den Gottesdienst.«

Jan ließ nicht locker, auch wenn er sich bemühte, einen ironischen Tonfall anzuschlagen: »Du kannst dir nicht einfach die Rosinen rauspicken, Anna-Maria. Das eine geht nicht ohne das andere.«

Simon war todernst. »Ja, Anna-Maria, jetzt hängste drin.«

Erik schluckte seine Spezi runter und sagte: »Mitgefangen, mitgehangen ...« Ihm behagten zwar diese aufrührerischen Gedanken nicht sonderlich, aber er nahm sie auch nicht wirklich ernst.

Anna-Maria erstarrte. Die Zigarette war ihr in den Mundwinkel abgerutscht, wäre fast rausgefallen. Diese wertvolle, vorletzte Zigarette. Hilfesuchend blickte sie die anderen beiden Frauen an. »Das meinen die doch nicht etwa ernst, oder? Ich soll für euch den Karren aus dem Dreck ziehen?«

Lena war Feuer und Flamme. »Nein, mit uns zusammen!« Oh! Hatte sie eben zugestimmt, dass die Gemeinde ein Karren im Dreck war? Sie hielt sich die Hand vor den Mund.

Nur Martha zeigte ihre Skepsis offen: »Also, ich weiß nicht, das geht mir jetzt aber alles in eine etwas seltsame Richtung ... Deine Vergleiche, Anna-Maria! Wir sind doch Jesu Gemeinde, seine Braut! Keiner ist perfekt, aber deswegen muss man doch nicht alles über Bord werfen!«

»Da stimme ich dir voll und ganz zu, Martha«, meinte Jan. »Ich glaube, wir sind uns alle einig, dass wir das Evangelium nicht verändern wollen. Können wir auch gar nicht. Das ist doch die Schokolade! Aber, nun ja, die Verpackung, die ...«

»... ist irgendwo in den Fünfzigern stecken geblieben«, fügte Anna-Maria nahtlos hinzu. »Der Sarotti-Mohr. Total überholt. Damit lockst du einfach keinen Hund mehr hinter dem Ofen hervor.« Eine Weile war es still. Dann fügte sie hinzu. »Aber wenn es nur das wäre. Es geht um Menschen. Und wie sie ihren Glauben leben. Oder eben nicht leben.«

Simon war angeknipst. »Aber vielleicht kommt es auf einen Versuch an. Ich mein, wenn wir es nicht tun ...«

»Sag ich doch die ganze Zeit!«, platzte es aus Anna-Maria heraus.

»… dann hat Erik in 20 Jahren keine Gemeinde mehr, in die er mit seiner Frau und seinen beiden Kindern gehen kann.«

»Hey, was soll das denn? Du kannst hier doch nicht einfach meine Zukunftsplanung ausplaudern, die ich dir in einem intimen …«

Anna-Maria kriegte sich gar nicht mehr ein vor Lachen. »Das ist ja echt zum Schießen! Ihr beiden seid wie ein altes Ehepaar!«

Martha, Lena und Jan lachten nicht, nickten aber unisono.

Erik und Simon war das dann doch etwas unangenehm. Simon kratzte sich am Kopf und fixierte dann Anna-Maria plötzlich mit seinem Blick: »So, jetzt mal nicht ablenken hier! Bist du jetzt dabei oder nicht? Drinnen oder draußen?«

Alle starrten gebannt auf Anna-Maria, selbst Erik und Martha, die nicht so genau wussten, was sie von dem ganzen Gespräch halten sollten. Auch Jan war gespannt, wie sie reagieren würde. Er schwankte zwischen Skepsis, Abenteuerlust (was er auf den Rotwein schob) und dem leisen Verdacht, dass das alles ja doch wieder nur eine Totgeburt sein würde. Gemeindeveränderung, ein hehres Ziel. Und ein sehr schwammiges noch dazu.

Anna-Maria packte die Kampfeslust. Sie schob die Ärmel hoch, verschränkte die Arme und sagte: »Na gut. Aber nur unter einer Bedingung …«

»Welche Bedingung?«

»Wir machen es so, wie ich es vorschlage.«

»Gesegnetes neues Jahr, Anna-Maria!« Jan stieß sein Sektglas an Anna-Marias, als sie mit den anderen auf dem Bootssteg standen, über den See blickten und das Feuerwerk über Rhiemberg betrachteten. Selbst ganz weit hinten, vom Schlossberg aus, wurden Raketen abgefeuert. Und auch Erik und Simon ließen nun ein paar Knallfrösche los, während Martha und Lena, die beieinander eingehakt waren, sich wieder Richtung Ufer zurückzogen, weil sie Angst hatten, auf dem Steg auszurutschen.

Anna-Maria trat noch schnell die letzte Zigarette aus. Als sie den Mund aufmachte, kam etwas Qualm raus. Jan musste husten, was durch das, was nun folgte, nicht gerade erleichtert wurde. »Gesegnetes Neues auch dir, Hieronymus. Komm mal her!« Sie nahm ihn ganz fest in ihren Arm, und vielleicht brauchte sie das in diesem Moment noch etwas mehr als er. »Ist super, dass ich dich wiederhabe. Ist hier ja doch nicht alles den Bach runtergegangen.«

»*Noch* nicht! Aber warte mal ab: Bis wir deinen Plan umsetzen.« Jan merkte erst jetzt, wie sehr ihm diese Herzlichkeit gefehlt hatte.

»Unseren Plan, Bruder!«

Und dann kniete sie sich hin, hier, mitten auf dem bemoosten Steg, vor dem schlummernden See und der feiernden Stadt, faltete die Hände und schloss die Augen. Doch dann hielt sie noch mal kurz inne, schaute zu Jan hoch und sagte: »Das hab ich Jesus versprochen.«

Teil 2
HOFFNUNG

17
Donnerstag, Neujahr 1998

Der Tisch war schön gedeckt, mit allem, was er gern zum Frühstück hatte. Sogar einen frischen Strauß Blumen hatte sie gestern noch besorgt und ihn nun sorgsam in der Mitte platziert. Sie strich noch einmal über die Tischdecke, ein Lied vor sich hin summend, und schaute durch das Fenster über die eingeschneiten Dächer der Altstadt von Rhiemberg. Sie war beseelt vom gestrigen Abend und von dem, was sie da als Hauskreis beschlossen hatten. Plötzlich hörte sie die vertrauten Schritte im Treppenhaus, seinen typischen, leichtfüßigen Gang, obwohl er die ganze Nacht durchgearbeitet hatte. Lena hatte kaum geschlafen, es war erst halb 7. Aber sie wusste aus den letzten Silvesternächten, dass er spätestens jetzt Feierabend haben musste. Und so war es auch. Der Schlüssel drehte sich im Schloss, und herein kam ein abgekämpfter, aber dennoch irgendwie energetisch aussehender Robert. Die Falte auf seiner Stirn jedoch vertiefte sich, als er Lena dort so stehen sah in der Wohnzimmertür, angelehnt an den Rahmen, in dem Morgenmantel, den er einmal für sie bei einer Parisreise gekauft hatte und den er immer so toll an ihr gefunden hatte.

»Guten Morgen, mein Schatz«, sagte sie.

Er legte den Schlüssel auf die Kommode und zog seinen Mantel aus, merkte, dass sie sich nicht bewegte, sondern weiter im Türrahmen stehen blieb. Von ihm kam nur ein: »Was soll das denn?«

Lena ließ sich davon nicht beirren, sie kannte seine Sprüche schon. Und heute war sie außerordentlich gut drauf. »Ich habe uns Frühstück gemacht. Du musst bestimmt ziemlich ausgehungert sein nach der Nacht …«

»Ach, ich hatte noch ein paar Reste vom Büfett…« Er zog sich die Schuhe aus, sah, dass hier ein paar fehlten. »Wo sind denn die beiden?«

»Die schlafen noch tief und fest bei Anna-Maria. Die waren ganz schön aufgedreht am Abend, aber das Feuerwerk haben sie dann verschlafen. Komm erst mal her.« Sie stellte sich ihm in den Weg, gab ihm einen Kuss, wollte ihn umarmen, doch er löste sich schnell daraus, sah hinter ihr den Frühstückstisch mit den Kerzen und den Blumen.

»Hab ich was verpasst? Hat jemand Geburtstag?«

»Nein, das ist einfach für dich, als Belohnung nach der langen Arbeit.«

»Du, ich bin ehrlich gesagt ziemlich müde. Und eigentlich auch nicht hungrig.« Ohne sie eines weiteren Blickes zu würdigen, blätterte er die Post auf der Küchenanrichte im Wohnzimmer durch, obwohl die dort schon seit einer Woche lag.

Lena schluckte. Sie zog den Morgenmantel weiter zu. Und wischte ihre eigene Irritation beiseite, indem sie ihm über den Rücken strich: »Komm, setz dich, trink wenigstens einen Kaffee.«

»Dann kann ich nicht schlafen.«

»Ich habe auch Tee hier.«

»Na wenn's unbedingt sein muss…« Sie setzten sich an den Esstisch, sie schenkte ihm einen Tee ein. »Wie war die Silvesterparty im *Eichhörnchen*? Haben sich die Leute benommen?«

Robert schaute in seine Teetasse. »War okay.« Dann schaute er durch das Zimmer, das durch Lenas Hand wie immer sehr aufgeräumt war, wischte sich über die Augen. »Es tut mir leid. Ich bin einfach ein bisschen durch nach der Nacht. Wir hatten 120 Leute – 10 mehr als eigentlich angemeldet waren. Die letzten sind um 6 gegangen. Die haben gesoffen wie die Löcher…« Er zog die Mundwinkel leicht nach oben.

Lena legte ihm die Hand aufs Knie. »Ist in Ordnung, mein Schatz. Komm erst mal runter. Iss doch was. Wenigstens ein bisschen.« Sie reichte ihm den Korb mit den frisch aufgebackenen Brötchen, doch er lehnte ab.

Er verzog wieder krampfhaft seine Mundwinkel. »Wie war's denn bei euch?« Er bemühte sich auch ein bisschen, immerhin.

Das war das Stichwort, auf das Lena gewartet hatte: »Ach, es war sehr schön, der Abend hat mir sehr viel gegeben. Ich wünschte, du wärst auch da gewesen.«

»Ich musste arbeiten«, unterbrach er sie.«

»Ja, das weiß ich doch, das ist auch kein Vorwurf! Die Kinder hatten Spaß, und ich auch. Und wir haben uns richtig gut unterhalten. Und uns was fürs neue Jahr vorgenommen.«

»Ach ja? Und was? Noch mehr beten?«

»Wir haben uns darüber unterhalten, dass die Gottesdienste doch ziemlich langweilig sind.«

»Ah, ist euch das auch schon aufgefallen?«

»Das sagst du ja auch, ja! Und wir haben darüber geredet, wie wir das ändern können. Damit das auch für andere Menschen interessanter wird. Menschen wie dich!«

»Fängst du jetzt wieder damit an? Ich habe dir schon hundert Mal gesagt …«

»Ja, aber diesmal ist es anders! Es bewegt sich wirklich was! Wir wollen unseren Glauben so gern teilen mit anderen, dieses … ja, dieses Leben mit Jesus, wie gut das ist, das wollen wir einfach den Leuten zeigen. Der Inhalt ist ja gut, aber die Verpackung …«

»Ich glaub, da fehlt noch Zucker.« Er stand auf.

»Oh, ach so, den habe ich vergessen.« Sie lief ihm in die Küche hinterher. »Anna-Maria hatte da echt eine gute Idee. Sie will nämlich …«

Robert knallte die Zuckerdose auf den Tresen – und die Schranktür zu. Sein Ton klang aggressiv. »Kannst du bitte einfach deinen Mund halten. Ich ertrag dieses Gerede über die Gemeinde nicht mehr.«

»Ja, aber willst du denn gar nicht wissen, was wir geplant haben? Das wird dich auch interessieren!«

»Nein. Ich muss hier raus. Und du solltest die Kinder abholen.« Und damit war er auch schon aus der Küche, zog sich die Joggingsachen an, und verschwand aus der Wohnungstür. Und Lena stand da, ganz allein, hörte seine polternden Schritte auf der Treppe. Und plötzlich sackte alles in ihr zusammen.

18

Donnerstag, Neujahr 1998

Jan wusste nicht, ob er lachen oder weinen sollte. Er saß am Steuer des Minivans, den er erst gestern noch sorgfältig geputzt und gewienert hatte. Auf der Rückbank die beiden Kinder – das Mädchen im Sonntagskleidchen, mit glänzenden Lackschuhen, perfekten Zöpfen, und einem rosa Schleifchen im Haar. Daneben ihr jüngerer Bruder in einem adretten Anzug, er trug sogar eine Fliege und saß brav auf seiner Sitzschale. Sie hörten alle zusammen eine christliche Kinder-CD, voll mit moralisch anspruchsvollen Botschaften (»Pass auf, kleines Auge, was du siehst«). Jan sang kräftig mit und erhob immer wieder zwinkernd, aber doch mahnend, den Zeigefinger, halb mit Blick auf die Straße und halb zu seinen Kleinen im Rückspiegel. Der perfekte Familienvater. Neben ihm, auf dem Beifahrersitz, saß sie. Seine Frau. Wie sich das anhörte. Meine Frau. Das klingt schön, dachte Jan so bei sich selbst. Auf ihrem Schoß hatte sie die fleischfarbene Handtasche, in der sich ihre und seine Bibel befanden – nebst Schreibzeug natürlich, für Kurts einstündige Predigt später – sowie die Fleißkärtchen der lieben Kleinen, für die Kinderstunde. Freilich gehörten sie zu den Besten, selbstredend.

Jan schaute verliebt zu seiner Frau herüber. Sie ließ ihren Blick aus dem Seitenfenster schweifen, über die goldgelben Weizenfelder. Die 10 km jeden Sonntagmorgen, von ihrem Reihenhaus auf dem Land, nahmen sie gern auf sich. Er hingegen bewunderte ihren ungemein streng gebundenen Dutt und ihre Kleidung: Strumpfhose, Faltenrock und Strickjacke – alles in einem fröhlichen Mausgrau. Make-up trug sie natürlich keines. Das gehörte sich in der

Gemeinde am Uhlandplatz einfach nicht, weil es zu viel Lebensfreude ausgestrahlt hätte.

Sie hingegen staunte über die possierlichen Rehe, die sie in weiter Entfernung entdeckte hatte. Und lachte herzallerliebst. Katjas Lachen konnte ihm einfach jedes Mal aufs Neue das Herz erwärmen. Jan, den Blick wieder streng auf die Straße gerichtet, ließ seine Hand vom Schalthebel zu ihrer linken Hand wandern (ganz keusch, natürlich!). Warm und sanft fühlte sie sich an. Er bemerkte, wie sie ihn nun ganz verliebt von der Seite betrachtete. An der Ampel konnte er ihr nun auch endlich in die Augen schauen. Die wunderbaren, tiefbraunen Augen von … Anna-Maria!!!

Was für ein Schock! Fröhliches Kinderlachen drang an seine Ohren. Viel zu fröhlich. Jan schreckte hoch. Wo war er? Doch nicht im Minivan, sondern gerade aufgewacht. Es war nur ein Traum gewesen. Ein Albtraum. Er wollte weiterschlafen. Aber er konnte nicht. Alles tat ihm weh. Der Nacken verspannt, und der Schädel brummte. Dabei hatte er doch gar nicht so viel getrunken. Eine, höchstens zwei Flaschen Rotwein. Na gut, und dann noch der Sekt. »Sauft euch nicht voll des süßen Weins!«, klang Paulus' Stimme in seinem Ohr. Nein, es war nicht Paulus. Dessen Stimme kannte er ja gar nicht. Es war Kurts Stimme. Jan driftete kurzzeitig doch wieder in seine Traumwelt ab. Dass Anna-Maria im Gottesdienst neben ihm sitzen und ihn mit Bonbons verwöhnen würde. Und sich parallel zu Hause schon der vorprogrammierte Backofen einschalten würde, mit dem Sonntagsbraten im Römertopf. Nach dem Mittagessen würde Jan aus seinem Andachtsbuch vorlesen, dann gäbe es ein Nickerchen, aus dem er sanft von seiner ihn liebenden Ehefrau geweckt würde (die natürlich für die Familie auf ihren Beruf in der Arztpraxis verzichtet hatte), um den sonntäglichen Spaziergang mit den Kindern nicht zu verpassen. »Jan«, flötete sanft ihre Stimme. Sie streichelte seinen Arm.

»Jan!« Dieses Mal war Anna-Marias Stimme nicht mehr sanft. Und es war auch kein Streicheln mehr. Jemand klopfte an seinen

Kopf, wie an eine Tür. Er schreckte hoch, schlug die Augen auf. Neben ihm stand tatsächlich eine in Grau gekleidete Anna-Maria. Träumte er immer noch? Nein, das konnte nicht sein. Es war eine graue Jogginghose. Er schaute an ihr hoch. Eine labberige Fleecejacke, zerzauste Haare. Wie war sie hierhin geraten? Wo war er?

»Morschen, Jan! Na, alles fit?«

Man, war das laut! »Kannst du bitte ein bisschen ... leiser?«, krächzte er. Er schaute sich um. Er lag auf ihrem roten Sofa. Das leider etwas zu kurz für ihn war. Da spürte er es wieder, den Nacken, den Schädel, die schweren Glieder. Er hielt sich den Kopf.

Sie drückte ihm ein Glas Wasser in die Hand, in dem eine Kopfschmerztablette sprudelte. »Trink das. Frühstück ist auch gleich fertig. Die Kleinen sind schon ganz hungrig.« Hinter ihr polterte es durch den Flur. Nun schauten Julia und Philipp zur Tür herein. Und standen plötzlich auch neben dem Sofa.

»Ach, hallo Kinder.« Jan kratzte sich am Kopf, so als würden davon die Kopfschmerzen weggehen. Anna-Maria schien das alles sehr zu amüsieren. Sie sammelte Flaschen und Gläser vom Wohnzimmertisch und machte dabei einen Riesenlärm. Klinker klonker, klinker klonker.

»Wir sind schon gaaanz lange wach«, schrie Julia stolz über das Klirren hinweg und schwang dabei ihre Hüften, als würde sie einen Hula-Hop-Reifen kreisen lassen.

»Geht das auch etwas leiser, bitte ...«, kam es gequält aus seinem Mund.

Niemand reagierte auf Jan. Er leerte das Glas in einem Zug.

Philipp stand ganz nah bei Jan am Sofa. »Ist das Brausepulver?«, fragte er mindestens ebenso laut. Jan verzog schmerzverzerrt sein Gesicht. Komisch, bei Lena wirkten sie immer so brav.

Anna-Maria unterbrach kurz ihr Geschepper. »Ach, das ist für alte Männer, wenn sie zu viel gefeiert haben.« Dann klapperte sie weiter. »Hier, nehmt das mal, jeder eine Flasche. Aber nicht dran nuckeln! In einer Viertelstunde gibt's Frühstück, alter Mann. Handtuch liegt auf der Waschmaschine.« Und damit zog der scheppernde Tross – angeführt von Anna-Maria, hinter ihr die Kinder mit den leeren Rotwein- und Sektflaschen – aus dem Zimmer. War das jetzt immer noch der Albtraum?

Nach der Tablette und der heißen Dusche ging es ihm schon sehr viel besser. Er folgte dem verführerischen Kaffeeduft in die Küche, auch wenn ihm beim Anblick des Resteessens von gestern Abend etwas übel wurde. Die drei saßen bereits an dem kleinen Tisch.

»Du sollst hier sitzen«, sagte Julia, und tippte mit ihrem Zeigefinger auf den Hocker, der zwischen ihr und Philipp stand, strategisch eher ungünstig am Tischbein gelegen.

»Du kannst auch meinen Platz haben, alter Mann«, sagte Anna-Maria, die lässig mit der Kaffeetasse in der Hand am Tischende saß.

»Nein, du sollst hier sitzen«, sagte nun auch Philipp, und präsentierte den Hocker wie einen Thron.

Er war doch kein alter Mann! Und tat, wie ihm geheißen, quetschte sich zwischen die Kinder. Die hatten zwar keine Sonntagskleidchen an, waren aber schon fast auf dem Wege dahin. So ganz fleckenfrei hatte ihre von Lena perfekt herausgesuchte und gepflegte Kleidung die Frühstücksvorbereitungen aber nicht überstanden.

»Ich habe die Tomaten geschnitten«, sagte Julia stolz.

Jan, mit hängenden Schultern, fühlte sich auf dem Hocker irgendwie tiefergelegt. Er schaute auf die krummen und schiefen Tomatenstückchen auf dem Teller vor ihm, in denen noch die grünen Strünke zu sehen waren. »Toll.«

»Du siehst ziemlich scheiße aus«, sagte Anna-Maria.

»Danke, Anna-Maria, dir wünsche ich auch einen wunderschönen guten Morgen! Du bist die Trinkerei ja anscheinend mehr gewohnt als ich«, zischte er.

Sie schenkte ihm einen Kaffee ein und sagte: »Och, ich habe einfach noch ein paar Gläser Wasser getrunken letzte Nacht und mir dann eine Aspirin eingeworfen. Vorbeugend, sozusagen.«

»Ja, super, hättest du mir ja auch mal gestern schon geben können.«

»Du bist ja einfach aufs Sofa und sofort eingeschlafen. Da sind die anderen dann ohne dich gefahren. So, und jetzt wird gegessen. Wollt ihr was singen?«

»*Jaaa*!«

»Bitte *nicht* singen«, sagte Jan, und hielt sich die Ohren zu, als Anna-Maria mit den Kindern auf den Tisch und in die Hände klatschte und dazu »Für dich und für mich ist der Tisch gedeckt« rappte. Noch dazu vollkommen aus dem Takt.

»Die war aber überhaupt nicht gut drauf, oder?«, sagte Anna-Maria, als sie wieder zu Jan in die Küche kam, nachdem Lena die Kinder abgeholt hatte.

»Hat bestimmt Stress mit Robert, denk ich mal«, meinte Jan, während er an einem viel zu trockenen Baguette knabberte. »Sie war so begeistert von der Idee ...«

»Ja, das kann sein ... Also wenn du da fertiggemümmelt hast, könnten wir noch eine Runde um den See drehen, oder?«

»Du hast ja echt Energie, Anna-Maria. Noch 10 Minuten, ja?«

»Okay.« Anna-Maria hörte glücklicherweise mit dem Geschirrklappern auf und schenkte sich noch mal Kaffee ein.

Aus den 10 Minuten wurden mindestens 20, in denen Anna-Maria munter vor sich hinplapperte. Wie sie das Haus hier umbauen wolle, die Küche vergrößern und den Bückkeller, in den sie immer als Kind eingesperrt wurde, zuschütten, und dass ins ehemalige Schlafzimmer ihrer Großmutter ein Kickertisch sollte. Jan sagte fast gar nichts, er hörte einfach nur zu, gab ab und zu mal ein »Mmh ...« von sich. Anna-Maria war voller Tatendrang.

»Ach, den gibt es tatsächlich auch noch«, sagte Anna-Maria, als sie an einem Waldweg unweit des Seeufers einen Jägersitz entdeckten.

»Hier hast du dich damals immer verkrochen, oder?«

»Ja.« Sie testete die nicht sehr vertrauensvolle Leiter aus, die vom Schnee und darunter von Moos bedeckt war.

Jan blieb unten, die Hände in den Manteltaschen, er schaute ihr lieber zu. Sie wirkte sehr sportlich, in ihren flachen Stiefeln, ihrer Jeans und ihrer unvermeidlichen schwarzen Lederjacke.

»Voll der Flashback irgendwie«, sagte sie, als sie oben angelangt war. »Es gibt Orte, da fühlt man sich immer gut, egal, was sonst ist. Hier habe ich mich immer sicher gefühlt. Na ja, außer das eine Mal, als die Bullen mich hier weggeholt haben.«

Jan dachte nach, ob es einen Ort gab, an dem er sich immer gut fühlte. Zu Hause, und in der Buchhandlung, da gab es solche und solche Momente. Aber ein Ort, wo er sich immer gut fühlte? Vielleicht im Supermarkt.

»Irgendwie ist es hier, als wäre es gestern gewesen. Aber es ist schon so lange her …« Anna-Maria schaute ganz in Gedanken auf den See.

Jan fror. »Willst du da auch irgendwann wieder runterkommen? Es ist kalt.«

Anna-Maria schien das überhört zu haben. »Hast du keinen Ort, an den du fliehst, wenn dir mal alles zu viel wird?«

»Vielleicht noch im S… Na, ich habe ja meine Wohnung. Und eine Badewanne. Da ist es wenigstens immer warm.«

»Ja, wo du immer schon gewohnt hast, du bist da sogar geboren. Und du arbeitest da auch noch. Wird dir das denn nicht langweilig?« Sie schaute ihn gar nicht an, sondern über den See hinweg zu dem Haus, das jetzt ihr gehörte.

»Nein, wieso? Das gibt mir sehr viel … Sicherheit. Ja, das ist vielleicht das Wort.«

»Aber hast du nicht manchmal das Gefühl gehabt, du verpasst was von der Welt? Es gibt ja noch so viel mehr zu sehen und zu entdecken.« Anna-Maria stieg die Leiter wieder hinab. Gott sei Dank.

»Na ja, ich lebe hier ja nicht hinterm Berg. Ich habe ja Zeitungen, und das Fernsehen – und bin eine Woche pro Jahr im Bayerischen Wald.«

Anna-Maria hielt inne. »Das meinst du jetzt nicht ernst. Du fährst da immer noch hin, so wie damals mit deinen Eltern?« Sie konnte es nicht fassen.

»Doch, natürlich. Die Hoteliers sind ja quasi Freunde der Familie geworden. Wieso? Fährst du denn immer woanders hin?«

Anna-Maria lachte. »Ja, wenn es nicht immer am Geld fehlen würde, würde ich jedes Jahr drei Mal wegfahren. Nachdem ich Horst mit der Sabine …« Sie machte einen angewiderten Gesichtsausdruck. »…da habe ich mir die Alex geschnappt, wir sind an den Flughafen und haben 2 Wochen lastminute Malle gemacht.«

Sie gingen ein Stückchen weiter, und Anna-Maria ließ ein paar Steine über die Eisfläche des Sees schlittern.

»Du bist irgendwie immer auf der Flucht, kann das sein?«, fragte Jan.

»Na, so kann man das ja auch nicht sagen. Ich gehe keinem Streit aus dem Weg.«

»Und keiner Schlägerei.« Jan grinste. »Aber danach läufst du weg.«

»Immer noch besser, als mich hier in mein Schicksal zu ergeben, immer nur zuzuschauen, nicht mitzumachen. Mein ganzes Leben lang hier? Das wäre ja der absolute Albtraum!«

Sie bezog das weniger auf Jan als auf sich selbst. Trotzdem traf es ihn zutiefst.

»Tut mir leid, dass ich dich hier alleingelassen hab. Aber es ging nicht anders.«

Jan zuckte mit den Schultern. »Sind halt nicht alle so abenteuerlustig wie du. Und haben nicht so viel Selbstvertrauen.«

»Was hätte ich denn machen sollen? Lurchi zwingen, mich zu heiraten? Ihm Geld für eine Scheinehe geben? Oder Horst das Kind unterjubeln und hierbleiben? Und dann jeden Sonntag brav in die Gemeinde und ansonsten Haushalt machen und *Traumhochzeit* gucken?« Sie warf den letzten Stein.

Jan sah ihm nach. »Aber du bist nirgendwo richtig angekommen.«

Sie schob mit ihrer Stiefelspitze ein bisschen Schnee zusammen. »Nein, das bin ich wirklich nicht. Ich weiß auch nicht, ob ich das hier kann.«

»Aber du kannst es versuchen.«

»Ja, schon.« Sie schaute ihn an, lächelte, und hakte sich bei ihm ein. »Meiner Tochter scheint es hier ja auch zu gefallen. Und du solltest ruhig mal woanders Urlaub machen. Würde dir auch mal ganz guttun, so blass wie du bist.«

»Ich finde das, was wir letzte Nacht beschlossen haben, schon aufregend genug. Da brauch ich keine andere Abwechslung mehr.«

»Es ist ja erst mal nur ein Gottesdienst. So aufregend ist das nun auch wieder nicht. Dass uns da nichts Besseres eingefallen ist …«

»Für dich ist das vielleicht nicht aufregend. Für mich schon. Das hat es bei uns noch nie gegeben, ein Gottesdienst, veranstaltet von den ›jungen Leuten‹.«

»Dann gehören Martha, du und ich ja auch zu den Jungen. Das ist eigentlich schon traurig genug.«

»Und wir müssen es auch erst mal durchsetzen.«

»Das schaffen wir! Wir sind immerhin sechs Leute, und Eduard kriegen wir auch noch ins Boot! Und du wirst schon sehn, alter Mann, danach wirst du dich jünger fühlen! Und wir haben was, an dem wir zusammenarbeiten können, so wie damals!«

»Als ich die Hausaufgaben gemacht habe, damit du sie von mir abschreiben kannst?«

»Ja.« Anna-Maria lachte. »Also, so ähnlich. Nur dass es jetzt vielleicht umgekehrt ist.«

19

Freitag, 2. Januar 1998

»Hallo?« Arthurs Schreibstube machte denselben dunklen und verlassenen Eindruck wie schon vor den Feiertagen, nur, dass es dieses Mal früh am Morgen war. Eduard betätigte den Lichtschalter – und konnte durch Arthurs gelbe Jacke an der Garderobe bemerken, dass Arthur hier sein musste. Und siehe da, auch seine Füße schauten hinter dem Schreibtisch hervor. Dieses Mal aber war sein Schlaf fester als letztes Mal, wie Eduard bemerkte, als er um den Schreibtisch herumging. »Hallo?« Eduard überlegte, ihn aufzuwecken, doch sah er schon an der Ecke des Schreibtischs, in einem fein säuberlichen Stapel, die Abschrift seines von ihm besprochenen Bandes. So hätte er es einfach nehmen, das Licht ausmachen und wieder gehen können. Doch so einfach wollte er es Arthur nicht machen. Schließlich war er nicht nur deswegen hier.

Er räusperte sich. Nichts.

Er raschelte mit dem Papier, wackelte am Schreibtisch. Wieder nichts.

Schließlich stieß er mit seinem Schuh an Arthurs Schuh, der hinter dem Schreibtisch hervorlugte. Da, endlich, zuckte Arthur, und es dauerte noch eine ganze Weile, bis er realisierte, dass er nicht allein im Raum war.

»Herr Bergmann?«

»Ja. Woher wissen Sie, dass ich es bin?«

»Sie sind der Einzige, der hier jemals hochgekommen ist. Und der Einzige, von dem ich etwas in Bearbeitung hatte. Es liegt auf dem Schreibtisch.« Arthur richtete sich langsam auf, während Eduard den Stapel in die Hand nahm.

»Ja, ich habe es schon an mich genommen, ich wollte Sie nicht stören.«

»Ach so.« Arthur, der hinter seinem Drehstuhl stand und sich auf die Lehne stützte, schmunzelte. Vielleicht hatte er gemerkt, dass Eduard ihn doch bewusst geweckt hatte.

»Ein gesegnetes neues Jahr wünsche ich Ihnen! Ich hoffe, Sie sind gut reingekommen? Hatten Sie eine schöne Weihnachtszeit?«

»Herr Bergmann, wie Sie wissen, stehe ich nicht so auf Small Talk. Und Sie müssen mir auch kein gesegnetes neues Jahr wünschen. Sie wissen als Pastor ja ganz gut, was Sie sagen müssen, aber ich rede lieber Klartext.«

»Ich mache das nicht aus Höflichkeit, Herr von Stein. Ich bin im Ruhestand, ich bin auch noch ein Mensch. Es interessiert mich wirklich. Wir sind Kollegen. Aber ich möchte Sie natürlich auch nicht weiter stören.« Er hatte sich schon Richtung Tür gewandt. Arthur hörte die Dielen knarren.

Arthur bereute seine Schroffheit ein wenig. »Das war auf jeden Fall sehr interessant, was Sie da zusammengetragen haben über die schwarze Dekade, gerade das Jahr 1458, als die feinen Herrschaften da oben im Schloss sich mit der Kirche angelegt hatten. Der Herzog wollte mal eben die Gesetze ändern, damit er sich dann selbst den Freifahrtschein für die Scheidung und Neuheirat ausstellen konnte. Das war ja wie bei Heinrich dem Achten. Nur ohne Hinrichtungen!« Arthur kicherte. »Sehr aufschlussreich!«

»Ja, das hat wirklich noch mal eine kleine Lücke geschlossen«, meinte Eduard, während er seine Brille zurechtrückte. Nun musste auch er lachen. »Da hatte die Kirche noch was zu sagen.«

»Vermissen Sie diese Zeit?«

»Also so alt bin ich ja nun auch wieder nicht! Als ich geboren wurde, gab es die Trennung von Staat und Kirche bereits.«

Arthur wurde plötzlich ganz leise. »Und trotzdem wundert man sich, wie viel christliches Gedankengut doch noch zu finden ist: das Grundgesetz, die Parteinamen und -programme, oder jetzt das

Weihnachtsfest.« Er wies mit einer Handbewegung nach draußen, wo bei ihrem letzten Gespräch noch der Weihnachtsmarktrummel getobt hatte. »Das christliche Abendland.«

»Ja, einerseits ist es schön, dass wir hier noch so eine gewisse Tradition haben.«

»Aber das sind doch oftmals nicht viel mehr als leere Phrasen.«

»Das würde ich so nicht sagen. Die christliche Nächstenliebe zum Beispiel ist ein hoher Wert, der auch heute noch …«

Arthur winkte ab. Eigentlich wollte er davon gar nichts hören. »Ich kann mit dem ganzen Glauben einfach nichts anfangen. Nett zu anderen zu sein, hat ja noch nicht gleich was mit christlicher Nächstenliebe zu tun. Einmal hat mich jemand hier aus der Stadt auf eine Party mitgenommen. Ich dachte, dass wir Freunde sind. Und dann hat er mich einfach dort in der Ecke sitzen lassen. Ich war ihm wohl nicht unterhaltsam genug. Am Ende konnte ich dann zusehen, wie ich nach Hause komme.«

»Das tut mir leid.«

»Was tut Ihnen leid? Sie können ja nichts dafür.«

»Es tut mir leid, dass Sie so schlechte Erfahrungen gemacht haben. Dass Ihr Glaube an die Menschheit vielleicht …«

»Glaube? Wenn ich an etwas glaube, dann an die Wissenschaft.«

»Sie sagen es. Da muss man auch viel glauben, denn es ist längst noch nicht alles bewiesen.«

»Wenn Sie mir jetzt mit Evolution und Schöpfung kommen. Mir ist das schon klar, dass es für die Evolution ebenso viel oder wenig Beweise wie für die Schöpfung gibt.«

Eduard zuckte ein wenig zusammen. »Dann kann man Ihnen wohl nichts Neues mehr erzählen.«

»Ich habe da viel drüber gelesen. Und ich bin auch selbst ein großer Freund der Natur. Borneo, die karibischen Inseln. Ich bin schon dort gewesen und habe viel von Flora und Fauna gesehen.«

Eduard schluckte. Gesehen?

»Die Ornithologie ist mein Steckenpferd, wissen Sie. Die Vogelwelt hat es mir angetan. Wirklich faszinierend, sage ich Ihnen! Ich höre eine bestimmte Stimme, und ich kann Ihnen genau sagen, welche Art das ist und wo sie herkommt …« Er hielt einen Moment inne und tippte auf seinen Schreibtisch, als befänden sich darin alle Vögel dieser Welt. »Es ist nicht so, dass ich da nicht mal drüber nachgedacht habe, dass jemand hinter all dem stecken könnte. Aber ich kann auch ganz gut ohne den Schöpfergedanken leben. Charles Darwins Thesen … Ich kenne auch die Gegenargumente. Aber seine Aussagen sind bis heute für mich immer noch plausibel. Sie können also Ihre Argumente gerne für sich behalten.«

Eduard stellte seine Tasche auf Arthurs Schreibtisch. »Oh, das ist aber schade, denn ich habe noch ein paar ganz tolle mitgebracht.«

Ob er wollte oder nicht, Arthur musste grinsen, sodass man seine Zähne sehen konnte. »Aha. Und da sind auch welche dabei, die ich noch nicht kenne?«

Eduard erfüllte das mit einer gewissen Zufriedenheit, und er machte die Tasche auf. »Vielleicht.« Er legte ein paar Kassetten vor Arthur auf den Schreibtisch. Arthur betastete Sie. »Das ist aber viel zum Schreiben. Und so große Kassetten. Noch mehr zur schwarzen Dekade?«

»Nein, das ist nur zum Zuhören. Für Sie. Das sind Vorträge eines Wissenschaftlers, der zufällig auch Christ ist. Sehr aufschlussreich! Und sicherlich auch viel Neues für Sie dabei. Wenn Sie mögen …«

Arthur überlegte eine Weile. Offenbar wollte er ganz sichergehen, nichts zu versprechen, was er nicht einhalten könnte. »Na ja, ich habe ja sonst nichts zu tun«, meinte er schließlich. »Ich hör mir das an. Aber danach werden Sie mit mir darüber diskutieren müssen. Ich hoffe, Sie haben sie auch gehört.«

»Ja, das habe ich.«

»Vorher geben Sie ja doch keine Ruhe.« Arthur legte sogleich die erste Kassette ein. »Ist noch was?«

»Nein, alles gut. Viel Spaß beim Hören.« Eduard knipste das Licht aus. »Bis zum nächsten Mal.«

20

Freitag, 2. Januar 1998

Nein! Auch wenn die Kunden heute noch so oft an der Tür rüttelten, wie sie wollten, um ungeliebte Geschenke von Weihnachten zurückzubringen – heute blieb die Buchhandlung zu. In der Glastür hing ein Schild aus uralten Zeiten, »Wegen Inventur geschlossen«. Zu Beginn jedes Jahres führte Jan sie gewissenhaft durch, und seit einigen Jahren half ihm der gesamte Hauskreis dabei. Außer Anna-Maria natürlich, denn die war gerade mitten in ihrem ersten Arbeitstag, hatte aber versprochen, in der Mittagspause vorbeizuschauen. Hoffentlich brachte sie nicht auch noch diese impertinente Maja mit, dachte Jan. Das konnte er nun wahrlich nicht gebrauchen.

Er wirkte in seiner braunen Strickjacke und mit seiner Nickelbrille um 10 Jahre gealtert. Konzentriert stand er mit einem Klemmbrett vor einem der Bücherregale und ließ sich von Lena aufzählen, wie viele Bücher von jeder Sorte noch da waren. Diebstähle waren zum Glück fast nie zu beklagen, außer hin und wieder bei den *Dr. Lars Lund*-Romanen. Vielleicht sollte er sie doch aus der hintersten Ecke des Ladens holen, damit er sie im Blick behielt. Oder aber eine Videoüberwachung einrichten.

»Wieso hast du zehn Mal ›Krieg und Frieden‹ von Dostojewski?«, fragte Simon aus einer anderen Ecke des Raumes. »Das liest doch eh keiner.«

»Ihr Lieben, das Essen ist fertig!«, tönte es aus der kleinen Küche.

Beim Essen bedankte sich Jan nochmals für die Hilfe (die freilich nicht unentgeltlich war, alles wurde korrekt abgerechnet und entlohnt), und so kamen sie noch einmal auf ihren Vorsatz für dieses Jahr zu sprechen. Weder hatten sie einen Termin noch eine Genehmigung für dieses Vorhaben, auch diskutieren sie darüber, ob es wirklich »Gäste-Gottesdienst« heißen soll. »Ich weiß eigentlich gar nicht, wie so ein Gäste-Gottesdienst aussehen soll«, sagte Lena fast ängstlich.

»Das ist ganz einfach«, meinte Jan. »Du nimmst unseren Gottesdienst … und tauschst einfach jedes Element durch ein anderes aus. Nach dem Motto: Spinat schmeckt am besten, wenn er kurz vor dem Verzehr durch ein saftiges Steak ersetzt wird.«

Simon schmatzte genüsslich sein Würstchen zu Ende. »Jan hat gar nicht so unrecht. Statt langweiliger Abkündigungen könnte man auch ein Video zeigen.« Er malte einen Streifen in die Luft. »Schwester Hermine auf ihrem Skateboard. Sie saust die Talabfahrt von Öschewitz nach Rhiemberg herunter, die Kutte weht.«

»Ja, super Idee, Simon, total realistisch«, ätzte Jan.

»Das nennt man Brainstorming! Im Ernst, ich habe viel über Willow Creek gelesen. Und ich war ja auch auf dem Kongress letztes Jahr.«

Erik verzog das Gesicht. »Jetzt fängst du schon wieder damit an. Diese unsägliche Gemeinde aus Amerika, mit ihrem Sektenführer Bill Hybels. Dass du zu so was überhaupt hingehen kannst.«

»Sekte ist das überhaupt nicht. Die sind genauso Freikirche wie wir. Nur dass sie halt manches moderner verpacken.«

Erik verzog wieder das Gesicht, zog es aber vor, sich nicht weiter dazu zu äußern. Jeder hier wusste um seine Abneigung gegen diese amerikanische Großgemeinde und ihren »Senior Pastor«.

»Der Inhalt bleibt gleich, ja«, nickte Jan zustimmend.

»Die Inhalte bei uns sind ja nun auch nicht falsch«, meinte Erik.

Simon lachte. »Frag mal Anna-Maria. Die würde das so nicht unterschreiben. Ich übrigens auch nicht. Na ja, wie dem auch sei, ich meine jetzt auch das Kernevangelium, Gnade, Liebe und so« – er wedelte mit der Hand in der Luft herum, alle nickten kauend.

»Ja und wie sieht diese Verpackung jetzt aus? Sollen wir da jetzt alle auf einem Skatebrett stehen oder wie?«, fragte Martha.

»Die machen aus dem ganzen Gottesdienst eine Show, ein Theaterstück«, raunte Erik.

»Nein, so kann man das nun auch wieder nicht sagen«, berichtigte ihn Jan. »Ich habe einen Artikel darüber gelesen. Wenn ich das richtig verstanden haben sind die Theaterstücke nur ein Element ihrer Gottesdienste.«

»Ja, und das Wichtigste haben sie verbannt: das Kreuz!«

Martha schlug sich an die Brust, als hätte sie einen Herzinfarkt und würde gleich kopfüber in die Suppe fallen. »Ist das wahr Erik? Die haben kein Kreuz?«

Simon versuchte zu beruhigen: »Leute, das ist doch nur, wie *sie* es gemacht haben. Das müssen wir ja nicht genauso machen. Die Botschaft ist und bleibt dieselbe. Aber es ist halt alles viel moderner, zeitgemäßer. Sie versuchen halt von den Gästen aus zu denken, nicht von den Leuten aus, die schon jahrelang in der Gemeinde sind.«

»Und die sind nichts mehr wert oder wie?«

Nun schritt Jan ein. »Das sagt doch keiner, Erik! Aber wenn wir an 51 Sonntagen im Jahr etwas für die alten Hasen machen, dann können wir doch an einem auch mal was für die Gäste tun, oder?«, sagte er und schaute dabei verstohlen zur Treppenhaustür.

»Das denke ich allerdings auch«, erwiderte Martha, »ich finde das sehr gut und könnte dann auch mal meine Bridgedamen … Vielleicht können wir da ja auch mal ein moderneres Lied von Manfred Siebald singen. Wenn ihr jungen Leute vielleicht Musik macht? Ihr würdet mir eine große Freude damit bereiten. Und meinen Freundinnen bestimmt auch.«

»Ja, sicher, Martha«, sagte Simon leicht spöttisch.

Erik pustete seinen Eintopf halb tot und fragte: »Was ist denn gegen Manfred Siebald einzuwenden, Simon?«

»Nichts. Aber wenn wir zeitgemäß sein wollen, dann könnte es durchaus noch etwas moderner ausfallen. Vor allem werden in Gäste-Gottesdiensten oft auch Lieder vorgesungen, weil man von Gästen wohl kaum erwarten kann, dass sie die Lobpreislieder kennen.«

»Und der nächste Schritt ist dann, dass wir die Wörter *Gott* und *Jesus* nicht mehr gebrauchen dürfen!«

»Das ist doch nun völliger Humbug, Erik!«, ereiferte sich Jan. »Wenn du jemanden zu einem Gäste-Gottesdienst einlädst und er kommt, dann weiß er ja auch, dass er sich in einem Gottesdienst befindet und es da auch um Gott geht.«

»Wir könnten sicherlich auch noch etwas an der Dekoration verändern«, meinte Lena. »Wir brauchen eine andere Beleuchtung. Und sollten den altmodischen Blumenschmuck durch etwas Flotteres ersetzen.«

»Und Erik und ich könnten auch selbst ein kleines Anspiel schreiben«, sagte Simon. »Ich habe da schon so eine Idee im Kopf …«

»Ich habe noch nicht Ja gesagt!«

»Und Eduard muss natürlich predigen, ist ja wohl klar«, sagte Lena plötzlich ganz bestimmt. Alle schauten ganz überrascht zu ihr. Offenbar hatte noch keiner so richtig darüber nachgedacht.

Jan nickte. »Ja, ohne ihn könnten wir es wohl nicht machen. Kurt ganz bestimmt nicht.«

Lena zeigte auf Simon. »Schwester Hermine.«

»Eine Frau auf der Kanzel?« Simon schüttelte mit dem Kopf. »Nicht solange mein Vater Gemeindeleiter ist. Frauen dürfen bei ihm nur Kinderstunde, höchstens noch Bibelstunde, dann ist Schluss.«

»Ich sehe, ihr habt die Sache voll im Griff!«, erklang – überraschend für alle – die Stimme von Anna-Maria, die plötzlich im Raum stand. »Habt ihr noch 'nen Teller für mich übrig?«

»Wie bist du hier reingekommen?«, fragte Jan ängstlich, der befürchtete, dass sich hinter ihr gleich noch 10 Kunden durch den Privateingang geschlichen hatten.

»Deine Nachbarin kam grad aus der Tür, sie hat mich reingelassen.«

Jan schaute etwas verlegen auf seinen Teller. Bloß nichts anmerken lassen.

Sie stellte sich hinter ihn und knetete seine Schultern. »Brauchst jetzt echt nicht rot werden, alter Mann. Die ist ja wirklich ein ganz schön heißer Feger! Mach sie mal klar!«

Peinlicher hätte es ja nun wirklich nicht werden können, dachte Jan, als er im Supermarkt ein Netz Orangen in seinen Einkaufswagen legte. »Mach sie mal klar«! Was Anna-Maria da für ein Kreuzverhör ausgelöst hatte ... Und dann immer diese Sprüche bei der Inventur, sogar von Martha: »Guck mal, Jan, deine Nachbarin! Willst du ihr nicht Hallo sagen?« Und dann das Gekicher, selbst von der braven Lena.

Ohne Anna-Maria hätte es solche Situationen nicht gegeben. Bevor »die wilde Lederbraut aus der Großstadt«, wie sie sich ja gern selbst nannte, hier wieder aufgetaucht war, war sein Leben wunderbar ruhig gewesen. Das war vielleicht nicht immer aufregend, aber wenigstens wusste man da, worauf man sich einstellen konnte. Hoffentlich begegnete ihm hier im Supermarkt keiner aus dem Hauskreis. Ein weiteres Gespräch über seine Mieterin musste ja nun wirklich nicht sein. Er konnte nur von Glück sagen, dass Katja (in seinen Gedanken duzte er sie immer) das nicht mitbekommen hatte. Aber wenn er nicht aufpasste, würde Martha die beiden noch miteinander zu verkuppeln versuchen, Katja aus dem Treppenhaus ins Hinterzimmer zerren oder Ähnliches. Gar nicht auszudenken. Schnell griff er ein Glas Gurken aus dem Regal. Contenance bewahren, das war jetzt das Zauberwort. Und wer weiß, vielleicht würde diese Veranstaltung, die sie da planten, dann doch so gute Formen annehmen, dass er Katja dazu einladen konnte.

Mit einem gekonnten Schlenker in den Naschereiengang versuchte er sich davon abzulenken, dass es wohl nie dazu kommen würde. Er brauchte jetzt Trost. Trost in Form von Schokolade. Und Käsestangen. Die passten so gut zu seinem französischen Rotwein. Langsam füllte sich der Einkaufswagen.

Oh nein, da vorne ... Ja, tatsächlich, es war Robert, der mit seinen Kindern offensichtlich die Familieneinkäufe fürs Wochenende tätigte. Den konnte Jan jetzt nicht auch gebrauchen. Der erfolgreiche, sportliche Geschäftsmann dort – und hier der Buchhändler mit dem kleinen Bierbauch. Rotweinbauch, kritisierte sich Jan nun selbst. »Schnitzelfriedhof«, hatte Anna-Maria dazu gesagt. Hatte Robert ihn etwa auch gesehen? Hoffentlich nicht. Schnell machte Jan eine Kehrtwendung, schob seinen Wagen so schnell wie möglich aus dem bösen Gang – und versteckte sich hinter einem Aufsteller. Hier war er sicher.

»Jan! Hast du mich gar nicht gehört? Ich habe dir eben noch hinterhergerufen!« Robert war ein Mann der ausladenden Gesten, er sprach fast wie ein Italiener – mit Händen und Füßen. Doch nun ging er mitsamt seinem Einkaufswagen einen Meter zurück und betrachtete die Szene wie ein Gesamtkunstwerk. »Was machst du denn hier bei den Damenbinden?«

Jan merkte erst jetzt, wo er sich eigentlich befand. »Ich äh ... Oh, ich habe mich wohl verlaufen ... Hab eigentlich die ... äh ... Zahnbürsten gesucht.« Er kam hinter dem Aufsteller für Hygieneeinlagen hervor (»Bei Blasenschwäche nie mehr rot werden.«), stand nun direkt daneben. Sein Gesicht war mindestens ebenso rot wie das der Frau auf dem Foto.

»Die sind da hinten, am anderen Ende des Ganges. Wo sie schon immer waren.« Robert lachte sein ansteckendes Lachen, und dann klopfte er Jan auf die Schulter. »Was ist los mit dir? Hat dir 'ne Frau den Kopf verdreht?«

Jan lächelte gequält und legte seinen Arm liebevoll um die rot angelaufene Pappfrau mit der Blasenschwäche. Das war natürlich ein Ablenkungsmanöver. Er hoffte, dass Robert die Fertigprodukte und Naschereien in seinem Einkaufswagen nicht wahrnehmen würde. Robert lachte. Nun schnell noch einen nachschieben. »Wo sind denn deine Kinder?« Immer schön Augenkontakt halten, damit er nicht in deinen Einkaufswagen schaut, dachte Jan.

»Oh, wir haben grad Ablösung gemacht, als Lena aus der Buchhandlung zurückkam. Ihr ward ja echt schnell durch. Scheinst gut organisiert zu sein in deinem Laden!«

»Hm ja, mag sein, ist ja jedes Jahr im Prinzip das Gleiche. Nur dass immer neue Bücher hinzukommen, haha. Und du? Familieneinkäufe, hm?« Aus Verzweiflung hätte Jan fast eine Damenwindel in den Einkaufswagen gelegt, entschied sich aber dann doch, diesen unauffällig zur Seite zu drehen und sich davor zu postieren, um den Inhalt zu verdecken.

Was, wie sich herausstellte, ein Fehler war. Hierdurch wurde Robert erst recht aufmerksam. Er griff mit seinem Arm um Jan herum, zog mit spitzen Fingern eine Chipstüte aus dem Wagen und hielt sie vor Jans Nase. »Männerhaushalt, was?« Er ließ sie wieder in den Wagen fallen, lachte, und klopfte Jan wieder auf die Schulter. »Du, da fällt mir ein: Lena hat mir erzählt, du bist auch unter die Jogger gegangen? Chips abtrainieren?« Es hätte nicht viel gefehlt, da hätte er ihm auch noch auf den Bauch geklatscht, aber so vertraut waren die beiden nun auch wieder nicht.

»Ja, das war so: Anna-Maria hat mir die Schuhe zu Weihnachten geschenkt, weil …«

»Na, das ist doch super, dann können wir mal zusammen laufen. Ich habe da schon meine Stammrunde im Wald. Wenn mir zu Hause die Decke auf den Kopf fällt. Komm doch einfach mal mit!«

»Hmm …« Jan versuchte Zeit zu schinden. Das war ihm heute alles ein bisschen zu viel. Aber mehr als »Hmm« fiel ihm leider nicht ein.

»Sagen wir morgen, gleich nach deinem Feierabend?«

Die kurze Pause, in der Jan noch eine passende Ausrede finden wollte, nahm Robert einfach als Zustimmung: »Prima, dann hol ich dich morgen ab und zeig dir meine Waldrunde. Ich muss los, bis dann!« Ein weiterer Schulterklopfer, dann war er auch schon wieder verschwunden.

Jan sah ihm schockiert hinterher. Eine Weile bewegte er sich gar nicht, dann seufzte er. Wie war er bloß in all das hineingeraten? Anna-Maria hatte eindeutig einen zu großen Einfluss auf sein Leben bekommen. Mit hängenden Schultern und dem Blick nach unten auf den Boden schob er seinen Wagen weiter, automatisch zurück zu den Süßwaren, und griff gedankenverloren noch eine Packung Herrenschokolade aus dem Regal.

»Oh, Herr Weber, Herrenschokolade, wie sinnlich! Und männlich!«, hörte er plötzlich Majas Stimme.

Das konnte jetzt einfach alles nicht wahr sein. Jan kniff seine Augen zu, so als könne er sich auf diesem Wege unsichtbar machen. Vorsichtig blinzelte er, aber nur durch einen kleinen Schlitz, während er sich an seinem Einkaufswagen festhielt. Doch es half nichts. Er sah schon ihre Stiefel, ganz dicht vor ihm. »Ihre alte Freundin Anna-Maria und ich sind ja jetzt Kolleginnen. Wir haben uns ja sofort angefreundet. Die ist ja echt 'ne Wucht.«

Er hielt sich immer noch am Wagen fest, machte die Augen immer weiter auf, sah ganz langsam an ihr hoch: ihre Hose, ihr pinker Mantel – und schließlich ihr einfältiges Gesicht. Und dahinter, am Ende des Ganges: Robert. Er grinste frech herüber und hob zwei Daumen in die Höhe, nach dem Motto: Mach sie klar!

»Dann sehen wir uns jetzt bestimmt häufiger, Herr Weber, was? Oh, geht's Ihnen nicht gut? Dann sind Sie bei mir ja genau richtig! Ich kann auch Mund-zu-Mund-Beatmung …«

21

Mittwoch, 7. Januar 1998

Selbst noch 4 Tage nach dem ersten Lauf mit Robert hatte Jan Muskelkater. Ein Problem, dass er, so gut es ging, vor dem Hauskreis zu verbergen versuchte, welcher sich wiederum gerade in den wildesten Diskussionen darüber befand, wie er wohl den Gottesdienst gestalten könnte. Kowalski schienen solche Probleme vollkommen fremd zu sein. Er konnte sowohl wild umherstreunen als auch stundenlang faul herumliegen. Friedlich schlummerte er direkt neben dem Kamin; er konnte mit dem ganzen Thema herzlich wenig anfangen.

»In der Halleluja-Gemeinde gibt es so was nicht«, antwortete Anna-Maria gerade auf Marthas Frage, ob man in Hannover Gäste-Gottesdienste kenne. »Das ist eigentlich so wie hier: friss oder stirb. Entweder du kommst mit erhobenen Händen, ›Lachen im Geist‹, umkippen vorm Altar und drei Stunden Gottesdienst klar – oder halt nicht. Die sind halt überzeugt, dass das ansteckend und einladend ist.«

»Das Motto ist überall das gleiche«, meinte Jan: »Wenn du dazugehören willst, musst du so werden wie wir.«

»Aber wie gehen wir denn nun vor?«, fragte Erik an Jan gewandt, plötzlich ganz pragmatisch. »Erstellen wir so etwas wie einen Fünf-Punkte-Plan?«

»Wir sollten uns vielleicht erst mal darüber klar werden, was wir überhaupt mit diesem Gäste-Gottesdienst erreichen wollen.«

Anna-Maria ahmte seinen Tonfall nach. »Wie wäre es mit: *Gästen*?«

Jan streckte ihr die Zunge raus.

»Und ob wir es überhaupt Gäste-Gottesdienst nennen wollen«, fügte Martha hinzu, die leicht nervös ihre Hände knetete.

Lena beugte sich vor und zupfte an der Tischdecke herum. »Wir sollten vielleicht nicht vergessen, dass, wenn man Gäste mitbringen will, man überhaupt erst mal Leute haben muss, zu denen man eine Beziehung, eine Freundschaft hat.«

»Genau, Lena!«, rief Anna-Maria begeistert.

Lena fühlte sich bestärkt. »Ja, so wie Jan, der gerade eine Freundschaft mit meinem Mann aufbaut.«

Jan schluckte. Einfach nur lächeln und nicken, dachte er.

Lena war selig. »Das finde ich so schön. Danke noch mal, Jan! Wir sehen alle, dass dich das sehr mitnimmt. Also der Sport. Aber das gibt sich mit der Zeit.«

Jan musste sich wirklich anstrengen, um milde und gütig auszusehen. Sonst war Lena immer so nett, aber heute … Er musste nun sehr schnell etwas sagen, um nicht schon wieder als Lachnummer dazustehen. »Schon gut, halb so wild. Dein Robert ist ja ein ganz Netter.« Dann wechselte er das Thema. »Wie wäre es mit ›offener Gottesdienst‹?« Erwartungsvoll schaute er in die Gesichter.

Erik schien diese Idee nicht so besonders zu behagen. »Damit sind dann ja alle anderen Gottesdienste bei uns geschlossene Gottesdienste!«

»Also ich finde ›offener Gottesdienst‹ gut«, sagte Simon, und Martha stimmte ihm zu.

»Also gut.« Jan guckte leicht schmerzverzerrt, als er sich bewegen musste, um seine Tasse abzustellen. »Wer ist für ›offener Gottesdienst‹?« Er hob seine Hand, und alle anderen taten es ihm nach. Außer Erik.

»Wir haben also nun beschlossen, dass wir einen ›offenen Gottesdienst‹ veranstalten und damit Gäste erreichen wollen. Und wenn ich das richtig in Erinnerung habe, sind wir auch alle dafür, dass Eduard – ja, ich weiß, Erik, du hättest auch mit Kurt kein Problem! –, dass also Eduard predigen soll. Das müssten wir ihm nur irgendwie kommunizieren.«

»Oh, kein Problem, er macht's.«

Alle Augen richteten sich plötzlich auf Anna-Maria.

»Was denn? Er war gestern bei uns in der Praxis. Da habe ich ihn gleich mal gefragt. Und Maja hat es mitbekommen. Sie ist auch interessiert.«

Martha schlug voller Freude die Hände zusammen. »Ach, das ist ja wunderbar, Anna-Maria!«

»Eine große Frage bleibt aber noch«, sagte Simon geheimnisvoll.

»Welche?«, fragten alle.

»Na, ganz einfach: mit Bekehrungsaufruf oder ohne?«

Es war, als hätte jemand die Luft aus einem Ballon gelassen. Alle stöhnten und fielen in sich zusammen. Und schon war die nächste Diskussionsrunde in vollem Gange, bis man sich entschloss, diese Frage dem Prediger selbst zu überlassen.

Jan war so klug, alle Entscheidungen in einem »Beschlussprotokoll«, wie er es nannte, schriftlich festzuhalten. Auch wenn Simon und Anna-Maria sich darüber lustig machten, dass Kurt und seine Protokollführerin Katrin zu sehr auf ihn abgefärbt hatten. Aber Jan empfand es als sehr hilfreich. So wurden langsam auch die Aufgaben verteilt: Lena war für die Deko zuständig, außerdem hatten die Jungs immer wieder bemerkt, wie schön sie singen kann, sodass sie genötigt wurde, mit ihnen zusammen die »Lobpreisband« zu bilden. Anna-Maria wurde als Schauspielerin verpflichtet, für ein selbst geschriebenes Stück, für das ebenfalls Simon und Erik zuständig sein sollten. Martha sollte einen kleinen Imbiss für die Zeit nach dem Gottesdienst vorbereiten, den man auch im Stehen einnehmen könnte, und Jan sollte durch den Gottesdienst führen.

»Die Frage ist nur«, äußerte Martha dann irgendwann ziemlich sorgenvoll, »wie wir das in der Gemeinde bewilligt bekommen.«

»Und wenn ja, für wann!«, fügte Erik hinzu.

Anna-Maria kaute schnell ihre Chips zu Ende, schluckte runter und sagte: »Übernächsten Sonntag ist doch Gemeindeversammlung, da könnt ihr das ja wohl schnell absegnen lassen.«

Anna-Marias Gesichtsausdruck, als nun alle laut loslachten, hätten Simon und Erik am liebsten auf Video gebannt.

»Die Themen für die Gemeindeversammlung werden Monate im Voraus eingebracht«, klärte Erik sie auf.

»Wir müssen das beantragen, damit es überhaupt auf die Tagesordnung kommt!«, sagte Jan. »Dass wir es dann auch genehmigt bekommen, steht auf einem anderen Blatt.«

»Das ist jetzt nicht euer Ernst! Wir müssen das als Tagesordnungspunkt Jahre vorher beantragen, damit wir dann, eventuell, den Gottesdienst Monate im Voraus beantragen dürfen, damit es dann wieder Monate dauert, bis wir ihn durchziehen können? Die können doch froh sein, wenn wir da überhaupt mal ein bisschen Abwechslung reinbringen!«

Jan hatte sich mittlerweile aus seinem Sessel gequält und aus einem Schrank den Ordner mit den ganzen Protokollen der Gemeindeversammlungen geholt, die von Katrin immer so sorgsam verfasst wurden. »Ah, hier steht es«, unterbrach er die Diskussion nach einigem Blättern: »Die Gemeindeleitung« (allein das war schon ein Witz, denn Kurt war die einzige Person in der Gemeindeleitung) »betont in Bezugnahme auf die am 25. August 1982 verabschiedete Gemeindeordnung, Abschnitt 17.5.3, aufgrund aktueller Vorkommnisse im Zusammenhang mit der Erneuerung des Zauns zum angrenzenden Grundstück Am Uhlandplatz 10, dass Tagesordnungspunkte für die Gemeindeversammlung spätestens 2 Monate vor der jeweilig nächsten eingebracht werden müssen, sodass eine fristgerechte Bearbeitung und Vorbereitung der jeweiligen Themen gegeben ist, zumal die Gemeindeleitung ehrenamtlich arbeitet und ihr nicht die Kapazitäten zur Verfügung stehen, kurzfristig eingebrachte Anliegen zu berücksichtigen.«

Anna-Maria schäumte mal wieder. »2 Monate vorher? Der hat ja wohl nicht mehr alle Kekse in der Dose!«

Nun schaltete sich Simon ein. »Moooment! Was war denn vor ein paar Jahren, als Eduard länger krank war? Mein Vater wollte ihn ›schnellstmöglich entlasten‹, hat er da gesagt. Er könne erst mal alles übernehmen. Und dann hat er Eduard quasi aus der Krankheit in die Frührente geschickt. Und so auch noch Geld gespart.«

»Woher weißt du das denn?«, fragte Martha. »Du warst doch damals noch gar nicht Mitglied.«

»Bei uns am Esstisch gab es ja kaum ein anderes Thema.«

»Das stimmt, diese Idee kam ihm sehr kurzfristig! Er wollte Eduard so schnell wie möglich aufs Abstellgleis schieben«, sagte Jan.

Martha wirkte sehr angefasst. »Jan, wie redest du denn? Der Tod von Elisabeth hatte Eduard damals sehr mitgenommen, auch gesundheitlich, und Kurt wollte ihn entlasten.« Dann wurde sie ruhiger. »Aber ich erinnere mich auch. Es gab irgendeine Ausnahmeregelung.«

Jan blätterte engagiert durch seinen Ordner, in dem zum Glück alles minutiös und chronologisch abgeheftet war. »*Da!* Hier haben wir's: Punkt 9.1, gut versteckt unter ›Sonstiges‹: Beschluss über Zusatz zur Gemeindeordnung vom 25. August 1982, Abschnitt 17.5.3: ›In besonderen Ausnahmefällen können Anträge zur Änderung und Ergänzung der Tagesordnung der Gemeindeversammlung auch kurzfristig eingebracht werden. Voraussetzung ist, dass der Änderungsvorschlag von mindestens 7 Gemeindemitgliedern unterschrieben sein muss.«

»Das musste Katrin da nämlich reinschreiben, das weiß ich«, sagte Lena. »Die Gemeinde war damals noch sehr skeptisch bei Kurts Vorschlägen.«

Jan fuhr fort: »Und dann Punkt 9.2: ›Entlastung des erkrankten Gemeindepastors durch den Ältesten Kurt Jacobsen‹.« Er nahm seine Brille ab und sagte: »Ihr glaubt gar nicht, wie viel Honig uns Kurt damals ums Maul geschmiert hat, um das durchzubekommen. War für ihn gar nicht so einfach, noch weitere Stimmen für die ›Freistellung‹ von Eduard zu erhalten.«

»Aber das kommt uns heute gut zupass«, meinte Simon. »Da haben wir unsere Ausnahmeregelung! Und wir sind ja immerhin schon 6!«

»5!« bemerkte Erik. »Anna-Maria ist leider kein Gemeindemitglied.«

»Das stimmt«, sagte sie in aller Seelenruhe. »Aber das lass mal meine Sorge sein. Bis übernächsten Sonntag bin ich's. Wartet nur ab.«

»Da bin ich aber mal gespannt«, sagte Jan genüsslich. »Der Gottesdienst muss allein schon deswegen stattfinden, weil wir dich als Schauspielerin auf der Bühne sehen wollen.«

Ihre Augen verengten sich zu Schlitzen. »Ja. Und du wirst mir dabei helfen. Denn du wirst die andere Rolle spielen. «

22

Montag, 12. Januar 1998

»Kurts Gesicht hättest du sehen müssen gestern! Das hätten Simon und Erik mal filmen sollen!«, sagte Anna-Maria, während sie gefährlich nah vor Jans Gesicht mit der Gabel herumfuchtelte.

»Oh, erzähl! Ich will jedes Detail wissen!« Jan vergaß darüber sogar, seine geliebten Bratkartoffeln und die Spiegeleier weiterzuessen, wegen der er mindestens einmal die Woche hier ins Café Meyerbeer kam.

»Also, ich habe ihm natürlich noch nichts gesagt von unserem Eilantrag für die Tagesordnung. Bei mir würde er sowieso sofort Nein sagen.«

»Und worüber habt ihr dann geredet?«

»Na, ich habe ihm gesagt, dass ich aufgenommen werden will. Der wäre fast in Ohnmacht gefallen!«

»Was hat er gesagt?«

Anna-Maria schob ihren Teller beiseite und beugte sich über den Tisch, an dem sie neulich schon mit Lena gesessen hatte. »Jan! Der hat erst mal kein einziges Wort rausgebracht. Nur gestottert. ›Anna … Anna-Maria … Aber wie …? Warum …? Also ich meine, was soll denn …?‹«, versuchte sie ihn nachzumachen.

Gar nicht mal so übel, wie Jan befand. »Und was hast du gesagt?«

»Ich habe gefragt, ob er einen Stuhl haben will. Oder eine Mund-zu-Mund-Beatmung. Bin ja vom Fach!« Verschmitzt biss sie in ihre Currywurst.

Jan lief es kalt den Rücken herunter. Fast derselbe Spruch wie von Maja neulich. Hatten die beiden etwa über ihn geredet? »Ich nehme an, er war nicht ganz so begeistert?«

»Da liegst du goldrichtig. Er wollte natürlich erst mal wissen, woher denn der Sinneswandel käme und so weiter. Da habe ich einfach gesagt, dass ihr mich umgepolt habt!«

»Was?«

»Ihr habt mich katholisch gemacht!«

»Hm ...« Jan rutschte unruhig auf seiner Bank hin und her.

»Jetzt mach dir mal nicht gleich in die Hose! Es hat sich eben doch was geändert. Ihr habt eigentlich total dazu beigetragen, dass ich hiergeblieben bin.« Fast schüchtern nahm sie wieder ihren Teller und piekte mit der Gabel in der Salatbeilage herum.

»Das hört man gern.« Jan lächelte und widmete sich nun wieder seinen Bratkartoffeln.

Sie sah ihn an. »Und dass ich mich jetzt sogar aufnehmen lassen will, mach ich ja eigentlich auch nur, weil ihr mich überredet habt.«

Jan schaute ihr direkt in die Augen. »Also wenn du das jetzt wirklich so gesagt hast ...«

»Nein, natürlich nicht. Ich war ganz brav.««

»Also, weiter im Text. Wirst du nun aufgenommen oder nicht?«

Die Antwort war erst mal Schweigen, gefolgt von emsigem Wühlen in der Handtasche. Dann knallte sie einen schon recht lädierten Papierstapel auf den Tisch. »20 Seiten. Kannst du dir das vorstellen? *Zwanzig* Seiten!«

Jan guckte leicht angewidert, dass Anna-Maria es offenbar geschafft hatte, den »Aufnahmebogen«, den sie gestern bekommen hatte, innerhalb eines Tages so zuzurichten.

Sie schüttelte immer wieder ungläubig den Kopf. »Ich habe da den ganzen Abend drangesessen. Was der alles wissen will. Da muss man einen richtigen Seelenstriptease hinlegen. Ein Wunder, dass der nicht auch noch meine Schuhgröße wissen will.«

»Und den hat er dir einfach so gegeben?«

»Ja, er hat da einen abschließbaren Schrank im Abstellraum in der Gemeinde ...« Sie lachte. »Er hielt dann den Bogen 10 Minuten in der Hand und wollte ihn mir einfach nicht geben! Erst musste er mir einen 10-minütigen Vortrag halten«, sie zählte es für Jan an ihren Fingern ab, »dass man so was ja nicht leichtfertig machen darf, dass das ohne gesamte Zustimmung der Gemeinde nicht möglich ist, dass die Leute ihre Bedenken äußern können müssen, dass man sich damit für mehrere Putzdienste pro Jahr verpflichtet und dass der Zehnte erwartet wird und so weiter.« Aus Anna-Marias Zählfingern wurden plötzlich Mörderhände. Jan schaute fasziniert zu. »Ich hätte ihn erwürrrrrrgen können.« Sie drehte den Aschenbecher in ihren Händen und stöhnte. »Könnt jetzt gut 'ne Fluppe gebrauchen.«

Jan griff in seine Strickjacke und holte einen Bonbon hervor. »Hier, nimm den stattdessen. Er legte ihn sorgsam vor sie auf die Tischdecke. »Guck mal, wie sehr du uns brauchst. Ohne uns wärst du immer noch Kettenraucherin.«

»Ja, ihr seid zu gut zu mir.« Sie wickelte den Bonbon aus und steckte ihn sich in den Mund. »Ach ja, er hat gesagt, dass ich ja eh nicht vor Mai aufgenommen werden kann.«

»Wieso das denn?«

»Weil das jetzt für Sonntag zu spät ist. Die Tagesordnung ist zu voll.«

Jan schob seine Brille zurecht. »Davon hast du dich doch hoffentlich nicht abschrecken lassen! Auf der Tagesordnung stehen nur Lappalien. Heizung, Malerarbeiten, Verlegung des Frauenkreises auf eine frühere Uhrzeit, damit alle noch im Hellen nach Hause können. Antrag von Berta und ihren Betschwestern.«

»Natürlich *nicht*! Ich wusste ja von dir, Punkt neunundzwanzigschlagmichtot, dass über einen neuen Mitgliedsantrag in der *nächsten* darauffolgenden Versammlung entschieden werden *muss*. Gut, dass du mir noch die Kopie mitgegeben hast.«

»Und die Stelle sogar angemarkert!«

»Genau, Jan, so kennen wir dich! Na, da war der Kurt aber total baff! Ich habe ihn mit seinen eigenen Waffen geschlagen. Jetzt müsst ihr mich am Sonntag aufnehmen. Und zwar gleich am Anfang, damit ich dann gleich mitreden kann.« Sie schaute aus dem Fenster, dann wieder zu ihm: »Und mitentscheiden!«

»Müssen tun wir gar nichts. Du stellst dir das ganz schön einfach vor, Anna-Maria!«

»Jetzt klingst du genauso wie Kurt!«

»Ich mein ja nur. Du solltest dich darauf gefasst machen, dass in der Versammlung kritische Rückfragen gestellt werden. Zu deiner Vergangenheit. Und warum du jetzt wieder hier bist.«

»Ach, das lass mal meine Sorge sein. Die quatsch ich schon an die Wand.«

»Dein Wort in Gottes Ohr. Und jetzt lass mal sehen, was der Kurt so alles wissen will …« Er griff sich den Stapel.

»Hey! Du kannst doch da nicht so einfach …«

»Siehst du doch, dass ich das kann. So! Wollen wir doch mal sehen.« Jan rückte abermals seine Brille zurecht, strich das Papier so gut es ging glatt und blätterte durch die Seiten. Zwischendurch beschwerte er sich mit einem bösen Blick über den Rand seiner Gläser hinweg: »Man kann ja deine Schrift kaum lesen, Anna-Maria.«

»'tschuldigung, Boss!«

Dann blätterte er weiter – und blieb auf Seite 3 hängen: »Hier. Auf die Frage, ob du bereit bist, deinen Zehnten in die Gemeindekasse zu geben, hast du geschrieben: ›Auf gar keinen Fall‹. Meinst du, das ist die richtige Antwort, Anna-Maria?«

Anna-Maria knisterte mit dem Bonbonpapier. »Ja, wieso? Ich spende noch an 10 andere …«

Während er weiterlas, legte Jan kurz seine Hand auf ihre, damit sie endlich mit dem Knistern aufhörte. »Hm ja, so genau wollte ich das gar nicht wissen. Auf jeden Fall: Wenn du wirklich Mitglied werden willst …«

Anna-Maria lehnte sich zurück. »Will ich das denn?«

Er schaute auf und fixierte sie mit seinen Augen. »… dann kannst du die Antworten so nicht stehen lassen.«

Sie verschränkte die Arme. »Ich habe da wirklich die halbe Nacht dran …«

»Ja, kann ich mir vorstellen: du vorm Fernseher, mit Bier und Chips – daher auch die ganzen Fettflecken. Hast das doch so nebenbei ausgefüllt, mit einer *Brigitte* als Unterlage.«

»Hallo? Es war eine Motorradzeitschrift! Was denkst du denn von mir?« Sie schaute wieder aus dem Fenster. »Wird Zeit, dass wieder Frühjahr wird.«

»Du fährst Motorrad . . .? Na ja, passt ja auch! Lederbraut und so.«

Anna-Maria grinste.

»Wir gehen die jetzt alle von vorne durch und versuchen zu retten, was noch zu retten ist.«

»Ich steh nicht auf Lügen, Jan.«

»Es geht nicht um Lügen, Anna-Maria, sondern darum, dass du ruhig mal etwas freundlicher sein kannst. Wer die Gemeinde verändern will, muss sich erst mal in sie hineinbegeben. Schon mal was vom Trojanischen Pferd gehört?«

»Trojanisches Was …? Anna-Maria hatte einen Moment der Erkenntnis. »Hast ja recht, Chef. Ist ja irgendwie doch auch meine Heimatgemeinde. Und vielleicht muss ich mich auch langsam mal irgendwie setteln, jetzt so mit 42.«

Ein letzter sehnsüchtiger Blick aus dem Fenster, dann zu Jan. »Ja, ich will«, hauchte sie und holte den Kugelschreiber heraus.

Sie waren gerade mal bei der Hälfte, weil Jan all seine grauen Zellen aufbieten musste, um Anna-Marias Antworten zu retten (aus »Auf gar keinen Fall« war nun geworden: »Auf gar keinen Fall werde ich darauf verzichten, auch weiterhin in Gottes Reich zu investieren.«), da erschien plötzlich ein unerwarteter Gast an ihrem Tisch.

»Kurt!« Jan schob den Bogen ruckartig zur Seite, lehnte sich davor und hoffte, dass Kurt ihn nicht sehen würde.

Kurt gab Jan die Hand. Und wunderte sich, dass der ihm nur die linke entgegenstreckte. »Grüß dich, Jan!« Und mit einem unterkühlteren Ton und Blick zur Seite: »Anna-Maria«. Ohne Handshake.

»Ja, du mich auch«, murmelte sie, aber zum Glück so leise, dass es keiner der Herren mitbekam, weil die ihrerseits schon am Parlieren waren.

»Was machst du denn hier?«, fragte Jan. »Habe dich hier noch nie gesehen.«

»Meine Mutter hat vergessen, mir meine Brote zu schmieren. So war ich gezwungen, hier einzukehren. Könnt ihr was empfehlen?«

»Ja, am besten woanders essen«, murmelte Anna-Maria Richtung Fenster. »Und vielleicht mal selbst Brote schmieren.« Jan hatte es gehört. Er gab ihr einen Tritt – und einen aufmunternden Blick nach dem Motto »Weißt du noch, worüber wir gerade gesprochen haben?«.

»Aua!« Sie wandte sich süßlich flötend zu Kurt um: »Äh ja, die Currywurst kann ich wärmstens empfehlen!« Sie schaute Jan herausfordernd an. Gut gemacht, braves Mädchen, sagte sein Blick.

»Das Schnitzel mit den Bratkartoffeln ist auch ganz gut.«

»Nun gut, dann werde ich meine Wahl sorgsam treffen und euer Tête-à-Tête nicht weiter stören.«

Jans heute so scheinbar große Selbstsicherheit bekam Risse. Er wurde rot. »Es ist kein Tête-à-Tête!«

Anna-Maria grinste. »Wer weiß …?«

»Ja, wie dem auch sei, ich wünsche euch noch einen guten Tag!« Er nahm zum Gruß sein Baskenmützchen ab und wollte schon gehen, da erinnerte er sich im letzten Moment: »Anna-Maria, wenn du Sonntag aufgenommen werden willst, musst du mir dein Formular bis morgen übergeben. Du weißt, bis zum Dienstag vorher, 18 Uhr. Aber dir muss ich das ja nicht erklären. Du kennst ja die Statuten, wie du mir gestern bewiesen hast.«

»Sehr wohl, Sir!« Sie machte eine militärische Geste.

»Und deine Witzchen kannst du dir auch sparen. Es geht hier um eine ernste Sache.«

Anna-Maria hatte schon wieder zehn freche Worte auf der Zunge, aber Jan bedeutete ihr mit einem strengen Blick, zu schweigen.

»Ach so, und was dich angeht, Jan: Mein Sohn hat mir schon berichtet, was ihr vorhabt. Auch wenn ich denke, dass sie es war« – er zeigte mit dem Finger auf die einzige »sie« hier –, »die euch dazu angestachelt hat. Ich fürchte aber, das sieht schwierig aus mit eurer komischen Idee.«

»Komische Idee, ha!« Anna-Maria kam nun langsam in Fahrt.

Jan stellte seinen Fuß auf ihren und fragte lammfromm: »Wieso?«

»Weil mir kein schriftlicher Antrag dazu vorliegt.«

»Keine Sorge, Kurt! Dank deines Engagements damals bei Eduards ›Freistellung‹ darf man ja auch kurzfristige Änderungsanträge noch während der Gemeindeversammlung einbringen.«

In Kurt begann es zu schäumen, und man merkte, wie er sich förmlich auf die Zunge biss. »Ja, Jan, aber wie du weißt, muss dieser Antrag von 7 Menschen unterzeichnet sein. Ihr seid nur 5.«

»Plus Anna-Maria. Sie wird ja am Anfang der Gemeindeversammlung als Mitglied aufgenommen!«

»Das müssen wir erst noch sehen!«

»Hallo? Die Frau, über die ihr redet, sitzt hier genau vor euch!«

Kurt ignorierte das. »Und wer ist die siebte Person?«

Jan nahm seine Brille ab und sagte: »Eduard.«

23

Dienstag, 13. Januar 1998

Dieses Mal war Jan besser vorbereitet. Letztes Mal hatte er noch gedacht, er müsse sich eine Menge Energie anfuttern, um Sport treiben zu können. Doch bei seinem ersten Lauf mit Robert hatten sich seine Beine wie Betonklötze angefühlt. Heute hingegen war er schlauer und hatte unter Aufopferung all seiner Willenskraft auf das geliebte Mittagessen verzichtet, Martha den Buchladen überlassen und sich mit Robert für den frühen Nachmittag auf dem Waldparkplatz verabredet. Während er in seinem Lieferwagen die Ankunft seines neuen Sportsfreunds erwartete, kam er sich vor, als sei er zu einer geheimen Lösegeldübergabe hierher bestellt worden. Moment. Waren dort nicht noch ein paar Cola-Bonbons? Finger weg!, hörte Jan seine inneren Eltern sagen. Heute wird abgespeckt, nicht zugelegt! Wenn du bei Katja B. was erreichen willst, solltest du ruhig mal was für deinen Körper tun. Ach ja, Katja … Verträumt schaute er in den fast ganz aufgetauten Wald hinein – und in die Augen eines zarten Rehs. Wie lange es dort wohl schon stand, mit seinen grazilen Beinchen? Das fühlte sich bestimmt nie wie ein Betonklotz. Doch plötzlich sprang es ängstlich davon. Und direkt neben Jan erschien eine Hand am Fenster. Er schreckte hoch, stieß einen Schrei aus. Es lag wohl am Neuankömmling, dass das scheue Tier entflohen war. Robert drückte seine Nase an der Scheibe platt. »Knock knock«, rief er von draußen. »Träumst du von Maja? Los, Arschheizung aus und raus in den Wald!«

Jan konnte nur hoffen, dass das keiner mitbekommen hatte.

»Können wir mal kurz Pause machen? Ich habe Seitenstechen.«

»Come on! Wir sind grad mal 5 Minuten gelaufen!«

»Ich weiß. Trotzdem«, keuchte Jan und stützte sich auf seinen Knien ab, während Robert weiter auf der Stelle tippelte, ganz der erfahrene Jogger.

»Okay, vielleicht sollten wir einfach mal ’nen Gang runterfahren«, meinte er.

»Ja.« Jan konnte zwischen seinen Atemzügen immer nur ein Wort sprechen. »Ich. hab. mal. gelesen. dass. man. nur. so. schnell. laufen. soll. dass. man. sich. dabei. noch. unterhalten. kann.«

»Ja, aber ich wollte mit dir jetzt eigentlich nicht auf Rollator-Niveau anfangen. Na komm, alter Mann. Wir machen etwas langsamer, und ich zeig dir noch mal, wie man richtig atmet beim Laufen.« Er klopfte Jan auf den Rücken und schob ihn dann langsam an.

»Meine. Lunge. ist. ganz. kalt!«

»Weil du durch den Mund einatmest! Sollst du doch nicht! Durch die Nase rein, durch den Mund raus, ganz einfach! So, und jetzt weiter!«

Jan stöhnte, aber er folgte den Anordnungen seines Personal Trainers. In den folgenden 10 Minuten konnte er erst mal nichts sagen, sondern versuchte, seine Atmung wieder einzupendeln. Langsam wurde es besser. Jetzt musste er nur noch aufpassen, dass er nicht über eine Wurzel stolperte. Währenddessen hörte er sich von Robert einen Vortrag über das Laufen und seine Marathonerfolge an.

Doch plötzlich änderte Robert das Thema: »Sag mal, was läuft denn da jetzt mit dieser Maja?«

Jan wäre fast auf einer kleinen Schneeinsel am Wegesrand ausgerutscht, konnte sich aber gerade noch so fangen. »Maja ...? Also was soll da denn laufen? Kann ich doch nichts dafür, wenn die mir ständig auflauert!?« Er überlegte kurz, dann fragte er mutig: »Hast du vielleicht ’nen Tipp, wie ich sie wieder loswerden kann?«

»Warum willst du sie denn loswerden? In deinem Alter kannst du doch froh sein, wenn so ein junges Ding auf dich steht! Also wenn ich Single wäre ...«

»Bist du aber nicht. Die Lena ist doch …«

»Ja, ist ja gut«, unterbrach Robert ihn. »Ich mein ja nur. Was ist denn mit Maja nicht in Ordnung?«

»Von außen ist ja alles okay. Nur innendrin ist, glaub ich, nicht viel. Außer Luft.«

Roberts schallendes Gelächter ging durch den ganzen Wald. »Du bist echt ein Knaller, das muss ich ja sagen. Kommst so ruhig und unscheinbar daher – aber mit den Frauen scheinst du dich ja auszukennen.«

»Also so würde ich das ja nun auch wieder nicht sagen. Aber man möchte sich ja schon auch vernünftig unterhalten können. Und zwar nicht nur über *Dr. Lars Lund* oder die neuesten Modetrends.«

»Hmm.«

»Aber die lässt nicht locker.«

»Ach, das wird sich schon geben. Schaff dir einfach 'ne Freundin an, dann wird dich Maja auch in Ruhe lassen.«

Leichter gesagt als getan. Jans Gedanken drifteten wieder zu seiner Mieterin ab.

»Und Anna-Maria? Was ist mit der? Die müsste doch dann eher deine Kragenweite sein? Nicht auf den Mund gefallen, hat was in der Birne … Gemeinde, Hauskreis, alles tutti!«

»Anna-Maria ist meine älteste Freundin.« Und einzige, dachte Jan noch dazu.

»Ja, und? Sandkastenfreundschaften sind doch eine gute Voraussetzung. Lena und ich kennen uns auch schon seit der Jugend.«

»Anna-Maria und ich sind gute Freunde. Also, jetzt wieder.« Nachdem er jahrelang nichts von ihr gehört hatte, dachte er noch, während das Laufen immer leichter fiel. »Also, noch immer.«

»Ja, verstehe schon … Aber Lena hat mir da ja was gesteckt. Das sollte ich ja gar nicht weitererzählen. Aber sie meinte, dass du auf deine Nachbarin stehst!«

»Ich, äh … Frau Barloschky ist wirklich sehr nett. Aber sie ist meine Mieterin, ich bin ihr Vermieter. Wir haben sozusagen ein geschäftliches Verhältnis.«

»Das ist doch jetzt wirklich kein Grund, nichts mit ihr anzufangen, oder?«

»Wer sagt denn, dass ich was mit ihr anfangen will?«

»Dein Gesicht. Du solltest dich mal sehn. Wie ein verliebtes Schulmädchen.«

Da war es passiert. Jan stolperte über eine Wurzel. Und lag mit dem Gesicht in einem kleinen Schneehaufen.

Robert half ihm auf. »Alles in Ordnung?«

»Ja, ich denke schon.« Na, das lief ja prächtig, dachte Jan. Doppelte Demütigung. Er war also ein verliebtes Schulmädchen, das nicht mal richtig geradeaus laufen konnte.

Sie liefen weiter. Robert sah ihn grinsend von der Seite an. Jan zog es nun vor, lieber ganz zu schweigen. Er kannte Robert ja kaum. Wieso sollte er ihm hier jetzt sein ganzes Herz ausschütten? Und überhaupt? War der Deal mit Anna-Maria nicht, dass Robert Jan zu sportlichen Leistungen antreibt, während Jan ihm den Glauben näherbringt? Doch wie sollte er das tun? Was sollte er sagen? Er sah sich schon mit Robert an der letzten Lichtung, wie er ihm mit einem Stöckchen die Heilsgeschichte in den Sand malen würde. Hier, der Graben der Sünde. Da, das Kreuz, das ihn überbrückt. Doch wenn er es übertrieb, dann war dieses zweite Lauftraining heute auch das letzte. Und obendrein wollte er auch nicht schon wieder Seitenstiche riskieren. Aber er musste es doch tun. Machte er sich nicht schuldig, wenn er es nicht tat? Jan wusste nicht, was er sagen sollte. Er schickte ein kurzes Stoßgebet zum Himmel. Aber er konnte auch nichts sagen. Noch nicht. Der Atem fehlte. Und die richtigen Worte. Er wollte nur, dass dieser Lauf möglichst schnell zu Ende war.

So liefen sie noch eine Weile schweigend weiter, bis Robert Jan zu einem Endspurt herausforderte, der am Parkplatz bei ihren Wagen endete. Jan keuchte vor sich hin und versuchte, die Dehnübungen, die Robert machte, nachzumachen.

»Du musst das Bein noch etwas weiter strecken. Das muss richtig ziehen. Hier. So.« Robert presste Jans Fuß förmlich an dessen Hintern.

»Aua!«

»Ich sehe, wir haben noch eine Menge Training vor uns. Aber du wirst sehen. Es lohnt sich. Und dann läuft es auch wieder mit der Nachbarin.« Robert klopfte Jan auf den Bauch.

»Ey! Sag mal …« Mehr Wörter am Stück konnte Jan immer noch nicht herausbringen. Immerhin konnte er den Sportlerhandshake dieses Mal etwas cooler erwidern als beim letzten Mal.

Robert schloss seinen Volvo auf. »Na, dann bis zum nächsten Mal!«

»Ja. Bis. dann«, keuchte Jan.

Robert, schon kurz vorm Einsteigen, drehte sich noch mal um. »Und weißt du, was ich besonders erholsam finde?«

Jan war noch gar nicht ganz da, aber er freute sich, dass die Endorphine nun langsam Raum in ihm einnahmen. »Hm? Was?«

»Dass du mich nicht mit diesem ganzen Jesus-Zeugs zulaberst.« Robert lachte, stieg ein und fuhr davon.

24

Dienstag, 13. Januar 1998

Anna-Maria fuhr ein kalter Schauer über den Rücken, als sie das alte Postamt betrat. Es war doch wirklich unglaublich, dass sich auch hier nichts verändert hatte. Das merkte sie zuerst an dem vertrauten Sechzigerjahre-Muff. Der PVC-Boden schien der gleiche wie in der Gemeinde zu sein, auch die Neonröhren an der Decke. Sogar die alte Telefonkabine gab es noch. Von den beiden Schaltern war einer geschlossen. Anna-Maria stellte sich ans Ende der kleinen Schlange. Ein älterer, zittriger Mann vor ihr drehte sich halb zu ihr um. Anna-Maria sagte freundlich »Hallo!« Der Mann drehte sich ganz um und beäugte sie kritisch von oben bis unten. Irgendetwas an Anna-Maria schien ihm zu missfallen. »Is' was?«, fragte Anna-Maria. Er drehte sich wieder nach vorn, als wäre nichts gewesen. Anna-Maria rollte mit den Augen, lehnte sich zur Seite, um an der Schlange vorbei auf den Schalter sehen zu können. Hinter der Glasscheibe saß Kurt, sein Kopf etwa auf Höhe der altmodischen Schiebeluke, durch die er die Transaktionen vornahm.

»Anna-Maria, was machst du denn hier?«, sagte plötzlich Lurchi neben ihr. Seine Fahne war nicht zu verkennen. Er sah heruntergekommen aus, wie er da so verknittert mit dem Paket, das er gerade abgeholt hatte, vor ihr stand.

»Na, Lurchi, hast dich wieder erholt?«

»Ja. Ja, die haben mich echt gut behandelt. Danke, dass du dich um mich gekümmert hast, nachdem du mich …«

»Nachdem ich dich k. o. geschlagen habe?« Anna-Maria lachte.

Lurchi konnte nur gequält lächeln und kratzte sich am Kopf. »Ja, ähm, das, ja das tut mir echt leid, dass wir uns so wiedergesehen haben. Also, dass ich dich …«

»Ach, das wollte ich schon lange mal machen, Olaf. Dir so richtig eine in die Fresse hauen.«

Der alte Herr drehte sich wieder um und schaute nun noch kritischer.

Anna-Maria wandte ihren Blick von Lurchi ab und adressierte den alten Mann. »Was ist? Nicht grüßen wollen, aber alles mitbekommen, ja?« Die Leute weiter vorne schauten weg, als wäre nichts gewesen.

Lurchi wagte einen Vorstoß. »Meinst du, das ist christlich, gleich so auf 180 zu gehen? Hab gehört, du wärst fromm geworden in Hannover. Und dann kommst du hier zurück und schlägst …«

Anna-Maria verstand die Welt nicht mehr. Wie konnte *er* sie so angreifen? »Meinst du, es ist christlich, seine schwangere Freundin sitzen zu lassen? Von dem Kind nichts wissen zu wollen? Und mich dann nach einem Vierteljahrhundert besoffen auf dem Marktplatz anzugrabbeln, als wäre nichts gewesen? Meinst du, das ist christlich?« Anna-Maria war kurz davor, ihm wieder eine zu verpassen. Nun hatte nicht nur die Schlange, sondern auch Kurt davon Wind bekommen.

Lurchi schaute belämmert in die Runde.

»Anna-Maria, meinst du nicht, wir sollten darüber noch mal in Ruhe … Ich kenne ja auch unsere Tochter noch gar nicht. Aber ich habe gehört, dass sie sehr schön …«

»Da gibt es nichts mehr zu reden. Und lass die Finger von meiner Tochter!«

Lurchi stand noch eine Weile bedröppelt da, dann schlich er sich langsam zu der alten Schiebetür.

Anna-Maria hörte, wie eine Stimme in ihr immer lauter wurde. Sie drehte sich um und rief ihm hinterher: »Ja, vielleicht hast du recht. Vielleicht können wir darüber noch mal in Ruhe reden. Irgendwann.« Die Worte waren ihr sehr schwer über die Lippen gekommen. Aber sie wusste, dass sie nicht immer nur von anderen erwarten konnte, sich zu ändern und zu vergeben. Außerdem hatte sie neulich selbst gesagt, dass Lurchi Jesus braucht. Durch wen sollte er ihn kennenlernen, wenn nicht durch Anna-Maria? Oder sollte sie ihn etwa zu Robert und Jan in den Wald schicken?

Lurchi lächelte, kratzte sich noch mal am Kopf, und dann ging die Schiebetür zu.

Anna-Maria drehte sich nach vorn. Nun stand nur noch der Opa vor ihr. Doch es dauerte ewig, bis er sein ganzes Kleingeld durchgezählt hatte. Was Kurt nun seinerseits nachzählte. »Herr Berthold, da fehlen aber noch 4 Pfennige!«, kam seine Stimme durch den Sprechschlitz.

»Das kann nicht sein, ich habe das doch gerade abgezählt!«, entrüstete sich Herr Berthold.

»Also, noch einmal! 10, 15…« Kurt zog akribisch ein Geldstück nach dem anderen von rechts nach links, dann drehte er die Schale wieder um. »Ohne den entsprechenden Gegenwert kann ich Ihnen keine Briefmarken aushändigen, Herr Berthold, so leid mir das tut.«

Anna-Maria klatschte ein 5-Pfennig-Stück in die Schale. »Hier! Da hast du das restliche Geld. Jetzt mach schon, Kurt!«

Kurt drehte bewusst langsam die Schale, nahm das Geld heraus, legte die Briefmarken hinein. Seelenruhig brachte er diese Transaktion zu Ende.

»Und jetzt nehmen Sie Ihre Briefmarken, Berti! Sonst komm ich ja heut gar nicht mehr dran.« Anna-Maria nahm sie heraus und drückte sie Berti in die Hand. Er steckte sie verwirrt ein und ging von dannen.

Anna-Maria beugte sich zu Kurt herunter und lehnte sich auf den Tresen. »Kurtchen! Ich habe dir was mitgebracht! Meinen Mitgliedsantrag.«

Kurt schaute sie verwirrt an und rückte seinen Krawattenknoten zurecht. Den Rest der Krawatte konnte man nicht sehen, weil sie unter einem Post-Pullunder steckte.

»Ich bin hier im Dienst, Anna-Maria. Das sollte man schon trennen. Solltest du bei dir auf der Arbeit auch.«

»Ach ja? Und was war das neulich, als du Agnes den wieder aufgetauchten Brief ins Gemeindefach gelegt hast und sie daraufhin abgenibbelt ist, während deiner Predigt?«

»Das war mir eine Lehre! Sollte es dir auch sein! Du musst mir den Antrag schon nach Hause bringen.«

»Ja, aber du kannst doch …« Sie zeigte auf den Papierstapel und machte eine Kurbelbewegung, um ihm zu zeigen, dass er die doofe Schale doch einfach nur umdrehen musste.

Doch Kurt nickte nur freundlich und zog das Rollo herunter. Und Anna-Maria stand mit ihrem Mitgliedsantrag ganz alleine in der kleinen Schalterhalle.

Etwa 10 Minuten später parkte sie ihren Skoda am blitzblanken Bürgersteig vor dem Siedlungshäuschen der Jacobsens, das genauso wie die Poststation in den Sechzigerjahren stecken geblieben war. Hier war wirklich weit und breit kein Unkraut zu sehen. Der Jägerzaun war gut in Schuss, und die Rasenkanten schienen mit der Nagelschere bestens geschnitten zu sein. Sie griff die Papiere und machte sich an der Gartenpforte zu schaffen, die gar nicht so einfach zu öffnen war. Am liebsten hätte sie Kurt diesen blöden Antrag in den Briefkasten gestopft. Aber da sie sich nicht sicher war, ob er ihn heute noch mal öffnen würde, klingelte sie lieber. Wenige Zeit später öffnete sich die Tür, und fast schüchtern schaute Katrin heraus. Sie war eine schöne Frau, aber das schien ihr noch nie jemand gesagt zu haben. Ihr blasser Porzellanteint wirkte durch die dunkle, sackartige Kleidung nur noch blasser. Sie sah viel älter aus, als sie eigentlich war.

»Hallo Katrin.«

»Hallo Anna-Maria«, sagte sie schmallippig. »Kurt ist …«

»Ja, ich weiß, ich wollte das hier auch nur abgeben – mein Mitgliedsantrag.«

»Oh … Ja, also ich weiß gar nicht, ob ich das annehmen …«

»Also hör mal, Katrin, das ist doch keine Atombombe! Das sind nur ein paar Blatt Papier, die du deinem Mann überreichen sollst! Das kriegst du doch wohl noch hin, oder?«

Katrin nestelte nervös an ihrer Strickjacke. »Du verstehst nicht, Anna-Maria. Kurt ist unten in seinem Büro. Er möchte dich sprechen.«

»Wie um alles in der Welt …? Ich bin doch vor ihm aus der Post …?« Anna-Maria folgte Katrin durch den dunklen Hausflur. Die Bodenfliesen glänzten um die Wette, aber sie strahlten die Sterilität eines Krankenhauses aus. An den Wänden hingen kitschige Ölgemälde von röhrenden Hirschen und blökenden Schafen. Anna-Maria lief ein Schauer nach dem anderen über den Rücken. Nun ging es die Treppe runter. Führte die Frau des Hauses sie etwa in einen Folterkeller? Katrin klopfte vorsichtig an eine Tür und erst als Kurt sie hereinbat, steckte sie ihren Kopf durch den Türspalt und sagte: »Anna-Maria ist jetzt da.«

»Ich lasse bitten«, hörte man Kurts Stimme.

Das hatte er jetzt nicht wirklich gesagt, oder? Anna-Maria hielt sich an ihrer Handtasche fest, atmete tief durch und ging durch die Tür, die Katrin ihr aufhielt und sogleich wieder hinter ihr schloss. Seltsamerweise war das Büro hochmodern ausgestattet. Der Computer surrte.

»Einen schönen guten Tag dir, Anna-Maria«, begrüßte Kurt sie, als wären sie sich heute noch nicht begegnet.

Er saß hinter seinem großen Bildschirm, wurde von diesem fast verdeckt. Irgendwie hatte er es geschafft, auch noch seine Kleidung zu wechseln. Der Pullover war ein anderer. Kurt trug ganz »casual«, »nur« ein Hemd darunter, aber keine Krawatte. Auf seinem Kopf war ein Headset. Offenbar hatte er bis eben noch mit jemandem telefoniert.

»Ja, dir auch. Hier ist der Antrag.« Sie legte ihm die Papiere auf die Tastatur.

»Setz dich, Anna-Maria.« Leicht angewidert legte er den recht lädierten Antrag in einen Korb mit der Aufschrift Posteingang und nahm nicht weiter Notiz davon.

Anna-Maria blieb stehen. »Is' denn noch was?«

»Anna-Maria, ich will nicht lange drum herumreden: Es gibt doch wirklich erhebliche Bedenken in der Gemeinde ob deines Antrags auf Mitgliedschaft.« Mit einer Geste versuchte er ihr nochmals deutlich zu machen, dass sie sich auf den Besucherstuhl ihm gegenüber setzen sollte.

»Ach ja? Und welche Bedenken?«, fragte sie, während sie versuchte, mit ihren Beinen unter den Tisch zu kommen. Es ging aber nicht. Sie schlug mit ihren Knien dagegen. War das ein Kinderschreibtisch? »Von welchen Leuten? Und woher wissen die überhaupt, dass …« Sie rückte mit ihrem Stuhl vom Tisch weg.

»Das tut hier nichts zur Sache.« Kurt schob sein Headset zurecht.

»Na, und ob es das tut! Wenn es Bedenken gibt, dann würde ich das schon gern direkt mit den Menschen klären.«

»Ja, ja, das machen wir dann ja alles am Sonntag in der Mitgliederversammlung.«

»Ach, erst wiegelst du hinter meinem Rücken alle gegen mich auf, und ich darf noch nicht mal mit ihnen reden?«

»Nun sei nicht albern, Anna-Maria! Wir leben hier in einem freien Land, und du kannst natürlich reden, mit wem du willst.«

In Anna-Maria kochte es schon wieder. »Ja, aber wie soll ich das denn, wenn ich nicht weiß, wem da ein Furz quersitzt?!«

»Mäßige deinen Ton, Anna-Maria!«

»Du musst mit mir nicht reden wie mit einem Kind!«

»Anscheinend ja schon, wenn du dich so aufführst!«

»Dir hat es schon immer gefallen, mich herumkommandieren zu können, oder?«

Kurt lachte schallend auf. »Ich? *Du* warst es schon damals in der Kinderstunde, die alle herumkommandiert hat; Jan von allen am meisten! Ich war der Einzige, der dagegengehalten hat, und *das* hat dir nicht gepasst.« Sein kleiner krummer Zeigefinger hätte sich auch bei *Hänsel und Gretel* gut gemacht.

»Ich glaube, in deiner Erinnerung hat sich vieles verzerrt, Kurt.

Schon damals wollte niemand mit dir spielen, weil du unausstehlich warst.«

Kurt lachte sehr künstlich. »Anna-Maria, die alten Kamellen!«

»Und heute genießt du es, Macht über Menschen ausüben zu können, indem du da von deinem Postschalter oder von der Kanzel oder hier von deiner Kommandozentrale aus die Leute heruntermachst.«

»Ach, das ist doch lächerlich, Anna-Maria!« Er nahm sein Headset ab und knallte es fast wütend auf den Schreibtisch. Doch er sprach leise weiter: »Meinst du, du kannst hier nach über 20 Jahren auftauchen, als wäre nichts gewesen? Hier hat sich eine Menge geändert, Anna-Maria!«

»Ach ja, und was soll das sein?«

»*Ich* leite jetzt die Gemeinde.«

»Soll das eine Drohung sein?«

»Nein, das ist eine Tatsache, Anna-Maria. Wir haben in unserer Gemeinde Regeln, basierend auf dem guten Wort Gottes.«

Anna-Maria stand auf, bereit zum Gehen. »In der Bibel steht aber nichts von Mitgliedsanträgen.«

»Anna-Maria, unser Gespräch ist noch nicht beendet. Bitte setz dich!«

»Du sagst mir nicht, was ich zu tun und zu lassen habe.«

»Anna-Maria, wenn du in die Gemeinde aufgenommen werden willst, musst du dich schon der Gemeindeleitung unterordnen.«

»Das hört sich so an, als wären außer dir noch andere in der Gemeindeleitung.«

»Aber dein Verhalten hier, so wie auch eben in der Schalterhalle, oder auch was man von deinen Eskapaden mit diesem Olaf auf dem Marktplatz hört, stellen dir wirklich kein gutes Leumundszeugnis aus.«

»Kurt, der Mann hat mich belästigt! Nachdem er mich damals mit einem Kind hat sitzen lassen! Ich habe mich gewehrt! Wäre es dir lieber gewesen, er hätte mich dort mitten auf dem Marktplatz vergewaltigt?«

Kurt blieb stumm. Er nahm seine Brille ab, legte sie vor sich auf den Schreibtisch und strich seinen Haarkranz glatt. »Nein. Aber wenn dich einer auf die linke Wange schlägt, dann halt ihm auch die andere hin.«

Anna-Maria biss sich auf die Lippe. Ihr fielen noch 20 Dinge ein, die sie Kurt in diesem Moment an den Kopf hätte werfen wollen. Doch wenn sie dem Hauskreis wirklich helfen wollte, musste sie zwei Gänge runterschalten. Sie atmete tief durch und sagte dann: »Kurt, ich bin zwar manchmal etwas impulsiv, das weiß ich auch. Aber ich arbeite dran. Wir sitzen doch alle im selben Boot. Wir sind doch alle nicht perfekt. Wir wollen doch eigentlich nur zusammen unseren Glauben leben.«

Kurt hielt einen Moment inne. Dann erhob er sich. »Ja, da stimme ich dir voll und ganz zu. Aber wir müssen auch bereit sein, uns von Gottes Wort zurüsten und zurechtweisen zu lassen. Seine Gnade ist kein Freifahrtschein, alles zu tun, was wir wollen. Wir müssen so leben, wie das von rechten Christenmenschen erwartet wird.«

»Und was heißt das jetzt? Ihr wollt mich gar nicht in der Gemeinde haben?«

»Ich werde deinen Antrag sehr sorgfältig prüfen, und du hast am Sonntag die Möglichkeit, dich auch ganz offiziell in der Gemeinde vorzustellen. Vielleicht wäre ja auch einmal ein Wort der Dankbarkeit angebracht, für die Beerdigung deiner Großmutter beispielsweise.«

Anna-Maria umklammerte den Türgriff, hätte ihn am liebsten rausgerissen. Sie drehte sich zu Kurt um. »Weißt du was? Vielleicht will ich das ja gar nicht mehr. Ein Teil von euch werden. Am Ende werde ich auch noch so …«

»So was, Anna-Maria?«

Doch damit war sie schon aus der Tür. Auf dem Flur kam ihr Simon entgegen.

»Hey Anna-Maria!«

Hatte er gelauscht?

»Hallo, Simon.« Geladen rauschte sie an ihm vorbei.

»Bist du im Stress? Erik und ich schreiben gerade an dem Theaterstück. Haben dir eine Rolle direkt auf den Leib geschrieben!« Er lief ihr bis zur Haustür hinterher.

»Äh, ja, kannst es mir ja dann mal zeigen. Ich muss jetzt weiter … Tschüss.« Rums. Sie hatte die Haustür hinter sich zugeschlagen.

25

Donnerstag, 15. Januar 1998

»Also beim besten Willen, Frau Schrankmüller, aber das kann ich nun wirklich nicht zurücknehmen.« Angewidert schob er das *Lars Lund*-Groschenheft von sich weg. Es war allem Anschein nach schon mal gelesen worden, vielleicht sogar von mehreren Leuten. Jedes Kind konnte die Kaffeeflecken und Eselsohren entdecken, dafür brauchte man keine Miss Marple zu sein.

»Ich finde das sehr inkulant von Ihnen, Herr Weber! Ich habe hier in Ihrem Laden bereits alle Hefte aus dieser Reihe gekauft …«

»… sie gelesen und dann versucht, sie wieder zurückzugeben.«

»Das ist eine maßlose Übertreibung! Ich war einfach nicht zufrieden mit der Qualität einiger Ausgaben, Herr Weber!«

»Demnach hätten Sie vor 15 Ausgaben aufhören sollen.« Er fragte sich, ob sie überhaupt verstand, was er sagte, dann fuhr er fort: »Wenn Sie Qualität wollen, sollten Sie so etwas wie *das hier*«, und damit schob er mit spitzen Fingern das Heft noch weiter von sich, bis es fast vom Tresen fiel, zurück in Frau Schrankmüllers Handtasche, »nicht kaufen.«

»Der Titel hat mir ›Leberzirrhose in der Lederhose‹ versprochen. Ich dachte, ich erhalte da medizinische Ratschläge.«

»Ach papperlapapp, Frau Schrankmüller! Sie wissen genauso gut wie ich, um was es in diesen Groschenromanen wirklich geht! Und im Gegensatz zu mir haben sie das Zeug sogar *gelesen*!! Sie sind wirklich um keine Ausrede verlegen, um sich die paar Mark für diesen Schund wieder zurückzuholen!«

»Das ist eine unverfrorene Unterstellung, Herr Weber! Ich werde mich über Sie beschweren! Und hier nie wieder einkaufen.« Energischen Schrittes ging die rüstige Rentnerin Richtung Tür.

»Oh, das tut mir aber leid, Frau Schrankmüller!«, rief er ihr noch hinterher. »Die eine Mark neunundneunzig pro Monat werden mir sehr schmerzlich in meiner Kasse fehlen! Und beschweren Sie sich ruhig bei meinem Chef! Wer ist das noch mal? Ach ja, richtig: Das bin ja ich!«

»Eine Unverschämtheit ist das! Eine Unverschämtheit!«, zischte sie noch dem nächsten Kunden zu, der gerade den Laden betrat und seinen Hut vor ihr zückte.

»Ja, wirklich schlimm, diese Selbstständigen! Ihr Heft, Frau Schrankmüller! Es ist doch jetzt ihres! Mit ihren persönlichen Flecken!«, rief er ihr noch hinterher. Doch sie hörte es nicht mehr.

Während der Kunde im Laden zu stöbern begann, hielt Jan den Papierkorb bis an die Unterkante des Tresens und beförderte den kontaminierten *Lars Lund* sogleich hinein. Papiermüll, ha! Sondermüll wäre noch besser gewesen. Er wusste ganz genau, dass sie hier in ein paar Wochen wieder auf der Matte stehen und den nächsten Roman aus dieser unsäglichen Reihe kaufen würde.

Automatisch ging er ins Hinterzimmer und nahm die Teekanne in die Hand. Die Zuckerwürfel lagen schon im Becher. Doch da ertönte die Klingel, die auf dem Tresen stand. Eine selten dämliche Idee von Martha war das gewesen. Hatte sie in irgendeinem Heimatfilm über ein Hotel gesehen. Seufzend stellte er die Teekanne wieder ab und rauschte zurück durch die Tür. »Wollen Sie auch was zurückgeben?«, kam es nun leicht aggressiv über seine Lippen. Demonstrativ stützte er sich mit den Händen auf dem Tresen auf, entschlossen, sich nicht noch ein weiteres Mal die Butter vom Brot nehmen zu lassen, und schaute fest in die Augen von – Katja! In ihrer ganzen Schönheit. Sofort nahm er Haltung an. »Oh, Frau Barloschky! Hallo! Ich dachte, Sie wären …« Er schaute sich im Laden um, doch der Mann musste irgendwo im hinteren Eck verschwunden sein. »Wie komme ich zu dieser Ehre? Ist alles in Ordnung in der Wohnung?« Ihm wurde leicht schwindelig. Zum Glück war ja der Tresen da.

»Guten Tag.« Sie war sehr sachlich, verzog keine Miene. Und eher etwas befremdet: »Ist Ihnen nicht gut?«

»Doch, alles gut. Sehr gut sogar. Ich hatte … nur nicht mit Ihnen gerechnet.«

Erst jetzt merkte er, dass er ihr damit ein verstecktes Kompliment gemacht hatte, obwohl er das gar nicht beabsichtigt hatte. Und das Kompliment war offenbar bei ihr angekommen. Schüchtern schaute sie zu Boden und strich eine Strähne ihres perfekt gepflegten Haars hinters Ohr. Sie konnte sich ein Lächeln nicht verkneifen, doch als sie aufschaute, war das schon fast wieder verschwunden.

»Mit der Wohnung ist alles in Ordnung, danke. Ich wollte nur mal wieder ein Buch bestellen. Für meinen Deutsch-Grundkurs. *Faust*, Teil 1. Das Reclam-Heft. 24 Mal brauchen wir es. Und dann einfach wieder auf meinen Namen, ja?«

Jan gab die Bestellung in den Computer ein. Während er mechanisch tippte, sagte er: »Ach, der *Faust*. Ja, den kenn ich gut. Also, das Stück. Also, das Buch.« Er musterte sie kurz über den Rand seiner Brille, ob sie anbeißen würde, wenigstens ein bisschen. Tat sie. Er schaute wieder auf den Computerbildschirm. »Ich habe es gelesen. Erst letztes Jahr«, sagte er beiläufig. »›Habe nun, ach, Philosophie, Juristerei, Theologie, durchaus studiert mit heißem Bemühen. Ich bin so klug als wie zuvor.‹«

Offenbar hatte er sie damit beeindruckt. Auch wenn der Monolog während des Tippens ein bisschen skurril gewirkt hatte. »Nicht schlecht, Herr Weber, nicht schlecht! Und dass Sie das sogar privat gelesen haben!«

»Goethe ist immer noch einer meiner Lieblingsautoren!« Er reichte ihr die Bestellbestätigung, doch er hielt sie noch fest, während er rezitierte. »›Mein schönes Fräulein, darf ich's wagen, Arm und Geleit Ihr anzutragen?‹« Es kam so aus ihm raus, er wusste gar nicht genau warum. Er ließ den Zettel los und schob peinlich berührt seine Brille zurecht.

Sie faltete den Zettel sorgfältig und sagte dabei: »›Bin weder Fräulein, weder schön. Kann auch ungeleit' nach Hause gehn.‹« Elegant wandte sie sich um und verließ den Laden, strich beim Gehen aber sehr sinnlich über einen der ausgelegten Bildbände. Auch wenn es nur ein Buch über Dörrobst war.

26

Sonntag, 18. Januar 1998

Niemand wusste so genau, warum die Gemeindeversammlungen ausgerechnet an einem Sonntagnachmittag stattfinden mussten. Um Punkt 14 Uhr ging es stets los. Mitten im Tief nach dem Essen. Als jemand es mal gewagt hatte, Kurt darauf anzusprechen, kam nur der übliche Spruch, wie ein Donnerhall: »Das ist gute und bewährte Tradition! Wenn du es anders haben willst: bitte schön! Dann kannst du ja einen Antrag stellen, liebe Schwester. Bis auf Weiteres bleiben wir aber dabei: Gemeindeversammlung ist *immer* am drittersten Sonntag des Quartals!«

Jan gähnte. Er war wirklich im Mittagsloch angekommen. Links neben ihm saßen Martha, Lena, Simon und Erik – überhaupt alle waren sie da. Alle 28 Mitlieder. Natürlich auf den Plätzen, auf denen sie sonst auch saßen. Man hatte schon gehört von anderen Gemeinden, in denen die Stühle für solche Anlässe in einem Kreis aufgestellt wurden. Doch Kurt hielt das für »neumodische Kinkerlitzchen«. In der Gemeindeversammlung hatte alles, genauso wie im Gottesdienst, frontal nach vorne ausgerichtet zu sein. Wer etwas sagen wollte, musste sich zu Wort melden, alles peinlichst genau notiert von Kurts Frau Katrin, die an einem winzigen Tisch neben der Kanzel saß, von der aus Kurt (auf seinem Schemel, wie auch schon sonntagmorgens) auf die Gemeinde herabblickte. So auch jetzt. Er schaute demonstrativ auf seine Uhr und räusperte sich umständlich. Alle waren sie da. Nur eine fehlte: Anna-Maria. Jan hatte sich schon daran gewöhnt, dass sie immer zu spät kam. Doch heute war er wirklich etwas beunruhigt, fast schon verärgert. Zum einen war das ein wichtiger Tag für sie: Schließlich sollte sie in die Gemeinde aufgenommen werden. Da konnte man sich ruhig schon mal etwas bemühen. Er war das nun schon so oft mit ihr durchgegangen. Den Fragebogen. Und was sie heute sagen sollte. Sogar die Kleidung war ein Thema. Und: die Pünktlichkeit. Doch sie war einfach nicht aus ihren alten Mustern rauszubekommen. Ganz ruhig, alter Junge, versuchte er sich selbst zu beruhigen. Gleich hörst du die Reifen quietschen, und alles wird gut.

Schließlich wurde auch Martha neben ihm etwas unruhig. »Sie kommt doch noch, oder?« Ihr Blick war richtig ängstlich.

»Sicher, Martha, sicher«. Jan versuchte sie zu beruhigen. Und damit auch ein bisschen sich selbst.

Kurt war unerbittlich. »Ich eröffne die erste Gemeindeversammlung der Gemeinde am Uhlandplatz im Jahre 1998 um genau«, er schaute noch einmal auf seine Uhr und dann auf seine Frau, damit sie das auch exakt notierte, »14 Uhr 31!«

»Seine berühmte akademische Minute«, murmelte Jan. »Ach, wie bist du locker geworden, Kurt Jacobsen.«

»Ich lasse die Liste herumgehen, damit sich alle Anwesenden eintragen und wir die Beschlussfähigkeit der Versammlung feststellen können. Katrin und ich haben uns schon eingetragen. Manfred, du bist dann der nächste. Hier, bitte schön.« Er versuchte, das Klemmbrett mit der Liste über die Kanzel hinweg zu Manfred hinunterzureichen, was sich aufgrund von Kurts kurzen Ärmchen etwas schwierig gestaltete. Manfred Krause erhob sich stöhnend, grummelte und nahm das Klemmbrett entgegen.

»Ich bitte darum«, versuchte Kurt das in seinen Ohren beinahe tumultartige Gemurmel, das aufgrund des Herumreichens der Liste zustande gekommen war, zu beruhigen, »den Stift nach Gebrauch immer wieder zurück in die dafür vorgesehene Lasche an der Seite zu stecken.« Und mit einem Lächeln zur Seite. »Liebe Katrin, dass musst du natürlich nichts ins Protokoll schreiben, haha.«

Keiner lachte.

Dann verlas er die Tagesordnung. »Punkt 1: Verlesen der Tagesordnung …«

Simon vergrub seufzend seinen Kopf im Schoß.

»Also verlese ich zunächst die Tagesordnung, bevor wir in sie einsteigen. Wobei wir das hiermit ja schon tun. Also: Punkt 1: Verlesen der Tagesordnung …« Simon biss in ein Gesangbuch. Erik riss es ihm aus der Hand.

»Punkt 2: Anträge auf Mitgliedschaft, Aufnahme in die Gemeinde.«

»Was hat er gesagt? Hier will *noch jemand* Mitglied werden?«, tönte es irgendwo aus der zweiten Reihe.

Nach etlichen weiteren, sehr langweilig klingenden Punkten (Kassenbericht, Entlastung des Kassenwarts, möglicher Wechsel der Gas-Wasser-Sanitär-Aufträge) wurde dann als allerletzter auch der Antrag des Hauskreises aufgeführt. Wahrscheinlich. Denn er fiel unter »Sonstiges. Hier haben wir noch ein bis zwei Anfragen von«, Kurt schaute von seinem Blatt hoch auf Jan und seinen Hauskreis, »einigen *Geschwistern* hier unter uns.« Das Wort *Geschwister* sprach er aus, als stünden diese *Geschwister* schon mit einem Bein in der Hölle und müssten wieder auf den rechten Weg zurückgeführt werden. »Doch nun treten wir in die Tagesordnung ein. Punkt 1 hatten wir ja schon: Verlesen der Tagesordnung. Ja, gut …«

Simons Stöhnen aus der vorletzten Reihe war im ganzen Saal zu hören.

»Kommen wir zu Punkt 2: Anträge auf Mitgliedschaft, Aufnahme in die Gemeinde.«

»Donnerknispel!«, entfuhr es Elvira Hoppe-Schlenker. »Wer denn?«, rief sie in den Saal hinein. Unruhe kam auf.

Das kam hier wahrlich sehr selten vor; das letzte Mal vor drei Jahren, als Simon und Erik aufgenommen wurden, nach ihrer »Entlassung aus dem Biblischen Unterricht«.

Kurt hob abwehrend die Hand. »Ich darf doch sehr um Ruhe bitten, liebe Brüder und Schwestern!«

Jan drehte Däumchen. Weniger aus Langeweile, sondern vielmehr aus Anspannung. Wenn Anna-Maria nicht kam, dann platzte alles. Nicht nur die Mitgliedschaft, sondern auch der Antrag des Hauskreises.

Kurt schaute auf seine Unterlagen. »Nun«, erklang es feierlich von der Kanzel, »ich habe hier einen Antrag auf Mitgliedschaft vorliegen, von Anna-Maria Martin.«

Erneute Unruhe im Saal.

»Ich muss über ihre Person sicherlich keine weiteren Worte verlieren. Wie ich leider feststellen muss – auch wenn die Liste noch durch die Reihen geht: Falls sie sich nicht irgendwo unter einem Stuhl versteckt oder gleich hereinplatzt, dann ist sie wohl nicht da. Fahren wir also fort mit …«

»Moment«, rief Martha dazwischen, mit rosigen Wangen und dem rechten Arm in der Luft. Alle drehten sich zu ihr herum.

»Ich darf dich bitten, Martha, dich zunächst nonverbal zu melden, und Katrin nimmt dann dein Gesuch auf, damit ich dir bei Gelegenheit das Wort erteilen kann.«

Martha seufzte, behielt ihre Hand in der Luft und schaute Kurt und Katrin auffordernd an, bis Katrin zu verstehen gab, dass sie Marthas Namen notiert hatte.

»Katrin, haben wir eine Wortmeldung?«

»Ja, von Martha.«

Mit einer ausladenden Geste und aufgesetzter Freundlichkeit sagte Kurt: »Martha, du hast eine Wortmeldung? Bitte!«

Ein weiterer Seufzer von Simon tönte durch die Reihen.

»Können wir diesen Punkt nicht noch etwas verschieben? Ich bin mir sicher, dass Anna-Maria gleich kommt.«

Kurt setzte nun ein mitleidiges Gesicht auf. »Liebe Martha, ich fürchte, das wird nicht gehen. In unserer Gemeindesatzung ist festgelegt, dass Mitgliederaufnahmen gleich am Anfang stattfinden. Das war ein Beschluss von, wenn ich mich nicht täusche, 1976, damit Neumitglieder auch gleich an der Versammlung teilnehmen können. Falls du dich noch erinnerst: Es ging damals um deinen Mann! Ihr wolltet alle unbedingt, dass er von Anfang an dabei …«

»Aber man kann doch mal eine Ausnahme machen!«

»Lass. mich. bitte. ausreden«, zischte es von vorne. Und dann beängstigend langsam: »… sein kann und daher gleich zu Beginn aufgenommen wird. Schließlich sind wir ja Christenmenschen, die einem Bruder freundlich gesinnt sind, wenn er Teil von uns werden will.«

»Und was ist mit Schwestern?«, krakeelte Berta plötzlich in den Saal.

»Schwestern natürlich auch, Mutter!«

»Ach, seine Mutter darf einfach so dazwischenplappern, ohne Wortmeldung! Das ist ja mal wieder typisch«, kam es ungewohnt hart von Martha. Dieses Mal war es Lena, die Marthas Rolle einnahm und sie beruhigte.

»Nun ja, wie dem auch sei …«, erhob Kurt schließlich wieder die Stimme, sodass das Mikrofon übersteuerte. Etliche der Damen hielten sich die Ohren zu.

Kurt ging etwas vom Mikrofon weg, dann ging es wieder. »Ich denke, es erübrigt sich, Anna-Maria, ihre Biografie und Gesinnung hier näher zu erläutern, da …«

»Jetzt wird alles vertagt. Super«, sagte Jan immerhin so laut, dass es sein Umfeld hörte.

»… ihr sie ja alle kennt. Wäre sie hier, könnten wir noch Rückfragen stellen. Nun frage ich aber euch, liebe Gemeinde: Gibt es aus eurer Runde Bedenken oder berechtigte Zweifel und Fragen zu ihrer Person, die eine Mitgliedschaft infrage stellen?«

»Aber sie ist doch gar nicht da!«, rief Elvira Hoppe-Schlenker.

»Wird das jetzt vertagt, Herr Jacobsen?«, fragte Erik.

»Nun, wie ich sehe, gibt es keine einzige Wortmeldung hierzu, oder, Katrin?«

Nun war es Jan, der sich meldete. Katrin waltete ihres Amtes.

»Ja, Jan?«

Jan stand sogar auf: »Also wie ist das denn nun? Wenn sie nicht hier ist, kann sie doch auch gar nicht aufgenommen werden, oder? Auf später verschieben können wir es auch nicht. Warum beraten wir dann hierüber?«

Kurt nahm seine Brille ab und starrte Jan aus seinen kleinen Knopfaugen direkt an. Er hatte sich dafür sogar ganz leicht auf die

Zehenspitzen gestellt. »Mein lieber Jan, hättest du die Gemeindesatzung richtig gelesen, so wüsstest du, dass eine Person, um in die Gemeinde aufgenommen zu werden, nicht persönlich anwesend sein muss. Das hatten wir anno 1982 entschieden, als der Günther im Seniorenheim ...? Ja? Ich denke, ich muss, das nicht weiter ausführen.«

Und dann überraschte Kurt alle mit den Worten: »Die Mitglieder sollten lediglich alle die Gelegenheit gehabt haben, Anna-Maria kennenzulernen. Und das haben sie! Anna-Maria ist in dieser Gemeinde aufgewachsen, sie hat ein sehr unlauteres Leben geführt und ist noch immer nicht da, wo Gott sie haben möchte. Aber die verlorene Tochter ist zurückgekehrt, hat ihre Großmutter beerbt und ist bereit, sich wieder in diese Gemeinde einzubringen, mit allen ihren Fehlern, wie der Mitgliedschaftsantrag, der mir hier ausgefüllt vorliegt« – er hielt das recht ramponierte und von ihm wieder glatt gestrichene Papierbündel in die Luft – »eindrücklich belegt. Und die Bibel lehrt uns, dass wir 99 weiße Schafe auch bereit sein sollten, das schwarze Schaf bei uns aufzunehmen. Ja, Simon?«

Simon zog es vor, sitzen zu bleiben: »Und was ist, wenn das schwarze Schaf gar nicht zurückwill? Am Dienstag klang das nämlich so!« Ein Raunen ging durch die Gemeinde.

»Mein lieber Sohn, mir liegt nur ein Antrag *für* die Mitgliedschaft vor. Zurückgezogen hat ihn Anna-Maria *nicht*. Denn dafür gibt es ein anderes Formular.« Er zuckte betont gespielt mit den Schultern. »So leid es mir tut: Mir sind die Hände gebunden. Ich kann mich hier nur an die Schriftform halten.«

Erneute brandete Widerspruch in der Gemeinde auf. Nur Jan und seine Hauskreisleute wirkten seltsam ruhig.

»Liebe Geschwister, mäßigt euch! Wir sind hier doch nicht bei den Hottentotten. Heute hü, morgen hott.« Kurt musste nun über seinen eigenen Witz lachen. Mal wieder als Einziger.

»Das heißt ...«

»Wortmeldung, bitte, Eduard!«

Eduard meldete sich und stand sofort auf. Er wusste, dass Kurt ihm seine Sonderstellung nicht ganz verweigern konnte, schon allein aus Respekt. »Das heißt, wir nehmen Anna-Maria vielleicht sogar gegen ihren Willen auf.«

»Soweit ich weiß, lieber Eduard, ist Anna-Maria bei vollstem Verstand und hätte ihren Antrag in den letzten Tagen jederzeit wieder zurückziehen können. Doch das tat sie nicht. Und so bin ich nun verpflichtet, euch zu fragen, ob ihr sie in unsere Reihen aufnehmen wollt. Wir haben in unserer Gemeinde noch nie ein Mitglied abgelehnt.«

Das kann sie sich bei ihrer Größe auch nicht leisten, dachte Jan.

»Und wir wollen doch hier keinen Präzedenzfall schaffen und etwa jemanden abweisen, oder?«, tönte es weiter von der Kanzel. »Ist das die rechte Christengesinnung? Also, wer ist dafür?«

»Was meinst du jetzt mit *dafür*, Kurt?«, fragte Manfred Krause, der sich mal wieder nicht ans Protokoll hielt. »Dafür, dass wir sie ablehnen? Oder dafür, dass wir sie aufnehmen?«

Kurze Zeit später quietschten die Reifen. Doch es war nicht der Wagen von Anna-Maria. Sondern der von Jan.

Wie eine gesenkte Sau nietete er über die fast menschenleeren Straßen von Rhiemberg. Er wusste nicht, auf wen er wütender sein sollte. Auf Anna-Maria, die mal wieder Riesentöne gespuckt und dann den Schwanz eingezogen hatte? Oder auf Kurt, der seinen Triumph ja förmlich zu genießen schien, Anna-Maria vor allen als schwarzes Schaf zu demütigen, sich selbst als Gutmenschen darzustellen und obendrein Anna-Maria womöglich gegen ihren Willen aufzunehmen? Jan war entschlossen, das nicht auf sich sitzen zu lassen. *Das* nicht.

Mit ebenso quietschenden Reifen hielt er vor ihrem Haus, riss die Gartenpforte auf und stapfte entschlossen zur Haustür, wo er sturmklingelte. Alex machte ihm auf, in einem Hauch von einem Morgenmantel bekleidet, mit einer Zigarette in der Hand. »Du willst bestimmt zu Mama, oder?«

Jan schob sie zur Seite und stand schon im nächsten Moment in der Küche, wo Anna-Maria mit Maja (??!!) am Küchentisch saß, die Ruhe selbst. Die beiden jungen Frauen rauchten, und Anna-Maria schien sich am Passivrauchen zu ergötzen.

Maja schlug ein Bein lasziv über das andere und brachte sich in Positur. »Oh, Herr Weber, Sie sind ja so stürmisch heute, fast wie der Dr. Lars …«

Jans Gesicht war hochrot. »Ach, halt endlich mal die Klappe, Maja!«

Majas Gesichtsausdruck schwankte zwischen Tränenausbruch und Bewunderung.

Anna-Maria ließ sich nicht aus der Ruhe bringen. »Vielleicht erst mal 'nen Tee, Mister? Zum Runterkommen?«

»ICH WILL GAR NICHT RUNTERKOMMEN!!! Im Gegenteil! Du kommst jetzt sofort mit mir mit, Fräulein!«

Maja und Alex kicherten. »Fräulein! Hab ich ja ewig nicht gehört«, krakeelte Alex.

Anna-Maria war die Ruhe selbst. »Was? Warum sollte ich?«

»Du schwingst hier große Reden von Gemeindeveränderung, willst dich aufnehmen lassen, stachelst uns an, willst uns helfen, dass wir was bewegen, willst gegen Kurt vorgehen und ihm Paroli bieten. Und dann, wenn es ernst wird, ziehst du den Schwanz ein?«

»Ich habe gar keinen!« Die Frauen kicherten wieder, diesmal alle drei. Anna-Maria lehnte sich provokant entspannt auf ihrem Stuhl zurück.

»Es ist jetzt nicht die Zeit für deine Späßchen! Kurt hat dich soeben in deiner Abwesenheit in die Gemeinde aufgenommen! Und du hast nichts Besseres zu tun, als dich hier mit den Pafflieseln zu verkriechen? Ist das deine Vorstellung von ›Rückgrat zeigen‹? Ist es das?«

»Pafflieseln? Hat er uns gerade ›Pafflieseln‹ genannt?« Alex war gemeinsam mit Maja höchst amüsiert.

Jan erlebte Anna-Maria zum ersten Mal sprachlos. Fast sprachlos. »Jan, so kenn' ich dich ja gar nicht. Moment … Hast du grad gesagt, er hat mich in die Gemeinde aufgenommen?«

Maja kicherte. Jan stand mit dem Rücken zu ihr, direkt vor Anna-Maria. Alex goss Cappuccinopulver mit kochendem Wasser auf und betrachtete das Ganze wie ein Schauspiel.

Anna-Maria ergriff leichte Unruhe. Sie knabberte wieder an ihrer Herzkette. »Aber das kann er doch gar nicht, wenn ich nicht …«

»Doch! Das kann er! Und alle haben zugestimmt!« Und dann wurde Jan noch theatralischer: »Also wenn dir unsere Freundschaft noch irgendwas bedeutet und du jemals wieder deinen Fuß in den Hauskreis setzen willst, dann beweg deinen Hintern von diesem Stuhl und lass uns das jetzt durchziehen!«

Alex packte Majas Handgelenk, umschlang sie von hinten und betrachtete mit ihr gemeinsam die Szene. »Achtung, jetzt wird's filmreif!«

Anna-Maria nahm noch einen tiefen Zug (aus der Luft), dann sagte sie: »Das Drama jetzt am Schluss hättest du dir sparen können. Du hattest mich schon bei ›In die Gemeinde aufgenommen‹. Den Kerl mach ich fertig.« Sie schnappte sich ihre Handtasche. »Man reiche mir mein Ledercape.«

Teil 3
LIEBE

27

Samstag, 14. Februar 1998

Anna-Maria strich mit der Malerrolle über die Raufasertapete der Dachkammer. Früher war das hier ihr Zimmer – nun sollte es das von Alex werden, die bislang bei ihrer Mutter im Gästezimmer schlief.

Anna-Maria genoss die Sonne, die ins Zimmer schien, und musste über sich selbst lachen. Noch vor ein paar Monaten hätte sie sich im Traum nicht vorstellen können, hier wieder einzuziehen – und nun renovierte sie plötzlich das Haus, aus dem sie immer wegwollte, hatte einen Job hier im Ort, hatte einen Hauskreis, neue und alte Freunde (wieder)gefunden und, ja, eine Gemeinde. Doch dort war sie nur, weil sie die Hoffnung hatte, dass sie noch zu einer Veränderung beitragen könnte. Sie erhob sich aus der Hocke, wischte sich den Schweiß von der Stirn und drehte das Radio lauter. Sie mochte diesen R-'n'-B-Song. *The boy is mine.* Er passte irgendwie gut zu ihrer Stimmung. Und zu diesem schönen Fast-schon-Frühlingstag. Dafür brauchte sie auch keinen »Boy«, sie war auch zu alt für einen »Boy«. Wofür überhaupt brauchte man Männer? Die Vögel auf den Bäumen draußen schienen mitzuzwitschern. Anna-Maria tauchte ihre Rolle in die Farbe und tanzte damit zur Wand, die rosa werden sollte, nur diese eine. Das hatte sich Alex so gewünscht. Wo war die überhaupt? Die wollte doch nur eben kurz eine paffen? Jetzt war sie schon eine halbe Stunde weg. Egal. Anna-Maria ließ es vergnügt glitschen.

»Mama, das ist viel zu pink!«

Anna-Maria zuckte zusammen. Hinter der Tür lugte ihre Tochter hervor. »Man, Alex! In meinem Alter solltest du mich nicht mehr so erschrecken!« Alex war, wie Anna-Maria, mit Latzhose und einem karierten Hemd bekleidet, nur dass sie im Gegensatz zu ihrer Mutter den Malerhut aus Zeitungspapier nicht mehr aufhatte. »Guck doch mal! Das ist viel zu pink! Ich wollte rosa!«

Anna-Maria ging einen Schritt zurück und betrachtete die Wand. »Wo ist denn da bitte der Unterschied? Das trocknet doch auch noch, dann sieht das ganz anders aus. Und überhaupt, wir wollten das doch zusammen machen. Wo hast du dich denn wieder rumgetrieben?«

»Ach, ich hab die Post in Empfang genommen. Hättest du mir ja mal früher sagen können, dass wir so einen süßen Briefträger haben.«

Anna-Maria stieß ihre Tochter in die Seite, dann malerte sie weiter. »Und? Wie viele Rechnungen sind es heute?«, fragte sie, während sie genau darauf achtete, keine weißen Flecken auf der Wand zu lassen.

»Ich glaube zwei. Und das hier.« Plötzlich kam sie hinter der Tür hervor und präsentierte einen Strauß mit mindestens 30 roten Rosen.

»Oh, die hat er dir geschenkt?«

»Die sind für dich, Mama! Guck doch mal, der Umschlag, da steht dein Name drauf!«

»Ich habe den Briefträger nur einmal gesehen. Warum schenkt der mir Blumen? Ist das ein Psycho oder so?«

»Man, Mama! Die sind doch nicht von ihm!«

»Seit wann tragen Briefträger Blumen aus?«

»Man, Mama! Jetzt mach doch mal den Umschlag auf!«

Anna-Maria hängte die Malerrolle in den Eimer und wischte sich die Hände an der Latzhose ab. »Aber wer sollte denn …? Warum?«

»Heute ist Valentinstag!«

»Sind die von dir? Motte, das wäre doch nicht …«

»So ein Quatsch! Heut ist doch nicht Muttertag! Muss man dir alles erklären? Das ist von ’nem Typen! Wenn du den Umschlag nicht aufmachst, dann mach ich es.«

»Ich mach ja schon.« Anna-Maria zog die kleine Grußkarte raus. »Und geh mit dem Gemüse weg. Die pieken!«

Alex zog den Strauß zurück. »Na jetzt lies schon! Laut!«

Anna-Maria las vor:

Liebe Anna-Maria, ich grüße dich zum heutigen Valentinstag! Zu diesem Anlass würde ich dich gerne zum Essen einladen, damit wir uns noch weiter kennenlernen – und vielleicht auch finden – können. Du würdest mir eine große Freude machen, wenn du um 19 Uhr im Goldenen Eichhörnchen erscheinen würdest. Mein Erkennungszeichen ist die rote Rose.
Liebe Grüße, Mr X

Unsanft steckte Anna-Maria die Karte zurück in den Umschlag. »Pah! Rote Rose! Das kann ja wohl nur Verarschung sein!«

Alex schien aufgeregter als ihre Mutter zu sein. »Mama, du hast einen Verehrer! Dass du noch einen abkriegst, das ist doch megageil!«

Anna-Maria hatte dafür nur ein müdes Lächeln übrig. »Der spinnt doch. ›Mr X‹. Wer nicht mal seinen Namen schreiben kann, den treff' ich doch nicht.«

»Das nennt man Blind Date, Mama, das ist doch voll romantisch! Vielleicht ist es ja Jan, der sich nicht traut, dir das ins Gesicht zu sagen.«

»Das glaube ich eher weniger, dass der dahintersteckt …«

»Wer sollte es denn sonst sein?«

»Dein Erzeuger, Motte!«

»Lurchi? Der würde sich bestimmt nie so gestelzt ausdrücken! Vielleicht ein Patient?«

»Keine Ahnung. Ich tippe auf Lurchi. Hat sich bestimmt helfen lassen. Der will mit dir und mir auf Familie machen! Nein danke!« Anna-Maria steckte die Karte wieder in den Umschlag und schob den Strauß zu Alex zurück. »Die kannst *du* haben. Ich will die nicht.«

Alex guckte ganz verträumt auf die Rosen. »Die sind schön, oder? Ich stell sie einfach auf den Küchentisch.«

Anna-Maria hatte dafür nur ein müdes Lächeln übrig und malerte weiter.

Alex zog ihr letztes Ass aus dem Ärmel: »Wenn du nicht hingehst, dann geh ich für dich hin. Will ja schließlich wissen, wer dahintersteckt.« Sie hielt sich den Strauß vors Gesicht

Anna-Maria schoss plötzlich von der Wand herum: »Das tust du NICHT!«

»Entweder du gehst hin oder ich, kannst es dir ja überlegen. Was hast du denn zu verlieren?« Alex verschwand mit dem Strauß Rosen aus dem Zimmer. Und Anna-Maria stand da mit ihrer tropfenden Malerrolle und dachte nach.

Zur selben Zeit rauschte Maja in Jans Buchhandlung, in der er heute alle Hände voll zu tun hatte, dank Martha, die ihn überredet hatte, Valentinskarten und kleine Liebes-Geschenkbüchlein mit ins Programm aufzunehmen und auch das Schaufenster damit zu dekorieren. Zu Recht, wie sich zeigte. Die Kasse klingelte. Auch wenn das eigentlich gegen Jans Berufsethos ging. Aber egal. Seit dem *Lund*-Schund war sein Ruf ohnehin schon ruiniert, fand er.

Und jetzt auch noch diese Maja. Leider konnte er heute nicht fliehen, denn vor der Kasse hatte sich schon eine kleine Schlange gebildet, in die sich Maja nun brav einreihte und vehement versuchte, Blickkontakt zu Jan aufzunehmen. Martha war mit Geschenkeeinpacken und Beratungsgesprächen beschäftigt. Ganz beschissene Situation. Er machte extra langsam, doch es half alles nichts: Nach 5 Minuten war Maja an der Reihe – und legte mal wieder einen dramatischen Auftritt hin: Sie stützte ihr kleines Köpfchen auf dem Tresen auf, schaute ihn wie ein verknallter Teenager an und hauchte: »Hallo Jan.«

Er atmete tief durch. »Maja! Was wollen Sie!?«

Sein harscher Ton störte sie offenbar überhaupt nicht. »Dir alles Gute zum Valentinstag wünschen.«

»Seit wann duzen wir uns?«

»Seit du zu mir gesagt hast: ›Ach, halt endlich mal die Klappe, Maja!‹«

Martha war ganz erschrocken. »Das hast du gesagt, Jan? Das ist aber nicht nett!« Die Rentner in der Schlange nickten und murmelten Zustimmung. Jan wurde ganz bleich im Gesicht und nestelte nervös an seiner Brille. »Immerhin …«, sagte er stolz in die Runde, »… habe ich sie geduzt!«

Maja tauschte mit Martha ein paar schwesterliche Blicke aus, während sie die Hand des perplexen Jan tätschelte. »Wir sollten nicht so hart mit den Männern sein. Die brauchen einfach manchmal ein bisschen länger. Nicht, Jan?« Sie kniff ihm in die Wange.

Jan riss sich los, tat einen Schritt zur Seite – und dann wieder an den Tresen. Er konnte sich nur schwer beherrschen. Er betonte jede Silbe, als er leise zischte: »Martha, wenn du einfach bitte weiter die Geschenke …« Er riss an der Klebefilmrolle und patschte ihr das Ende in die Hand. Martha lächelte den vor ihr stehenden Mann, der wohl noch ein Last-Minute-Geschenk für seine Frau brauchte, etwas übertrieben gespielt an, zuckte mit den Schultern und packte dann das Geschenk weiter ein.

»So, und nun zu Ihnen, Fräulein!«

»Ja, mein Lieber?« Sie nahm ihren Ellenbogen vom Tresen und nahm Haltung an. Dabei knöpfte sie langsam ihren Mantel auf. Ganz offensichtlich wollte sie ihm zeigen, was sich darunter verbarg.

»Was soll das, Maja? Wenn du … Wenn *Sie* nicht gleich …? Martha, reich mir mal das Telefon, bitte.«

»Ich dachte, ich soll Geschenke einpacken?«

»Jetzt mach schon!«

Er war kurz davor, die Polizei anzurufen. Oder die Männer mit den weißen Turnschuhen.

Hatte er es wirklich nur noch mit Wahnsinnigen zu tun? Die Rentner hinter Maja waren die Ruhe selbst, dachten sie doch, hier einer ganz großen Romanze beiwohnen zu können, die sie selbst schon längst hinter sich hatten. Martha war eher belustigt, hatte nur aufgrund der wiederholt strengen Blicke ihres Chefs den Hörer abgenommen und hätte auch schon längst die 110 gewählt, doch sie vertippte sich, denn sie war unkonzentriert. Sie wollte sehen, welche Überraschung Maja unter ihrem Mantel hatte.

Endlich schlug sie ihn auf und präsentierte – ganz züchtig vor einem schwarzen Rollkragenpullover als Hintergrund – ein Lebkuchenherz, auf dem »Be my baby« stand.

Jan wusste nicht, was bei ihm jetzt überwiegen sollte: Die Erleichterung, doch keine Exhibitionistin in seinem Laden zu haben, oder die Verunsicherung, wie er jetzt mit dem Geschenk umgehen sollte. Doch mit dieser Frage musste er sich nicht länger rumplagen, denn unter den offenen Mündern von Martha und Jan und dem ungeduldigen Gescharre der Kunden hinter ihr nahm sie kurzerhand das Lebkuchenherz ab (was ihr die Chance gab, ihre ebenholzschwarze Mähne leinwandreif in Szene zu setzen). Und hing es Jan um den Hals. Der war total perplex und stand dort wie ein begossener Pudel vor seiner Kundschaft.

Mit ihren zarten Fingern am Kinn, betrachtete Maja wie ein Maler ihr Werk. »Zuckersüß!«, befand sie. »Das war's auch schon.« Und damit drehte sie sich kokett um, warf allen Kunden noch ein Lächeln zu und schwebte aus dem Laden. Alle schauten ihr nach.

Ein Rentner mit Schiebermütze trat an den Tresen. »Man, die Kleine ist ja 'ne Wucht. Also, wenn ich 30 Jahre jünger wäre …« Seine Frau schlug ihn von hinten mit ihrer Handtasche.

»Was? Äh, ja ja.« Jan zog das Lebkuchenherz so kräftig herunter, dass das Band zerriss. Er pfefferte es in den Mülleimer unter den Tresen, griff das kitschige Geschenkbuch und gab den Preis mechanisch in die Kasse ein. »Macht zehn fünfundneunzig.«

Die Tür hinter Maja war noch nicht ganz zu, da bimmelten die Ladenglöckchen schon wieder, und der Briefträger kam herein. Wie jeden Vormittag, so legte er, begleitet von einem »Guten Morgen!« unbemerkt zwei Stapel auf den Tresen: hier die Briefe und Rechnungen für den Laden und dort Jans Privatpost. Doch heute fügt er noch einen Satz hinzu: »Den soll ich Ihnen ganz persönlich übergeben.«

»Warum ›persönlich‹?«

»Dazu kann ich Ihnen leider nichts sagen. Ach so, das gehört auch noch dazu.« Und damit zauberte er eine Rose hervor, die er neben die Privatpost auf den Tresen legte. »Einen schönen Tag noch! Frau Krüger?« Er zückte seinen Hut zum Gruße und ging wieder von dannen.

»Mach ihn auf, mach ihn auf!« Martha klatschte wieder die Hände zusammen. »Das ist ja alles so aufregend heute! Liebe liegt in der Luft!«

»Martha, jetzt liegt erst mal Geschenkeeinpacken in der Luft.« Er schob ihr demonstrativ das Buch des Rentners zu, obwohl der es gar nicht eingepackt haben wollte.

Jan schob seine Brille zurecht und tippte weiter in die Kasse, als wäre nichts geschehen. Die Fragen der Kunden, welche hübsche Dame das denn eben gewesen sei und warum er sie so brüsk behandelt habe, ignorierte er geflissentlich. Der Brief konnte ja wohl nur von Kurt sein. Schließlich war der auch bei der Post und kommandierte gerne Briefträger herum.

Er kam sich ziemlich dämlich vor, hier aufzukreuzen in diesem vielleicht etwas zu schicken, vielleicht auch etwas zu altmodischen Outfit. Aber wusste er denn auch, wer ihn eingeladen hatte? Natürlich hoffte er, dass es Katja war, die immerhin kurz vor ihm das Haus verlassen hatte, in einem Kleid! Das hatte er durch den Türspion sehr gut erkennen können. Er versuchte jedoch, sich selbst von diesem zu hoffnungsvollen Gedanken wieder runterzubringen. Wahrscheinlich steckten Simon und Erik dahinter. Na ja, was hatte er schon zu verlieren? Er hatte sich heute eh schon zum Löffel gemacht, da machte das hier auch nichts mehr aus. Sonst hätte er wohl auch nie erfahren, wen er hier treffen sollte, dachte er sich, als er sich etwas Schneematsch auf der Treppe zum *Goldenen Eichhörnchen* abtrat, das sich in einer der mit Kopfstein gepflasterten

Gassen neben dem Rathaus befand. Das namensgebende *Eichhörnchen*, das als Wirtshausschild über dem Eingang hing, schaukelte im Wind hin und her.

Beim Betreten schlug ihm der wohlig-vertraute Geruchsmischmasch aus Frittierfett und Nikotin entgegen. Der Duft der Heimat! Das *Eichhörnchen* war das erste Haus am Platze. Eine solide Küche wurde hier geboten.

Das Restaurant war gut gefüllt, mit lauter Ehepaaren, die sich anschwiegen. Wo sollte er denn jetzt hingehen? Welcher Tisch war denn seiner? War *sie* überhaupt schon da? Und wer *war* sie überhaupt? Er ging vorbei an den Tischen, musste viele seiner Stammkunden grüßen. Doch aus Angst, jemanden zu übersehen, der vielleicht mal bei ihm des Öfteren einkaufte, musste er plötzlich alle grüßen, die ihn wohl etwas bemitleideten, den einsamen Junggesellen, der am Valentinstag mit niemandem essen gehen konnte – außer mit sich selbst.

Da hinten, in der Ecke, saß eine einsame Frau. War das nicht …? Nein, das konnte doch nicht sein! Sollte es wirklich Katja sein? Sie saß mit dem Rücken zu ihm, an einem Tisch an den hinteren Fenstern. Verträumt schaute sie hinaus auf die Rhiem, den »ewigen Fluss«, wie sie ihn hier nannten, romantisch vom Mond beschienen. Von der Statur her passte es, die Porzellanhaut auch.

Jans Hände waren ganz schwitzig. Die Rose wäre ihm fast entglitten. Noch konnte er wieder gehen. Aber warum sollte er? Nun war der Moment endlich gekommen. Noch einmal wollte er es nicht verbocken. Er nahm die Rose fest in die Hand, und es brach aus ihm hervor. »Hier. Das Erkennungszeichen!« Er hielt sie ihr vor die Nase.

Er hätte vielleicht damit doch noch warten sollen, bis er ihr Gesicht wirklich hätte sehen können. So wie jetzt. Denn dann hätte er das bestimmt nicht gesagt. Zu Katrin. Die Haarfarbe passte auch gar nicht, wie er leider erst jetzt bemerkte. Hornochse.

»Jan? Was machst du denn hier?« Sie wäre fast vom Boden abgehoben, so erschrocken war sie.

»Ich, äh … Das ist nur, äh …« Er zog die Rose wieder zurück und betrachtete sie, als sei sie ihm gerade erst in die Hände gefallen. »Haha.« Er und Katrin sahen sich peinlich berührt an. Das war jetzt wirklich der absolute Tiefpunkt.

»Geht es dir gut, Jan?«

»Hmm«, nickte er. Moment. Sollte *sie*, eine verheiratete Frau, ihn hierhin bestellt haben? Niemals! »Du bist aber nicht … Du hast doch wohl hoffentlich nicht …« Er wusste selbst nicht, wie der Satz weitergehen sollte. Sein Date? Alleine hier?

Er griff in seine Jacketttasche und hatte den Umschlag schon fast rausgezogen.

»Was meinst du, Jan? Ist dir nicht gut? Du scheinst verwirrt. Möchtest du vielleicht ein Glas Wasser?« Sie hielt ihm ihr Glas entgegen.

Er wischte sich den Schweiß von der Stirn und ließ sich automatisch auf den Stuhl ihr gegenüber fallen. »Nein danke, es geht gleich wieder.« Er stützte sich auf dem Tisch auf und fuhr sich durch die Haare. Dann schaute er ihr direkt in die Augen. »Dieser Brief, der ist aber nicht von dir, oder?«

»Was für ein Brief? Ich verstehe nicht, Jan.« Katrin schien nun ebenso verwirrt wie er zu sein.

Er legte ihn vor sich auf die Tischdecke und war gerade dabei, ihn zu Katrin herüberzuschieben, da legte sich eine Hand auf seine Schulter.

»Jan! Du sitzt auf meinem Platz.«

Kurts Stimme zeigte die richtige Wirkung. Blitzschnell zog Jan den Brief zurück, erhob sich und stopfte ihn dabei in seine Tasche. »Ich, äh … habe nur zufällig Katrin hier gesehen, und dann sind wir ins Plaudern gekommen.«

Jan sah hilfesuchend zu Katrin, doch deren Porzellangesicht schien zu sagen: Jan ist so verzweifelt, dass er hier schon Frauen belästigen muss.

»Ach ja, wie schön, Jan. Über euren komischen offenen Gottesdienst? Musst du jetzt schon meine Frau dafür einwickeln oder wie? Du wirst entschuldigen, aber wir sind heute privat hier.« Kurt drängte sich auf seinen Stuhl und Jan damit an den Rand des Tisches, wo er aber wiederum dem Kellner im Weg stand. Jan lief es kalt den Rücken herunter.

Katrin war das alles sehr peinlich. Sie schaute nervös aus dem Fenster und strich sich den Rock glatt.

Langsam fing Jan sich wieder. »Zum Valentinstag, ja, wie schön. Lasst es euch schmecken!«

»Was ist das? Nein, Katrin hat Geburtstag. Wenn du den Gemeindebrief aufmerksam lesen würdest …«

Jan schlug sich an den Kopf. Ach ja, natürlich! »Entschuldige, Katrin, meine besten Glückwünsche! Und Gottes Segen!« Er stand kurz vor einer Panikattacke. Und wagte es nicht einmal, ihr die Hand zu geben, so böse starrte ihn Kurt an. »Ja, dann, äh, wünsch ich euch noch einen schönen Abend!«

Er wandte sich zum Gehen um, wie ein getretener Hund, doch dann rief Kurt ihm hinterher: »Was machst du denn eigentlich hier mit der Rose? Hast du ein Rendezvous?« Er schien sich sehr darüber zu amüsieren.

Jan stand mit hängenden Schultern da. Er hatte die Rose extra so gehalten, dass Kurt sie eigentlich kaum sehen konnte. Doch ihm entging offenbar nichts.

»Hab ich in die Hand gedrückt bekommen, zum Valentinstag.« Das war noch nicht mal gelogen. Und so musste er nichts ausplaudern. Innerlich klopfte er sich auf die Schulter.

»Ja, wie dem auch sei, wir halten nicht viel von diesen neumodischen Feiertagen, oder, Katrin?« Katrin nickte nur schüchtern. »Dann dir mal viel Freude mit deiner Rose!« Da schwang jetzt plötzlich viel Mitleid mit. Jan wollte sich noch verteidigen, doch da haute ihm jemand anders sehr kräftig auf den Rücken.

»Jan! Was belästigst du denn hier andere Gäste! Dein Tisch ist da drüben!« Robert, ganz schick mit schwarzem Hemd und Krawatte, war ganz in seinem Element als stellvertretender Geschäftsführer des *Goldenen Eichhörnchens* – und lotste Jan in eine andere Ecke des Raums, zum Glück für die Jacobsens nicht einsehbar, wo ein Tisch für zwei mit Rosenblättern geschmückt war. Robert half Jan aus seinem Mantel.

»Eine Reservierung unter meinem Namen? Wer war das?«

»Darf ich nicht sagen. Dein Date wird ja sicherlich gleich eintreffen. Möchtest du die Weinkarte haben?«

Jan setzte sich auf einen der äußerst bequemen Stühle. »Danke. Ich mache es davon abhängig, wer kommt.«

So saß Jan eine ganze Weile da, studierte die Speisekarte, und kam sich ziemlich verloren vor zwischen all den Paaren, die ihn mitleidig ansahen.

Es war dann schließlich schon 20 Minuten über der Zeit, als Anna-Maria endlich aufkreuzte. Durchaus elegant, was sich da unter ihrer Lederjacke befand, aus der er ihr nun heraushalf.

»Mit dir hätte ich ja jetzt überhaupt nicht gerechnet!«, sagte sie, leicht verlegen, als sie die Rosen auf dem Tisch sah. Natürlich ging sie davon aus, dass Jan ihr die Einladung gesendet hatte.

»Wie? Die Karte war also nicht von dir?« Er rückte ihr den Stuhl zurecht, ganz der Gentleman.

»Nein, natürlich nicht! Wieso sollte ich mir eine Karte schreiben?« Jan war wohl nicht mehr ganz bei Trost, meinte ihre Handbewegung. Sie ließ sich fallen.

»Verstehst du nicht, Anna-Maria? Da will uns jemand verkuppeln! Ich habe auch so eine Karte bekommen!« Er schob ihr den Umschlag mit seiner Karte hin.

Anna-Maria las sie:

Jan Weber, nun kennen wir uns schon eine ganze Weile. Aber ich möchte, dass wir noch einen Schritt weitergehen können. Bitte sei heute Abend um 19 Uhr im Goldenen Eichhörnchen. Und bring diese Rose mit. Denn daran werde ich dich erkennen.«

Dann sagte sie: »Schade. Und ich dachte, ich treff' heut endlich meinen Traumprinzen.«

»Na, vielen Dank auch.«

Sie tätschelte seine Hand. »Aber mit dir ist es ja auch ganz nett! Aber zahlen tun wir getrennt, das sag ich dir gleich!«

»Wir können auch wieder gehen.«

Sie schaute ihn böse an. »Das kommt gar nicht infrage! Ich habe mich jetzt nicht zwei Stunden von meiner Tochter aufbrezeln lassen, um zu Hause vorm Fernseher zu sitzen! Kannst du mir vielleicht mal ein Kompliment machen?« Sie präsentierte sich mit ausladenden Handbewegungen.

»Doch, doch, sehr schön, wirklich, mal so ganz ... anders und ungewohnt, irgendwie, fast wie an Weihnachten, als du dieses Kleid getragen hast ...«

»Danke. Und du siehst irgendwie auch so verändert aus. Warst du beim Frisör?«

Jan versuchte das runterzuspielen. Er hatte halt irgendwie doch gehofft, dass er hier Katja treffen würde. »Ach, das war nur mein monatlicher Besuch.«

Anna-Maria schnippte mit den Fingern. »Du hast keine Brille auf! Steht dir gut!«

»Wer wohl hinter den Karten steckt?«

»Ach, das kann meine Tochter gewesen sein.«

»Oder Simon und Erik.«

»Oder Lena. Als Dank dafür, dass ich dich mit Robert ...«

»Was? Ach, das mit den Turnschuhen war alles eingefädelt, damit ich mit ihm laufen gehe und ihn bekehre, oder was? Hätte ich mir ja gleich denken können.« Jan schüttelte den Kopf. »Der Robert kann uns hier gleich mal eine Flasche Hauswein ausgeben, das wird ja wohl noch drin sein.«

»Jan, so kenne ich dich ja gar nicht!«

»Da kannst du mal sehen, was der Valentinstag alles mit mir macht. Er beflügelt mich!«

»Ja, ohne Brille! Verrückt!«

»Männer haben auch Gefühle, Anna-Maria.«

»Ja, und was für welche! Erinnere mich nicht daran!« Sie schaute leicht traurig auf die Tischdekoration und knibbelte an einem Rosenblatt herum. Dann fiel ihr plötzlich etwas ein, das ihre Stimmung wieder hob: »Ich habe schon gehört, was Maja sich heute Morgen geleistet hat. Scheint dir ja ganz gutzutun, diese Bewunderung.« Sie griente leise in sich hinein.

So saßen sie eine ganze Weile da, genossen den Wein und das 3-Gänge-Valentintagsmenü, das es heute als »Special« gab (was im Klartext bedeutete, dass es nichts anders gab und jeder Tisch ein stattliches Sümmchen dafür springen lassen musste). Robert bediente sie höchstpersönlich und konnte sich den einen oder anderen Spruch über dieses arrangierte Date nicht verkneifen. Den geheimnisvollen Auftraggeber jedoch durfte er nicht preisgeben. Aber er spendierte tatsächlich einen (billigen, aber das merkte nur Jan) Wein. Die Stimmung bei Anna-Maria und Jan war gelöst. Ausnahmsweise redeten sie mal nicht über die Gemeinde. Bis Jan die Jacobsens erwähnte.

»Ach ja«, meinte Jan, nachdem er sein Dessert beendet hatte, »um die Ecke, am Fenster, sitzen übrigens Kurt und Katrin.«

Anna-Maria spuckte fast ihr Dessert wieder aus. »Was? Und das sagst du mir erst jetzt?!«

»Warum? Wolltest du lieber mit denen zusammen essen? Ein Doppeldate am Valentinstag?«

»Die feiern Valentinstag?« Subtil konnte Anna-Maria nicht sein. Sehr auffällig kippelte sie mit ihrem Stuhl nach hinten, versuchte um die Säule herumzuschauen und den Raum abzuscannen.

Jan redete währenddessen weiter: »Nein, natürlich nicht. Katrin hat Geburtstag. Ich habe mir da heute schon ein paar Peinlichkeiten geleistet. Als ich nämlich hier aufgetaucht bin – ich wusste ja noch nicht, wer mich hier erwarten würde, da bin ich …«

Plötzlich kippte Anna-Maria wieder nach vorn und packte ihn am Unterarm. »Vergiss nicht, was du sagen wolltest. Ich glaube, ich weiß, wer hinter all dem steckt.«

Jan bemerkte nun, dass ihr Blick wie der eines hungrigen Löwen auf die Terrasse des *Goldenen Eichhörnchens* herausging.

Ihr Griff zog ihn vom Stuhl. »Komm mit!« Im nächsten Moment hatte sie auch schon die Tür zur Terrasse aufgestoßen, die zur Rhiem herausging und noch halb mit Schnee bedeckt war. Jan lief ihr hinterher. Im Vorbeigehen hatte er bemerkt, dass auch Jacobsens das mitbekommen hatten. Wie natürlich auch alle anderen Gäste des Lokals.

Wie Kaninchen aus einem Zylinder zog Anna-Maria hinter einem der Tische die beiden Jungs hervor – Simon am linken und Erik am rechten Ohr.

»Aua! Das tut *weh*!« Simon rieb sich das Ohr, als Anna-Maria ihn endlich losgelassen hatte. Erik verzog schmerzverzerrt das Gesicht. Die beiden Jungs traten automatisch ein paar Schritte zurück. Die Frau machte ihnen Angst.

»Ach ja?«, sagte sie durchaus streng, aber nicht ohne ein kleines Lächeln. »Erst Jan und mich hinters Licht führen, und dann sollen wir auch noch die teure Rechnung selbst bezahlen? Das tut auch weh!«

Jan betrachtete das alles sehr amüsiert, mit den Händen in seinen Manteltaschen. »Simone und Erika! Habe ich es mir doch gleich gedacht, ihr beiden alten Waschweiber! Anna-Maria, ein bisschen was haben sie ja schon investiert, wenn sie die Rosen bezahlt haben …«

Erik hob den Zeigefinger. »Und der Briefträger hat auch einen kleinen Obolus dafür bekommen.«

Simon hatte schon wieder Oberwasser. »Ihr solltet uns dankbar sein! Könnt froh sein, dass ihr überhaupt noch ein Date abbekommen habt – in eurem Alter!«

»Na wartet! Das kriegt ihr zurück!« Anna-Maria, in ihrem feinen Outfit, nahm etwas Schnee vom Tisch und formte einen großen Schneeball. Die beiden Jungs hatten sich währenddessen hinter unterschiedlichen Tischen verschanzt.

Anna-Maria schaute böse zu Jan. »Jetzt steh da nicht so rum! Du übernimmst Erik, und ich Jacobsen Junior!«

Gesagt, getan. Im Nu war auf der Hotelterrasse eine Schneeballschlacht im Gange. Robert kam schließlich auch dazu und half Jan im Kampf gegen Erik. »Siehst du, mal gut, dass wir trainiert haben! Jetzt kannst du es auch noch mit den jungen Leuten aufnehmen.«

Kurze Zeit später war Erik über und über mit Schnee eingeseift.

»Simon, du kommst jetzt sofort mit nach Hause!« Die schneidende Stimme von Kurt am Eingang der Terrasse unterbrach die Schneeballschlacht jäh. Im Gegenlicht, das aus dem Restaurant kam, sah man nur seinen Schatten in der Terrassentür stehen, hinter ihm der von Katrin.

»Komme gleich«, sagte Simon noch fröhlich. Und dann machten sie weiter.

»Du kommst jetzt sofort. Und du tust besser, was ich sage.«

Simon schien das nicht weiter zu stören. Er steckte Anna-Maria noch ein bisschen Schnee in ihren Pullover.

»Du lässt *sofort* von dieser Frau ab!«

Anna-Maria feixte zurück, während sie Simon weiter bearbeitete: »Freu dich doch, dass er überhaupt eine anfasst!«

Robert fand das offenbar sehr lustig. Er brach in schallendes Gelächter aus.

Kurt trat einen Schritt auf die Terrasse heraus. »Ich sag es nicht noch einmal, Simon. Du kommst *jetzt* mit uns mit. Und den Hauskreis und deine Besuche bei Anna-Maria kannst du erst mal vergessen.«

Damit war die Schneeballschlacht nun endgültig beendet.

Simon ging seinem Vater ein paar Schritte entgegen, während er sich die Handschuhe an seinem Mantel abklopfte. »Das meinst du doch wohl nicht ernst.«

»Und ob ich das ernst meine.«

»Du kannst mir überhaupt nichts verbieten.«

»Solange du noch nicht volljährig bist, kann ich das sehr wohl.«

»Na hör mal, Kurt«, versuchte Jan es auf die joviale Art, als er langsam auf Kurt zuging. »Der Junge ist 17, der darf doch wohl etwas Spaß haben.«

Kurt schaute ihn böse aus seinen Knopfaugen an. »Dieser ›Spaß‹«, er malte die Anführungszeichen mit seinen Fingern in die Luft, dass das Leder seiner Handschuhe richtig quietschte, »bringt Simon immer mehr von der Schule ab. Und von seinem geistlichen Leben.«

Anna-Maria lachte. »Was ist denn geistliches Leben? Wo findet das denn statt? Gibt es dafür irgendeinen geheimen Ort, wo man das macht?«

»Ich werde jetzt nicht mit euch darüber diskutieren. Ihr tut Simon nicht gut. Er wird zu Hause immer aufmüpfiger.«

Jan gebrauchte seine Hände. Das hatte er mal in einem Buch über Rhetorik gesehen. »Das kann ja wohl nicht dein Ernst sein, Kurt! Du kannst doch froh sein, dass dein Sohn sich in seiner Freizeit mit anderen Christen umgibt.«

»Christen, dass ich nicht lache! Irgendwelche heidnischen Theaterstücke, laute Musik, ein ›Gäste-Gottesdienst‹. Meint ihr, ich weiß nicht, was ihr da plant! Das Evangelium verwässern, das wollt ihr. Auf der Gemeindeversammlung mögt ihr mit Ach und Krach mit so was durchgekommen sein, aber eins kann ich euch sagen: Das wird die erste und einzige Veranstaltung dieser Art bei uns sein. Ihr werdet euch damit über beide Ohren blamieren.«

»Hab ich doch schon immer gesagt, dass eure Gemeinde total durchgeknallt ist«, meinte Robert, trat sich die Schuhe ab und ging zurück ins Restaurant.

»Wer sich hier schon längst blamiert hat, bist du«, wurde Anna-Maria plötzlich sehr deutlich. »Du lebst so was von hinterm Mond, das gibt es gar nicht. Deine Gemeinde stirbt dir unterm Hintern weg, und alles Neue ist für dich gleich vom Teufel und ›Verwässerung des Evangeliums‹. Wenn du so weitermachst, kannst du den Laden bald dichtmachen.«

»Wir werden mit dir nicht weiter diskutieren, Anna-Maria. Und bei dir, Jan, hoffe ich, dass du bald zur Besinnung kommen wirst.«

»›Wir!‹ Das ist ja wirklich zum Brüllen komisch. Deine Frau darf doch in deiner Gegenwart keinen Mucks sagen. Alles Gute zum Geburtstag übrigens, Katrin! Ich weiß zwar nicht, wie du es mit dem Kerl so lange ausgehalten hast, aber ich sag mal: Viel Glück und Segen weiterhin!«

Katrin machte zwar den Mund auf, es kam aber nichts raus. Sie war von all dem viel zu schockiert. Sie drehte sich um, und es wirkte so, als würde sie gleich weinen.

Kurt griff seinen Sohn recht hart und zerrte ihn zum Ausgang. »Erik, du kannst natürlich gerne mitfahren.«

»Danke, Herr Jacobsen.«

Anna-Maria verpasste Erik einen leichten Schlag auf den Hinterkopf. Dann gingen die beiden Jungen mit Kurt und Katrin davon.

Und Anna-Maria blieb mit Jan allein auf der Terrasse zurück.

»Von dem lassen wir uns keine Angst einjagen«, meinte Jan, als sie sich die Schuhe abtraten und wieder zurück ins Restaurant gingen

Anna-Maria legte den Arm um ihn. »Du gefällst mir immer besser«, sagte sie.

28

Samstag, 20. März 1998

Nun war es wirklich Frühling geworden. Die Bäume blühten, es war strahlend blauer Himmel, die Vögel zwitscherten. Es lag so etwas wie Aufbruch in der Luft. Eduard stieg vergnügt aus seinem Wagen und schnupperte die frische Frühlingsluft.

»Guten Tag, Eduard!« Auch Arthur wirkte für seine Verhältnisse recht aufgeräumt, streckte Eduard seine Hand entgegen.

»Hallo, Arthur! Schön dich zu sehen!«

»Wenigstens du kannst mich sehen!« Arthur kicherte.

»Na dann wollen wir mal«, meinte Eduard. »Was hast du da alles in deinem Beutel dabei?«

Arthur lenkte seinen Kopf nach unten, dann zur Seite. »Oh, die habe ich ganz vergessen! Das sind die Kassetten. Ja, die kannst du vor dem Spaziergang in dein Auto legen, dann müssen wir sie nicht mit uns herumschleppen.«

»Ja, natürlich.« Eduard machte den Kofferraum auf. Er war plötzlich etwas geknickt, denn er ging nicht davon aus, dass Arthur sich damit wirklich befasst hatte. Wahrscheinlich hatte er die erste schon nach 10 Minuten ausgemacht. Eduard nahm Arthur den Beutel ab. »Und? Hast du sie überhaupt gehört?« Behutsam legte er sie in den Kofferraum.

»Ja, habe ich.«

»Und?« Eduard schloss das Auto ab.

»Jetzt werde ich auch Christ.«

»Was hast du gerade gesagt?«

»Jetzt werde ich auch Christ.«

Eduard war perplex. Damit hatte er jetzt doch nicht gerechnet. »Einfach so?«

»Nicht einfach so. Aber diese Kassetten, die haben mich echt überzeugt. Im Gegensatz zu den Gesprächen mit dir, Eduard.« Arthur streckte die Zunge heraus.

»Na, vielen Dank auch!« Eduard wusste, dass Arthur es nicht so meinte. Na ja, vielleicht ein bisschen schon.

»Und jetzt lass uns los. Solange die Sonne noch oben steht und wir die Vogelstimmen hören können. Gib mir mal deinen Arm. Ist immer so dunkel hier im Wald. Oh, da vorne, hörst du? Das ist doch die Stimme von Jan! Er hört sich atemlos an …«

29

Mittwoch, 25. März 1998

»Aus! Aus! Aus! Leute, so wird das doch nichts! Anna-Maria, es heißt ›Spastelruter Katzen‹ und ›allerfeinste Sahne‹, nicht ›allerobserste‹!« Erik stand in Jans Wohnzimmer und schlug die Hände über dem Kopf zusammen. Seitdem Simon Hausarrest hatte, konnte er nur noch heimlich übers Telefon Regieanweisungen geben, die Erik dann weitergab.

»Is' doch wohl egal, oder?« Anna-Maria war an Jans Schreibtisch angelehnt, der für die Probe ihr Arbeitsplatz als Sekretärin war, und stemmte die Hände in die Hüften.

»Nein, ist es nicht! Wir haben uns da beim Schreiben schon etwas gedacht.«

»Jetzt komm' mal wieder runter, du Künstler! Wir haben noch über 10 Tage Zeit, bis dahin habe ich den Text locker drauf.«

»Dein Wort in Gottes Ohr«, lachte Jan.

Erik zeigte auf ihn. »*So* will ich dich haben, Jan! Locker und beschwingt, nicht so verkrampft! Du spielst doch den Juniorchef. Das muss alles eine gewisse Leichtigkeit haben!«

Jan drehte sich zu Anna-Maria um. »Man könnte meinen, wir sind hier in Hollywood.«

Erik war am Verzweifeln.

Es klingelte.

»Ich geh schon«, sagte Jan, und ließ Martha und Lena rein, nicht ohne natürlich vorher eines seiner komplizierten Gegensprechanlagengespräche zu führen, um seine neue Technik abermals vorzuführen.

Erik schaute währenddessen ungläubig auf seine Armbanduhr. »Ist es wirklich schon 19.30 Uhr? Wir hinken total im Zeitplan hinterher.« Frustriert baute er die Kamera ab.

»Jetzt entspann dich mal«, tröstete ihn Anna-Maria, die ihre Handtasche aufhielt und alle Habseligkeiten hineinschob, die sie während der Probe auf Jans Schreibtisch verteilt hatte. »Wir haben noch genug Zeit. Das werden wir schon schaffen. Auch ohne Simon.« Und damit zwängte sie noch sehr unsanft ihren Text in die schon sehr gefüllte Handtasche.

»Beim Anspiel geht das ja vielleicht noch, da ist er ja nicht aktiv beteiligt. Aber wie soll das mit der Musik gehen, wenn er nicht da ist?«

Anna-Maria ließ sich auf ihren üblichen Platz fallen. »Also da kenn ich auch noch ein paar Tricks aus meiner Schulzeit. Das ist eine meiner leichtesten Übungen.«

»Oh, das hört sich aber gut an!« Lena stand strahlend im Türrahmen. Der Hauskreis war zweifellos ihr Highlight der Woche. »Um was geht's?«

Erik zog die Reißverschlüsse an der Kameratasche zu und klappte das Stativ zusammen. »Ach, Anna-Maria schwelgt in Erinnerungen an ihre Schulzeit. Sie denkt, dass wir es doch noch irgendwie schaffen, eine Musikgruppe zu bilden und den Gäste-Gottesdienst damit kreativ ausgestalten können.«

Anna-Maria klopfte sich lachend auf die Schenkel. »Wie sich das anhört: ›Musikgruppe‹! ›Kreativ ausgestalten‹«!

Erik setzte sich geknickt ganz an den Rand des Sofas, das er sich sonst immer mit Simon teilte. »Bei dir hört sich das immer alles so einfach an, Anna-Maria. Aber so einfach ist das alles nicht. Simon steht unter Hausarrest. Und Herr Jacobsen wird alles dafür tun, dass das auch so bleibt.«

»Was höre ich da?« Jan war bass erstaunt, als er mit Martha zur Tür hereinkam. »Ich dachte, wir hätten das schon besprochen. Du bereitest dich zusammen mit Lena auf die Musik vor, und wenn alle Stricke reißen, müssen wir halt doch die Hoppe-Schlenker fragen.

Und dann machen wir noch mal einen fetzigeren Gäste-Gottesdienst, wenn Simon 18 ist.«

»Ich dachte, wir hätten uns auf ›offener Gottesdienst‹ geeinigt«, warf Martha ein.

»Ja, hast ja recht«, winkte Jan ab.

Doch Erik beschäftigte Simons Hausarrest mehr denn je, gerade jetzt, wo sie in der heißen Phase waren. »Es ist einfach ein ziemlicher Affront«, sagte er. »Ich kann das noch gar nicht richtig begreifen, dass Herr Jacobsen seinem Sohn christliche Gemeinschaft verbietet.«

Lena blickte ähnlich sorgenvoll drein wie Martha. »Das ist für einen 17-Jährigen bestimmt nicht einfach.«

Anna-Maria konnte da nur müde lächeln. »›Nicht einfach‹? Der dreht ja total durch! Wenn der nicht in der Gegend rumturnen und mit Erik irgendwelche Videos drehen kann …«

»… oder mit unserer Schulband proben …«, fügte Erik hinzu.

»Ach, das hat er ihm auch noch verboten! Na super!«

»Nun ja, also so ganz stimmt das ja nicht«, sagte Martha. »Zum Gottesdienst darf er ja kommen, nur zum Hauskreis nicht.«

»Andersrum wär's besser«, meinte Anna-Maria trocken.

»Ja, und wie lange soll das jetzt so gehen?«, fragte Lena sorgenvoll.

Jan seufzte. Hatte er das nicht schon oft genug erklärt? »Na, auf jeden Fall geht das mindestens bis zu unserem großen Tag. Kurt wird den Hausarrest sicherlich nicht vorher aufheben.«

Plötzlich schreckte Anna-Maria hoch. »Moment mal! Was hast du da gerade gesagt, Martha?«

Martha schaute sie ungläubig an. »Dass Simon bis auf Weiteres nicht am Hauskreis teilnehmen darf, aber das wissen wir ja schon.«

»Nein, das andere! Dass er zum Gottesdienst kommen darf!«

Sie schaute in vier fragende Gesichter.

»Ja, aber wisst ihr denn nicht, was das bedeutet?«

Und als keine Antwort kam: »Dass er bei unserem Gottesdienst ja dann doch dabei sein kann!« Sie hob beide Hände.

»Und was hilft uns das jetzt, Schwester?«, fragte Jan. »Ist ja schön, wenn er anwesend ist, aber …«

»Ja, hat Kurt ihm denn verboten mitzuarbeiten?«

»Das nun wohl nicht so direkt, aber …«

»Warum sind wir da nicht früher darauf gekommen? Wenn er beim Gottesdienst dabei sein kann, dann kann er doch auch Musik machen!«

»Weißt du etwas Näheres darüber, Erik?«, fragte Jan.

Erik überlegte. »Nun, Herr Jacobsen ist in seinen Regelwerken ja immer sehr korrekt. Wie alle Strafen und Maßgaben, die er Simon erteilt hat, hat er auch diesen Hausarrest schriftlich fixiert. Simon hat ihn sogar in die Schule mitgebracht und mir gezeigt. Das Papier ist unterschrieben von Herrn und Frau Jacobsen.«

Anna-Maria kippte zurück ins Sofa. »Ich glaub, ich geb mir die Kugel. Der arme Junge!«

»Wer sein Kind liebt, der züchtigt es«, kam es plötzlich ganz überraschend aus Lenas Mund. Die Frauen kicherten.

Jan klatschte in die Hände. »Leute, jetzt lasst uns mal beim Thema bleiben!«, sagte er streng. »Also, Erik, steht da was über Mitarbeit drin oder nicht?«

Endlos lang schien Eriks Denkpause zu sein, bis er schließlich mit dem Kopf schüttelte. »Nein, von Mitarbeit steht da nichts drin.«

Anna-Maria knabberte an ihrer Kette, ließ sie dann fallen. »Na also! Dann kann er ja doch dabei sein!«

»Ja, du hast recht, Anna-Maria! Kurt kann doch nichts dagegen haben, wenn sich sein Sohn in den Gottesdienst einbringt!«, sagte Martha schon fast überschwänglich.

Lena war sich da nicht so sicher. »Aber wenn er seit dem Hausarrest sonst auch nicht zum Gottesdienst kommt, aus Protest, dann könnte Kurt ihm das ja auch verbieten.«

Jan war ganz entspannt. »Er wird wohl seinem Sohn kaum verbieten, in den Gottesdienst seiner eigenen Gemeinde zu gehen. Das kann er gar nicht. Wie sieht das denn aus, als Gemeindeleiter?«

Die anderen stimmten ihm lautstark zu und wirkten fast schon euphorisch.

Erik ging entschieden dazwischen. »Moooment! Ich glaube, ihr habt alle etwas ganz Wichtiges vergessen: Was nützt uns das alles, wenn wir nicht mit ihm zusammen proben können? Das geht niemals!«

»Wieso sollte das nicht gehen?«, fragte Martha. »Der Simon ist doch ein Meister im Improvisieren.«

»Er vielleicht schon, Martha, aber wir nicht! Wir können doch nicht einfach so ungeprobt in solch einen Gottesdienst gehen. Wir haben keine Übung. Weder Lena noch ich sind jemals irgendwo aufgetreten, im Gottesdienst schon gar nicht. Und Jan möchte verständlicherweise neben Moderation und Anspiel nicht auch noch in die Tasten hauen. Lobpreismusik ist ja eh nicht so seins.«

»Das mit dem Proben sollte ja wohl kein Problem sein«, sagte Anna-Maria. »Ihr lasst einfach mal den Deutschunterricht sausen …«

Erik hob fast vom Sofa ab. »Auf keinen Fall! Wenn ich nicht gerade sterbenskrank bin, dann versäume ich nie …«

»… und trefft euch in eurem Band-Probenraum. Den kenn ich noch von früher.«

Jan war verwundert. »Du warst in 'ner Band? Das wusste ich ja gar nicht! Und den Musikunterricht hast du meist auch geschwänzt.«

»Nein, Musik habe ich dort nicht gemacht. Eher was anderes.« Sie hielt inne. Das gehörte jetzt nicht hierher. »Auf jeden Fall, vormittags hat Lena sicherlich auch mal Zeit, dabei zu sein, dann könnt ihr zusammen jammen, is' doch geil!«

Lena strahlte wie ein Honigkuchenpferd. »Das geht bestimmt! Also, wenn die Schule nichts dagegen hat.«

Anna-Maria stieß sie sanft in die Seite. »Die müssen ja nicht immer alles wissen. Die sollen sich lieber freuen, wenn die Schüler mal was Anständiges in den Proberäumen machen.«

Jan klatschte in die Hände. »Na wunderbar. Dann haben wir ja gerade das Problem mit Simons Hausarrest gelöst!«

»Bei allem nötigen Respekt, Jan: Ich muss da wirklich sehr insistieren«, sagte Erik streng. »Ich werde nicht den Unterricht versäumen, womöglich noch meine Lehrkräfte belügen, nur damit wir für den Gottesdienst proben können.«

»Ich habe eine Idee, Erik«, munterte Lena ihn auf. »In den nächsten Tagen ist Robert zu Hause. Und ihr sagt doch immer, dass ihr so viele Freistunden habt. Wenn es dann wieder so weit ist, gebt ihr mir Bescheid, und dann komm ich schnell rüber.«

»Wirklich?« Eriks Gesicht hellte sich auf. »Das muss ich morgen sofort Simon erzählen. Der wird Bauklötze staunen!«

»Ich gebe dir mein Wort.« Lena reichte ihm die Hand, und Erik schlug ein.

30

Samstag, 28. März 1998

»Wieso können wir nie pünktlich sein? Wieso kriegen wir das nie hin?«, zischte Alex, als Anna-Maria und sie, beladen mit Riesen-Popcorntüten und Colabechern, sich durch die Tür des Kinosaals zwängten, in dem schon die ersten Minuten von »Titanic« über die Leinwand geflimmert waren.

»Wenn du nicht eine geschlagene Stunde im Bad gebraucht hättest …«

»… und du nicht das ganze Haus nach den Autoschlüsseln abgesucht …«

So stolperten sie durch den Saal, auf der Suche nach Maja.

»Pssssst!!!« und »Ruhe! Wir wollen hier den Film sehen!«, kam es von rechts nach links.

»Huhu! Hier bin ich!« Maja winkte von ihrem Platz in der fünften Reihe aus. Anna-Maria und ihre Tochter quetschten sich an 10 Leuten vorbei, die alles andere als erfreut darüber waren. »Tschuldigung! Tut mir wirklich leid! Möchten Sie Popcorn?« Alex war das unendlich peinlich. Als sie schließlich ihre Plätze neben Maja erreicht hatten, war es damit leider immer noch nicht still. Wild wurden die Jacken ausgezogen, mit dem Popcorn geraschelt und mit diversen Schlüsselbunden geklappert. Als nach diversen Beschwerden anderer Zuschauer und mehrerer Entschuldigungen von Anna-Maria endlich Ruhe war, waren weitere 10 Minuten vergangen. Alle konnten sich wieder auf den Film konzentrieren.

Zur selben Zeit erledigte Jan die letzten Arbeiten im Geschäft, um danach hochzugehen und sich ein heißes Bad zu gönnen. Dabei ein gutes Buch zu lesen (aktuell war es *Wie verändere ich meine*

Gemeinde, ohne sie umzubringen?), war für ihn einer der schönsten Momente der Woche. Sein kleines Wochenende hatte nun begonnen. Für gewöhnlich verzog er sich danach in Pyjama und Bademantel mit dem Buch auf das Sofa, wo er üblicherweise irgendwann einschlief.

Doch heute war er wagemutig. Der neue Jan! Nach dem Bad warf er sich in seine neuen schicken Ausgehklamotten (nicht zu schick, es war ja schließlich nur der Ratskeller), und ging quer über den Marktplatz, durch einen der Torbögen, und dann die Treppe hinunter, die in das alte Gewölbe führte. Seit Jahrhunderten kehrte man hier zu Wein und Bier ein, gerne begleitet von rustikalen Schinkenbroten und Käseplatten. Darauf freute Jan sich schon. Sein letzter Besuch lag schon weit zurück. Zwei, drei Mal hatte er hier am Stammtisch der Rhiemberger Geschäftsleute teilgenommen, bevor er beschloss, es nicht mehr zu tun. Das ewige Gemecker über die Stadt und die sinkenden Einnahmen waren ihm irgendwann auf den Wecker gegangen. Von drinnen hörte man jetzt schon die für Rhiemberg ungewohnten Klänge. Jan atmete tief durch, dann zog er die alte, schwere Holztür auf. Ihm schlug nicht nur Qualm, sondern auch der kuschelige Livesound der Jazzband entgegen, die gerade spielte, irgendwo da hinten, hinter den Rauchschwaden. Jan tastete sich langsam vor, damit er nicht mit dem Kopf gegen irgendwelche Bögen rannte (das hatte er noch schmerzlich von den letzten Besuchen in Erinnerung), setzte sich an einen freien Tisch, von dem aus er die Band, aber auch den Raum gut im Blick hatte. Er bestellte einen Barriquewein und trank ein Schlückchen. Ja, jetzt so langsam konnte er die Band auf dem kleinen Podest erkennen: Ein zotteliger Typ mit einem Kontrabass, ein Intellektueller mit Cordjackett und Hornbrille am Klavier, ein dickbäuchiger Jazzgitarrist, der auf einem Barhocker neben seinem Verstärker saß, offenbar nur auf sein nächstes Solo wartend, ein verspielter Saxofonist mit Hut, der die ganze Zeit die Augen zuhatte – und schließlich Robert, der lässig hinter seinem Schlagzeug saß und ziemlich viel Groove hatte, wie Jan befand. Beim Joggen hatte er sich noch gewundert, dass

Robert sich als Jazzer geoutet hatte. Jan hätte ihn eher der Rockerschiene zugeordnet. Aber Robert war immer für eine Überraschung gut. Und so hatte er ihn zu diesem Abend eingeladen. Für Robert war die Musik die absolute Entspannung, wie er Jan verraten hatte. Auch wenn sie viel improvisierten, so probten sie doch zwei Mal die Woche. Die Band nannte sich »Jazz oder nie« – eigentlich gar kein schlechter Name.

Zu Hause hatte Jan auch schon mal die eine oder andere Jazzplatte gehört. Es war ja nun nicht so, dass er weltfremd war. Während die Jungs da so minutenlang vor sich hin improvisierten, trommelte Jan sanft mit den Fingern mit. Der Rotwein tat sein Übriges hinzu.

»Oh, ich wusste gar nicht, dass sie Jazz mögen?«

Welch himmlische Stimme! Ja! Sie war es wirklich! Katja! Jan sprang unvermittelt auf – und stieß um ein Haar sein Rotweinglas um. Meine Güte, war die aufgedonnert! »Frau Barloschky, ja hallooo!« Mit seinen Augen betrachtete er sie von oben bis unten. Sie hatte eine kleine Clutch in der Hand, in die nicht mehr als eine Bifi passte.

»Hallo, Herr Weber! Sind Sie ganz alleine hier?«

»Ja, äh, nein, äh doch! Der Schlagzeuger ist ein Freund von mir, der hat mich eingeladen. Aber der ist ja gerade beschäftigt, haha! Setzen Sie sich doch!« Mit einer eleganten Handbewegung wies er auf den Platz neben sich.

»Oh, das ist wirklich sehr freundlich von Ihnen, aber ich bin mit einem Kollegen hier, ja. Ach, da drüben ist er ja!« Sie winkte ihm zu – und verabschiedete sich von Jan.

Jan sah ihr hinterher. Schon wieder nichts. Aber jetzt mal nicht so negativ denken, sagte er sich. Das musste ja nichts bedeuten. Der Typ konnte ja auch ein alter Knackerkollege von der Schule sein. Und sie war so aufgedonnert, weil sie einfach wenig Gelegenheiten hatte, auszugehen. Das Kleid stand ihr wirklich gut. Er musste endlich mal Mut fassen, sie endlich einzuladen. Da – sie begrüßte den Mann. Jan – immer noch stehend – beugte sich vor, um zu erkennen, wer es war. Oh. Dem Aussehen nach zu urteilen, doch kein alter Knacker. Sondern der gut aussehende junge Referendar. Jan sank auf seinen Stuhl. Und in sich zusammen. Wie ein Luftballon, aus dem die ganze Luft entwichen war.

Die Popcorntüte war schon fast leer gefuttert. Völlig aufgelöst sahen Anna-Maria und ihre Tochter das Streichquartett, das schon halb auf der Flucht gewesen war, für ein letztes Lied an Bord des untergehenden Schiffes zusammenkommen. »Nearer, my God, to Thee«, spielten die Herren im feinen Zwirn, während man sah, wie die ersten Menschen auf der Leinwand schon voneinander Abschied nahmen.

Anna-Maria schluchzte vor sich hin.

Alex kuschelte sich an sie. »Och, Mensch Mama, ist es so schlimm?«

»Ich. Kenne. Das. Lied«, presste Anna-Maria hervor.

»Oh, findest du es so schrecklich?«

Maja ließ das Ganze ohnehin recht kalt.

»Das nicht, aber wir haben es früher immer gesungen in der Gemeinde.«

»Und das findest du gut?«

»Es war Omas Lieblingslied.«

Alex war total baff. »Du hast gerade zum ersten Mal überhaupt ›Oma‹ gesagt.«

Anna-Maria schnaubte tief durch. »Ja, ich weiß. War halt ihr Lied. Sie haben es auch auf der Beerdigung gespielt. Aber ich habe es verpasst.« Sie holte noch mal tief Luft, schnäuzte sich und versuchte das Thema zu wechseln, während Alex sie tröstete.

»Das hast du ja nicht extra gemacht. Wir kamen ja gerade aus dem Urlaub wieder und du bist dann so schnell es ging …«

»Weißt du, Motte, man weiß nie, wann es zu spät ist.«

Maja lehnte sich vor: »Alex, deine Mutter ist ja voll die Philosophin!«

Anna-Maria redete unbeirrt weiter, drehte sich jetzt aber abwechselnd zu Maja und Alex. »Und die ganzen Leute, die da so tragisch sterben …« Sie zeigte auf die Leinwand. »Die wussten auch nicht, dass das ihre letzte Reise wird. Und wenn ich daran denke, wie viele Leute hier in der Stadt gar nicht wissen, was sie verpassen …«

Maja stand auf dem Schlauch. »Wie meinst du das?«

»Die gehen verloren!«

»Wie, verloren?«

»Weil sie Jesus nicht kennen.«

Alex ließ genervt von ihrer Mutter ab und sah zu Maja. »Jetzt predigt sie schon wieder!«

»Psssst!!«, kam es mindestens ebenso genervt aus der Reihe hinter ihnen.

Anna-Maria rutsche etwas verschämt auf dem Kinosessel nach unten. »Ich mein ja nur … Hast du ein Taschentuch für deine arme Mutter? Der Kahn geht ja gleich unter …«

Als das Set im Ratskeller zu Ende war, kam Robert sofort zu Jan an den Tisch. »Hey, freut mich, dass du gekommen bist!« Er klopfte ihm auf die Schulter. »Ein Bier?«

»Ich bleib bei Rotwein.« Jan schaute traurig in sein leeres Glas.

Robert bestellte mit ein paar Handbewegungen. Man kannte sich in der Gastroszene. Dann setzte er sich zu Jan an den Tisch. »Welche Laus ist dir denn über die Leber gelaufen?«

»Ach, war einfach 'n anstrengender Tag.« Er schaute Robert direkt an, versuchte entspannt auszusehen. »Ihr habt echt gut gespielt. Ich konnte nicht anders, als zärtlich im Rhythmus mitzuswingen.« Das klang allerdings nicht sehr glaubhaft.

»Du bist echt 'n Vogel.«

»War das jetzt eigentlich schon Free Jazz?«

»Ne, ne, ne, so einfach lass ich mich hier nicht vergackeiern. Mit dir ist doch irgendwas. Eine von deinen Frauengeschichten, oder?«

»Ha! Da muss ich ja wohl herzlich lachen. Frauengeschichten! Wenn ich wenigstens mal eine hätte!«

»Ja, weil du sie nicht ranlässt, Mann! Maja, Anna-Maria, die Nachbarin? Wer ist es denn dieses Mal?« Er konnte an Jans Blick erkennen, dass es Letztere war. »Aha, Katja B. also. Was hat sie angestellt?«

Jan druckste herum, aber er wusste, dass Robert ohnehin keine Ruhe geben würde, bevor er nicht mit der Sprache rausrückte. Jan ließ erst den Wirt mit der Schürze die Getränke servieren. Betreten schaute er auf sein volles Rotweinglas, dann sagte er: »Sie sitzt da drüben mit einem Kollegen. Dunkelblaues Kleid. Bitte versuche, möglichst unauffällig zu schauen.«

Robert tat natürlich genau das Gegenteil. »Hm, tut mir leid. Sieht nach einem Flirt aus. Zumindest von seiner Seite. Mein Gott, wie alt ist der denn?«

Jan quittierte das mit einem müden Lächeln.

»Auf jeden Fall ist der Altersunterschied schon sehr groß. Er will sicher irgendwann was Jüngeres. Und sie was Reiferes.«

»Ja, irgendwann …« Jan stieß mit Robert an, und wenig später auch mit den anderen Musikern, nachdem sie sich nach dem Verstauen ihrer Instrumente hinzugesellt hatten. Für ihn war der Abend gelaufen. Er wollte das Thema wechseln. Daher kam er dann doch, auch wenn er es eigentlich aussparen wollte, auf die Gemeinde zu sprechen. Dass sie da was Großes in der Mache hatten. Es lag wohl am Wein. »Entschuldigung, Robert, ich wollte davon eigentlich gar nicht anfangen.«

Robert winkte ab, nach dem Motto: halb so wild. Er platzierte sein Pils exakt mittig auf dem Bierdeckel. »Ich weiß, Lena geht da ja auch gerade voll drin auf. Sie übt mit den Jungs in der Schule. Heimliche Treffen, immer wenn sie Freistunde haben. Tja, früher hat sie das noch mit mir gemacht …« Er schaute sehnsüchtig in die Ferne. »Irgendwas mit Hausarrest vom Simon oder so? Ich hab's nicht ganz kapiert. Vielleicht auch nicht richtig zugehört. Egal. Aber ich muss sagen, sie so als Musikerin, das find ich echt cool.

So eine Gemeinde bietet natürlich auch viele Betätigungsfelder für Hobbys.«

Jan blickte ganz überrascht auf. »Oh, du hast was Positives über uns gesagt.«

Robert warf den Kopf zurück und lachte. »Jetzt wollen wir das mal nicht gleich überbewerten. Als Volkshochschulersatz ist es ja okay, aber der ideologische Überbau …«

Jan überlegte, ob er in diese Gedankenpause reingrätschen sollte, aber er ließ es lieber. Er wollte nicht etwas, das sich gerade aufbaute, wieder einreißen. Außerdem hatte er heute Abend keine Kraft für Diskussionen.

»Was ist denn eigentlich dein Part bei dem Ganzen?«, unterbrach Robert Jans Grübeleien.

»Ich führe durch den Gottesdienst.«

»Du predigst?«

»Nein, Gott bewahre!! Ich moderiere ein bisschen.«

»Ach, ›Gott bewahre‹ darf man also sagen?«

»Das mein ich ganz ernst! Gott bewahre, dass ich predige. So was kann ich nicht … Dann lieber Anna-Maria.«

Wie aufs Stichwort kam diese mit ihrem Gefolge in den Ratskeller hinein – und zielsicher direkt auf die Männerrunde zu. »N' Abend Männers, ist hier noch Platz für uns?«

»Na klaro!«, meinte Robert. »Jungs, rückt mal bisschen für die Damen hier.«

Die Damen schälten sich aus ihren Ummantelungen und platzierten (Anna-Maria) bzw. drapierten (Maja und Alex, Maja natürlich direkt neben Jan) sich auf den Stühlen. Jan wäre am liebsten aufgesprungen, weil Maja fast schon auf seinem Schoß saß, aber heute Abend konnte ein bisschen Aufmerksamkeit nicht schaden.

»Wie, spielt ihr denn gar nicht mehr?«, wollte Alex wissen.

Robert tippte auf sein Handgelenk. »Guckt mal auf die Uhr, Mädels. Musiker haben auch mal Feierabend.«

»That's right«, nuschelte der Saxofonist mit dem Hut, der selbst bei dieser kurzen Äußerung die Augen zumachte.

»Das war halt ein 3-Stunden-Film. *Titanic*«, sagte Maja fast stolz.

Robert bedachte sie mit einem herablassenden Blick. »Na, mein herzliches Beileid. Wer es so lange bei 'ner Schnulze aushält, darf sich nicht wundern, wenn er hier zu spät kommt.«

»Na toll. Das wird wohl nix mehr.« Anna-Maria sackte in sich zusammen und sah nun dem neben ihr sitzenden Jan in ihrer Körperhaltung sehr ähnlich.

Robert beugte sich zu ihr rüber. »Können wir dich noch irgendwie anderweitig aufmuntern?«

Anna-Maria schaute etwas bedröppelt drein. Sie dachte nach. Dann hellte sich ihre Miene plötzlich auf. Sie nahm Haltung an, haute mit der Faust auf den Tisch und sagte: »Ich kann euch sagen, wo Jan sich demnächst total zum Löffel machen wird.«

Jan glaubte, er hörte nicht richtig. Erst die Nummer mit Katja, jetzt fuhr ihm auch noch Anna-Maria in die Seite.

Sie warf ihm einen Blick zu nach dem Motto: Lass mich mal machen.

Robert und seine Band wirkten sehr neugierig. »Ja, wo und wann? Treppenfegen muss er wohl nicht mehr, oder, Jan? Junggesellenabschied? Jetzt sag schon!«

Maja legte besitzergreifend ihre Hand auf Jans Oberarm. »Oh, das wüsste ich aber!«

Jan zog ihn leicht angewidert weg, was sie gar nicht weiter zu bemerken schien.

Anna-Maria fuhr fort: »Nur, wenn ihr versprecht, auch vorbeizukommen.«

Robert lehnte sich zurück. »Ach das, ja, er ist Moderator bei eurem komischen Gäste-Gottesdienst-Ding oder wie das heißt, hat er mir schon erzählt.«

Anna-Maria schüttelte den Kopf. »Nee, das ist es nicht. Das kann er wahrscheinlich.«

Jan lachte laut auf. »Ha! Was soll das denn heißen! Moderieren kann ich, aber Theaterspielen nicht oder was?«

»Du spielst Theater?«

Jan biss sich auf die Zunge.

Anna-Maria plapperte munter weiter. »Er ist ja nur notgedrungen eingesprungen. Weil es für Simon sonst nicht zu schaffen ist.«

»Und was genau ist jetzt das Peinliche daran?«

»Du spielst verkrampft, hat Erik gesagt.« Anna-Maria triumphierte.

»Ja, am Anfang. Und dann bin ich immer lockerer geworden, hat er gelobt.« Stolz reckte Jan seinen Kopf in die Höhe und warf eine imaginäre Haarmähne zurück, um im nächsten Moment despektierlich auf Anna-Maria zu blicken. »Aber Madame hier kann ja immer noch nicht ihren Text. Sie denkt, Kaugummikauen, Nägel lackieren und Improvisation reichen aus.«

»Ich *kann* wenigstens improvisieren!«

»Aber das wird doch von dir gar nicht verlangt!«

»Ihr seid echt zum Schießen!«, meinte Robert. »Allein mit der Nummer könntet ihr schon auftreten.«

Während sie sich alle über Anna-Marias und Jans Kabbeleien amüsierten, beugte sie sich zu Jan rüber und flüsterte ihm sanft ins Ohr: »Ich hab sie im Sack.«

Er verstand, nickte, dann kabbelten sie sich zum Schein weiter.

Jan wurde plötzlich zum Auge im Sturm. Während die Frauen um ihn herum frotzelten, wurde er ganz still – und beobachtete, wie durch eine Scheibe, eine stumme Szene der Ablehnung: Der Jüngling warb um Katja, legte seine Hand auf ihre, doch sie zog sich zurück, stritt mit ihm, und stand plötzlich auf. Er wollte sie noch zurückhalten, aber sie hatte schon ihre Sachen genommen und sich von ihm abgewandt, ging Richtung Ausgang. Der Jüngling gab auf. Jan rätselte, was da wohl schiefgelaufen sein könnte. Offenbar war der Jüngling zu stürmisch gewesen. Auf ihrem Weg nach draußen musste Katja automatisch an Jans Tisch vorbei, sie kam direkt auf ihn zu. Offenbar mit den Gedanken woanders, sah sie ihn mit Anna-Maria und Maja. Und Katjas düsterer Blick wurde nun noch zusätzlich von Traurigkeit überschattet. Sie war schon fast vorbeigegangen, da drehte sie sich noch mal um und blieb stehen. »Na, da brauch ich Ihnen ja keine Gesellschaft mehr zu leisten. Offenbar haben Sie genügend Anschluss gefunden. Schönen Abend noch!«, sagte sie säuerlich in die Runde.

Anna-Maria hatte das sehr wohl mitbekommen, guckte Katja herausfordernd an, während sie Jan demonstrativ ein Küsschen auf die Wange gab. Majas Reaktionszeit dafür war zu lang. Sie schaute immer nur von einem zum anderen, wusste aber nicht, was sie machen sollte.

Katja presste ihre Clutch divenhaft an die Seite und stöckelte davon. Böse schaute er Anna-Maria an: »Musste das jetzt sein?«

Sie war komplett relaxt. »Wart's nur ab. Die hast du auch im Sack.«

Jan glaubte das eher weniger. Er wollte Katja hinterher, doch Anna-Maria hielt ihn zurück. Und der Jüngling kam ihm zuvor. Die anderen amüsierten sich über die ganze Szene. Hilfesuchend schaute er zu Robert. Doch der machte nur eine Geste: Kopf ab. Time out. Ende Gelände.

31

Donnerstag, 2. April 1998

Jan war sichtlich genervt. »Na, vielen Dank auch für deine Unterstützung«, sagte er, als er aus dem Redaktionsbüro des Rhiemberger Boten auf den schönen Hinterhof trat und Anna-Maria ihm keuchend entgegengelaufen kam.

Sie stützte sich auf seiner Schulter ab. »Sorry. Wirklich. Tut mir leid. Wir hatten ja Notdienst heute.«

Jan zuckte mit den Schultern und steckte die Hände in die Manteltaschen. »Du solltest auch mal mit uns Laufen kommen. Würde deiner Raucherlunge ganz gut tun.«

Anna-Maria war von dem kurzen Sprint zu geschafft, um zurückzuschießen. »Wie ist es denn gelaufen? Schreiben sie was über uns?«

»Nein«, sagte er, während er sie über den Innenhof in Richtung Marktplatz schob. Der Schreiberling meinte, wenn wir irgendwas Karitatives machen würden, dann könnten sie was bringen. Oder wenigstens ein Konzert mit Spendenaufruf für irgendein Projekt oder so. Aber so Bekehrungssachen unterstützen sie nicht.«

»Wir versuchen Menschenleben zu retten«, sagte Anna-Maria, immer noch schnell atmend. »Ist das nicht karitativ genug?«

»Das habe ich ihm auch gesagt.«

Anna-Maria blieb stehen, drehte sich um. »Soll ich noch mal reingehen?«

Jan schüttelte den Kopf und schob sie weiter an. »Das bringt nichts. Er hat mich angeguckt, als wäre ich von den Zeugen Jehovas. Ich glaub, wir haben unseren Ruf als Sekte damit nur zementiert.«

»Ist der Ruf erst ruiniert …«

»Der Kurt wird sich freuen, dass wir mit unserem offenen Gottesdienst sang- und klanglos untergehen werden.«

»Nun mal das mal alles nicht zu schwarz. Immerhin wollen Robert und seine Musikerfreunde kommen und gucken, wie wir uns zum Affen machen.«

»Das glaub ich erst, wenn sie da sind.«

»Also jetzt mal nicht so pessimistisch. Simon und Erik haben in der Schule Flyer nachgedruckt, die können wir alle noch verteilen.«

Jan bewunderte Anna-Marias Zuversicht, auch wenn er nicht daran glaubte, dass sie den Saal auch nur ansatzweise vollbekommen würden.

Jetzt musste Anna-Maria nur noch im Kleiderschrank ihrer Tochter nach einem passenden Outfit für sich suchen. Zur Generalprobe am Abend erschien sie dann in einem viel zu eng anliegenden Rock.

»Pass auf, dass du dir keine Nierenbeckenentzündung holst«, meinte Jan, als Anna-Maria schon fertig angezogen in den Saal hineingestöckelt kam, wo die Vorbereitungen im vollen Gange waren: Martha dekorierte die Stehtische gleich beim Eingang, an denen es nach dem Gottesdienst Erfrischungen und Snacks geben sollte. Lena stand in ihrer alten Schwangerschaftslatzhose mitten im Gang auf einer Stehleiter und versuchte die hässlichen Neonröhren mit Tüchern zu verhüllen. Erik rückte auf der Bühne ein paar Möbel für das Anspiel zurecht. Er hatte sogar noch einen Paravent organisiert, der die Wand zwischen dem Vorzimmer und dem Chefbüro andeuten sollte. Hier war wirklich Improvisation gefragt.

Anna-Maria ließ bei allen Anwesenden die Münder offenstehen. »Anna-Maria, was ist denn mit dir passiert?«, fragte Martha äußerst skeptisch. »Denkst du nicht, dass das vielleicht etwas …?«

Lena wäre fast von der Leiter gefallen. »Oh«, meinte sie nur. »Das ist ja wirklich mal eine Verkleidung!«

Erik schaute sie nur an – und dann wieder betreten auf sein Szenenbild.

»Gute Arbeit, Erik!«, meinte Jan. »Äh, ihr anderen natürlich auch!«

»Wir sollten keine Zeit verlieren und gleich mit der Probe beginnen«, meinte Erik streng. »Es ist alles vorbereitet, und es liegt noch viel Arbeit vor uns. Simon hat mir genaueste Instruktionen gegeben.«

»Nun entspann dich mal! Wir haben den ganzen Abend Zeit«, sagte Anna-Maria und stemmte die Hände in die Hüften. Was bei ihrem Outfit mit der offenherzigen Bluse und den hochgesteckten Haaren seltsam skurril wirkte. Auf den Stöckelschuhen war sie sehr wackelig unterwegs, und Jan musste ihr sogar auf die Bühne raufhelfen. Er war sich nicht sicher, ob das am Sonntag nicht alles total in die Hose gehen würde. Neben der alten E-Orgel, ganz in der Ecke, hatte Erik einen Stuhl hingestellt, an dem sein Cello angelehnt war. Jan seufzte. Irgendwie ging gerade alles schief. Noch dazu gab es jetzt endlich mal einen Gottesdienst, zu dem er Katja hätte mitnehmen können, doch von der hatte er in den letzten Tagen weder etwas gesehen noch gehört. Den Flyer für den Gottesdienst, den Simon und Erik in mühevoller Kleinarbeit gezeichnet und gedruckt hatten, hatte er ihr unter der Tür durchgeschoben, versehen mit einer kleinen Botschaft: »Wenn Sie mich einmal als Schauspieler und in meiner Gemeinde erleben möchten – ich würde mich sehr freuen. Herzliche Grüße, Ihr Nachbar«. Eine Stunde hatte er an diesem kleinen Sprüchlein gefeilt.

Nichtsdestotrotz stürzten sich die drei in die Generalprobe, wieder gefilmt von Erik mit der Videokamera. Er wollte Simon das Tape heimlich zuspielen, damit er es auswerten und letzte Instruktionen geben konnte.

Die Stimmung war angespannt. »Anna-Maria, es kann doch nicht sein, dass du schon wieder so viele Textaussetzer hast!« Erik war sichtlich unzufrieden. »Und Jan, du bist schon wieder so steif. Ich dachte, du wärst lockerer geworden!«

Anna-Maria erhob sich von ihrem Mini-Sekretärinnenschreibtisch. »Erik, jetzt hör mir mal zu! Wir werden das Ding schon wuppen, okay? Durch deine Kommentare kommen wir hier auch nicht weiter!«

Jan ging dazwischen. »Leute, Leute, Leute! Wenn wir uns hier jetzt streiten, bringt das überhaupt nichts! Das ist doch genau das, was denen gefällt!«

»›Denen?‹«, fragte Anna-Maria.

Jan saß an seinem Anspiel-Schreibtisch, als wenn er eine Lesung halten würde. »Denen, die diesen Gottesdienst nicht wollen.«

Martha schlug die Hände zusammen. »Es ist jetzt Zeit, den Herrn um Gnade anzuflehen. Ohne ihn können wir das alles hier getrost vergessen, dann wäre das hier alles nur eine Unterhaltungsveranstaltung. Und es soll doch mehr sein als das, oder?«

Alle nickten betreten. Muddi hatte gesprochen.

»Lena, komm runter von deiner Leiter«, sagte Martha, und winkte sie herbei. Martha brachte es tatsächlich fertig, dass sich alle im Kreis aufstellten, an den Händen fassten und beteten. Für die Männer war so etwas ungewohnt intim, aber es verfehlte seinen Effekt nicht. Beim Beten kehrte langsam wieder Frieden ein.

»Es ist ja wirklich sehr rührend, euch so zu sehen«, kam es plötzlich aus dem Schatten bei der Eingangstür. Es war die Stimme von Kurt. Wie lange er dort wohl schon gestanden hatte?

Anna-Maria nahm all ihre Höflichkeit zusammen und sagte so nett es ging: »Das ist aber schön Kurt, dass du uns hier besuchst. Wie können wir dir weiterhelfen?« Sie war schon ganz in ihrer Sekretärinnenrolle.

Kurt hielt seine Hand hoch. » Ich bin hier, weil mir zu Ohren gekommen ist, dass ihr einige bauliche Veränderungen vorgenommen habt.«

Jan trat von der Bühne herunter. »Da kann ich dich beruhigen, Kurt. Wir räumen das am Sonntag nach dem Gottesdienst alles wieder weg.«

»Wie ich sehe, habt ihr sogar die Kanzel entfernt. Das war nicht Teil der Abmachung.«

»Die haben wir nur nach nebenan in den Abstellraum ...«

Kurt setzte sich und war betont ruhig. Er wirkte fast gekränkt, schaute auf den Boden. »Schau mal, Jan. Wir sind euch wirklich sehr entgegengekommen und haben, obwohl wir es nicht mussten, euren ungestümen Ideen Raum gegeben.«

Anna-Maria konnte sich ein Grinsen nicht verkneifen, aber sie ließ ihn weiterreden.

»Wie ich nun sehen muss« – er blickte sich demonstrativ im Raum um –, »war das ein großer Fehler.«

Anna-Maria stemmte wieder die Hände in die Hüften. »Ha! Du hast doch mit deiner ganzen Fraktion dagegengestimmt! Wenn Eduard sich nicht so für uns eingesetzt hätte, wäre der Gäste-Gottesdienst doch abgelehnt worden!«

Kurt sah sich im Saal um und hielt dabei seine Herrenhandtasche sehr fest. »Als Christenmenschen wollen wir immer den Weg der Versöhnung und der Gnade gehen. Aber ihr habt das hier wirklich schamlos ausgenutzt. Die Lampen zugehängt, was brandschutztechnisch eine Katastrophe ist. Die müsst ihr sofort wieder abnehmen, wenn ihr keinen Ärger mit dem …«

Lena machte einen tiefen Seufzer und fing an zu weinen, was Kurt kurzzeitig irritierte.

Er stand auf und deutete auf den hinteren Teil des Saals: »Die Stehtische dort hinten versperren die Fluchtwege, die müsst ihr auf jeden Fall umstellen. Oder am besten ganz wegnehmen.«

»Was für Fluchtwege? Es gibt doch nur die eine Tür, und die ist komplett frei.«

»Jan, ich kenne die Verordnungen besser als du.«

Gegen den Widerstand des Hauskreises redete er bewusst ruhig an: »Schaut mal, ich will euch doch nur helfen. Die Kanzel müsst ihr natürlich auch wieder hinstellen. VOR Sonntag.«

Anna-Maria lachte laut auf.

»Ja, wie dem auch sei, ihr versteht nicht den großen Zusammenhang, um den es hier geht: Wir sind eine Gemeinde. Ihr habt hier keine Gaststätte gemietet. Ihr müsst euch schon an unsere Abmachung halten.«

Nun war es überraschenderweise Erik, der einschritt: »Herr Jacobsen, bei allem Respekt, aber ich habe hier das Protokoll der letzten Gemeindeversammlung, und da hat Ihre Frau ganz deutlich hineingeschrieben, dass der Raum uns von heute bis Sonntag zur freien Verfügung steht.« Zum Beweis holte er das Pamphlet aus seiner Tasche.

»Lieber Erik, dass du mir so in den Rücken fällst, hätte ich von dir am allerwenigsten gedacht. Ich bin wirklich sehr enttäuscht. Mir – und damit der gesamten Gemeindeversammlung – die Worte so im Munde herumzudrehen, das ist schon wirklich sehr kränkend!«

Anna-Maria ging von der Bühne herunter und stellte sich direkt vor Kurt, der von ihrem Outfit, dass er erst jetzt so richtig wahrnahm, so perplex war, das er gar nichts mehr sagen konnte. Mit ihrer süßlichsten Stimme tönte sie: »Lieber Kurt, hier dreht dir keiner das Wort im Munde herum. Das tust du gerade schon selbst. Wir alle hier sind sehr bemüht, uns genau an die Abmachung zu halten! Wir haben den Saal zur freien Verfügung, bauen alles wieder zurück, und brennen tut hier auch nichts. Und Gott ist nicht davon abhängig, ob dort vorn eine Kanzel steht oder nicht.«

Kurt versuchte sich vor Anna-Maria aufzubauen, aber weiter als bis zu ihrem Ausschnitt schaffte er es nicht, da hätte er schon sein Podest gebraucht. »Es geht hier um die Tradition unserer Gemeinde!«, sagte er, mutig zu ihr aufschauend. »Die wird hier einfach von euch mit Füßen getreten!«

Jan pfefferte sein Manuskript auf einen Stuhl, es platzte nur so aus ihm heraus: »Jetzt mach aber mal einen Punkt, Kurt! Der Einzige, der hier tritt, bist du! Du hast Angst, dass dir die Felle davonschwimmen als Gemeindeleiter. Dass wir nur genauso wie du versuchen, Menschen zu erreichen, das siehst du nicht! Und anstatt sich über den Aufbruch zu freuen, verstehst du in deinem Verfolgungswahn alles nur als einen Affront gegen dich persönlich. Wir werden das Vertrauen der Leute, die für uns gestimmt haben, sicherlich nicht missbrauchen, sondern versuchen letztendlich, noch mehr Leute hinzuzugewinnen. Und entweder du bist dabei – du bist herzlich eingeladen! – oder eben nicht. Und jetzt hör auf, dich hinter irgendwelchen Brandschutzverordnungen zu verstecken, und lass uns bitte machen! Du kannst dich einfach hinsetzen und entspannen, wir kümmern uns um alles. Und, ja, die Infos kündigen wir auch alle ab, das war ja so besprochen. So, und jetzt müssen wir weiterproben.«

Beleidigt stand Kurt auf. »Mich aus meiner eigenen Gemeinde hinauszuwerfen, das ist wirklich eine Frechheit, Jan!«

»Das habe ich doch überhaupt nicht gesagt! Du kannst doch gerne zuschauen!«

»Aber macht ruhig. Ihr werdet schon sehen, dass ihr mit eurem Kindergeburtstag hier keinen Erfolg haben werdet. Miniröcke, Partydekoration und Popmusik! Gott ist auch darauf nicht angewiesen.«

Und damit ging er wieder Richtung Ausgang und verschwand in dem Schatten, aus dem er gekommen war.

32

Sonntag, 5. April 1998

»Och, Mensch Mama! Du musst schon bisschen stillhalten!«, krittelte Alex, als sie ihre Mutter »backstage« schminkte.

»Sorry, Motte, bin halt bisschen nervös.«

»Du hast doch sonst immer so 'ne große Klappe. Und Angst vor nix.«

Anna-Maria strich zum zehnten Mal ihren Minirock herunter. »Ich habe aber noch nie auf 'ner Bühne gestanden. Außer damals, mit der Kinderstunde, als wir hier dieses Krippenspiel aufgeführt haben.«

Jan zog eine Augenbraue hoch. »Na dann hast du es ja schon weit gebracht. Dein Bühnenleben endet dort, wo es angefangen hat: auf unserer kleinen Gemeindebühne.« Er hatte die Tür des Abstellraums, der ursprünglich mal als Seelsorgeraum gedacht gewesen war, einen Spalt weit geöffnet, um zu sehen, wer schon alles in den Reihen saß. Bisher leider nur die altbekannten Gesichter. Aber dafür die ganze Gemeinde, so schien es zumindest. Alle waren neugierig, was der Hauskreis hier auf die Beine gestellt hatte. Auch Simon hatte es rechtzeitig geschafft. Sein Vater konnte ihn nicht davon abhalten. Dass er heimlich mit Erik und Lena geprobt hatte, wusste er natürlich nicht. Und würde er auch erst später erfahren. Denn er selbst blieb weg. Hatte dafür aber Katrin und Berta vorweggeschickt.

Jan beobachtete, wie die sanfte Katrin auf ihren Sohn einredete, der seine Noten ordnete, während Erik sein Cello stimmte und Lena in der ersten Reihe an ihren Fingernägeln knabberte. Berta hatte es heute mit den Beinen und konnte nicht weiter nach vorne kommen. Aber Jan hielt das für eine Ausrede. Sie rief immerzu etwas von hinten, doch mehr als »Simon!« und »Das ist ja wohl die Höhe!« konnte er nicht verstehen. Martha, die er nicht sehen konnte, machte an der Tür den Begrüßungsdienst. Nur von Eduard fehlte jede Spur. Hoffentlich kam er rechtzeitig.

»Und, wie schaut's aus?«, fragte Anna-Maria

Jan schloss wieder die Tür. »Nur die üblichen Verdächtigen. Und du, Alex!«

»Tja, sieht so aus, also bist du unser einziges Bekehrungsopfer heute. Der ganze Gottesdienst ist nur für dich, Motte.«

»Das juckt mich nicht. Ich will eigentlich nur deinen Auftritt sehn. Danach geh ich.«

»Oh nein, Fräulein! Du bleibst bis zum Ende!«

Jan ließ sich auf einen der alten Seelsorgesessel in der Ecke fallen. »Jetzt ist es so weit, Anna-Maria! Du redest wie deine Großmutter!«

Anna-Maria quittierte das nur mit einem kurzen genervten Blick, dann fuhr sie fort: »Du musst uns nämlich nach Hause fahren. Mit den Schuhen kann ich das nicht.«

Alex stöhnte.

»Haben wir's dann jetzt?«, fragte Jan. »Wieso muss ich eigentlich auch gepudert werden? Das ist doch keine Fernsehsendung hier.«

Jan seufzte. Er ergab sich seinem Schicksal. Wenige Minuten später nahmen sie in der ersten Reihe Platz. Kurz bevor er sich setzte, traf ihn fast der Schlag: Da saß sie, Katja, fast ganz hinten, sogar auf seinem Platz. Jans Herz klopfte nun noch schneller als ohnehin, nun bloß nicht wieder irgendwas versemmeln.

Er nickte ihr zu, und sie nickte zurück, wenn auch sehr unterkühlt. Aber immerhin, sie war gekommen

Auch Robert war da, jedoch keiner von seiner Band. Er klopfte Jan auf die Schulter, setzte sich in die Reihe hinter ihn, direkt hinter Lena, obwohl sie ihn drei Mal gebeten hatte, sich neben sie zu setzen. Aber er meinte: »Nee, das ist für euch Christenkünstler da vorne, ich bleib lieber hier.« So setzte sie sich kurzerhand zu ihm.

Anna-Maria musste aus dramaturgischen Gründen im Hinterzimmer bleiben, sie sollte auch von dort auftreten – und einen

Überraschungseffekt mit ihrem Look erzielen. Alex schaute sich etwas hilfesuchend nach Maja um, doch mit der war wohl nicht mehr zu rechnen. Und von Eduard fehlte noch immer jede Spur. Jan war sichtlich nervös.

Schließlich wurde es immer stiller im Saal. Die Gäste waren ohnehin gespannt, was sie erwarten würde. Doch dass auch alle anderen nicht wussten, was kommt, das war wirklich neu.

Frau Dügelsberger beklagte sich – obwohl sie keinen direkten Gesprächspartner hatte, sie redete einfach in den Saal hinein – lautstark über das Fehlen des Blumenschmucks: für sie ein Vergehen, das fast schon einer Gotteslästerung gleichkam. »Und den Altar haben sie auch verrückt! Da stehen ja nur Kerzen! Und die Kanzel haben sie einfach rausgeworfen! Gott im Himmel!« Sie schlug die Hände zusammen.

Simon saß voller Vorfreude hinter dem Keyboard aus der Schule und schaute sich immer wieder zu Jan um, doch der bat ihn und Erik mit dezenten Handzeichen (die in dem kleinen Saal fast jeder mitbekam) immer wieder, noch zu warten. Ohne Eduard konnten sie einfach nicht anfangen. Jan lockerte seinen Kragen. Auf eine Krawatte hatte er bewusst verzichtet. Wann hatte es das jemals in dieser Gemeinde gegeben, einen »Offiziellen«, ohne Krawatte?

Martha kam aufgeregt angelaufen und setzte sich neben Jan. »Er ist nicht da.«

»Was heißt das, er ist nicht da?«

»Da ist niemand. Ich habe mehrmals geklopft und geklingelt.«

»Dann holt er wohl noch seinen Gast ab. Müsste gleich da sein.« Jan schaute auf die Uhr. 10 Uhr 5. In den hinteren Reihen wurde es unruhig. »Geht das denn hier endlich mal los? Ich kann nicht so lange sitzen!«, hörte man plötzlich Berta von hinten rufen. »Simon, jetzt spiel doch mal!«

Jan war es furchtbar peinlich. Er wollte vor Katja glänzen, doch wenn das schon *so* losging … Er rutschte auf seinem Stuhl tiefer, gab den Jungs das Zeichen und schaute verschämt zu Boden. Nach ihm die Sintflut. Simon und Erik spielten los. Modern, aber gut. Es klang wirklich wunderbar. Er kannte das Lied nicht. Es musste etwas Selbstkomponiertes sein. Und da ging auch schon die Tür auf. Es war wie bei einer Hochzeit. Die Verzögerung, die gespannte Erwartungshaltung, das Instrumental. Ein älterer Herr geleitete jemanden den ganzen Weg nach vorne. Es fehlte eigentlich nur noch, dass jetzt alle aufgestanden wären. Es war Arthur, der von Eduard durchaus rasch, aber auch behutsam ganz nach vorne geführt wurde. Man konnte die Neugierde förmlich spüren. Wer war dieser blinde Mann? Und was fiel ihm ein, sich gleich in die erste Reihe zu setzen? So voll wie heute war sie noch nie. Alle rückten etwas dichter zusammen. Jan atmete tief durch, rückte sein Sakko zurecht, während er seine Moderationskarten fest in der Hand hielt. Nun gab es kein Zurück mehr.

Der Gottesdienst war in vollem Gange. Jan hatte mit seiner Begrüßung anscheinend den richtigen Ton getroffen: nicht zu betulich, aber auch nicht abschreckend (»Ich bin Jan Weber, und ich rede von hier oben heute zum ersten Mal. Wenn wir Glück haben, ist es auch das letzte Mal!«). Er hatte sogar ein paar Witzchen eingebaut, um die Stimmung zu lockern. Selbst Robert, den er hier schon ganz anders erlebt hatte, nämlich als grimmig dreinblickenden Mitgeschleppten, lachte. Nur die Herren Krause und Blume saßen mit finsteren Mienen und verschränkten Armen auf ihren angestammten Plätzen. Und natürlich Berta.

Beim ersten Lied ging es mit der so sorgsam etablierten Stimmung aber schon wieder abwärts. Wochenlang hatten sie darüber diskutiert, ob man in einem Gottesdienst für Gäste überhaupt gemeinsame Lieder mit den Gästen singen darf, oder ob das nicht zu intim ist. Letztlich – weil Martha immer wieder betont hatte, dass man ja nicht gegen die Gemeinde arbeiten wolle, sondern in Zukunft möglichst mit ihr (»Und überhaupt. Die Gemeinde, das sind auch wir!«) – hatten sie sich auf einen Kompromiss geeinigt: zwei gemeinsame Lieder – aber möglichst ohne Kanaanismen, »meinetwegen« (O-Ton Jan) auch ein modernes Lied.

Das ließ sich »die Band« nicht zweimal sagen. Doch das erste gemeinsame Lied ging ordentlich in die Hose. Es kannte außer dem Hauskreis, wo sie es schon oft gesungen hatten, einfach kein Schwein.

Und dabei war Simon fest davon ausgegangen, dass wenigstens ein paar der Gemeindemitglieder heimlich die *Feiert Jesus!*-CDs hörten. Jan hatte dazu eingeladen, das Lied mitzusingen, sie hatten extra Liederzettel angefertigt. Simon an den Tasten, Erik am Cello und Lena zwischen den beiden, mit Mikro in der Hand (ihr Gesang ebenso wie Simons leicht verstärkt), gaben keine schlechte Figur ab, waren aber dann doch sehr verunsichert, dass die Leute sie mit großen Augen anschauten. Eigentlich war es nur Lena, die hin und wieder einen Blick riskierte, denn Simon guckte gegen die Wand und Erik nur auf seine Noten. Jan und Martha versuchten den dreien durch ihr Mitsingen Mut zu machen. Anna-Maria knabberte derweil im Hinterstübchen an ihrer Kette.

Ab der 2. Strophe wurde es nur noch schlimmer. Simon wechselte plötzlich in den Mambo-Rhythmus der E-Orgel neben ihm. Ab da hatten die meisten das Gefühl, einem Autounfall beizuwohnen, bei dem man vor lauter Gaffen vergaß, Erste Hilfe zu leisten.

Nach dem Lied, während »die Band« sich setzte und Jan wieder nach vorne kam, gab es eine peinliche Stille. Frau Dügelsberger hustete eine erhebliche Menge Schleim ab. Man hörte Bonbonpapier knistern. Jan moderierte schnell den nächsten Punkt an. »Ja, nun …«, hörte er sich selbst sagen. Wurde er jetzt auch so wie Kurt? »Hehe, ähm …« Hör auf, Jan! Reiß dich zusammen! »Wir machen weiter mit unseren Infos, die wir Ihnen, also euch … Also die man heute mal ganz anders erleben kann. Ich sage dann einfach mal, Film ab, haha!« Er machte beim verstolperten Gang runter von der Bühne eine ausladende Handbewegung zu Erik, der inzwischen einen Fernseher auf Rollen nach vorne geschoben hatte und jetzt auf Play drückte. Leider wollte es nicht sofort auf Anhieb klappen.

»Was soll das denn?«, rief Berta von hinten. »Fernsehen im Gottesdienst? Gucken wir jetzt ZDF? Katrin, jetzt sag doch auch mal was!« Betretene Stille im Saal. Jan geriet ins Schwitzen. Endlich lief der Fernseher: ein schwarzes Bild, dramatische Musik erklang. Simon hatte in den unzähligen Stunden seines Hausarrests offenbar viel Zeit gehabt, das alles zusammenzuschneiden. Man sah einen Schnipsel aus dem Weihnachtsfeier-Video: Der Schwenk über den winterlichen Uhlandplatz.

»Man erkennt ja gar nichts! Simon, mach doch mal lauter!«, kam es wieder von hinten. Robert musste plötzlich anfangen zu lachen.

Man sah Simon mit dem Mikrofon vor der Gemeinde: »Die Gemeinde am Uhlandplatz, am Ende des 20. Jahrhunderts. Was sich hinter diesen Mauern abspielt, lässt sich nur schwer erahnen. Ist es lediglich der Treffpunkt eines kleinen religiösen Zirkels? Oder womöglich einer Sekte?«

Zum Glück gab es nach der Sektenfrage einen harten Schnitt, und ein Schild mit einem großen »NEIN!« wurde eingeblendet. Nein, wir sind keine Sekte. Jan tupfte sich mit einem Taschentuch den Schweiß von der Stirn.

»Wir sind ein kleiner, lebendiger Haufen von Christen, die ihren Glauben feiern«, hörte man Simons Stimme weiter, während auf dem Fernseher ein wahnsinnig langweiliger Moment aus einem typischen Sonntagsgottesdienst gezeigt wurde. Zoom auf die eingeschlafene Agnes. »Na gut, manchmal nicht ganz so lebendig.« Man hörte auch noch ein paar Schnarchlaute, doch die kamen von Manfred Krause.

Dieser fand das Video offenbar gar nicht witzig. »Also das ist ja nun wirklich die Höhe! Ihr solltet euch was schämen, Jungs! Eine tote Frau so bloßzustellen! Komm, Gisela, WIR GEHEN!!« Und mit diesem Aufbruch gab es einigen Tumult im Saal – der »Infofilm« lief unbekümmert weiter. Berta wollte nicht zugeben, dass sie schwerhörig war und von da hinten auch kaum was sehen konnte, und hüllte sich in Schweigen. Simon amüsierte sich köstlich, genauso wie Arthur. Erik war leicht befremdet, denn er sah diesen Zusammenschnitt heute auch zum ersten Mal. Jan schaute streng zu ihnen, beugte sich dann zu Eduard rüber. »Sollen wir lieber ausschalten?«, flüsterte er.

Eduard hingegen wirkte äußerst entspannt. Er winkte ab. »Lass man. Das ist die Jugend.«

Im weiteren Verlauf des Videos hatte Simon es tatsächlich geschafft, alle Infos der Woche unterzubringen, so wie Kurt es von ihnen gefordert hatte. Nur wie, das hatte er nicht gesagt. Das Treffen des *Gemischten Liederkranzes* wurde mit einem Mitschnitt der schlimmsten Stellen von »Macht hoch die Tür, die Tor macht weit« beworben. Der Kommentar dazu: »Wenn Sie auch so singen wollen, dann kommen Sie am Dienstag um 19.30 Uhr zum lustigen Stelldichein mit den Ehepaaren Krause und Hoppe-Schlenker …«

Auch Elvira zeigte nun eine Reaktion. Ihre Margeritenohrringe hatten schon eine ganze Weile gezittert, doch nun brach es aus ihr hervor: Sie bekam einen Lachanfall. Und mit ihr Robert und Arthur. Jan schaute sich um. Auch Katja konnte sich ein großes Grinsen nicht verkneifen. Sie hatten intensiven Augenkontakt. Es war doch noch nicht alle Hoffnung verloren.

Simon und Erik gewährten den Gottesdienstbesuchern sogar noch Einblick in ihren Hauskreis: Bewegte Bilder vom Raclette, Schrottwichteln und Singen wurden gezeigt. Dazu der Off-Kommentar von Simon: »Auch bei uns wird gesungen, allerdings eher Lieder aus diesem Jahrhundert, sofern Sie dafür bereit sind. Herzliche Einladung zum Hauskreis bei Ihrem Moderator Jan Weber, jeden Mittwochabend. Ein Hauskreis ist so eine Art christliche Selbsthilfegruppe.« Dazu wurden Bilder von der rotweingetränkten Anna-Maria eingeblendet, die fast vom Sofa rutschte – und zwischendurch eine auf dem Balkon qualmte. Schließlich wurde gezeigt, wie Jan die fleischfarbene Handtasche auspackt.

»In der Bibel lesen tun die da wohl gar nicht!«, tönte Herr Blume, der sonst eher ein ruhendes Mitglied war.

Zum krönenden Abschluss hatten es die Jungregisseure tatsächlich geschafft, Schwester Hermine Schneider vom Diakonissenmutterhaus Bethesda-Tabor, Zweigstelle El-Ohim-Schenach für einen

Gastauftritt zu gewinnen. Sie waren dafür extra in zwei Freistunden mit dem Bus nach Öschewitz und wieder zurückgefahren. Sie ließen sie, wie üblich in ihrer Diakonissenkutte und mit Kreuzkette um den Hals, einen Text aufsagen, dazu ein paar hölzerne Rapper-Bewegungen, während sie mit einem Bein auf einem Skateboard stand: »Hey, yo Leute, checkt das mal ab: Crazy Geschichten aus der Bibel, dieses Mal von Schwester Esther! Seid dabei, Donnerstag um 19 Uhr! Yo! Stay fresh!« Dann schaute sie hilfesuchend zu Simon, der ihr aufs Skateboard half und sie etwas anschob. Dem folgte – wie sollte es anders sein – ein geschickter Schnitt zu ein paar Skateboard-Stunts, für die ein Schulkamerad von Simon und Erik sich extra in ein von Schwester Hermine gespendetes, ausgedientes Diakonissenoutfit geschmissen hatte. Die Täuschung war, für solch ein Amateurvideo, wirklich beachtlich.

»Hat die da jetzt wirklich …«, fragten sich Elvira und Martha gleichzeitig, doch Simon und Erik konnten sie mit der folgenden Einblendung beruhigen: »Bei diesem Video sind keine Diakonissen zu Schaden gekommen.«

Nachdem bisher immerhin nur zwei Leute den Saal verlassen hatten und auch die beiden weiteren Lieder über die Bühne gegangen waren (ein gemeinsames, sogar bekanntes Lied, das zumindest einige wieder versöhnte, sowie ein vorgetragenes Lied, das aber kaum einer verstand, weil es auf Englisch war), kam endlich Anna-Marias großer Auftritt als Sekretärin. Simon hatte extra ein Klaviernachspiel eingebaut, damit Erik, Lena und Jan die Bühne für das Anspiel umbauen konnten. Nach dem fulminanten Klaviersolo gab es eine peinliche Stille. Jan saß an seinem Schreibtisch und hackte in die Computertastatur, schaute sich verstohlen immer wieder zu der Tür des Abstellraums um, durch die schon längst Anna-Maria hätte aufgetreten sein sollen. Doch die Tür öffnete sich nur ganz langsam, eines von Anna-Marias überschminkten Augen lugte durch den Spalt hindurch, alle konnten es sehen. Nun merkte sie es auch. Wildes Gewedel von Simon aus der ersten Reihe. Endlich legte sie los. Den Telefonhörer zwischen Wange und Schulter geklemmt, lackierte sie sich im Gehen die Fingernägel. Den Beginn hatten Erik und Simon extra noch umgeschrieben, damit ihr Kostüm auch gut zu sehen sein würde. Und dieser Effekt saß auch. Von den Frauen im Saal waren einige »Ohs« zu hören, sogar von Katja. Jan schaute von seiner Position irritiert kurz zu ihr, dann konzentrierte er sich wieder auf seine Rolle.

»Du, ich sach dir, Dörte, diese neue CD von den *Spastelruter Katzen*, die ist wirklich alleroberste Sahne …«, wiederholte Anna-Maria den Text so falsch wie in den Proben. Doch trotz einiger Holperer spielte sie ihre Rolle recht gut. Diese Sekretärin war einfach eine Figur, die keinen kaltließ.

Auch Frau Dügelsberger nicht. »Jetzt reicht es mir aber! Das ist nicht mehr meine Gemeinde!«, sagte sie laut, erhob sich mit Schwung aus ihrem Stuhl, quetschte sich an den Leuten in ihrer Reihe vorbei, trat auf einige Füße, und verließ mit einem lauten Türenknallen den Saal.

»Richtig so, Gesine!«, rief Berta ihr noch nach, die aber stoisch auf ihrem Platz sitzen blieb. Offensichtlich hatte sie Blut geleckt. Sie wollte das Drama, das sich hier vor ihren Augen abspielte, nun auch bis zum letzten Akt verfolgen und sich daran weiden. Katrin hatte sie sogar gefragt, ob sie auch gehen wolle, was Berta aber quittierte mit einem »Lass mich! Ich will mit meinen eigenen Augen sehen, was dein missratener Sohn jetzt schon wieder angestellt hat«.

Auch Jan spielte seine Rolle souverän. Der Text saß wie eine Eins, und war er am Anfang noch etwas steif, so hatte er sich bereits nach zwei Minuten so warmgelaufen, dass er seinen Annäherungsversuch täuschend echt spielte, nämlich wie eine Belästigung (»Frau Schmelzer, wir wissen doch beide, dass wir noch viel mehr füreinander sein können als nur Kollegen!«). Simon und Erik hatten viele Witze eingebaut, doch nicht alle kamen an. Die Hälfte davon wurde aufgrund ihrer popkulturellen Referenzen gar nicht erst verstanden, und bei der anderen Hälfte gab es nur einige zaghafte Lacher. Zum Ende des Stücks hin wurde es aber immer ernster. Es wurde deutlich, dass »Frau Schmelzer« schon des Öfteren von ihrem Chef belästigt worden war, der ihre wirtschaftliche Abhängigkeit als alleinerziehende Mutter schamlos ausnutzte und sie zudem noch in seine dunklen Geldwäschegeschäfte verwickelt hatte. Doch nun wurde das Fass zum Überlaufen gebracht: »Herr Meyer, wenn Sie mich noch einmal anfassen, dann vergess' ich mich.« Doch Herr Meyer hörte nicht auf. »Ja, was dann? Hm, hm, komm schon? Sag es mir? Wovon willst du leben? Wie willst du deine beiden Kinder versorgen? Ohne mich bist du nichts! Nichts!«, kam es hochdramatisch aus Jans Mund. So griff Anna-Maria in ihrer Rolle als Frau Schmelzer zum letzten Mittel: Auf dem Höhepunkt des Stücks richtete sie die Waffe, die sie in seiner Schublade gefunden hatte, auf ihn (»Herr Meyer, ich kann nicht mehr. Sie lassen mir keine andere Wahl.«). Nach ein paar gehässigen Kommentaren (»Na, schieß schon! Traust dich ja doch nicht!«) drückte sie ab. Jan fasste sich an die Brust und fiel zu Boden. Der Knall der Platzpatronen hallte immer noch nach. An diesem Punkt waren die Leute entweder so ergriffen oder auch so schockiert, dass niemand mehr irgendeine Reaktion zeigte. Auch keinen Applaus. Anna-Maria konnte entspannt von der Bühne auf ihren Platz gehen, doch Jan musste sich recht unelegant aus seiner Totenstarre lösen, während die »Band« die Bühne zurückbaute. Die ruhige Stimmung im Saal konnten sie damit zum Glück nicht zerstören.

Eduard nahm sie in seiner Andacht wieder auf. Wie auch in seinen früheren Predigten sprach er ohne Mikro – und dieses Mal sogar ohne Kanzel. Er hatte noch nicht mal einen Notenständer. Nur seine Bibel. »Was bleibt eigentlich von diesem Leben übrig?«, fragte er in die Stille hinein. »Was bleibt, wenn wir mal all das wegnehmen, von dem wir denken, dass es uns ausmacht? Womit wir uns schmücken, womit wir unseren Status untermauern wollen? Was bleibt, wenn wir uns von allen Abhängigkeiten freimachen könnten, wenn wir nur noch wir selbst sind?« Er erzählte davon, wie es ist, wenn man alles verliert. Wieder bei null anfangen muss. So wie seine Eltern, als sie mit ihm und seinen Geschwistern im

Krieg hierher geflohen waren. Und wie er sie alle nach und nach verloren hat. Auch seine spätere Ehefrau Elisabeth. Und viele andere in dieser Gemeinde. »Da fragt man sich doch, ob dieses Leben auf dieser Erde überhaupt noch einen Sinn hat. Ob es nach dem Tod überhaupt noch etwas gibt. Etwas, das über dicse Welt hinausreicht. Und ich kann mit fast 70 Jahren sagen: Ja, das gibt es. Ich habe es erlebt.« Und dann beschrieb er mit einfachen Worten, wie er Gott erlebt hat, wie das Evangelium für ihn lebendig geworden war, wie es einen Neuanfang gegeben hatte – in seiner Ehe, und mit Gott. »Wisst ihr, Christen machen nicht immer alles richtig. Auch nicht in dieser Gemeinde. Aber ich habe jemanden kennengelernt, von dem kann ich wirklich sagen, dass er perfekt ist.« Und das alles hatte er in 20 Minuten rübergebracht. Jan war wirklich sehr erstaunt. »Wir werden jetzt ein Lied hören«, sagte Eduard, »und dann frage ich, ob jemand hier ist, der auch so einen Neuanfang machen möchte.« Und dann sangen Lena und Simon das Lied. Ein Lied, von dem Robert später zu Lena sagen sollte, dass es ihm zu suggestiv war, zu einlullend (»Komm, ergreife Gottes Hand«), zu gefühlig. Doch viele andere berührte es. Und dann stand Eduard wieder auf, bat alle, die Augen zu schließen, und dann stellte Eduard die Frage. Und dann hob sich eine Hand. Es war Arthurs.

Nach dem Gottesdienst standen Jan und Katja noch an einem der Stehtische bei den Fenstern, er hatte sie noch zu einem Kaffee überreden können. Und sich dabei die Frage verkniffen, wie sie es denn gefunden habe.

»Es war wirklich sehr interessant bei Ihnen im Gottesdienst«, sagte Katja dann von selbst. »Und ich hätte ja nie gedacht, dass in Ihnen solche Talente schlummern!« Sie berührte ihn sanft an der Schulter.

»Sie kennen mich halt noch nicht richtig«, sagte Jan, nahm einen Schluck und ließ sie nicht aus den Augen. »Aber das kann sich ja noch …«

»Ich war ehrlich gesagt überrascht. Es war so gar nicht … Hm, wie soll ich es sagen?«

»Langweilig?«

»Sakral. Das ist wohl das Wort. Ich bin in Gottesdiensten ein bisschen mehr, na ja, Andächtigkeit gewohnt.«

Jan stand der Mund offen. »Oh.«

»Ich hoffe, ich enttäusche Sie jetzt nicht zu sehr. Ich bin in einem sehr strengen katholischen Elternhaus aufgewachsen, müssen Sie wissen. Aber irgendwie gibt mir der Katholizismus auch sehr viel. Die Kirchen, die würdevollen Gottesdienste, das ganze Drumherum …«

Jan sah sehr enttäuscht aus. »Und das hier war Ihnen nicht würdevoll genug?« Er sah zu Anna-Maria in ihrem Minirock, die mit Lena und den Jungs alles wieder zurückbaute – und sogar die Kanzel wieder hinstellte.

Sie stellte ihre Tasse ab und presste ihre Clutch ganz nah an ihren Körper. »Ich möchte Sie wirklich nicht verletzen, Herr Weber. Die Worte Ihres Pastors haben mich sehr bewegt und auch zum Nachdenken gebracht. Aber dann dieser seltsame Bekehrungsaufruf … So etwas ist mir ehrlich gesagt fremd.« Sie schaute hin zur ersten Sitzreihe, in der Eduard mit Arthur betete. Daneben standen Martha und Elvira.

»Ich habe das hier auch noch nie erlebt, haha«, versuchte Jan die Situation zu retten.

»Sie haben sich hier sehr viel Mühe gemacht. Die Musik, das Theater, das Video – ich habe mal bei den beiden Vertretung im Deutschunterricht gemacht, das sind ja wirklich sehr schlaue und kreative Schüler!« Sie lachte. »Für einen bunten Abend ist das wirklich ein super Programm, wir sollten Sie und ihre Freundin vielleicht mal für die Abifeier …«

Jan musste bei »bunter Abend« wirklich schlucken. »Sie ist nicht meine Freundin. Also schon, aber nur platonisch«

Katja schaute nervös zur Seite, dann zeigte ihre Körperhaltung Aufbruch an. »Na, das geht mich ja auch gar nichts an. Machen Sie es gut, Herr Weber.« Sie legte ihm sanft die Hand auf den Oberarm.

Gut, dass er am Abend zuvor noch ein paar Bücherkisten gestemmt hatte. »Bis ganz bald.« Geknickt, aber irgendwie auch selig schaute er zu, wie der blonde Engel immer weiter entschwebte.

»Simon, kommst du jetzt endlich!«, schallte es plötzlich durch den Saal. Katrin stand an der Tür, neben ihr Berta, die mit ihrem Stock aufstampfte. Oh nein. Sie kam her. Jan hatte etwas zu lange hingeschaut. Sein von Katja erleuchteter Gesichtsausdruck wurde von Berta gleich mal ausgenutzt. »Na, Jan, bist wohl abgeblitzt bei deiner Nachbarin, was?«

»Berta, woher weißt du, dass das meine Nachbarin ist?«

»Ach, man erzählt sich hier so einiges.«

»Na, dann bist du ja bestens informiert.«

»Ja. Und ich weiß auch, dass das hier«, sie zeigte wild mit ihrem Wanderstock auf die Bühne und die Stehtische, »ein Nachspiel haben wird. Du und dein Hauskreis. Denkt, ihr könnt hier einfach machen, was ihr wollt. Seit die Anna-Maria hier wieder aufgetaucht ist, bist du gar nicht wiederzuerkennen. Und Simon ist noch viel schlimmer als vorher. Du kannst dich schon mal darauf gefasst machen, dass du dich in der nächsten Gemeindeversammlung dafür verantworten musst.« Sie hatte sich so in Rage geredet, dass ihr Speichel aus dem Mund kam. Jan reichte ihr eine Serviette.

Simon, der nun endlich alle Noten eingesammelt hatte und stolz auf seine Mutter zukam, wurde von Katrin hart am Arm gepackt. »Du kannst dich zu Hause auf ein Donnerwetter gefasst machen. Dein Vater wird nicht erfreut sein darüber.«

»Und du, was denkst du darüber?«

»Ich denke das, was dein Vater denkt.«

»Hier haben sich heute zwei Menschen entschieden. Wieso könnt ihr euch nicht darüber freuen?«

»Zwei? Wieso zwei?« fragte Jan.

»Arthur – und Elvira.« Er lächelte.

Berta stampfte wieder mit ihrem Stock auf. »Man kann sich nicht zwei Mal bekehren. So ein Quatsch. Dass Eduard so was überhaupt zulässt ...«

»Oma, sie hat einen Neuanfang mit Jesus gemacht.«

»Dann war sie wohl nie richtig Christ. Hatte da eh schon immer so meine Zweifel…«

Berta nickte Katrin zu, sodass die Feder auf ihrem Hut zu zittern begann. »Wir fahren.« Langsam bewegten sie sich auf den Ausgang zu.

Anna-Maria kam nun auch angestöckelt, einen Stuhl tragend. Sah irgendwie sehr unweiblich aus, fand Jan.

»Mit der red' ich nicht mehr«, hörte man Berta noch zu Katrin sagen.

Katrin, bei der Berta sich eingehakt hatte, drehte sich im Türrahmen um und sah die beiden mitleidig an. »Kurt wird sich bei euch melden. Und ihr habt übrigens die Kollekte vergessen.«

33
Mittwoch, 8. April 1998

Ein herrlicher Frühlingsabend war das. Eduard hatte die Scheibe neben sich heruntergekurbelt und genoss den frischen Duft, der hereinwehte, als er vom Südwall auf eine kleine Brücke über die Rhiem fuhr, an deren Ende er vor einem sehr hohen, schmiedeeisernen Tor zu stehen kam. Um hereinzukommen, musste er wohl oder übel aussteigen und die Klingel an der Säule betätigen.

»Wer ist da?«, knisterte es aus dem Lautsprecher.

»Eduard Bergmann. Ich wollte Arthur abholen. Wir sind verabredet.«

»Einen Moment, ich öffne das Tor.«

Wie von Zauberhand klappten die beiden Flügel zur Seite, und Eduard fuhr in einem eleganten Bogen über den wunderbar gepflegten Vorhof der Villa, bis direkt vor die Eingangstür. Der Kies knirschte – erst unter den Reifen, dann unter Eduards Schuhen, als er beschwingt die Stufen zur Haustür nahm. Der Eingang war im Vergleich zu dem übrigen, fast schon schlossartigen Anwesen mit Turm und Fachwerkgiebel eher bescheiden an der Seite, eine einfache, aber schöne alte Holztür mit Sichtfenster, durch das von innen nun eine ältere, sehr gepflegte Dame schaute – und ihm auch wenig später auftat. Sie sah sehr adrett aus, mit Rock und Bluse, und einer Uhr, die sie als Kette trug.

»Guten Tag, Frau von Stein …?« Er reichte ihr die Hand, was sie etwas zögerlich erwiderte.

»Kovacs. Ich bin die Haushälterin.«

»Ah, oh! Das hätte ich jetzt nicht vermutet«, sagte Eduard, durchaus souverän, während er ihre elegante Gestalt von oben bis unten musterte.

»Arthur hat mir schon von Ihnen erzählt.« Für einen Augenblick bekamen ihre Gesichtszüge etwas Gütiges, als sie Eduards Blicke bemerkte. Doch dann reckte sie ihren Kopf zu ihrer Linken und rief: »Arthur? Der Herr Bergmann ist da.« Und wieder Eduard zugewandt: »Einen Moment bitte.« Sie ging durch die lange Halle in das Innere des Hauses. Eduard tat einen Schritt hinein und sah ihr nach. Die schweren Teppiche, die großen Gemälde, die ausladende Treppe mit dem handgeschnitzten Handlauf – das beeindruckte ihn schon sehr und erinnerte ihn sofort an den wohlhabenden Fabrikanten, der dieses Haus vor rund hundert Jahren hatte erbauen lassen. Es war Arthurs Urgroßvater gewesen. Die Fabrik gab es nicht mehr; Arthurs Vater war Professor, sein Fachgebiet waren die französischen Philosophen. Frau Kovacs trat aus dem Raum am anderen Ende der Halle, aufgrund der vielen Bücher im Hintergrund musste es die Bibliothek sein, von der Arthur schon erzählt hatte. Er hatte bereits seine Schuhe und seine Jacke an, aber keinen Blindenstock, und wurde von Frau Kovacs zur Haustür begleitet, was ihm offensichtlich missfiel.

»Das kann ich auch sehr gut alleine, Margarete!«, sagte er harsch. »Hallo Eduard!« Zielsicher streckte er Eduard die Hand entgegen und ging mit ihm die Stufen hinunter zum Auto.

Eduard verabschiedete sich im Gehen noch höflich von Frau Kovacs, aber die nickte nur ernst und schloss die Tür hinter ihnen.

»Kann ein ganz schöner Drachen sein, unsere Margarete«, sagte er, als Eduard ihm in den Sitz half und ihm den Anschnallgurt reichte. »›Arthur, nimm deine Medizin.‹ ›Arthur, komm zum Essen.‹ ›Arthur, leg dich nicht so nah an den Kamin.‹«, äffte er ihre Stimme nach. »Bin froh, wenn ich mal rauskomme.«

Eduard bemerkte, dass Arthur heute trotz seiner Lästereien viel weniger grantig war als sonst. Er klopfte ihm aufs Knie. »Echt toll, dass du heute mitkommst. Der Hauskreis freut sich schon auf dich.«

Arthur warf den Kopf zurück und lachte. »›Der Hauskreis‹, wie sich das anhört, voll die Geheimsprache. ›Christliche Selbsthilfegruppe‹, das fand ich ganz gut. Ich habe jetzt nur meine Bibel nicht dabei. Da hättest du noch einen Anhänger mitnehmen müssen.« Er warf wieder seinen Kopf zurück. Eduard musste auch lachen, und warf vergnügt den Motor an. Arthur konnte sofort hören, dass er sich in einer Ente befand. Erstaunlich.

Als sie dann dort angelangt waren, gab es ein großes Hallo. Anna-Maria war auch schon da und fiel an Jans Wohnungstür den beiden direkt um den Hals. Was Arthur gar nicht mal so übel fand. »Kommt nicht so oft vor, dass mich eine attraktive Frau umarmt.«

»Siehst du, da hörst du's«, sagte Anna-Maria zu Jan. »Na ja, vielleicht gut, dass er mich nicht sehen kann.«

»Nun legt doch erst mal ab und kommt rein«, nahm Martha gleich das Zepter in die Hand. »Das Essen ist auch schon fertig.«

Und so waren kurze Zeit später acht Leute (Simon musste noch ein paar Wochen warten, bis er 18 war ...) um Jans Esstisch herum versammelt. Neben dem Hauskreis und Eduard und Arthur war auch Elvira gekommen, die ihrem Neuanfang im Glauben auch gleich Taten folgen lassen wollte. »Ach, herrlich habt ihr es hier«, sagte sie, als sie in die Runde schaute und den Riesentopf mit den dampfenden Spaghetti vor sich sah, neben den Martha sogleich noch den Topf mit Bolognese und die übervolle Salatschüssel platzierte. »Danke für die Einladung!«

»Das ist doch selbstverständlich, Elvira«, sagte Jan. »Wir freuen uns wirklich sehr, dass der Gottesdienst neben einigem, nun sagen wir, Unmut, auch etwas Positives hervorgebracht hat.«

Elvira stützte die Ellenbogen auf den Tisch. »Na, nun wollen wir uns mal mehr auf den lieben Arthur konzentrieren. Ich bin ja nur so 'ne alte Fregatte, die mal wieder flottgemacht werden musste, hahaha!«, sagte sie mit aufgerissenen Augen. Elviras Altfrauenhumor war wirklich ansteckend.

Arthur fügte hinzu: »Ich bin dann wohl mehr die Walnussschale, die noch zu klein fürs große, weite Meer ist.«

Eduard schmunzelte. »Na, wenn du Verbildlichungen magst, bist du mit der Bibel sehr gut aufgehoben.« Er lachte, doch im nächsten Moment atmete er tief durch, als würde ihn etwas belasten, was er aber schnell wieder wegschob »Aber nun lasst uns erst mal essen. Jan, betest du als Hauskreisleiter mit uns?«

Jan tat, wie ihm geheißen, und beim Essen ließen sie den Gottesdienst Revue passieren und hörten sich Elviras und Arthurs Bekehrungsgeschichten an. Später wollten sie noch im Wohnzimmer über das Thema »Was passiert, wenn man Christ wird?« reden.

»Was mir aber aufgefallen ist«, sagte Erik mit einer darauffolgenden dramatischen Pause, »wir hatten vorher keine klaren Absprachen darüber getroffen, ob wir die gottesdienstliche Gemeinde, zu der ja nun auch die Gäste gehörten, mit ›du‹ oder mit ›Sie‹ ansprechen wollen. Das ging irgendwie munter hin und her.«

»Das hast du sehr fein beobachtet! Ich hatte mir darüber ehrlicherweise gar keine Gedanken gemacht.« Jan wischte sich den Mund ab.

»Also ich finde das Siezen im Gottesdienst albern, ich duze lieber«, meinte Eduard.

»Ach, wirklich?«, hakte Martha nach. »Auch, wenn du die Leute gar nicht kennst? Auch wenn es Ältere sind? So kenne ich dich ja gar nicht, Eduard!«

»Ja, hm, in der Predigt ist das was anderes als im direkten Gespräch. Da sieze ich dann schon noch.«

»Also ihr habt vielleicht Probleme«, sagte Anna-Maria lachend, und spülte das Dessert mit einem Kaffee herunter. »Duzen und fertig. Da war doch keiner, den ich nicht duzen würde, und du auch nicht, Jan!«

»Doch, meine Nachbarin!«

»Was? Ihr siezt euch? Ich dachte, ihr seid euch nähergekommen?«

Mist. Das Thema hätte Jan lieber nicht ansprechen sollen. Er zog es vor, dazu jetzt lieber gar nichts mehr zu sagen.

Lena sah etwas gequält aus. »Ich finde auch: Darüber sollten wir uns keinen Kopf machen. Aber: War der Gottesdienst nicht insgesamt ganz schön provokant? Also nicht, dass ihr mich falsch versteht: Ich war sehr stolz auf uns, und auch Robert, der sonst gar nicht gut auf die Gemeinde zu sprechen ist, hat sich amüsiert, aber …«

»Du meinst, wir sind zu weit gegangen?«, fragte Erik, der nun auch verunsichert war.

»Also jetzt hört aber mal auf, Leute!«, sagte Anna-Maria. »Wir haben hier Arthur und Elvira am Tisch sitzen! Allein deswegen hat sich der ganze Aufwand doch total gelohnt! Da kann uns doch piepegal sein, was der Rest der Gemeinde darüber denkt, oder nicht?«

»Na ja, wenn wir keine Rückendeckung von der Gemeinde für solche Gottesdienste haben, dann war das nicht nur unser erster, sondern auch unser letzter Gäste-Gottesdienst«, meinte Jan.

»Offener Gottesdienst!«, korrigierte ihn Martha.

Anna-Maria pustete sich eine Locke aus dem Gesicht. »Jetzt mal doch nicht gleich wieder den Teufel an die Wand. So ein bisschen was anderes hier und da werden die schon noch verkraften.«

»Wir sind der pubertäre Teenager, und die Gemeinde, das ist das strenge Elternpaar«, kicherte Lena.

Martha war sichtlich beleidigt. »Und schon wieder redet ihr so, als wenn ›die Gemeinde‹ und ›wir‹ zwei unterschiedliche Gruppen sind. Wir gehören doch auch zur Gemeinde! Anna-Maria, du hast dich doch gerade aufnehmen lassen.«

»Zwangsaufgenommen wurde ich.«

»Aber du hast doch den Antrag ausgefüllt und unterschrieben!«

»Ja, und am liebsten hätte ich ihn dann bei Kurt wieder zerrissen. Hätte ich mal machen sollen.«

»Warum das denn? Du wolltest das doch unbedingt! Damit wir den Gottesdienst durchsetzen können! Bereust du das denn?«

»Na, allein wegen Arthur und Elvira eben nicht! Aber wenn ich an die Gesichter und Sprüche da am Sonntag denke und an die

Leute, die einfach rausgegangen sind, ohne uns eine Chance zu geben. So was tut auch weh!«

Martha schlug nun wieder versöhnlichere Töne an. »Ja, ich weiß was du meinst, Anna-Maria. Aber vielleicht sollten wir in Zukunft einfach, nun, irgendwie einen Mittelweg gehen?«

»Mittelweg, Mittelweg!«, fuhr Anna-Maria sieh an. »Das ist doch genau das, was in der Offenbarung mit ›lauwarm‹ bezeichnet wird, oder nicht?«

Jan warf ein: »Ich glaube, man muss schon unterscheiden zwischen Verpackung und Inhalt, unsere alte Diskussion. Der Inhalt, das Evangelium, ist indiskutabel. Das darf nicht abgekühlt werden. Aber ob Provokation immer das richtige Mittel ist, um Leute zu erreichen, wage ich zu bezweifeln.« Er dachte schmerzhaft an das Gespräch mit Katja zurück.

Anna-Marias Gesichtsausdruck verriet, dass sie ihn verstehen konnte. »Ja, trotzdem, ich habe irgendwie keinen Bock, mich ständig von allen gleichschalten zu lassen.«

»Wir machen das hier als Gemeinschaft, da muss man sich schon auf einen Weg einigen«, meinte Jan.

»Ja, ich bin ja auch zu Kompromissen bereit. Muss ja nicht immer Minirock und so sein. Aber ich mein: Hallo? Wir haben weder sexistische Witze gemacht noch irgendjemanden beleidigt.«

»Das sehen manche Leute aber anders«, wandte Eduard ruhig an.

Auf einmal drehten sich alle Köpfe zu ihm. »Wie meinst du das?«, fragten sie.

Er dachte nach, und machte mit seinem Daumennagel kleine Rillen in die Tischdecke. »Entschuldige, Arthur, wenn ich hier so offen bin, aber du kriegst es ja früher oder später eh mit: Kurt hat für Sonntag eine außerordentliche Gemeindeversammlung anberaumt. Die Umschläge liegen morgen früh alle in euren Briefkästen, sagte er mir, und bat mich, euch das mitzuteilen.«

Anna-Maria war außer sich. Mit einem Ruck stand sie auf und ging zur Terrassentür, drehte sich dann zum Tisch um und sagte, nein, schrie es eher: »Das ist ja mal wieder typisch. Hat den Arsch nicht in der Hose, uns das direkt ins Gesicht zu sagen. War ja nicht mal da. Schickt seine Frau und seine Mutter als Spitzel vor!«

»Eine außerordentliche Versammlung? Warum das denn?«, fragte Elvira in der für sie typischen Theatralik.

»Na, bestimmt nicht, um über das schöne Wetter zu reden«, maulte Erik.

»Nein«, sagte Eduard. »Er will den Gottesdienst nachbesprechen.«

Für einen Moment war Totenstille an dem Tisch.

Jan sah traurig aus. »Er will ihn verbieten, sag ich doch.«

»Das werden wir ja noch sehen, Jan«, beruhigte Martha ihn.

»Ja, jetzt mal eine doofe Frage«, setzte Arthur an, woraufhin ihm versichert wurde, dass es in diesem Kreis keine doofen Fragen gab, schon gar nicht von ihm. »Ich kenne diesen Kurt ja gar nicht. Aber darf er das denn überhaupt, so kurzfristig eine Gemeindeversammlung ansetzen?«

»Ja, das frag ich mich allerdings auch«, sagte Erik.

»Ich fürchte, ja«, meinte Jan. »Gemeindeordnung, Paragraf 18.6: Anberaumung von außerordentlichen Gemeindeversammlungen bei dringlichem Handlungsbedarf.«

34
Sonntag, 8. April 1998

»Silentium, bitte!« Kurt bat mit seinem kleinen Fleischklopfer um Ruhe. »Wenn alle durcheinanderreden, kommen wir hier ja auch nicht weiter. Als Nächster hat Jan das Wort.«

Jan schoss sofort von seinem Stuhl hoch. »Ich finde nach wie vor, dass bei dieser ganzen Diskussion außer Acht gelassen wird, dass sich hier zwei Menschen für Jesus entschieden haben! Bedeutet das denn gar nichts? Ist denn der Stil und die Kultur unserer Gemeinde wichtiger als die Rettung von Menschenleben?«

»Bist du fertig, Jan?«

»Ja, und ich möchte eine Antwort haben!«

Kurt machte sein lammfrommstes Gesicht. »An wen war denn deine Frage gerichtet?«

Anna-Maria und Simon stöhnten laut auf.

»Na, an wen wohl? An dich, Kurt!« Jan machte keine Anstalten, sich hinzusetzen. Er wollte im wahrsten Sinne des Wortes seinen Standpunkt untermauern.

»Du kannst dich ruhig setzen, Jan. Ich werde deine Frage beantworten.«

Jan folgte nur zögerlich diesem Vorschlag.

»Zunächst einmal«, fuhr Kurt fort, »sollten wir hier doch sorgfältig unterscheiden: Die liebe Elvira, die hier mit ihrem lieben Helmut ja auch unter uns weilt, ist seit über 30 Jahren Mitglied dieser Gemeinde. Von daher finde ich es schon etwas befremdlich, hier von einer ›Bekehrung‹ zu sprechen, Jan!«

»Ich habe ›entschieden‹ gesagt, sie haben sich für Jesus entschieden!«

»Bitte unterbrich mich nicht dauernd, Jan! Wenn du noch etwas sagen möchtest, kannst du dich doch einfach ordnungsgemäß melden, so wie die anderen hier auch. Ja, Elvira, und du kommst auch gleich dran! Lasst mich aber noch meinen Gedanken zu Ende führen: Also Bekehrung, Entscheidung, lirum larum … Elvira hat sich schon vor vielen Jahren für diesen Glauben und auch diese Gemeinde entschieden, von daher muss ich doch schon sehr bitten, hier …«

Elviras Turmfrisur erzitterte. »Also jetzt will ich aber auch mal etwas dazu sagen!«

»Elvira, bitte lass mich aussprechen, du bist gleich dran! Ich möchte doch hier fein unterscheiden zwischen einer Neubekehrung und einer, nun, sagen wir, Neubelebung des geistlichen Esprits.« Kurt lächelte selig, weil er sich wohl am liebsten selbst auf die Schulter geklopft hätte für seine Formulierung. Jovial deutete er mit seiner offenen Hand auf Elvira. »Bitte, liebe Elvira!«

Elvira begab sich in Positur, die eine Hand am Stuhl vor sich, die andere in der Luft, als würde sie Shakespeare rezitieren. »Mein lieber Kurt, wie du vielleicht weißt, habe ich meinen lieben Helmut damals hier im Theater am Uhlandplatz kennengelernt, als ich 1958 ins Ensemble aufgenommen wurde. Und auch wenn mir die großen Partien versagt blieben, damals waren die Opern noch fester Bestandteil des Repertoires.«

»Ja, wir kennen die Geschichte!«, sagte Kurt leicht genervt und machte eine Weiter-im-Text-Geste.

Elvira räusperte sich und setzte neu an, wie bei einem Vorsprechen. »Ich bin zunächst ihm zuliebe in die Gemeinde mitgegangen. Ich war auch als Kind schon christlich sozialisiert worden, ja, aber eine persönliche Beziehung zu Jesus, die hatte ich nie. Wir machen unsere Andacht, gehen hier in den Gottesdienst und die Bibelstunde, und die Mitarbeit im Liederkranz hat mir etwas gegeben, was ich im Theater nicht bekommen habe: eine gewisse Art der Anerkennung und Bestätigung, das kann ich ganz offen so sagen. Und ich habe es auch als Gottesgeschenk betrachtet, hier in dieser

Gemeinde sein und mitarbeiten zu dürfen. Aber erst jetzt, bei diesem Gäste-Gottesdienst ...«

»*Offener* Gottesdienst«, rief Martha genervt dazwischen.

»... wo Eduard und Jan und sein Hauskreis es so schön auf den Punkt gebracht haben, da ist mir klar geworden: Ja, wofür mach ich das eigentlich? Doch nicht für mich selbst! Jesus ist mein Retter! Er ist ja kein Wunschautomat, sondern er will auch mein ganzes Leben! Verstehst du, Kurt? Ich habe das schon so oft gehört, aber jetzt ist es auch endlich in mein Herz gerutscht! Ich bin Gottes Tochter! Das wollte ich nur sagen!« Und dann setzte sie sich wieder – auch wenn es keinen Applaus dafür gab, aber lobende Worte von Martha und Anna-Maria und Lena.

»Äh, ja, vielen Dank für diese Einlassung, Elvira«, Kurt schaute auf seine Unterlagen, »auch wenn sie uns ...«

»So, jetzt will ich mal was sagen!« Plötzlich stand Anna-Maria schnurgerade vor ihrem Stuhl, immer noch die Arme verschränkt.

Kurt schaute ruckartig auf, seine kleinen Knopfaugen direkt auf sie gerichtet. »Anna-Maria, du ...«

»Ja, komm schon, Katrin, schreib mich auf, zeig den Zettel, bla bla.« Sie machte eine ungeduldige Kurbelbewegung. Katrin vollzog tatsächlich all diese Schritte. Kurt blieb bewusst ruhig. »Ja bitte, Anna-Maria!«

»Jetzt lass uns hier mal Klartext reden: Du hast beantragt ...«

»*Wir* haben beantragt! Wir waren mehr als sieben Leute! 13, um genau zu sein«

»Ja, ja, ich weiß, aber auf deine Initiative hin.«

»Mir wurden etliche Beschwerden zugetragen!«

»Obwohl du gar nicht dabei warst bei dem Gottesdienst ...«

»Es gab gute Gründe!« Kurts Gesicht war mittlerweile sehr rot und seine Stimme äußerst angespannt.

»Ja, du hast das dann aufgeschrieben und ihr habt alle unterschrieben. Nur weil euch der Stil des Gottesdienstes nicht gefallen hat. Da machen wir halt hier *ein* Mal was Modernes, Zeitgemäßes ...«

Kurt nahm seine Brille ab und wurde fuchsteufelswild: »Darum geht es doch gar nicht, Anna-Maria!«

Dieses Mal blieb aber Anna-Maria ganz ruhig. »Jetzt lässt du *mich* mal bitte ausreden, Kurt. Du möchtest das ja auch immer. Wir haben voll gekämpft für diesen Gottesdienst. Wir hätten auch was Eigenes machen können, aber wir wollten bewusst was für die Gemeinde machen. *In* der Gemeinde. Weil das nämlich auch unsere Gemeinde ist. *Ein* Gottesdienst, gestaltet von den Jüngeren. Und da hätten wir einfach gern ein bisschen mehr Unterstützung gehabt. So oft redest du davon, Kurt, und betest, dass Gott hier noch Leute hinzufügen soll. Und dann tut er das, und dann ist das auch wieder nicht richtig.«

»Das habe ich nicht gesagt. Arthur von Stein kommt aus einer honorigen Familie dieser Stadt, und wir freuen uns, wenn er nun auch hier sonntags …«

»… einen weiteren Platz anwärmt, ja? Das meinst du doch! Na Gott sei Dank hat sich jemand aus einer reichen Familie bekehrt, der hier auch noch Geld reinbringt, und Gott sei Dank kein armer Penner oder Alkoholiker!! Oder womöglich noch eine alleinerziehende Mutter!«

»Anna-Maria, mäßige deinen Ton! Sonst muss ich dich bitten …«

»Weißt du, was ich denke, Kurt? Ich denke, es ärgert dich, dass *wir* das geschafft haben, und du nicht!«

Großer Tumult im Saal, viele Leute wandten sich gegen Anna-Maria.

Plötzlich klopfte Kurt wieder mit dem Fleischklopfer auf das Holzbrett. Das hatte er im Bundestag so gesehen. Auch wenn sie dafür feineres Werkzeug benutzten. »Silentium! Silentium!« Das hatte er mal im Fernsehen so gehört.

Das Silentium wollte sich nur langsam einstellen. »Bitte beruhigt euch wieder, liebe Schwestern und Brüder.« Um dann selbst aufgebracht weiterzumachen: »Also Anna-Maria, das ist wirklich eine Unverfrorenheit, die du da von dir gibst! Zum einen: Bekehrungen ›schafft‹ hier niemand, das schafft alleine Gott. Es grenzt ja nun schon wirklich an Selbstüberschätzung, wenn du denkst, dass du selbst Leute bekehren könntest! Du schaffst es ja noch nicht mal, deine eigene Tochter …«

»Was? Was?« Anna-Maria stand nun im Gang, auf halbem Weg zur Kanzel, fast schon bereit für einen Boxkampf. Sie sah bedrohlich aus.

Kurt ließ sich davon nicht einschüchtern.

»Lassen wir das! Natürlich freuen wir uns, wenn die junge Garde sich hier engagieren will.«

»Was war das eben mit meiner Tochter? Was schaffe ich nicht?«

»Das gehört hier nicht her, Anna-Maria.«

»Du hast damit angefangen.«

»Ich habe mich da thematisch vergriffen, es tut mir leid.«

»Thematisch vergriffen, so nennt man das also!«

»Lass mich fortfahren: Wir, äh, freuen uns auch über Bekehrungen, und ja, Neuhinwendungen zum Glauben, liebe Elvira! Hast du das im Protokoll, Katrin? Gut! Aber was hier überhaupt nicht geht, ist das schamlose Ausnutzen von großzügig erteilten Erlaubnissen, das Hinwegsetzen über Regeln, ganz zu schweigen von Lautstärke, englischen Liedern, die keiner versteht, Mambo-Rhythmen – ja Simon, du weißt genau, was ich meine!«

»Wer hat das denn gesagt? Woher weiß der, dass das Mambo war? Gar nicht schlecht geraten! Etwa ein heimlicher Tänzer? Pass auf, Papa, da wartet die nächste außerordentliche GV auf dich. Ein Bein, das sich zum Tanze regt …«

»Siehst du, Simon, genau das meine ich! Respektlosigkeit, ordinäre Ausdrücke und Verkleidungen, und Beleidigungen meiner Person in meiner Abwesenheit. Ja, Jan, ich rede mit dir!«

»Wie jetzt? Ich dachte, du redest mit Simon?!«

»Du leitest diesen Hauskreis, und mir scheint, er *wurde* auch verleitet. Das ist alles erst gekommen, seit unsere verlorene Tochter Anna-Maria wieder in den Schoß der Gemeinde zurückgekehrt ist.«

»Dass ich nicht lache, Kurt! Sehr lustig!«

»Und auch darüber haben wir uns sehr gefreut!« Er machte eine Gedankenpause.

»Aber?«

»Aber die Art und Weise, wie hier auf bewährten Traditionen herumgetrampelt wird, wie dann auch noch mein Sohn infiltriert wird, sich über unsere familiären Abmachungen hinwegzusetzen …«

»Hab ich doch gar nicht, Papa! Zum Gottesdienst durfte ich ja kommen! Und in deinem Hausarrest-Vertrag stand nichts von Mitarbeit!«

»Du bist still, Simon! Wir sprechen uns nachher zu Hause! Und wenn dann auch noch du, Eduard, die Gemeinde in deiner Predigt als fehlerhaft hinstellst, also … Ein derartiges Vorgehen hinter meinem Rücken habe ich so noch nie erlebt! Und hätte ich auch nie für möglich gehalten!« Er hatte sich so in Rage geredet, dass er sich an seinem Pult festhalten musste, heftig schnaubte und Katrin ihm ein Glas Wasser reichen musste. Bei dieser Gelegenheit teilte sie ihm mit, dass es noch etwa zehn weitere Wortmeldungen gab.

»Schluss jetzt!«, sagte Kurt, und wischte in der Luft herum. »Es geht jetzt auf 17 Uhr zu, wir haben hier gut zweieinhalb Stunden getagt, und laut unserer Satzung muss die Gemeindeversammlung jetzt zu einem Schluss kommen.«

Vom Hauskreis und auch von Eduard kam lautstarker Protest. »Das geht nicht!«, rief Jan von hinten. »Du kannst nicht einfach etwas beenden, bei dem es noch so viele offene Fragen gibt. Ich fordere eine Vertagung!«

»Jan, auch wenn du dich nicht zu Wort gemeldet hast, so werde ich auf deinen Zwischenruf antworten: Ich denke, hier sind jetzt wirklich alle Positionen zur Genüge ausgetauscht worden, und wir werden jetzt zur Abstimmung kommen.«

»Nein, das werden wir nicht«, sagte Eduard plötzlich sehr bestimmt, der sich aus seinem Platz in der ersten Reihe erhoben hatte und nun zur Gemeinde sprach, mit dem Rücken zu Kurt und Katrin.

»Eduard, bei aller Liebe, aber du kannst jetzt nicht einfach …«

Eduard wandte sich um und sah Kurt bestimmt in die Augen. »Doch, das kann ich! Ich empfinde immer noch so etwas wie eine geistliche Verantwortung für diese Gemeinde.«

Die meisten der Anwesenden nickten dankbar, sodass Kurt es nicht mehr wagte, dem zu widersprechen. Widerstandslos musste er Eduard weiterreden lassen.

»Ich habe mit dem Hauskreis zusammen diesen offenen Gottesdienst vorbereitet, und das auch sehr bewusst. Als sie diese Idee an mich, an uns hier alle, herangetragen haben, war ich hellauf begeistert. Die junge Generation hat ein Feuer im Herzen, anderen von Jesus zu erzählen und sie mit modernen Mitteln zu erreichen. Statt dagegen anzuarbeiten, hätten wir sie unterstützen sollen in ihrem Vorhaben. Zum Beispiel, indem wir auch andere Gäste zu diesem Gottesdienst einladen. In den Versammlungen klagt ihr immer wieder darüber, dass eure Kinder, eure Enkelkinder, eure Nachbarn und Freunde nichts von Gott wissen wollen. *Das* hier wäre doch die Gelegenheit gewesen, sie einmal einzuladen! Der Hauskreis hat sogar extra Handzettel entworfen und gedruckt und euch rechtzeitig zur Verfügung gestellt.

Doch die meisten von euch haben sie nur mit nach Hause genommen und weggeworfen. Das hat mich persönlich sehr traurig gemacht. Umso mehr hat es mich gefreut, dass ihr alle«, nun schaute er zu Kurt, »*fast* alle zu diesem Gottesdienst gekommen seid und wenigstens mit eurer Anwesenheit eure Unterstützung gezeigt habt. Aber anstatt hinterher das Gespräch mit mir und dem Hauskreis zu suchen, in eine Diskussion einzutreten, seid ihr einfach alle zu Kurt gelaufen und habt euch bei ihm beschwert, sodass wir heute nun hier vor dieser Abstimmung stehen. Das finde ich sehr schade. Die Jugend ist die Jugend, und bei uns in der Gemeinde ist dieser Begriff vielleicht etwas weiter gefasst. Die Jugend ist ungestüm, sie will sich beweisen, ausprobieren, auch mal provozieren, anecken, aufbegehren. Aber wollten wir das nicht alle, als wir jung waren? Wenn wir die junge Generation nicht unterstützen – und damit meine ich nicht nur Simon und Erik und Lenas Kinder! –, dann wird diese Gemeinde in ein paar Jahren ausgestorben sein. Dann können wir den Laden hier dichtmachen. Ist es das, was ihr wollt? Ich plädiere dafür, dass wir sie noch einen weiteren Gottesdienst veranstalten lassen, bei dem sie sicherlich sehr gerne eure Vorschläge miteinbeziehen werden. Man kann alles auswerten, besprechen und anpassen. Wer unter euch ohne Sünde ist, der werfe den ersten Stein. Das habe ich gemeint, Kurt, genau das! Wir sind alle nicht unfehlbar! Auch nicht diese Gemeinde! Wir sind nicht besser und auch nicht schlechter als andere Gemeinden. Wir sind alles gefallene, gebrochene Menschen. Aber wir sind mit Jesus unterwegs. Und wir wollen, dass noch viele andere hinzukommen. Deshalb, bitte: Geben wir dem Hauskreis noch eine Chance. Ich weiß, dass auch sie offen sind für Veränderungen, für den Dialog. Habe ich recht?« Jan, Simon, Erik, Lena und Martha nickten – und schließlich auch Anna-Maria. Elvira strahlte, und mit ihr auch ein paar andere aus der älteren Generation. »Danke schön, Kurt, dass ich das noch sagen durfte!« Eduard setzte sich, und viele applaudierten ihm.

In der vorletzten Reihe legte Jan den Arm um Anna-Maria. »Siehst du, Anna-Maria, doch noch nicht alles verloren.«

Anna-Maria war nur halb begeistert. »Ich sehe uns hier schon im nächsten Gäste-Gottesdienst mit erwecklichen Liedern, Faltenrock und 80er-Jahre-Anspielen.«

»Wir kommen nun zur Abstimmung«, fuhr Kurt fort. »Katrin, bist du bereit, die Stimmen zu zählen? Ich zähle natürlich auch mit. Wer stimmt also dafür, dem Antrag stattzugeben, dass hier keine weiteren dieser offenen Gottesdienste mehr stattfinden? Und wer ist dagegen? Wer enthält sich der Stimme? Ich stelle fest: Für den Antrag stimmten 15 Personen, dagegen 14, und 2 Personen enthalten sich der Stimme. Damit ist der Antrag bewilligt. Es finden hier keine weiteren dieser«, und wieder sprach er den Begriff mit einigem Ekel aus, »*offenen Gottesdienste* statt. Ich möchte aber persönlich noch hinzufügen, dass ich sehr gerne bereit bin, mit dem Hauskreis neue Möglichkeiten der Evangelisierung … Anna-Maria, warum gehst du denn jetzt?«

35

Samstag, 9. Mai 1998

»Das ist ja echt 'ne bunte Truppe hier«, stellte Anna-Maria fest, als sie Simon auf dem sonnenbeschienenen Rasen der Jacobsens ein Sixpack in die Hand drückte.

»Ja, find ich auch«, kicherte Arthur. »So viele Farben.«

»Ja, stimmt schon«, meinte Simon. »Ich hätte es sogar gern noch bunter. Hatte so an Schlaghosen und Perücken gedacht. Würden dir bestimmt auch gut stehen, Jan! Aber der«, er zeigte mit dem Daumen hinter sich, auf Erik, »hat mir davon abgeraten. Er meinte, dann kommt er nicht.«

Die Truppe sah zu Erik, der, mit einer Grillschürze bekleidet, die Würstchen auf dem Grill drehte.

Simon bedeutete ihnen, vorwärts zu gehen. »Die Käsehäppchen gibt es nachher noch! Aber jetzt kommt und lasst uns erst mal anstoßen!«

Sie gingen die kleine Anhöhe hoch auf die Terrasse, zu den anderen Schülern, die mit ihren Fruchtschorlen bei Erik am Grill standen. Nur einer hatte ein Bier in der Hand, Typ zukünftiger Informatiker, mit langen dunklen Haaren und schwarzer Kleidung.

Anna-Maria stieß, nachdem Simon den Hauskreis mit Getränken versorgt hatte, sofort mit ihm an und verwickelte ihn in ein Gespräch über die Metalband, deren Logo auf seinem T-Shirt abgebildet war.

»Ja, also echt cool, dass ihr alle gekommen seid. Schade, dass Martha sich zu alt für so was fühlt. Aber egal!«

»Auf dich, Simon!« Jan hob seine Bierflasche hoch.

»Auf die Volljährigkeit!«

An der Terrassentür war auf einmal der blasse Kopf von Katrin zu sehn. »Ach, hallo!«, sagte sie, als sie die Neuankömmlinge sah, und lächelte sogar.

»Hallo, Katrin«, kam es eher unmotiviert zurück.

»Braucht ihr noch was? Habt ihr alles? Simon, ihr kommt aber rein, wenn es zu kalt wird, ja?«

»Jaa-haaa.«

»Soll ich noch Nudelsalat nachbringen?«

»Wir haben doch noch gar nicht angefangen zu essen! Entspann dich! Kannst ruhig zurück zu Papa und Oma ins Fernsehzimmer gehen. Aber ab 21 Uhr gehört der Raum uns!« Dort saßen die drei nämlich jeden Abend, sofern nicht gerade Bibelstunde war.

»Also, ich finde das wirklich erstaunlich«, sagte Lena zu Simon,

»Was denn?«

»Dass deine Eltern dir erlauben, hier zu feiern. Nach all dem, was war.« Sie fummelte am Etikett ihrer Limoflasche.

»Du meinst, sie hätten es mir verbieten sollen?«

»Nein, ich mein, na ja, ich bin einfach ganz überrascht, nach dem Hausarrest und dieser ganzen Gottesdienstsache … Kurt hat mit uns ja seitdem kein einziges Wort gesprochen.«

»Wir waren ja seitdem auch kaum noch im Gottesdienst«, beteuerte Jan, der unbedingte Solidarität mit Simon signalisieren wollte und auf seinen Füßen vor und zurück wippte.

»Ist das wirklich so?«, fragte Simon, der seit der Gemeindeversammlung tatsächlich kein einziges Mal mehr in der Gemeinde gewesen war, genauso wie Anna-Maria. Ihr geistliches Zentrum war jetzt allein der Hauskreis. »Ich habe da von meiner Familie hier was anderes gehört. Sie binden es mir ja sonntags beim Essen immer auf die Nase, wer alles da war.«

»Na ja«, gab Lena schuldbewusst zu. »Jan und ich sind dann ja doch irgendwann wieder hingegangen. Wir konnten Arthur ja nicht ganz alleine lassen mit den ganzen alten Leuten.« Jetzt wurde sie rot.

Simon lachte. »Jetzt entspann dich mal! Wenn ihr zum Gottesdienst gehen wollt, ist das doch okay. Das habe ich Erik auch gesagt. Ich weiß doch, dass er auf die Predigten meines Vaters steht.«

Erik stellte sich plötzlich mit der Grillzange neben sie. »Simon, du kannst dich hier ruhig auch mal etwas kümmern und das Tischgebet sprechen. Die Würstchen sind jetzt so weit.«

»Wie ein altes Ehepaar«, sagte Lena leise zu Jan. Beide kicherten.

Simon schaute sie streng an. »Das habe ich gehört.« Er klatschte in die Hände und hob die Stimme an. »Also, Jungs und Mädels, lasst uns mal essen.«

»Sie haben da ja wirklich eine ganz außerordentliche Pflanzenwelt in Ihrem Garten!«, plauderte Arthur munter auf Katrin ein, während die Partygesellschaft auf ihrem Weg von der Terrasse ins Fernsehzimmer die gute Stube und den Hausflur passierte. Katrin wusste gar nicht, wie sie auf diese Begegnung reagieren sollte. Dieser blinde Mann war ihr irgendwie suspekt, ein Neubekehrter, sozusagen die gute Frucht des bösen Gäste-Gottesdienstes. Das war im System der Jacobsens bisher nicht vorgekommen. Da durfte sie ohne Gebrauchsanweisung eigentlich gar nichts sagen. Sie flüchtete sich in die Höflichkeit. »Ja, danke. Ich hätte gar nicht gedacht, dass Sie die Pflanzen … wahrnehmen können.«

Eduard strahlte über beide Ohren. Er war stolz, dass er die beiden einander vorgestellt hatte, nachdem Arthur ihm so viele Fragen über die Blumen gestellte hatte. »Siehst du, Katrin! Endlich bemerkt mal jemand, wie perfekt du deinen Garten pflegst!«

Während Katrin im Hausflur bei den beiden Herren noch darüber nachdachte, ob das jetzt ein Kompliment war oder nicht, versammelten die anderen sich schon einmal vor dem Fernseher, aus dem schon die Eurovisionsfanfare erklang.

»Müssen wir das jetzt wirklich gucken?«, fragte der Informatiker.

Anna-Maria fand einfach immer die richtigen Worte. »Kopf hoch, Junge! Ist fast das Gleiche wie vor dem Computer sitzen. Und sogar viel entspannter, mal ohne Joystick. Hier, nimm 'ne Salzstange!«

Simon präsentierte seinen eigenhändig angefertigten Käseigel, doch die Gäste stürzten sich zunächst auf die Nussecken, die Oma Berta gebacken hatte.

»Also, ich freu mich«, jubilierte Anna-Maria, die sich neben Simon auf das Sofa gesetzt hatte. Sie fragte leise: »Wie läuft's zwischen dir und deinem Vater? Der geht uns ja den ganzen Abend geschickt aus dem Weg. Genau wie deine Oma.«

»Ja, wie hascht du ihn rumgekriegt, dasch du hier feiern darfscht«, fragte Jan, den Mund voller Nussecke.

Simon schaute etwas traurig auf das Käsehäppchen, das er in seiner Hand drehte. »Meine Mutter und ich haben ihm ewig in den Ohren gelegen, doch er hat immer Nein gesagt. ›Kannst ja bei deinem Hauskreis feiern‹, hat er gesagt.«

»Das hättest du auch gern tun können!«, sagte Anna-Maria bestimmt.

Simon lächelte dankbar. »Am Ende hat meine Oma ein Machtwort gesprochen. Sie meinte: Simon hat wenigstens Freunde, mit denen er feiern kann.«

Anna-Maria lachte. Die hatte Eier, die Oma.

Lena, die neben Anna-Maria saß, schluckte. »Das muss ihm bestimmt sehr weh getan haben.«

»Ja, wie auch immer. Am Ende hat er dann so getan, als wäre es seine Idee gewesen. Der gütige Vater.« Er schob diese dunkle Erinnerung beiseite und holte unter dem gekachelten Couchtisch bedruckte Zettel und Stifte hervor. »So, Leute, das ist für eure Punktewertung. Da könnt ihr euch notieren, welche Lieder euch am besten gefallen.«

Von den Jungs war ein allgemeines Stöhnen zu hören. Nur Lena und Anna-Maria waren hellauf begeistert.

Zwei Stunden später waren dann endlich alle Liedbeiträge durch. Der Pausen-Act war im vollen Gange. Manche waren schon halb eingeschlafen, andere hatten sich von der Show anstecken lassen. Vor allem Jan war Feuer und Flamme, aber auch Arthur.

Arthur kriegte sich gar nicht mehr ein. »Also der Guildo war echt 'ne Wucht! Ist der da einfach auf den Balkon draufgesprungen.« Er kicherte wieder. Eduard, der etwas steif auf einem Stuhl daneben saß, konnte diese Begeisterung zwar nicht ganz teilen, freute sich aber, dass Arthur anscheinend einen guten Abend hatte.

Simon knabberte an seinem Stift und sagte: »Also ich finde, das war der beste Beitrag. Guildo macht das Rennen! Vor allem mit dem Komponisten, Alf Igel.«

Daraufhin entbrannte unter allen Beteiligten eine lautstarke Diskussion, welches Land denn wohl den besten Act nach Birmingham geschickt hatte. Eine Diskussion, bei der irgendwann keiner mehr sein eigenes Wort verstand. Und die jäh unterbrochen wurde, als plötzlich Kurt in der Tür stand, im Pyjama. Ein Großteil der Leute sah ihn gar nicht, weil er verdeckt war durch die, die vor der Tür saßen. »Simon, so geht das nicht!«, krächzte es hinter den Stühlen hervor. Er räusperte sich und sagte es noch mal laut. »Simon, so geht das nicht! Deine Mutter und ich wollen schlafen! Und deine Großmutter kann es sowieso nicht, aus lauter Sorge, dass hier etwas kaputtgeht. Wie lange geht denn diese furchtbare Sendung noch?«

In Anna-Maria kochte es. »Soll ich mit ihm reden?«, fragte sie Simon.

Simon stand auf und ging zu seinem Vater. Es war ihm offensichtlich peinlich, dass er das hier vor aller Augen und Ohren austragen musste. Leise sagte er: »Das Beste kommt doch erst noch: Die Punktewertung fängt gerade erst an.«

Kurt schüttelte den Kopf. »Das geht nicht. Nie und nimmer. Wir müssen morgen alle früh raus. Zum Gottesdienst. Du natürlich mal wieder nicht. Ich weiß. Aber das muss jetzt hier aufhören. Guck doch mal, wie spät es ist.«

Da schoss Anna-Maria hoch und schrie Kurt ins Gesicht: »Es ist erst kurz nach 11, verdammt noch mal! Dein einziger Sohn ist volljährig geworden, und das Einzige, was dir dazu einfällt, ist, dass du morgen ausgeschlafen wieder eine deiner Predigten halten willst?«

Selbst in diesem Zustand konnte Kurt noch sein Mona-Lisa-Lächeln modellieren. »Anna-Maria, du auch hier? Na, das wundert mich gar nicht. Aber ich darf dich doch sehr bitten, deinen Ton zu mäßigen. Du bist hier in meinem Haus. Hier reden wir anders miteinander.«

»Ach ja? Wie denn? Nur die Männer? Und Frauen am besten gar nicht? Und der Sohn muss um zehn im Bett sein? Sag mal, in welcher Welt lebst du eigentlich? Du kannst froh sein, dass dein Sohn hier keine Metalparty feiert!« Sie drehte sich kurz zu dem Langhaarigen um. »Sorry Steve, ist nicht gegen dich.« Und dann wieder an Kurt gewandt: »Also wir werden das hier ja wohl noch zu Ende bringen dürfen.«

Da wurde Kurt laut. »Du wirst mir in meinem Haus nicht befehlen, was ich zu tun und zu lassen habe. Die Feier ist beendet.«

Simon stand nur noch da und konnte nichts mehr sagen. Es hätte nicht viel gefehlt, und er hätte angefangen zu weinen.

Nun war auch Jan aufgestanden. »Kurt, lass uns das doch bitte in Ruhe klären. Das geht doch hier nur noch eine Stunde. Wir können auch sicherlich leiser sein. Oder, Leute?« Er wandte sich um. Keine Reaktion. Nur Erik und Lena nickten.

»So leid es mir tut, Jan, aber ich muss hier leider von meinem Hausrecht Gebrauch machen. Feierabend für heute. Simon, du wirst das sicherlich verstehen.«

»Nein, ich werde das sicherlich nicht verstehen. Für mich ist der Abend jetzt eh gelaufen.« Er ließ die Schultern hängen, zerknüllte seinen Wertungszettel und warf ihn auf den Boden.

Doch Anna-Maria hob ihn wieder auf. »Oh nein. Jetzt geht die Party erst richtig los. Kommt, Leute, wir gehen zu mir. Ich habe ja jetzt auch 'nen Fernseher.« Sie scheuchte alle von ihren Plätzen auf. Keine Widerrede. Jan, du nimmst den Käseigel.« Ohne weiteres Zögern schnappte sie ihre Handtasche, Simon und Jan, und ging mit einem sehr finsteren Blick an Kurt vorbei, der schon nach zwei Minuten ganz alleine im Wohnzimmer stand – und den Fernseher ausschaltete.

»Das ist doch wirklich das Letzte«, sagte Anna-Maria, als sie am Steuer ihres Skoda saß. »Ich habe so etwas noch nie erlebt. Der ist ja noch schlimmer als meine Großmutter.«

»Komm, lass uns fahren«, sagte Jan auf dem Beifahrersitz, den Käseigel auf dem Schoß. »Wir verpassen sonst die ganze Punktewertung.«

Das ließ Anna-Maria sich nicht zweimal sagen. Sie drückte aufs Gas. Die fünf Jungs hinten wurden nun noch weiter in die Rückbank gequetscht, als sie ohnehin schon drinsteckten. Eduards und Lenas Auto folgten auf dem Fuße.

»Kannst du bitte ETWAS langsamer fahren«, sagte Simon. »Mir ist ein bisschen schlecht von dem ganzen Essen.«

»Und lass den Maibaum da vorne stehen«, rief Jan.

Anna-Maria stieg plötzlich auf die Bremse, sodass alle einen Ruck nach vorn machten.

»So habe ich das jetzt auch wieder nicht gemeint«, kam es von hinten.

Doch sie war mit dem Kopf ganz woanders. »Das ist es überhaupt.« Sie drehte sich zu Jan. »Ich weiß jetzt, was wir machen. Offener Gottesdienst war gestern. Morgen ist Party.« Und dann lächelte sie, trat wieder aufs Gas und fuhr wie eine gesenkte Sau durch die Rhiemberger Nacht.

Teil 4

ABER DIE LIEBE IST DIE GRÖSSTE UNTER IHNEN

36

Montag, 15. Juni 1998

»Das kannst du vergessen. Da komm ich nicht.« Maja klatschte den Flyer zurück auf den Tresen und hackte weiter Patientenberichte in ihre Computertastatur.

Anna-Maria war ganz verdattert. Sie nahm den Flyer und steckte ihn wieder in ihren Weißkittel. »Warum nicht? Es ist Juni, es ist warm, wir feiern bei mir am See – wo ist das Problem?«

»*Er* ist das Problem.«

»Jan?«

»Ja. Ich habe mich bei dem so zum Horst gemacht …«

Maja zupfte traurig an einem Blumenstrauß herum, den eine geheilte Patientin ihnen geschenkt hatte. »Ich dachte wirklich, der mag mich.«

»Hm, ich weiß zwar nicht, wie du darauf kommen konntest, dass Jan dich mag …« Anna-Maria, die Hände in den Kitteltaschen, machte eine fragende Geste.

Maja unterbrach ihr Gehacke. »Das weiß ich auch nicht mehr.« Sie tippte weiter.

Anna-Maria machte einen Schmollmund. »Na, komm schon! Ich wäre sonst echt traurig. Es gibt auch Prosecco. Und einige andere nette Jungs. Wir haben auch den Briefträger eingeladen.«

Maja machte fast einen Satz von ihrem Stuhl. Sofort schoss sie zu Anna-Maria herum. »Warum sagst du das nicht gleich? Dann kann ich Jan mit ihm eifersüchtig machen.«

»Oh, ich glaub, das ist nichts für mich. Das ist doch nur so ’ne versteckte Missionierungsaktion. Weil zu euren Gottesdiensten ja keiner kommen will.« Steve gab Simon und Erik den Flyer zurück. »Ich durchschaue euch.«

»Nein, das stimmt so nicht«, beeilte sich Erik zu erklären. »Wir wollen einfach nur ein nettes Beisammensein …«

»Nettes Beisammensein, hast du sie noch alle? Ich bin doch nicht schwul.« Steve schob sich lässig ein paar Haarsträhnen hinters Ohr, während er seine Drumsticks fest in der Hand behielt, musterte die beiden aber weiterhin kritisch.

Simon schaute Erik an. »Weißt du was? Lass ihn doch. Wenn er keinen Bock auf 'ne Party am See hat, mit Bier und Bowle und Fleisch und netten Mädels und so … Ist ja auch wirklich schlimm, dass wir ihm so was zumuten. Komm, wir laden die anderen ein.« Sie hatten sich schon weggedreht, da hielt Steve sie zurück. »Hey, Moment, da sind noch Mädels?«

Simon zuckte lässig mit den Schultern. »Ja, hallo, ist das 'ne richtige Party oder nicht? Das ist ja nicht so eins von deinen Zockertreffen in deiner Stinkebude.«

»Ey, Mann! Was soll das denn?«

»Eh nicht deine Kragenweite. Judith kommt, und Nadine.« Und dann wieder zu Erik: »Aber die und das Schneewittchen würden sich glaub ich eh langweilen mit Steve.«

»Ach, die Süße aus der Praxis?« Er hatte gar nicht richtig wahrgenommen, dass Simon und Erik lässig gewinkt hatten und schon fast auf dem Pausenhof waren. Schnell lief er ihnen hinterher. »Hey, Moment mal? Wann steigt denn die Party? Gib noch mal den Flyer!«

»Meine Damen«, sagte Martha, als sie die Karten so heftig mischte, dass ihre Brillenkette heftig wackelte, »ich möchte Sie zu einem großen Fest einladen.«

»Ein Fest, wieso?«, fragte Frau Blume, die die Tischdecke unter ihrem Sherryglas schon zehnmal glatt gestrichen hatte. Martha schaute sie streng über den Rand ihrer Brille hinweg an und versuchte ihr zu signalisieren: Weißt du nicht mehr, was ich dir in der Gemeinde erzählt habe?

»Ach so, *das* Fest!«

»Wie, das Fest?«, fragte Frau Tattermusch mit der lila Margot-Honecker-Frisur. »Wieso weiß ich nichts davon?«

»Ja, und was ist überhaupt der Anlass, Martha?«, fragte die vierte Bridgedame, die sich gerade einen Fussel von ihrer Bluse entfernt hatte.

»Muss es denn immer einen Anlass geben, Urselchen?«

»Du feierst jetzt aber nicht doch noch deinen Geburtstag nach?«

»Nein, ich sag's euch doch! Einfach so! Ich veranstalte das zusammen mit meinen jungen Freunden von dem Gesprächskreis!«

»Ach, dein Bibelkreis!«

»Es ist kein Bibelkreis, Bärbelchen! Na ja doch, gut, wir lesen auch mal in der Bibel. Nicht so oft, wie ich mir das wünsche, aber, nun ja, sie sind ja noch alle jung und wollen über so viele Themen reden, sich ausprobieren ...«

»Ach, die vorlauten Bengel, die dich so jung halten.«

Marthas Bridgedamen waren alle gespannt wie ein Flitzebogen. »Ja nun erzähl doch, Martha, was für ein Fest?«

»Wir wollen einfach den Sommer feiern am längsten Tag des Jahres, bei Anna-Maria am See. Es werden sehr viele Leute kommen. Gute Musik, gute Verpflegung; später, wenn es dunkel ist, soll es dann auch ein Lagerfeuer geben.«

Frau Blume gluckste. »Oh, endlich mal wieder durchmachen, so wie früher. Ob wir das noch durchhalten?«

»Seid ganz unbesorgt. Ich schmeiß 'ne Runde Koffeintabletten«, sagte Bärbelchen.

»Wie viele Toiletten gibt es denn dort?«, fragte Urselchen besorgt.

»... und 'ne Packung Hygieneeinlagen.«

Allgemeines Damengekicher.

Martha legte die Karten beiseite und nahm die Brille ab. »Noch Sherry, meine Damen?«

»Ja, Lena hat mir schon davon erzählt«, sagte Robert zu Jan, als sie durch den Wald joggten. »Aber ich glaub, ich muss passen. Einer muss ja bei den Kindern bleiben.«

»Na, die kommen natürlich mit«, sagte Jan, der heute schon deutlich weniger aus der Puste war.

»Joa, ich weiß nicht. Jan, ganz ehrlich: Nach Christenpartys ist mir grad nicht so.«

Jan war kurz konzentriert wegen der Wurzeln. Dann sagte er: »Du, die meisten Leute, die kommen werden, waren noch nie in einer Kirche.«

»Was? Was soll das denn werden? Massenbekehrung? Je mehr dabei sind, desto mehr tun dann auch Buße?«

»Ach, so ein Quatsch, das ist ja kein Gottesdienst. Wir wollten einfach nur mal all unsere Freunde zusammenbringen.«

»Ja ja, und am Ende hält Eduard dann doch 'ne Predigt am Lagerfeuer, ich kenn euch doch.«

»Dann kannst du ja immer noch weglaufen. Denn Laufen kannst du ja«, grinste Jan.

»Ja, wo du recht hast ... Okay, ich überleg's mir mal. War ja auch noch nie bei Anna-Maria zu Hause. Aber rechne lieber erst mal nicht mit mir. Ich mag dich, echt, Jan. Mit dir jederzeit Party. Aber dann allein wieder dieser Blick von Lena: ›Komm, jetzt gib zu, dass du auch eine Sehnsucht in dir hast.‹ Boah, ey, ne, da kann ich grad echt nicht drauf ...«

»Hey, ganz entspannt. Du kannst es ja dann auch noch spontan entscheiden. Musst du halt wissen. Martha kennt eure Kinder ja echt gut und kümmert sich mit ihren Bridgedamen bestimmt gerne ein bisschen um sie, falls du mal in Ruhe Bier trinken am See willst.«

»Hm, ja, ich glaub, zu Hause ist es dann doch entspannter.«

Jan hüpfte elegant über einen Baumstamm.

»Grazil wie eine Elfe.«

»Ja, nicht?« Er war ganz stolz auf sich. »Oh, ich hab 'ne Idee!«

»Aha? Wie du mich bekehren kannst?«

»Nein, wie du dir was dazuverdienen kannst. Du spielst mit deiner Band. So am Anfang, zum Warmwerden. Danach könnt ihr mitfeiern. Wir haben ’nen DJ.«

Robert grinste. »Ich frag die Jungs mal. Ist deine Katja eigentlich auch da?«

»Es ist nicht meine Katja. Aber ich habe sie eingeladen, ja. Sie kommt auch.«

Robert blieb kurz stehen, er schaute Jan fast mit so etwas wie Bewunderung an. »Los, Endspurt!«

37

Samstag, 20. Juni 1998

Die Strahlen der Abendsonne ließen den See glitzern, es war herrlich warm – und die Musik von »Jazz oder nie« extrem passend dazu. Fand zumindest Jan, der inmitten vieler anderer Partygäste mit Katja am Rande der Terrasse stand, auf der Robert und seine Band spielten. Er schaute sich um. Die ganze Vorbereitung gestern und heute hatte sich wohl doch gelohnt.

Sollte das mit Katja vielleicht doch was werden? Jan betrachtete sie, wie sie da elegant mit dem Glas in der Hand stand in ihrem tollen Sommerkleid. Er war plötzlich sehr hoffnungsvoll, nachdem sie sich zwar religiös als konservativ, aber privat als sehr umgänglich erwiesen hatte. So recht wollte er dem Braten aber nicht trauen, denn Katja war genauso zögerlich wie er. Immerhin hatte sie sich zu der Party einladen lassen, und er hatte sie galant hierher chauffiert. Doch ihre Gesprächsthemen schifften um die wirklichen Tiefen herum. Glaube, Politik, Geld, Komplimente – alles, was hätte fehlinterpretiert werden können, wurde ausgeklammert. So redeten sie über das Wetter, die Party, die Musik. Immerhin waren sie jetzt schon beim Du.

»Wie viele habt ihr denn eingeladen?«, fragte sie, etwas verkrampft.

»Ach, ich weiß gar nicht. Aber wir rechnen mit etwa 50 Leuten. So 35 bis 40 sind schon wohl da.«

Sie schaute kurz zu ihm. »Ah, hmm, schön!« Dann konzentrierte sie sich wieder auf die Musik. Er schaute über das Gelände. Die meisten standen noch hier vorne an der Terrasse, doch auf der weiten Rasenfläche, die sich hinab zum See erstreckte und von alten Obstbäumen, Hecken und Sträuchern gesäumt war, hatten sich auch kleine Grüppchen verteilt. Maja saß auf der Schaukel, Alex stand daneben, in einem auch für Jans Geschmack viel zu knappen Kleid. Sie hielt sich an einem Seil der Schaukel fest und schlenkerte Maja hin und her.

In einigem Abstand, auf der Landseite des Bootsstegs, standen die Jungs, die sich wohl nicht so recht an die Mädels herantrauten, auch weil sie etwas älter waren als sie. Ihre Mitschülerinnen ließen noch auf sich warten. Wenn sie denn überhaupt kommen würden. Sie hatten ihr Erscheinen offengelassen.

»Ach, die wollen sich damit nur interessanter machen«, meinte Simon, der lässig mit einer Bio-Limonade in der Hand an einem der Pfosten lehnte. »Die hängen bestimmt schon seit zwei Stunden bei Nadine zu Hause rum und durchwühlen den ganzen Kleiderschrank, schminken sich und so. Wie Mädels halt so sind.«

»Na ja, aber die Musik ist ja wohl ein bisschen lahm«, sagte Steve. »Und als ihr von dem Fleisch erzählt habt, dachte ich, ihr grillt hier.«

»Mann, jetzt entspann dich mal. Wir wollten hier als Gastgeber so wenig Stress wie möglich während der Party haben. Deshalb haben wir den Stress vorverlegt und gestern und heute alles aufgebaut – da drüben steht ein kaltes Büfett, da gibt es auch 'ne Menge Fleisch.«

Erik war plötzlich ganz aufgeregt. »DJ Heiko legt später noch auf! Den haben wir extra gebucht.«

»Und du kriegst kostenlosen Alk«, erwiderte Simon. »Und wenn du dich traust, kannst ja auch mal mit Maja und Alex quatschen. So nah kommst du den Mädels vor der Abiparty nie wieder.«

»Da brauch ich aber noch drei Bier vorher.«

»Du kannst sie auch einfach nach 'ner Zigarette und Feuer fragen. Der älteste Trick der Welt.«

»Ach ja, stimmt ja.« Steve schlurfte mit seinem Bier davon zu Alex und Maja.

»Anfänger, echt«, grinste Simon. Und dann sah er gemeinsam mit Erik Steve dabei zu, wie der zwar die gewünschte Fluppe bekam, aber ansonsten eine Abfuhr. Nach einer Minute hatte sich Steve wieder zu den Jungs gesellt.

Anna-Maria stellte währenddessen Getränkeflaschen aus einer Kiste in die gusseiserne Wanne mit den Eiswürfeln, die mitten auf dem Büfett unter dem Obstbaum stand. »Na, Mädels, alles gut bei euch?«, fragte sie Martha und ihre Bridgedamen, die zusammen mit Elvira an dem Terrassentisch unter einem weißen Segeltuch saßen.

»Sie haben es wirklich herrlich hier, Frau Martin«, sagte Frau Tattermusch mit den lila Haaren, die beherzt in einen Fleischbällchen-Spieß biss. »Und die Frikadellchen sind auch ganz köstlich, Martha!«

»Aber heute ist ja gar nicht der längste Tag des Jahres. Der ist ja eigentlich morgen«, stellte Bärbelchen fest, und Urselchen nickte eifrig dazu.

»Ja, das stimmt«, sagte Martha, aber morgen ist ja Sonntag. Da feiert man ja eher selten Partys.«

»Partys, wie das klingt«, kicherte Urselchen. »Früher haben wir einfach Fest oder Feier dazu gesagt.«

Bärbelchen war es wichtig, noch etwas hinzuzufügen, damit sie nicht als Nölerin abgestempelt wurde. »Aber ich finde es wirklich herrlich, dass Sie einfach so ein Fest veranstalten zum Sommeranfang.«

Anna-Maria lächelte. Sie hatte nun die Wanne wieder aufgefüllt, stellte den Kasten unter den Büfetttisch und stellte sich zu den Damen an den Tisch. So ganz uneigennützig war diese Party ja nun auch wieder nicht, dachte sie sich. Sie war eigentlich nur durch die ganzen Diskussionen im Hauskreis auf diese Idee gekommen. Und überhaupt durch das, was Jesus vorgemacht hatte: Anstatt Menschen in irgendwelche »Gäste-Gottesdienste« einzuladen, hat er mit ihnen zusammengesessen, getrunken, gegessen und gesprochen. Ja, gut, ein paar Wunder gab es auch. Und Predigten. Anna-Maria wusste nicht, wie sie eine Predigt in eine Party integrieren sollte. Oder Wunder. Schließlich war sie ja nicht Jesus. Aber darum ging es ihr heute auch gar nicht. Sie hatte nur bei den ganzen Diskussionen im Hauskreis gemerkt: Wie sollst du deinen Freunden von Jesus erzählen, wenn du gar keine Freunde hast? Also zumindest keine nicht christlichen. Sie fand, das sollte dringend geändert werden. Freundschaften aufbauen, ohne Hintergedanken. Und dann kommt alles andere ganz automatisch. Und nicht umgekehrt. Sie goss den Ladys noch etwas Wasser nach und schmunzelte.

Etwas später musste sie Lena zum Mikrofon fast hinprügeln. Als nämlich die Jazzer mit ihrem Set fertig waren – die Sonne war schon fast untergegangen –, hatten sie zunächst Jan überreden können, für ein paar Minuten mit ihnen freezustylen. Der wiederum trat danach mutig ans Mikro und sagte zu den mittlerweile tatsächlich fast 50 Gästen: »Hey Leute, falls ihr mich nicht kennt: Ich bin Jan. Ich habe diese Party hier zusammen mit Anna-Maria und den anderen von unserer Truppe organisiert. Schön, dass ihre alle gekommen seid! Ja, ich duze euch jetzt einfach mal. Viele haben gefragt, was eigentlich der Anlass dieses Festes ist, oder ob wir damit irgendwas bezwecken wollen. Die Antwort ist: Ja, einfach mit euch feiern! Dass wir uns kennen, dass es uns gut geht, dass Sommer ist, was immer ihr wollt. Esst und trinkt und habt Spaß, gleich legt noch DJ Heiko auf, er baut da drüben schon seine Turntables auf. Aber bis dahin haben wir noch eine Überraschung für euch parat: Meine liebe Freundin Lena Sommer – wie passend, haha! – hat sich mit der Schülerband von Simon und Erik zusammengeschlossen, die nämlich dringend eine Sängerin gesucht hat. Sie haben ein paar Lieder für euch im Gepäck, die kriegt ihr jetzt einfach mal auf die Ohren! Viel Spaß!«

Simon und seine Band enterten die Bühne, sie konnten zum Glück die Instrumente von »Jazz oder nie« benutzen. Simon rempelte Jan an. »Hey, danke, aber über die Floskeln reden wir noch.«

»Äh, danke«, sagte Jan, der sanft von der Bühne geschoben wurde, neben der Lena am Rande eines Nervenzusammenbruchs stand. Jan versuchte sie zu beruhigen. »Ein bisschen Adrenalin ist ja gut.«

Sie zitterte am ganzen Leib. »Wenn du wüsstest. Ich mach mir gleich in die Hose. Im Gottesdienst war das was anderes. Aber hier, vor den ganzen Leuten. Die ganze Jazzband ist hier … Und ich als alte Tante mit den Jungs hier. Ich kann das nicht.«

»Natürlich kannst du. Du gehst glatt noch als Schülerin durch! Und hast eine super Stimme! Guck einfach über die Köpfe der Leute hinweg, dann sieht es so aus, als wäre keiner da.«

»Ich glaub, das hilft bei mir nicht.«

Robert stand eher unbeteiligt mit seinen Jungs etwas weiter weg, sie genossen das erste Bier nach dem Auftritt. Kurz entschlossen ging Jan zu ihm und schleifte ihn zu Lena. »Hier, jetzt bau deine Frau mal ein bisschen auf. Sie will nicht singen.«

Eine Berührung, ein Wort von ihm, und sie wurde schon sehr viel ruhiger. Jan lächelte. Katja war mit ihren Schülerinnen beschäftigt, die inzwischen aufgetaucht waren. Total overdressed, natürlich. Er fühlte sich plötzlich ein bisschen überflüssig. Doch Gott sei Dank war Anna-Maria da, die heute zur Jeans ein hochgekrempeltes Holzfällerhemd trug. Sie drückte Jan ein Bier in die Hand und meinte: »Läuft doch super, oder?«

»Jo.« Jan war ganz entspannt.

Jetzt waren alle Augen ganz auf Lena gerichtet, die sich extrem schüchtern hinter das Mikro gestellt hatte. Simon saß hinter dem Keyboard. Im Gegensatz zum Gottesdienst, wo sie zusammen gesungen hatten, sang er heute nur die zweite Stimme. Sie hatten Lena zur Frontsängerin gemacht. Vielleicht war das zu vorschnell gewesen? Simon wollte ein Signal von ihr haben, dass sie bereit ist. Einen Moment noch, sagte ihre Geste. Sie atmete durch. Schaute Robert an. Der nickte ihr ermutigend zu. Okay. Sie zeigte Simon, dass es losgehen kann.

Die Band legte los. Es war kein besonders schnelles Lied, fast schon eine Ballade. Normalerweise fing man erst mal mit flotteren

Sachen an. Aber jetzt nach dem ruhigen Jazz, als Übergang zu DJ Heiko und angesichts von Lenas Zurückhaltung, passte es ganz gut. Sie würden sich im Tempo immer mehr steigern, hatte Steve gesagt. Es war sein Vorschlag gewesen. Er trommelte ziemlich lässig, so wie es das Lied erforderte.

Und Lena enttäuschte sie nicht. Sie traf ihren Einsatz genau, wenn auch ihre Körperhaltung nicht zu ihrer warmen, glasklaren Stimme passte. Aber im Laufe des Songs wurde sie immer offener. Nein, eine Rampensau war sie nicht. Aber sie berührte die Leute. Mit dem, wie sie sang. Und mit dem, was sie sang:

Wohin soll ich gehen,
wohin soll ich fliehen,
zu wem soll ich rufen,
wenn nicht zu dir?
Mit all meinen Sorgen
und so, wie ich bin,
mit all meinen Fragen
komm ich zu dir.

Liebe, die alles für mich gab,
Liebe, die treu war bis ins Grab,
Liebe, die leise nach mir fragt,
bei dir bin ich sicher,
bei dir bin ich sicher.

Am Anfang hatte sie es nicht gewagt, irgendjemanden anzuschauen. Sie hatte die Augen geschlossen. Dann machte sie es wie Jan, schaute über die Köpfe hinweg. Vor allem zu den Leuten, die ihr Kraft gaben: Anna-Maria, der Hauskreis – schließlich Robert. Anna-Maria und Jan waren extrem stolz auf sie. Und als sie Robert sahen, wie er dort sehr bewegt an einem Baum lehnte und feuchte Augen hatte, während die beiden Kinder um ihn rumturnten, wussten sie, dass alles gut werden würde. Lena fasste schließlich Mut,

Robert auch in die Augen zu sehen. Die letzten Zeilen des Liedes sang sie nur für ihn:

Liebe, die alles für mich gab,
Liebe, die treu war bis ins Grab,
Liebe, die leise nach mir fragt,
bei dir bin ich sicher,
bei dir bin ich sicher.

Auf die dramatische Abschlussgeste verzichtete sie aber. »Das bin ich nicht, das wäre dann eher Grand Prix«, hatte sie gesagt, und die Jungs von der Schülerband waren dankbar gewesen.

Lena erhielt tosenden Applaus schon nach dem ersten Lied. Und nach dem letzten Lied – das dann wirklich ein Partykracher war – brachten die Kinder ihr sogar Blumen auf die Bühne. Die Stimmung war gelöst, die Nacht sternenklar, die Lichter spiegelten sich im See; das ganze Seegrundstück war mit Lampions und Fackeln erleuchtet. Am Lagerfeuer saßen Arthur und Eduard und erzählten einigen Leuten aus dem Rathaus, wie sie sich kennengelernt hatten und wie Arthur zum Glauben gekommen war.

»Wisst ihr, wo Papa ist?«, fragte Lena Julia und Philipp, als sie von der Bühne hin zu dem Baum gingen, an dem er gestanden hatte.

»Nö, keine Ahnung«, sagte Julia, während sie von einem Ast zum anderen kletterte.

»Nicht so hoch, hörst du, Schatz?«

Lena nahm etliche Gratulationen für ihren gelungenen Auftritt entgegen. Auch Alex und Maja waren total begeistert. Doch ihre Fragen, wo Robert war, konnte ihr keiner beantworten, auch Jan und Anna-Maria hatten ihn zuletzt an dem Baum stehen sehen, und betonten noch einmal, wie ergriffen er von ihrem Gesang gewesen war. Doch jetzt war er einfach weg. »Er ist bestimmt nur auf dem Klo«, meinte Anna-Markia.

»Vielleicht gab es Personalnotstand im *Eichhörnchen*?«, mutmaßte Jan. Während DJ Heiko mit seinen wummernden Beats übernahm, suchte Lena zunehmend beunruhigt das Gelände ab. Doch er war weder im Haus, noch im Bootsschuppen, noch am Auto. Er war einfach wie vom Erdboden verschluckt.

Eine halbe Stunde später kam Lena mit den Kindern nach Hause – in eine dunkle, verlassene Wohnung. Sie hatte gehofft, dass er hier wäre. Oder im *Eichhörnchen*. Doch nichts dergleichen. Sein Auto war auch weg. Jan hatte sie nach Hause bringen müssen. Julia und Philipp waren sehr müde. Ihre Fragen nach ihrem Vater konnte Lena nicht beantworten. Sie versuchte, vor ihnen ruhig zu bleiben. »Geht doch schon mal Zähne putzen, ja? Ich komm gleich«, sagte sie so zusammengerissen wie möglich.

Doch in der dunklen Küche musste sie sich auf den Tresen aufstützen. Die Tränen rollten runter. Wie konnte er einfach gehen, ohne irgendwas zu sagen? Da, auf dem Tisch, lag ein Zettel. Sie machte das Licht an und las ihn. »Es tut mir leid, Lena, aber ich kann so nicht weitermachen. Ich muss über uns nachdenken. Mach dir keine Sorgen. Ich bin bald wieder zurück. Robert«

In ihrem Schock lief sie ins Schlafzimmer, sein Kleiderschrank war halb leer und zwei Koffer fehlten. »Bald« war ein sehr, sehr weiter Begriff.

38

Mittwoch, 24. Juni 1998

Musste das denn ausgerechnet heute sein? Und warum ausgerechnet hier, in Mechlingen, weit draußen vor den Toren Rhiembergs? Kurt hatte Jan in das Weinlokal bestellt, das den nicht sehr originellen Namen *Traube* trug. Jan, der gerade seinen Wagen hinter dem von Kurt parkte, hielt das alles für eine Schikane. Kurt wusste genau, dass heute Hauskreis war.

Kurt und Katrin hatten abends eh nichts anderes zu tun, als mit Berta vor der Flimmerkiste zu sitzen. Und Sendungen anzuschauen, die Kurt dann sonntags von der Kanzel herab mit erstaunlichem Detailwissen kritisieren konnte.

Kurt hatte Jan mit der Zusage gelockt, dass er sich mit ihm »aussprechen« und »einigen« wolle. Jan war gespannt, was Kurt darunter verstand. Ohne Hintergedanken lief bei ihm eigentlich nichts.

»Was kann ich für dich tun, Kurt?«, fragte Jan mit größter Buchhändlerfreundlichkeit, als er sich setzte.

»Wie kommst du darauf, dass du etwas für mich tun kannst, Jan? Vielleicht kann ich ja auch etwas für dich tun?«

Jan bestellte ein Wasser. Er wollte lieber die Kontrolle behalten.

»Wie war eure Feier? Simon erzählt ja nichts mehr.«

Jan sagte nur: »Ja, war ganz gut.«

»Viele Leute da?«

Jan lehnte sich vor. »Kurt, wir sind doch nicht hier, damit du mich über unsere Party aushorchen kannst. Da kannst du doch andere Leute fragen. Du weißt genau, dass fast die ganze Gemeinde da war. Und dass heute mein Hauskreisabend ist. Warum also hast du mich hierher bestellt?«

Seelenruhig sagte Kurt: »Du bist freiwillig gekommen.«

Jan grunzte. »Also, warum sind wir hier?«

Es war unübersehbar, dass Kurt eine bissige Replik geben wollte, doch er besann sich eines Besseren: »Ich wollte mich einfach nur unterhalten.«

»Worüber?«

»Es geht um euren Hauskreis.«

Angewidert schaute Jan zur Seite und klopfte auf den Tisch. »Dachte ich's mir doch. Willst du den jetzt auch verbieten oder was?«

»Warum so aggressiv, Jan?«

»Weil du schon unseren offenen Gottesdienst niedergemacht hast.«

»Das habe ich gar nicht. Als Gemeindeleiter sah ich es aber als meine Pflicht, auf die Vielzahl an Beschwerden zu reagieren, die an mich herangetragen wurden. Und das wollte ich möglichst schnell klären.«

»Ja, das hast du wohl auch. Indem du uns einen Maulkorb verpasst hast.«

Kurt wurde rot. Er haute mit der Faust auf den Tisch. »Also, jetzt mach aber mal einen Punkt, Jan! Du weißt genauso gut wie ich, dass hier niemand daran zweifelt, dass wir alle dasselbe Ziel haben: Menschen zum Herrn zu führen. Das spricht euch auch niemand ab!«

»Aber?« Jan hatte Zweifel daran, dass sie alle dasselbe Ziel hatten.

Kurt schaute aus dem Fenster. Er dachte eine Weile nach. »Ich habe das ja schon auf der Gemeindeversammlung gesagt: Die Art und Weise, wie ihr die Freiheit, die wir euch gelassen haben, ausgenutzt und im Namen der Gemeinde etwas veranstaltet habt, das so gar nicht unserem Stil entspricht …«

Jan wurde lauter. »*Unserem* Stil hat das sehr wohl entsprochen! Wir sind auch ein Teil der Gemeinde. Und ein nicht gerade kleiner, prozentual gesehen.«

»Jan, das ist jetzt kein Grund, die Stimme zu erheben. Wir haben das ja auch schon alles besprochen. Es hat mich halt auch persönlich getroffen. Dann auch noch diese Party, die ihr veranstaltet habt.«

»Was haben wir denn jetzt schon wieder falsch gemacht?«

»Ich habe doch diese Einladungszettel in Simons Zimmer gesehen. Nun scheint ihr euch ganz vom Wort abzuwenden und versucht Menschen zu erreichen, indem ihr die guten Werte kompromittiert, die Christen eigentlich …«

»Also erstens kompromittieren wir hier gar nichts, du trinkst genauso Alkohol wie wir!« Jan zeigte auf Kurts Weißweinschorle.

»Ach, es geht doch da jetzt nicht um den Alkohol alleine! Jetzt wollen wir mal nicht pharisäerhaft werden!«

Jan konnte darüber nur den Kopf schütteln. »Und zweitens: Was sollen wir denn machen, wenn wir keinen solchen Gottesdienst mehr veranstalten dürfen?«

»Vielleicht einfach mal zu einem normalen Gottesdienst gehen? Aber der reicht euch ja anscheinend nicht mehr.«

»Wo du über den Zehnten predigst oder die Unterordnung der Frau? Und wir Lieder singen, die kein Gast versteht? Da kann ich doch niemanden mitbringen!«

»Siehst du, das ist euer Problem, Jan! Ihr schämt euch für unseren Glauben, unsere Werte, für uns als Gemeinschaft. Alles, was irgendwie nach außen nicht stromlinienförmig genug ist, wird einfach ausgeklammert. Und dann versucht ihr, Menschen mit den falschen Mitteln zu erreichen, indem ihr euch auf ihr Niveau begebt: ausufernde Gelage, Technomusik, Rauchen …«

Jan blieb nichts anderes als zu lachen. Technomusik. Er als Raver. Ha!

Kurt spulte seinen Film unbeirrt weiter ab. »Wer weiß, was dort sonst noch konsumiert wurde. Ich habe sogar von einem Polizeieinsatz gehört.«

»Die sind dort lediglich Streife gefahren, Kurt, wie jeden Abend! Bei uns waren sie gar nicht. Von wem du das wieder hast.«

»Weißt du, das hier ist keine Großstadt, da achtet man noch aufeinander.«

»Die Nachbarn von Anna-Maria waren doch alle auf der Feier, da hat sich niemand beschwert!« Jan machte eine wegwerfende Handbewegung. »Ach, warum verteidige ich mich hier eigentlich? Was wir privat machen, das ist doch unsere Sache!«

»Siehst du, Jan, Christsein ist eben *keine* Privatsache. Wir stehen mit unserem Leben für unseren Glauben ein. Und damit auch für die Geschwister, für die Gesamtheit der Christenheit. Was ihr tut, das fällt auch wieder auf mich als Gemeindeleiter und die anderen in der Gemeinde zurück.«

»Und deswegen hast du mich hierherbestellt? Um mir solche Vorwürfe zu machen? Wenn du uns aus der Gemeinde werfen willst: Bitte! Ich bin sowieso schon kurz davor auszutreten! Eigentlich wollten wir eben genau das vermeiden, wollten die Gemeinde von innen heraus erneuern, beleben …«

Kurt machte ein übertrieben beleidigtes Gesicht, Jan kannte das schon. »Was schon lebt, muss doch nicht wiederbelebt werden, Jan.«

Sie schwiegen eine Weile, schauten auf die Terrasse heraus, wo vereinzelt Ehepaare ihren Wein genossen. Und fuhren wieder etwas herunter.

»Jan, ich habe dich eigentlich hierhin gebeten, weil ich einsehe, dass ich, dass wir als Rest der Gemeinde euch nicht richtig behandelt haben.«

»Oh, das sind aber ganz neue Töne! Wie meinst du das?«

»Nun, Jan, ich denke, wir haben euch zu sehr alleingelassen.«

Jan reckte angetan den Kopf. »Hört, hört!«

»Wir hätten euch mehr unterstützen sollen.«

»Ja, allerdings, das hättet ihr! Du hättest zum Beispiel ja auch zu dem Gottesdienst kommen oder mal ein paar deiner nicht christlichen Freunde einladen können.«

Kurt musste kurz schlucken, dann sagte er: »Wir hätten euch mehr an die Hand nehmen sollen, euch helfen, da die richtige Form zu finden.«

»Dass ich nicht lache! An die Hand nehmen! Dann hätte der Gottesdienst genauso ausgesehen wie sonst auch. Nur dass dann mehr Leute im Liederkranz mitgesungen hätten.« Jan machte große Augen und beugte sich vor. »Oh, und vielleicht wäre ein hochmoderner Tageslichtprojektor zum Einsatz gekommen?«

»Wir hätten euch mit unserer Erfahrung viel mehr helfen sollen.«

»Aber die Hilfe hatten wir doch. In Eduard. Er hat gepredigt, wir haben diesen Gottesdienst mit ihm zusammen entwickelt.«

»Ich kenne Eduard, Jan, und sogar viel besser als du. Er ist müde geworden. Er mag ein guter Prediger sein, aber er war euch kein guter Berater in der Planung des Gottesdienstes. Ganz offensichtlich. Er hat sich vor euren Karren spannen lassen.«

»Kein guter Berater, so so. Und du kannst das besser?«

Kurt war voller Tatendrang. »Ich habe da eine ganz andere Idee. Ich bin da ganz eurer Meinung: Bevor die Leute zu uns in die Gemeinde kommen, müssen wir erst mal zu ihnen gehen.« Er nahm die kleine Herrenhandtasche, die neben ihm auf der Bank gelegen hatte, und öffnete sie.

Jan war höchst skeptisch. »Und wie stellst du dir das vor?«

»Ich hatte da an Folgendes gedacht ...« Er schob die Gläser zur Seite und breitete vor Jan einen doppelseitigen Artikel aus einer christlichen Zeitschrift aus, der, wie das Layout verriet, schon einige Jahre auf dem Buckel hatte. »Euer Gottesdienst hat mich wieder an diesen Bericht von den Geschwistern in unserer Partnergemeinde erinnert. Bisher habe ich ihn unter Verschluss gehalten, weil ich mir nicht sicher war, ob wir schon bereit dafür sein würden. Doch nun bin ich darüber ins Gebet gegangen und habe erkannt: Wir sind es! Guck doch mal hier, Jan! Das ist der neueste Trend. Wir gehen zu den Menschen mit einem modernen Ansatz, ohne dabei unsere guten Werte, unseren Glauben kompromittieren zu müssen!«

Jan betrachtete den Artikel, der fein säuberlich gefaltet war und mehrere Löcher hatte, für den Verbleib im Aktenordner. Er war komplett in Schwarz-Weiß, auch die Bilder, die Jan sich zunächst ansah: eine christliche Pantomimegruppe in Achtzigerjahreklamotten in einer Fußgängerzone. Fünf waren weiß geschminkt und lächelten, einer war schwarz geschminkt und zog die Mundwinkel runter. Die meisten Menschen liefen unbeeindruckt vorbei. Auf einem weiteren Bild sangen die Pantomimen ein Lied aus ihren christlichen Liederbüchern vor, auf denen junge Leute mit Dauerwelle und Vokuhila zu sehen waren. An der Seite versuchten ein paar ältere Frauen, Traktate zu verteilen. Sichtlich bedrängt, nahm ein Passant mit einem übellaunigen Gesicht ihnen eins ab. Die Bildunterschrift lautete: »Die evangelistische Aktion der Gemeinde war ein voller Erfolg.« Jan lief ein kalter Schauer nach dem anderen über den Rücken. »Das ist nicht dein Ernst, oder?«

Kurt nahm das als Ermutigung. »Doch! Ist das nicht mal ein hochmoderner Ansatz? Doch das ist noch nicht alles, pass auf!« Voller Begeisterung zog er aus einem großen Jutebeutel noch ein paar Hefte heraus und zeigte sie Jan. »Das hier ist das Pantomime-Anspiel. Sie haben in nur 15 Minuten das Evangelium sehr gut auf den Punkt gebracht. Man braucht nur weiße Kleidung und Schminke. Und für den Verlorenen, der ins Licht gerufen wird, natürlich alles in Schwarz. Und ein paar Springseile, oder dünne Taustricke. Die symbolisieren die Sünde, die einen fesselt, weißt du, Jan?« Er hielt seine Handgelenke aneinander, um es zu verdeutlichen. »Und hier«, er holte das andere Heft raus, »sind die Lieder, die sie gesungen haben. Es ist sogar ein englisches dabei! Ich habe auch eine CD, extra bestellt.«

Jan sah sich diese Scheußlichkeiten an. Die ersten beiden Lieder hießen: »Du bist ein Sünder« und »Du brauchst Jesus«, das dritte hieß: »Hör den Ruf von Golgatha«. Angewidert schob er die Sachen zurück. »Willst du mich VERARSCHEN, Kurt?? Nie im Leben werden wir so was machen!«

»Ich muss schon sagen, Jan! Nach all dem, was ihr euch geleistet habt, lade ich dich hier als Friedensangebot auf ein gemütliches Treffen ein, versorge euch mit erfolgreich getestetem Material, das nicht gerade preisgünstig war, und du wirfst mir nur Beleidigungen an den Kopf! Anna-Marias Einfluss auf dich ist wirklich nicht gut!«

Jan tippte aggressiv auf den Artikel: »Merkst du nicht, dass das keiner sehen will? Das hat man vielleicht in den Achtzigern gemacht, aber heute doch nicht mehr.«

»Und was soll das heißen? Dass Bewährtes nicht mehr gut genug ist? Dass man Wahrheiten nicht mehr aussprechen darf? Ist es dir peinlich, an Jesus und sein Liebeswerk auf Golgatha zu glauben?«

»Nein, natürlich nicht! Aber …«

Kurt zeigte seine offenen Handflächen. »Also! Muss man immer dem neuesten Trend hinterherhecheln? Mit der Aktion in der Fußgängerzone oder vielleicht bei dir vor dem Laden …«

Jan schüttelte vehement den Kopf. »Auf gar keinen Fall, nein!«

»… könnten wir zu einer Veranstaltung einladen. Ich hatte da auch schon an eine Zeltmission gedacht, so wie wir sie damals einmal hatten. Das hat sich sehr gut bewährt.«

»Ja, aber auch nur, weil die Christen aus dem ganzen Landkreis gekommen sind. Bekehrt hat sich da keiner.«

»Es geht hier nicht um Zahlen, Jan! ›Wer mich bekennt vor den Menschen, den will ich auch bekennen!‹ Darum geht es! Das ist es doch, Jan!« Er legte seine rechte Hand auf den Artikel. »Da gehen wir wirklich auf die Straße! Ich mache da auch gerne selbst mit! Die Leute kennen mich! Ich bin bekannt in dieser Stadt!«

Vom Briefmarkenabzählen, dachte Jan.

»Ein Kommunikator! Stell dir mal vor, Jan, deine und eure jugendliche Frische und die bewährte Erfahrung der alten Hasen! Hm, was meinst du?« Mit einer ausladenden Handbewegung präsentierte er noch einmal den Artikel, als hätte er gerade das Allheilmittel gegen Krebs und Aids gefunden.

Jan beruhigte sich wieder ein bisschen. Er realisierte, dass Kurt sich da in etwas verrannt hatte. »Kurt, so leid es mir tut, aber bei so etwas machen wir nicht mit. Keine Chance.« Er lehnte sich zurück und verschränkte die Arme. »Wie stellst du dir das vor? Ich schmiere mir weiße Schminke ins Gesicht und spiele die Sünde? Und danach singen wir und verteilen Traktate? Auf dem Marktplatz? Vor meinem Geschäft?«

Kurt nickte eifrig.

»Also wirklich!« Jan schüttelte den Kopf und trank einen großen Schluck Wasser.

Kurt ließ plötzlich alle Hoffnung fahren. Das Süßholzgeraspel war nun vorbei. »Das meine ich, Jan! Du schämst dich!«

Jan stellte sein Glas auf dem Tisch ab, dachte eine Weile nach und sagte dann: »Ja, das tue ich! Denn das ist einfach nicht mein Stil, wie ich von meinem Glauben erzählen will. Wie der Hauskreis von seinem Glauben erzählen will. Und im Übrigen: Anna-Maria ist meine Co-Leiterin, die hättest du auch ruhig hierher einladen können, wenn du schon offiziell mit der Hauskreisleitung sprechen wolltest.«

»Mit Anna-Maria rede ich nicht. Außerdem hätte ihre Rolle auf dieser Position vorher mit mir besprochen werden müssen.«

»Muss das jetzt auch von der Gemeindeversammlung abgesegnet werden?«

»Nein, aber mit der Gemeindeleitung besprochen!«

»Wir haben dich darüber informiert.«

»Ja, vor vollendete Tatsachen gestellt, so wie mit vielem.«

»Also Kurt, ich denke, wir kommen hier nicht weiter. Wenn wir nicht mitentscheiden dürfen, was für Aktionen wir machen …«

Kurt setzte ein fieses Lächeln auf, wie ein jovialer Mafiosi. »Ihr seid noch unreif, Jan. Ihr braucht die Anleitung durch die Älteren. Wir können auch gerne mal zusammen mit Eduard …«

Jan wurde sehr ernst. Und sehr ruhig. »Du kannst ja gerne mal zusammen mit Eduard in den Hauskreis kommen. Er ist ja jetzt sowieso immer da, mit Arthur.«

»Das hat er auch nicht mit mir abgesprochen.«

»Hörst du dir eigentlich auch mal selbst zu beim Reden, Kurt? Soll ich jetzt auch noch mit dir absprechen, welches Klopapier ich benutze, oder was?«

»Du übertreibst maßlos, Jan! Du bist genauso wie Anna-Maria geworden. Impertinent, unbelehrbar, weißt alles besser!«

»Also ich bin bereit für den Dialog! Aber auf Augenhöhe! Ansonsten musst du deine Pantomime allein machen.«

»Das ist jetzt sehr verletzend von dir, Jan. Ich biete es dir noch einmal an: Wir entwickeln einen Straßeneinsatz, und der Hauskreis führt ihn durch. Und wenn er gut läuft, könnten wir auch über einen weiteren Gäste-Gottesdienst oder, wie ihr sagt, ›offenen Gottesdienst‹ nachdenken. Den wir dann aber zusammen planen.«

»Und was, wenn nicht? Wenn wir nicht dabei mitmachen wollen?«

Kurt machte nun sehr schmale Lippen. Seine Augen waren wieder zu kleinen Schlitzen geworden. Er faltete seine Hände und sagte: »Dann sehe ich mich leider gezwungen, zum äußersten Mittel zu greifen.«

»Du willst uns aus der Gemeinde schmeißen.« Jan rutschte unruhig hin und her. Er war kurz davor zu gehen.

Kurt zuckte mit den Schultern. »Das möchte ich eigentlich vermeiden. Wir sind doch eine Gemeinschaft von Brüdern und Schwestern. Aber wenn die Mittel der Gemeindezucht nicht mehr greifen, dann …«

Jan stand auf und stellte sich vor den Tisch. Kurt sah von hier oben sogar noch kleiner aus. »Jetzt reicht's. Das ist Erpressung, Kurt, und da mache ich nicht mit. Machen wir nicht mit.«

»Jan, setz dich bitte wieder hin. Du machst dich gerade sehr lächerlich. Wir können doch über alles reden. Wir wollen euch doch in der Gemeinde behalten, wenn …«

»… wenn wir alles tun und lassen, was du sagst, ja.« Er holte ein paar Geldstücke aus seinem Portemonnaie. »Gut, dann habe ich eine Nachricht für dich: Schmeiß uns einfach raus. Dann kannst du mit Katrin dabei zusehen, wie die Gemeinde langsam ausstirbt. Auf Wiedersehen.« Er knallte ein paar Mark auf den Tisch und verließ das Lokal. Im Gehen sah er noch, wie Kurt mit einem Grinsen dasaß, dass aber immer mehr einem Ausdruck der Verzweiflung wich.

Jan war geladen. Er hätte Kurt gerne noch so viel an den Kopf geworfen. Aber mit dem Mann war kein vernünftiges Gespräch zu führen. Ein Gefühl der Ohnmacht machte sich breit. Er wusste nicht wohin mit seiner Wut, mit seinem Schmerz über diese Gemeinde, in der er so viel Zeit verbracht, nutzlos vergeudet hatte, wie es ihm jetzt vorkam. Er ging auf die Toilette, stand minutenlang vor dem Spiegel, wusste nicht, was er da eigentlich wollte. Beinahe hätte er ihn zertrümmert. Er ging wieder raus, auf die Straße, bekam die Autotür fast nicht auf, so sehr zitterten seine Hände. Als er endlich im Auto saß und den Motor anließ, starrte er auf Kurts blitzblankes sauberes Auto vor sich, diesen kackbraunen Opel mit diesem furchtbar altmodischen Aufkleber hinten drauf: »Gott ist dir näher als du meiner Stoßstange«.

Das wollen wir doch mal sehen, dachte Jan. Und trat aufs Gaspedal.

Dreimal fuhr er – jeweils mit Anlauf – auf Kurts Wagen auf. Und wunderte sich dann, dass plötzlich dessen Hupe ertönte. Und nicht wieder aufhörte.

Weil Kurts Kopf darauf lag.

39
Mittwoch, 24. Juni 1998

Zur selben Zeit traf sich der Hauskreis bei Lena, die wegen der Kinder abends nicht weg konnte. In der Wohnung war es ziemlich warm. Die Luft stand, eine Brise wollte trotz weit geöffneter Fenster einfach nicht aufkommen. Anna-Maria schaute über die Dächer der Altstadt. Auf einem Balkon gegenüber schlief eine Katze. Anna-Maria wischte sich den Schweiß von der Stirn. Abrupt drehte sie sich um und sagte zu den anderen: »Das ist doch mal wieder typisch! Er weiß ganz genau, dass wir heute Hauskreis haben. Und dass Jan und ich den Hauskreis jetzt zusammen leiten. Er hätte uns beide einladen müssen. Das Ganze ist ja eigentlich auf meinem Mist gewachsen. Aber nein, er sucht sich den aus, von dem er denkt, dass er ihn am einfachsten manipulieren und auf seine Seite ziehen kann!«

Simon sah zerknirscht aus. »Ich hätte das gar nicht erzählen sollen«, sagte Simon.

Anna-Maria, die Augen auf den Boden gerichtet, war noch ganz in Gedanken. »Nein, nein, ist schon gut«, sagte sie beiläufig. »Ist gut, dass du das erzählt hast. So sind wir vorbereitet.«

»Vorbereitet worauf?«, fragte Martha nervös.

»Dass er uns rausschmeißt aus der Gemeinde.«

Martha war schockiert. »Was? Du denkst, darum trifft er sich mit Jan?«

»Ja, was denkst du denn?«, sagte Anna-Maria. »Bestimmt nicht zur netten Plauderstunde. Er will ihn auf Linie bringen. Und uns damit auch. Aber ich mach da nicht mit. Und ich denke, Jan auch nicht.«

Erik war ebenfalls überrascht. »Wir werden rausgeschmissen?«

Eduard schüttelte den Kopf. »Ganz gewiss nicht. Das wird Kurt sich nicht trauen. Dann würde die Gemeinde ja gleich um ein Viertel schrumpfen. Und ich würde sicherlich auch nicht bleiben.«

Anna-Maria nickte. »Und der Rest beißt in den nächsten Jahren eh ins Gras. Bleiben dann nur noch Kurt und Katrin. Dann kann er den Laden ja gleich dichtmachen.«

»Anna-Maria, also wirklich!« Martha guckte leicht verstört in die Runde. Seitdem Arthur unter ihnen war, wussten sie nicht, ob es angebracht war, über bestimmte Dinge zu sprechen. Sie saßen alle etwas gehemmt da, auch Eduard.

Das wurde nun auch Anna-Maria klar. Sie schaute Arthur direkt an. »Tut mir echt leid, Arthur, dass du alles mitbekommen musst. Eigentlich wollten wir hier ja mit Eduard über Glaubensgrundlagen reden. Und nicht über Streit in der Gemeinde.«

Arthur lachte und wiegte seinen Kopf. »Also, ich finde das sehr spannend, muss ich sagen. Wie ein Film! Ihr gegen den Gemeindeleiter. Ist doch besser als so ein langweiliger Bibelkreis, wo nichts passiert. Oder, Eduard?«

»Hmm«, nickte Eduard gedankenverloren. Er wippte in dem Schwingsessel und grübelte. Schließlich sagte er: »Ich glaube, Kurt hat sich da in etwas verrannt. Wir müssen abwarten, wie das Gespräch gelaufen ist.«

»Aber dass Papa es ausgerechnet heute machen musste, wundert mich auch ein bisschen«, meinte Simon.

»Du meinst, es ist Berechnung?« Erik verlor immer mehr seinen Glauben in den bisher so von ihm verehrten Herrn Jacobsen.

Simon zuckte mit den Schultern. »Pff! Außer bei der Bibelstunde am Donnerstag ist er eigentlich immer zu Hause.«

»Nun lasst uns mal über etwas anderes reden. Wir wollen hier keine wilden Spekulationen anstellen«, sagte Eduard.

»Ja, du hast wahrscheinlich recht«, erwiderte Anna-Maria etwas mürrisch, aber einsichtig, und setzte sich endlich wieder neben Lena, die mit ihren Gedanken ganz woanders war. Sie saß einfach nur da – und war froh, dass sie das Thema Robert am Anfang des

Abends relativ schnell abgehakt hatten. Es gab sowieso nichts Neues von ihm.

»Wie geht es dir denn, Arthur?«, erkundigte sich Anna-Maria. »Hast du eigentlich schon mit deinen Eltern darüber geredet?«

»Oh ja schon, aber ich glaube, sie nehmen das nicht so ernst. Sie wollen auch nichts von der Gemeinde oder vom Glauben hören. Aber sie freuen sich, dass ich ein bisschen rauskomme, unter Leute, und nicht nur zu Hause in der Bibliothek oder in meinem Zimmer rumhocke. Ich glaub, Frau Kovacs freut das auch.« Er warf wieder seinen Kopf zurück und kicherte. »Sie haben mich nur schon öfter gefragt, warum ich in die Freikirche und nicht zur Kirchengemeinde gehe. Aber ich habe einfach gesagt: Da kenn' ich keinen, und da werden auch keine Partys gefeiert – Punkt für euch!«

»Und Arthur hat mir auf dem Weg hierher noch was erzählt«, sagte Eduard bedeutungsschwanger. Dann schaute er Arthur an. »Willst du es ihnen selbst sagen, oder soll ich?«

Arthur dachte kurz nach, machte die für ihn typische Wackelkopfbewegung und meinte: »Ach, sag du es lieber.«

Eduard legte Arthur seine Hand auf die Schulter und verkündete stolz: »Er hat von sich aus entschieden, dass er sich sobald wie möglich taufen lassen will.«

»Das ist ja großartig, Arthur!«, meinten Erik und Martha unisono, und Simon fiel Arthur gleich um den Hals, ebenso wie Anna-Maria. »Wir könnten die Taufe bei mir am See machen«, sagte sie. »Und natürlich die ganze Gemeinde einladen. Da kann doch eigentlich keiner Nein sagen.«

Martha schlug die Hände zusammen. »Das ist ja eine wunderbare Idee, Anna-Maria! So bringen wir die Leute wieder zusammen. Da kann keiner was dagegen sagen.«

Simon grinste. »Wir mussten damals noch nach Öschewitz fahren und uns im Schwimmbad der Diakonissen taufen lassen, weißte noch, Erik?« Und zu Arthur sagte er: »Eduard hat uns damals getauft. Mit meinem Vater zusammen.« Für einen Moment wurde er nachdenklich. »Lief damals noch etwas besser bei uns in der

Familie, aber na ja … Im See wäre es natürlich noch geiler gewesen!«

»Und ich habe noch eine gute Nachricht!«, sagte Eduard. »Elvira will sich auch taufen lassen, hat sie mir am Sonntag gesagt.«

Wieder gab es ein großes Hallo im Zimmer. Lena stand blitzartig auf. »Ich geh mal was zum Anstoßen holen.«

»Nur Wasser, bitte!«, riefen die anderen ihr nach. Der Tag war einfach zu heiß.

Ihr Gesicht sah traurig aus. Doch die anderen hatten dafür keinen Blick. Sie waren mit Arthur beschäftigt und schmiedeten schon Pläne für den Tauf-Gottesdienst. Nur Anna-Maria spürte, dass es bei Lena um mehr ging als einen normalen Ehestreit. Sie ging ihr in die Küche nach, konnte aber nur Lenas Beine sehen, die unter der Kühlschranktür hervorschauten.

»Hey, ist alles in Ordnung bei dir?«

Lena knallte die Kühlschranktür zu, stand da mit der Wasserflasche in der Hand, die Tränen rannen ihr über das Gesicht. »Ich fühle mich so schlecht, dass ich mich nicht mitfreuen kann.«

»Ach, komm mal her.« Anna-Maria nahm Lena die Wasserflasche ab – und Lena in den Arm. »Ist doch total verständlich.«

So standen sie eine Weile da, bis Lena sagte: »Ich heul' grad dein halbes T-Shirt voll.« Sie löste sich wieder und putzte sich die Nase. »Weißt du, es ist nur so, dass ich mir das auch so sehr für Robert gewünscht hätte. Arthur erlebt gerade das, wofür ich die ganzen Jahre gebetet habe.« Sie schluchzte noch einmal.

Anna-Maria versuchte sie zu trösten. »Er hat doch geschrieben, dass du dir keine Sorgen machen musst. Und dass er bald wieder zurückkommt.«

»Ja, und wann ist bald?« Sie verzog wieder ihren Mund. »Was ist, wenn er nur zurückkommt, um seine Sachen zu holen und ganz auszuziehen?«

»Das tut er nicht, Lena. Er liebt dich. Ihr habt zwei Kinder zusammen.«

Lena schaute aus dem Fenster. »Und was, wenn das alles nicht reicht? Ich glaube an Gott, und er nicht. Wir haben unterschiedliche Prioritäten. Und ich weiß nicht, wie ich das ändern kann.«

»Du kannst das auch nicht ändern. Aber Gott kann das.«

»Und warum tut er es dann nicht?« Lena hielt sich an der Fensterbank fest, sagte eine Weile gar nichts, während sie das freudige Gerede aus dem Wohnzimmer hörten.

»Ich weiß es nicht, Lena. Ich kann es dir nicht sagen.«

Lena drehte sich zu ihr um. »Ich bin schwanger, Anna-Maria.«

40

Samstag, 27. Juni 1998

Wie drei Pennäler beim Schuldirektor saßen sie dort: Anna-Maria und Jan, neben ihnen Kurt, der einen Verband um seinen Kopf hatte. Alle drei aufgereiht vor dem Schreibtisch – dahinter Eduard, der über dem Gemeindesaal wohnte.

So aufgebracht allerdings hatten sie ihn noch nie erlebt. »Du hast dann *was*, Jan?«

Jan hatte seine Handflächen unter seine Oberschenkel gelegt. Ihm war das alles sehr peinlich. »Ich wusste doch nicht, dass er schon im Auto saß. Ich war vorher noch auf dem Klo und … Es tut mir wirklich von Herzen leid, Kurt! Wenn ich gewusst hätte, dass du da drin sitzt …«

Anna-Maria, die zwischen den beiden saß, konnte sich ein Grinsen nicht verkneifen. Irgendwie war sie ja auch sehr stolz auf Jan, dass er endlich mal aus sich herausgekommen war. Wenn auch anders, als sie gedacht hatte.

»Ich wollte dir wirklich keine Gehirnerschütterung verpassen, das kannst du mir glauben. Es war eine Kurzschlussreaktion. Natürlich komme ich für alle Schäden auf.«

Kurt winkte ab. »Ist schon gut Jan, ich glaube dir. Aber die Autoreparatur darfst du schon gern übernehmen.« Er schlug seine Beine übereinander und schaute zu Eduard. »Ich verstehe auch ehrlich gesagt nicht, warum wir hier überhaupt sitzen. Jetzt, wo wir das geklärt haben.«

Eduard hatte seine Hände auf den Tisch gelegt. »Erinnert ihr euch, dass ihr drei genauso, wie ihr jetzt dort sitzt, schon mal hier vor 30 Jahren gesessen habt? Auf genau diesen Stühlen?«

In Kurts Gesicht zuckte es. Er wollte diese unliebsame Erinnerung lieber nicht wieder hochholen. »Wird das jetzt eine Therapiestunde, Eduard?«

Anna-Maria grinste. »Ja, das weiß ich noch. Kurt hatte sich wohl irgendwie mit uns angelegt, glaube ich.«

»Nicht ganz«, sagte Eduard. »Du hast in der Jungschar seinen Kopf in die Regentonne im Hof getaucht. Und hast Jan angestiftet, es auch mal zu versuchen. Deine Großmutter hat euch dann zu mir gebracht. Das war das einzige Mal, dass ich bei der Kinderstunde eingreifen musste.«

»Ich habe das nur gemacht, weil er mich während der Andacht geärgert hat«, betonte Anna-Maria, während sie auf Kurt zeigte.

»Hab ich gar nicht!«, entrüstete sich Kurt. »Du hast mich einen Streber genannt. Weil ich mich ja schon damals in der Bibel besser ausgekannt habe als du.«

»Was ist wichtiger, Kurt? Die Bibel auswendig zu kennen oder sie auch zu leben?«

»Na, das kannst du, die Bibel leben!«, spottete Kurt. »Leider nur das Alte Testament. Auge um Auge, Zahn um Zahn!«

»Und du bist das Neue Testament oder wie? Liebe, Gnade, Barmherzigkeit?«

Eduard beugte sich vor, sein Schreibtischstuhl quietschte. »Ja, ihr seht: Es hat sich zwischen euch eigentlich nichts geändert. Nur dass ihr euch heute nicht mehr untertaucht oder prügelt.«

»Das machen wir alles nur noch auf einer verbalen Ebene«, konnte Jan sich nicht verkneifen zu sagen.

Anna-Maria schaute Eduard an und zeigte lässig mit ihren Daumen auf die Herren rechts und links neben sich. »Die haben sowieso immer verloren.«

Eduard stieg darauf nicht ein. Er blieb ernst. »Jan hat recht. Heute versucht ihr, euch mit Worten zu bekämpfen.«

Kurt schaute auf seine Uhr. Bald gab es Abendessen im Hause Jacobsen. »Ja, wie auch immer, Eduard. Ich habe nicht ewig

Zeit. Wolltest du mit uns nicht über diesen offenen Gottesdienst reden?«

Eduard verneinte. »Mir scheint, das Problem liegt viel tiefer. Was ist das zwischen euch, dass ihr immer wieder aneinandergeraten müsst?«

Zu dieser Frage hatten die drei sofort eine Antwort parat.

»Weil Kurt keine Meinung neben seiner akzeptieren kann. Er muss alles kontrollieren«, sagte Jan.

»Und er muss vor allem alles kaputt machen«, meinte Anna-Maria.

»Anna-Maria konnte es einfach noch nie ertragen, dass es noch andere starke Persönlichkeiten neben ihr gibt. Sie kann sich Autoritäten nicht unterwerfen«, konterte Kurt.

»Autorität? Dass ich nicht lache! Die kann man sich nicht kaufen. Die hat man – oder eben nicht. Oder was denkst du, Jan?«

»Da siehst du es, Eduard: Sie stachelt andere auch noch an, gegen mich aufzubegehren. Sogar Jan, der früher ein sehr umgänglicher Mensch war. Aber leider auch zu weich, sodass er sich schnell manipulieren lässt.«

Jan hielt es kaum noch auf seinem Stuhl. »Ich habe lange genug Ja und Amen zu allem gesagt, was mir vorgesetzt wurde. Aber die Zeiten sind vorbei.«

»Ach, du hast doch gar keine eigene Meinung! Du hast einfach die von Anna-Maria angenommen. Überhaupt den ganzen Hauskreis hat sie so auf ihre Seite gebracht, sogar meinen eigenen Sohn!«

»Bitte? Also jetzt wird es aber langsam richtig böse hier«, sagte Anna-Maria, verschränkte die Arme und lehnte sich genervt zurück. »Der ist alt genug und hat schon selbst erkannt, was für ein Typ sein Vater so ist. Du bist halt nicht mehr der große Held, zu dem er aufschaut.«

»Kurt«, unterbrach Eduard den Streit, »kann es nicht sein, dass du hier etwas zu weit gehst?«

»Ich, wieso ich? Die«, er zeigte mit dem Finger auf die beiden, »haben die Freiheit, die wir ihnen gegeben haben, schamlos ausgenutzt. Uns auf der Nase rumgetanzt.«

»Freiheit? Was für eine Freiheit?« Anna-Maria lachte. »Wir mussten uns das bitter erkämpfen, mit der Gemeindeversammlung und all dem. Damit wir ein einziges Mal einen Gottesdienst gestalten dürfen.«

»Du solltest schön aufpassen, was du sagst, Anna-Maria. Du warst über 20 Jahre weg. Dann kommst du wieder, und alle sollen hier springen und nach deiner Pfeife tanzen, wenn du was sagst.«

»Ach, aber nach deiner Pfeife, oder wie?«

»Ich bin der Gemeindeleiter! Ich bin im Gegensatz zu dir dieser Gemeinde, diesem Ort hier treu geblieben, habe mir meinen Platz verdient, gehe voran, helfe der Gemeinde nach biblischen Maßstäben zu leben, und greife auch mal durch, wenn es sein muss. Das macht einen Leiter aus.«

Jan beugte sich wieder vor, um Kurt anzuschauen. »So kann man Erpressung auch nennen, ja!«

»Das ist eine absolute Frechheit und Unterstellung, Jan!« Kurt sah zu Eduard. »Ich erpresse hier niemanden, alles ist freiwillig.«

Jan lehnte sich zurück und sah zu Eduard. »Das hörte sich in der *Traube* aber noch ganz anders an.«

Kurt wurde jetzt plötzlich ganz weinerlich. »Ich habe der Gemeinde so viel Zeit und Jahre meines Lebens geschenkt, habe so viel investiert, man macht und tut, predigt jeden Sonntag. Und das Einzige, was man bekommt, ist Undank.«

»Du hast dir das selbst so ausgesucht«, sagte Anna-Maria. »Wir wollten dir immerhin einen Gottesdienst abnehmen, aber das ist dann auch wieder nicht richtig.«

»Weil ihr einfach alles falsch gemacht habt! Und du, Eduard, hast sie ja auch noch dabei unterstützt!«

»Ha!«, machte Anna-Maria. »So falsch kann es ja nicht gewesen sein, wenn sich am Ende zwei Leute bekehrt haben.«

»Du bist sehr arrogant, Anna-Maria. Es ist nicht dein und euer Verdienst, sondern allein das Wirken des Heiligen Geistes. Das habe ich dir schon einmal versucht zu erklären.«

»Also, ich habe fast nie eine deiner Predigten verpasst«, sagte Jan. »An eine Predigt über den Heiligen Geist kann ich mich nicht erinnern.«

»Also Leute, so kommen wir auch nicht weiter«, sagte Eduard seelenruhig, während er sich eine Pfeife stopfte. »Ich habe euch zu mir gebeten, weil ich gehofft hatte, dass wir in irgendeiner Weise zu einer Einigung kommen können.«

»Was für eine Einigung?«, fragte Anna-Maria.

»Wir wollen doch eigentlich alle diese Gemeinde erhalten«, sagte Eduard. »Und wir wollen alle, dass Menschen zum Glauben kommen, dass Gott sie zur Gemeinde hinzufügt und sie innerlich und äußerlich wachsen lässt.«

Jan stimmte zu. »Ich finde auch, Eduard hat schon recht. Eigentlich haben wir dieselben Ziele. Aber wir schaffen es irgendwie nicht, zusammenzuarbeiten. Vielleicht, weil wir zu unterschiedlich sind.«

»Oder vielleicht auch, weil ihr nicht zusammenarbeiten wollt«, biss Kurt zurück.

Anna-Maria grunzte. »Weil wir nicht zu deinen Bedingungen zusammenarbeiten wollen. Pantomime und Traktate – ha!«

»Siehst du, das meine ich, Anna-Maria: Ihr wollt Partys veranstalten, und ich will vom Evangelium erzählen, das passt nicht zusammen.«

»Und Partys an sich sind schlecht, oder wie?«

»Also jetzt mal Schluss hier!«, griff Eduard ein. »Natürlich sind weder Partys noch Pantomime schlecht.« Er lachte, ebenso wie Anna-Maria und Jan.

Kurt wirkte wie ein aufgescheuchtes Kaninchen. »Habt ihr euch jetzt alle gegen mich verschworen, oder wie?«

»Nein, das haben wir nicht, Kurt«, sagte Eduard. »Ich denke, über das *Was* gibt es hier keine Diskussion, nur über das *Wie*. Aber bevor wir da weitermachen, solltet ihr euch beieinander entschuldigen.«

»Entschuldigen wofür?«, fragte Anna-Maria.

Über seiner Pfeife faltete Eduard seine Hände, als wäre sie ein heiliges Objekt, und schaute die drei nacheinander an. »Ich denke, du weißt genauso gut wie ich, dass deine Worte gegenüber Kurt oftmals über das Ziel hinausgeschossen sind und verletzend waren, genauso wie auch viele deiner Äußerungen, Kurt. Und, Jan, du warst in letzter Zeit auch nicht immer die Diplomatie in Person.«

Die drei schwiegen dazu. Jetzt kamen sie sich wirklich wieder wie Kinder vor. »Deshalb denke ich, dass wir das hier bereinigen sollten, vor Gott und voreinander. Seid ihr bereit dazu?«

»Also, an mir soll es nicht liegen«, sagte Anna-Maria, die Arme verschränkt. Auch Kurt und Jan willigten schließlich ein, sich beieinander zu entschuldigen. Jan und Anna-Maria reichten Kurt die Hand. Danach beteten die drei mit Eduard und ließen sich Vergebung zusprechen.

Nachdem Kurt »Amen« gesagt hatte, fuhr er direkt fort: »Jetzt, wo wir das geklärt haben, habe ich einen Vorschlag an euch, ich will gar nicht lange drum herumreden: Wieso planen wir den Tauf-Gottesdienst nicht zusammen, ihr drei und ich? Ich denke, das könnte uns wieder auf Kurs bringen. Und ich sorge dafür, dass ihr euch nicht wieder die Köpfe einschlagt.«

Jan und Anna-Maria guckten sich an. Begeistert von der Idee waren sie nicht gerade, aber sie dachten zumindest darüber nach.

Kurt war verwirrt. »Ähm, was für ein Tauf-Gottesdienst?«

»Elvira und Arthur wollen sich taufen lassen.«

»Und wieso weiß ich davon nichts?«

»Das hat sich alles sehr spontan ergeben. Elvira hat mich am Sonntag darauf angesprochen, und Arthur am Mittwoch. Auch der Hauskreis war gleich ganz begeistert. Sie würden alle mithelfen.«

Kurts Gesicht wurde langsam rot. »Und einen Termin habt ihr auch schon, oder wie?«

»Das kann man ja noch alles besprechen. Aber wir dachten, jetzt ist gerade Sommer, das Wasser ist warm …«

Kurt haute mit der Faust auf Eduards Schreibtisch. »Ach, und ich erfahre das als Letzter oder wie? Das ist ja wieder typisch!«

»Ja, ist das denn jetzt wirklich so wichtig, wem sie es zuerst gesagt haben? Das ist ja eine sehr persönliche Entscheidung.«

Kurts Gesicht hatte nun seinen maximalen Rötegrad erreicht, er schoss vom Stuhl hoch und tippte immerzu mit dem Zeigefinger auf den Tisch: »*Ich* bin der Gemeindeleiter, Eduard! *Ich* sollte es zuerst erfahren! Du bist hier nicht mehr der Pastor! Und der Hauskreis ist nicht der Ältestenkreis!«

»Ja, und was heißt das jetzt?«, fragte Anna-Maria.

Kurt stützte sich auf dem Schreibtisch auf, so sehr hatte er sich in Rage geredet. »Das heißt, dass ich mich übergangen fühle. Ihr plant irgendwas hinter meinem Rücken und wollt mir dann die Brotkrumen zuwerfen. Da mache ich nicht mit. Wenn ihr einen Tauf-Gottesdienst veranstalten wollt, dann müsst ihr das offiziell bei mir beantragen!«

»Das ist doch jetzt wohl nicht dein Ernst, Kurt?«, sagte Jan. »Wir würden dich doch in alles einbeziehen. Du könntest den Gottesdienst leiten, Eduard predigt, Arthur und Elvira geben ein Zeugnis, die Jungs und Lena machen Musik …«

»Und du und Anna-Maria führt wieder so ein unsägliches Anspiel im Minirock auf? Nein, danke!« Er griff seine Herrenhandtasche und ging zur Tür.

Die anderen blieben ratlos zurück.

41

Samstag, 4. Juli 1998

Die Erledigungen in der Stadt waren schnell gemacht, mittlerweile hatten die meisten Läden schon geschlossen, auch Jans Buchhandlung, wie sie an dem Schild in der Ladentür sehen konnte. Die Leute saßen in den Cafés am Marktplatz und genossen den herrlichen Sommertag. Anna-Maria ging ein paar Meter weiter und ordnete ihre Tüten, damit sie einen Finger für den Klingelknopf freihatte. Doch da flog auch schon die Haustür auf, und heraus trat Katja, mit der Sonnenbrille im Haar und einer Strandtasche aus Korbgeflecht lässig über die Schulter gehängt. Sie duftete nach Sonnenmilch – Anna-Maria nur nach Schweiß, wie sie gerade bemerkte.

»Ach Hallo, Frau Martin! Warten Sie, ich halte Ihnen die Tür auf.« Ihre freundlichen Worte klangen etwas zu gekünstelt.

»Hallo, Frau Barloschky. Danke schön!«, flötete Anna-Maria zurück. »Wollte den Jan entführen. Wetter ist ja viel zu schade, um drinnen zu hocken.« Sie zwängte sich an Katja vorbei, in das angenehm kühle Treppenhaus.

»Ach ja? Wollen Sie einen Ausflug mit ihm machen? Das ist bestimmt sehr romantisch.«

Anna-Maria drehte sich um. Nun stand Katja draußen, immer noch die Tür aufhaltend, und sie drinnen. »Kein Grund zur Sorge! Ich nehme Ihnen den Jan nicht weg. Wir sind nur alte Freunde.«

Katja lachte etwas überdreht. »Wer sagt denn, dass ich ihn haben will?«

Dein Gesicht, dachte Anna-Maria. Aber sie hatte sich nach dem Gespräch mit Eberhard vorgenommen, nicht mehr alles auszusprechen, was sie dachte.

»Viel Spaß!«, sagte Katja, die etwas zerknirscht von dannen ging.

»Ja, danke, Ihnen auch«, sagte Anna-Maria, »im Schwimmbad, oder wo auch immer«, murmelte sie noch hinterher, während die Tür hinter ihr zufiel und sie die knarrenden Stufen zu Jan hochstieg. War er überhaupt zu Hause? Aber wo sollte er sonst sein? Zum Joggen war es definitiv zu warm. Seine Wohnungstür stand offen. Davor standen mehrere Kisten. Was sollte das denn jetzt?

Anna-Maria ging rein, rief, doch keiner antwortete. Sie ging durch den Flur, durchs Wohnzimmer und Esszimmer hindurch – und fand Jan schließlich im angrenzenden Zimmer, dem Schlafzimmer seiner Eltern, mit einem Haufen Hemden auf dem Arm.

»Ziehst du um?«

Er stieß einen Schrei aus und fuhr herum, wobei mehrere Kleidersäcke neben ihm umfielen.

»Was machst du denn hier?«

»Dasselbe könnte ich dich auch fragen.«

»Ich wohne hier!«

»Aber doch nicht in diesem Raum, oder? Hast du den überhaupt schon mal benutzt?«

Jan erholte sich langsam von dem Schreck. »Na ja, seit acht Jahren nicht mehr. Da ist meine Mutter gestorben. Ich habe sie hier bis zuletzt gepflegt.«

»Hm, ja ich weiß, das hast du erzählt. Und jetzt mistest du aus?«

»Yep. Wird mal Zeit. Eigentlich viel zu schade um das Zimmer. Vielleicht wird das dann hier mein Schlafzimmer, und vorne das Büro. Oder umgekehrt, mal sehen.« Jan nahm sich ein Handtuch und wischte sich den Schweiß ab. »Haben wir einen Termin?«

»Müssen wir denn immer einen Termin haben? Ich wollte dich abholen, für einen Ausflug. Ich habe das Boot wieder flottgemacht, noch ein paar Sachen in der Stadt erledigt und dachte, wir könnten mal in See stechen?«

»Jetzt? Ich bin hier mitten am Säckefüllen!«

»Das kannst du doch auch später noch machen. Das Wetter ist viel zu schön, um drinnen zu hocken! Komm schon, raus aufs Wasser!«

Schon eine halbe Stunde später standen sie bei Anna-Maria auf dem Bootssteg. Aus der Ferne, vom Strandbad her, hörten sie Menschen lachen und im See plantschen.

»Hast du ja echt gut wieder hingekriegt«, bewunderte Jan das Ruderboot.

»Ja, nicht? Ich dachte, bevor das ewig in der Hütte verstaubt … Komm, steig ein!« Sie half ihm ins Boot, dann sprang sie selbst rein und machte das Tau los.

Jan war etwas ängstlich. »Und du meinst, das ist noch wasserdicht?«

Anna-Maria grinste. »Werden wir ja gleich sehn.« Sie stieß sich vom Pfosten ab, das Boot schwankte, doch sie war noch gut in Übung, setzte sich hin und nahm die Ruder in die Hand. »Das ist so wie früher, wir fahren zur anderen Seite.«

»Zu deinem Jägersitz.«

»Genau. Wenn wir nicht vorher untergehen.«

Auf Jans Gesicht machte sich Unsicherheit breit. »Wollen wir nicht vielleicht erst mal 'ne kleine Runde drehen? Hier irgendwie so am Ufer entlang?«

»Ach was«, sagte Anna-Maria, »wenn schon, dann richtig. Kannst dich schon mal drauf einstellen, dass du dann zurückruderst.«

So schipperten sie eine Weile über den See, doch in der Mitte hielt Anna-Maria plötzlich an, ließ das Boot etwas treiben. Aus ihrer Gesäßtasche zog sie ein Papier.

»Was kommt jetzt?« Jan schwitzte noch mehr als vorher. Wollte sie ihm nun einen Heiratsantrag machen?

Anna-Maria faltete den Zettel auf. Es war ein Brief, ohne Umschlag. »Erkennst du ihn wieder?«

Jan kniff die Augen zusammen. War im Gegenlicht gar nicht so einfach. »Ach so, der Brief aus der fleischfarbenen Handtasche.«

»Richtig. Du hast ihn mir wiedergegeben«, sagte sie, und betrachtete das Papier eine Weile. »Ich glaub, es ist Zeit, das Alte hinter sich zu lassen.« Aus der Hosentasche zog sie nun ein Feuerzeug, hob es in die Luft und eine Flamme schoss hervor. Doch plötzlich kamen dabei ganz andere Erinnerungen hoch. Jetzt 'ne Fluppe, das wär's, dachte sie.

»Anna-Maria, zünde das Boot nicht an!«

»Jetzt mach dir mal nicht ins Hemd!«

»Willst du den Brief nicht behalten?«

»Nein. Ich habe ihn jetzt mehrere Male gelesen.« Sie hielt die Flamme an eine Ecke des Briefs. Langsam fraß sich das Feuer durch das Papier, das schwarz wurde und sich zusammenrollte. »Und: Ja, ich verzeih der Alten. Vergessen kann ich es nicht, was sie gemacht hat. Aber das Leben muss irgendwie weitergehen.« Sie stand auf, breitbeinig, mit dem brennenden Brief in der Hand. Sie grinste Jan an. Sie weidete sich an seinem ängstlichen Gesicht – und ließ das Boot mit ihrem Körpereinsatz etwas hin und her wackeln.

Nervös hielt er sich an den Seitenwänden fest.

»Kannst du damit bitte aufhören?«

Sie ließ den letzten Zipfel des Papiers los, der sich in der Luft auflöste – und als kleines Häufchen Asche ins Wasser fiel.

Sie rieb die Hände aneinander, dann setzte sie sich wieder hin und ruderte weiter. »Das tat gut, Jan.«

»Na, wenn du meinst.«

»Es war richtig, dass ich hierhin gezogen bin. Dass wir uns wiedergefunden haben. Danke, dass ihr mich aufgenommen habt.«

Jan machte einen Kapitänsgruß. »Keine Ursache, Anna-Maria. Ohne dich war es hier auch ziemlich langweilig.«

42

Mittwoch, 12. August 1998

Über Rhiemberg braute sich etwas zusammen. Die letzten Tage waren sehr kalt und regnerisch gewesen, nun kam wohl wieder eine Warmfront auf sie zu, und graue Unwetterwolken am Himmel deuteten auf ein Gewitter großen Ausmaßes hin. Eduard sah in der Ferne schon die ersten Blitze. Als er mit seiner Ente durch das Tor der Villa von Stein fuhr, war auch schon das erste Donnergrollen zu vernehmen. Nun hieß es schnell sein. Zügig ging er die Stufen hoch, die Haushälterin erwartete ihn schon.

»Guten Abend, Herr Bergmann.«

»Guten Abend, Frau Kovacs.« Sie sah mal wieder eher wie eine Empfangschefin denn wie eine Haushälterin aus.

»Sie wollen sicherlich Arthur abholen.« Sie knetete ihre Hände.

»Ja, ist er fertig?« Eduard blickte die dunkle Halle hinunter.

Ein lauter Donnerschlag war zu hören, sodass Frau Kovacs etwas zusammenzuckte. Doch sie versuchte, Contenance zu bewahren. »Nun, ich weiß nicht. Es ging ihm gar nicht gut die letzten Tage. Er hatte eine schlimme Magen-Darm-Grippe. Heute war es wieder etwas besser. Er hat viel geschlafen. Aber ob er imstande ist, schon aus dem Haus zu gehen? Soll ich mal nach ihm sehen? Ich habe da eigentlich etwas auf dem Herd stehen. Die Herrschaften kommen bald nach Hause.« Ihr Gesicht sah ziemlich gequält aus.

»Lassen Sie nur, ich mach das schon!«

»Wie Sie mögen.« Sie wies ihm den Weg durch die große, dunkle Eingangshalle, doch Eduard kannte ihn schon, er hatte Arthur hier schon einmal besucht, ebenso wie Simon und Erik, die Arthur unbedingt aus dem »Tagebuch eines frommen Chaoten« vorlesen wollten. Sie meinten, dass gehöre genauso zur »christlichen

Grundausbildung«, gleich nach der Bibel. Arthur hatte sich köstlich amüsiert – und gefreut, dass er Freunde gefunden hatte. Auch seine Eltern waren sehr beeindruckt. Simon und Erik hatten ihnen sogar etwas vorgespielt im Musikzimmer, in dem ein schöner alter Steinway-Flügel stand, nur das Cello hatte Erik mitbringen müssen.

Es blitzte und donnerte, nun hatte es auch angefangen zu schütten. Dicke Tropfen prasselten gegen die kirchenfensterartigen Scheiben des großen Treppenhauses. Typische Fabrikantenvilla. Frau Kovacs war in einem der Seitengänge verschwunden, in Richtung Küche. Eduard ging geradeaus weiter. Am Ende des Ganges war die große, schwere Doppeltür zur Bibliothek. Eduard klopfte vorsichtig an, doch es kam keine Rückmeldung. Behutsam drückte er die alte Türklinke runter. Geräuschlos öffnete er, ging über die Schwelle, und sofort schlug ihm eine wohlige Wärme entgegen, er hörte schon das Kaminprasseln, begleitet von den Gewittergeräuschen. Wie in einem englischen Kriminalroman war das hier. Er stand in der beeindruckenden Bibliothek der Villa, in der die Bücher in schönen alten Einbauschränken hinter Glasfenstern standen, einige davon sogar mit Gardine. Eduard ging um ein Sofa herum. Arthur lag auf einem Fell vor dem Kamin. Das tat er öfter, nur eigentlich nicht im Sommer. Es schien ihm nicht sehr gut zu gehen, wenn er extra den Kamin hatte anfeuern lassen, mitten im August.

Eduard kniete sich vorsichtig neben ihn, versuchte ihn zu wecken. Doch Arthur ließ sich nicht wecken. Eduard ergriff Panik. Er drehte Arthur um, schüttelte ihn. Dann versuchte er, seinen Puls zu finden. Doch vergeblich. Arthur war tot.

43

Dienstag, 18. August 1998

Aus der Friedhofskapelle heraus zog eine unaufhörlich scheinende Kette an Menschen hinter dem Sarg her. Arthur war nicht irgendwer gewesen; seine Familie genoss großes Ansehen in der Stadt. Sogar Studentinnen und Studenten von Arthurs Vater waren gekommen, um ihren Professor und seine Frau zu unterstützen.

Anna-Maria scherte aus der Kette aus. Sie wollte nicht mit zum Grab. Sie konnte es einfach nicht. Alex und Maja leisteten ihr Gesellschaft, zündeten sich eine Zigarette an.

»Kommt, gebt mir auch mal eine, das brauch ich jetzt.«

»Bist du dir sicher, Mama?«

»Ja, ist jetzt echt ein Notfall.« Sie nahm eine Gauloise aus der Schachtel, die Alex ihr hinhielt, und ließ sie sich von Maja anzünden. Schweigend pafften sie vor sich hin, an der Ecke der Kapelle, während die Leute weiter hinten an ihnen vorbeizogen.

»Schlimm so was, wirklich«, sagte Maja, die zu frieren schien, obwohl es ein warmer Sommertag war. »Er war erst 31, das müsst ihr euch mal vorstellen!«

Anna-Maria nickte. »Jetzt am Sonntag sollte die Taufe sein. Und plötzlich ist alles anders.« Sie schob mit dem Fuß ein paar Kieselsteine hin und her. »Na ja, immerhin ist er jetzt bei Jesus.«

Maja legte ihren Kopf schief. »Hm, ist schon schön, wenn man an so was glauben kann. Ich kann das irgendwie nicht«, sagte sie fast im Plauderton. »Aber was der Pastor Eduard da gesagt hat, das fand ich echt sehr schön. So beruhigend, hat der Familie bestimmt viel Trost gegeben.«

Anna-Maria schaute dem Trauerzug hinterher. »Es ist für ihn die schwerste Beerdigung, die er jemals halten musste«, meinte Anna-Maria. »Für einen seiner besten Freunde.«

»Ja, ich weiß«, sagte Maja. »Arthur hat die Geschichte am Lagerfeuer erzählt. Das war echt schön zu sehn, wie euer Glaube euch verbindet, auch die Lieder und so.«

Alex stupste ihre Mutter an. »Oh, die Lena hat echt geil gesungen.«

Anna-Maria war ganz in Gedanken. »Was? Hm …? Ah, ja, find ich auch!« Sie nahm noch einen Zug. »Die Jungs haben das auch echt super gemacht, so mit Cello und Orgel und so. Sogar Jan.« Sie lächelte. Weil er eigentlich nie in einem Gottesdienst hatte spielen wollen. Jetzt hatte er es doch gemacht.

Anna-Maria nahm noch einen tiefen Zug. »Für Simon und Erik war das auch nicht so einfach, sie hatten sich schon mit ihm angefreundet. Wir alle, eigentlich.«

Maja ließ das eine Thema nicht los. »Also, wenn es einen Gott geben sollte, dann ist Arthur jetzt bestimmt bei ihm. Aber wie gesagt, ich kann irgendwie nicht dran glauben. Konnte ich auch letztes Jahr bei der Beerdigung von meinem Opa nicht.«

»Ich schon«, stellte Alex klar, und paffte einen Rauchkringel in die Luft. »Ich glaub da schon dran. Hab da nur nicht so 'nen persönlichen Bezug zu wie meine Mutter. Sie sagt ja, dass Gott mit ihr redet.«

»Und ich mit ihm!«

»Das kann ich so von mir selbst jetzt nicht behaupten.«

Nach dem Ende der Beerdigung gesellte sich Jan zu Anna-Maria – und löste damit Alex und Maja ab, die sich schon aus dem Staub gemacht hatten. »Hast du etwa wieder geraucht?«, fragte er, als er pflichtschuldig die Kippen vom Boden aufsammelte.

Anna-Maria sah ihm gebannt dabei zu. »Das ist wie ein Ende: Operation gelungen – Patient tot. Weißt du, wie ich das meine?«

Jan kam wieder hoch, sah sich nach einem Mülleimer um. »Ja, ich ahne es zumindest. Aber vorbei ist hier noch gar nichts. Ich mein, so schlimm das alles auch ist: Hast du gesehen? Die ganze Gemeinde war da«, er zeigte auf die Leute, die sich langsam auf den Weg zu ihren Autos machten, »auch Kurt! Und er hat sich noch nicht mal in die Planung eingemischt.«

»Und du meinst, das schweißt uns jetzt alle wieder zusammen?«

»Das weiß ich nicht, Anna-Maria. Man muss ja nicht gleich vom Extrem ausgehen. Aber zumindest gab es dieses Mal keinen Streit.«

»Ja, und die Taufe?«

»Die machen wir trotzdem. Hat Elvira sich so gewünscht. ›Jetzt erst recht!‹, hat sie gesagt. Dafür hat sie darauf verzichtet, hier in der Kapelle ›Ich bete an die Macht der Liebe‹ zu schmettern.«

Anna-Maria konnte zumindest ein bisschen schmunzeln, »Stimmt. Kein schlechter Deal, oder?«

»Ich nehme an, du hast auch heute keine Lust auf Leichenschmaus?«

»Genau, aber geh du ruhig mit ins *Eichhörnchen*. Vielleicht kannst du ja noch was über Robert rausfinden.«

»Hm, ja, bis jetzt hat er sich nicht bei mir gemeldet. Bei Lena auch nicht?« Jan steckte die Kippen in eine kleine Plastiktüte, die er bei sich in der Jacketttasche gefunden hatte.

Anna-Maria schüttelte den Kopf. »Nein. Wollen wir los?«

Nachdem sie die ersten Schritte Richtung Parkplatz gegangen waren, tauchte Kurt überraschend auf. »Ach, hier seid ihr. Ich habe euch schon gesucht.« Er hatte ebenso wie Jan einen Anzug an und tupfte sich mit einem Stofftaschentuch die Schweißperlen von der Stirn. Anna-Maria blieb nur stehen, weil Jan auch stehen geblieben war, aber sie würdigte Kurt keines Blickes.

»Es ist schön, dass du gekommen bist«, sagte Jan.

Kurt sah ganz irritiert aus. »Das ist doch selbstverständlich! Arthur war doch auch ein Teil unserer Gemeinde.«

Jan und Anna-Maria wollten hier keinen neuen Streit vom Zaun brechen, und so schwiegen sie einfach. Kurt tupfte sich wieder die Stirn ab. »Ich wollte eigentlich nur sagen: Es war eine wirklich schöne Trauerfeier, Jan! Das habe ich Eduard und den anderen auch schon gesagt.«

»Danke!«

»Und ich finde es richtig, dass ihr die Taufe am Sonntagnachmittag trotzdem macht.«

Jan sah verdutzt aus. »Oh, davon weiß ich ja noch gar nichts.«

»Ich schon«, sagte Anna-Maria.

Kurt lachte. »Haha, siehst du, Jan, dann weiß ich sogar mal etwas vor dir. Ja, ich wünsche euch dafür Gottes Segen. Wir lassen auch unseren Gottesdienst dafür ausfallen.«

»Ausfallen?« Anna-Maria fiel aus allen Wolken.

»Also, ausfallen natürlich nicht. Wir verschieben ihn. Auf den Nachmittag. An den See. So wie ihr es geplant habt. Ich bin mir sicher, dass die meisten aus der Gemeinde kommen werden.«

Jan war ehrlich überrascht. »Danke, Kurt!«

»Es geschehen noch Zeichen und Wunder«, murmelte Anna-Maria.

»Ja, wie dem auch sei …« Kurt wischte sich noch einmal den Schweiß ab. »Aber ich werde nicht dabei sein«, sagte er plötzlich ganz klar.

»Schon wieder nicht? Warum denn nicht?«

»Ich denke, es ist besser, wenn ich mich eine Weile zurückziehe.«

»Zurückziehen? Was heißt das?«

»Ich hatte einige gesundheitliche Probleme in letzter Zeit. Das hat mich alles doch sehr beschäftigt, habe da sicherlich auch nicht immer die richtigen Entscheidungen getroffen.«

Anna-Maria war sichtlich überrascht.

»Ich habe eine Kur beantragt, und sie auch kurzfristig genehmigt bekommen. Die Post unterstützt mich da ganz gut. Von daher werde ich jetzt eine Zeit lang ohnehin ausfallen.«

Jan war plötzlich auch ganz aufgeregt. »Aber wer übernimmt dann denn sonntags die Gottesdienste?«

»Ich habe schon mit Eduard darüber gesprochen. Er wird das übernehmen. Die Beschäftigung tut ihm ganz gut, hat er gesagt. Und vielleicht könnt ihr ihn dabei unterstützen.«

»Das sind ja ganz neue Töne, Kurt.«

»Ja, du kannst deine Spitzen für dich behalten, Anna-Maria. Ich bin heute wirklich nicht auf Streit aus.«

Sie machte eine abwehrende Geste. »Ist ja schon gut, ich bin ja schon still.«

»Jan, du kannst ja überlegen, ob du dir nicht einen Platz in der Gemeindeleitung vorstellen könntest. Das können wir dann ja klären, wenn ich zurück bin.« Er schaute Jan und Anna-Maria abwechselnd an. »Ihr könntet es auch zusammen machen, aber du bist ja nun mal eine Frau, Anna-Maria, da geht das natürlich nicht. Also, wir sehen uns gleich im *Goldenen Eichhörnchen*, oder sonst dann wieder in acht Wochen. Auf Wiedersehen.« Und dann beobachteten sie, wie er die Friedhofsallee hinunterging, ganz alleine, bis er in der Ferne nur noch ein kleiner Punkt war, der mit dem Horizont zu verschwimmen schien.

44

Dienstag, 18. August 1998

Lena war gerade von der Trauerfeier nach Hause gekommen, noch total aufgewühlt, da klingelte das Telefon.

»Robert!« Sie war überglücklich, denn das war das erste Lebenszeichen seit Wochen. »Wo bist du? Wie geht es dir? Ich komm gerade aus dem *Eichhörnchen*, doch deine Kollegen wussten nicht …«

»Du bist gar nicht böse auf mich?«

Ihr fiel ein Riesenstein vom Herzen. Die ersten netten Worte.

»Ich möchte nur, dass du zurückkommst. Wir müssen das auch nicht hier am Telefon …«

»Ich habe meinen ganzen Urlaub genommen.«

»Ich weiß. Wann kommst du zurück?« Sie lehnte sich an den Küchentresen, in Erwartung seiner Antwort.

»Ich kann es dir nicht sagen. Ich brauche noch Zeit.«

»Aber du kommst doch zurück, oder?«

Sie hatte auf ein schnelles Ja gehofft, doch die Sekunden des Schweigens, die auf ihre Frage folgten, waren für Lena unerträglich. Sie ging in der Küche auf und ab. Allein, dass sie diese Frage stellen musste, war schon schlimm genug für sie.

»Bitte setz mich jetzt nicht unter Druck. Ich wollte mich nur melden, dass es mir gut geht.«

»Wo bist du?« Sie lehnte sich wieder an den Küchentresen.

»Ist doch egal. Ich komme hier endlich zur Ruhe und kann über viele Dinge nachdenken. Aber ich bin noch nicht so weit. Ich melde mich, okay?«

»Robert, ich muss dir noch was sagen. Ich … Hallo?«

Er hatte aufgelegt. Langsam legte sie den Hörer nieder. Sie hatte keine Kraft mehr zu stehen.

45

Dienstag, 23. August 1998

»War das in Ordnung so? Oder habe ich zu dick aufgetragen?«, fragte Elvira Anna-Maria, als diese ihr aus dem weißen Taufkleid und der Badekappe half. Von draußen drangen die Klänge eines aufgepoppten Chorals in die Hütte, die Anna-Maria immer als Bootshaus bezeichnete, aber letztlich nichts anderes als ein etwas größerer Geräteschuppen war, für die Taufe nun als Umkleide umfunktioniert.

»›Dick aufgetragen‹ ist bei dir noch eine Untertreibung, Elvira.«

Elvira lachte ihr exaltiertes, überdramatisches Lachen. »Ja ich weiß, wir Theaterleute betonen manche Sachen zu sehr.« Natürlich zielte ihre Frage weniger auf konstruktives Feedback als vielmehr auf Lob ab. »Aber was meinst du denn jetzt genau?«

»Hm, lass mich mal überlegen«, sagte Anna-Maria gespielt nachdenklich. »Da war dein Zeugnis, das bestimmt 20 Minuten lang war.«

»So lang, wirklich?«

»Aber Elvira hat ja auch viel zu erzählen«, sagte Martha, aus der anderen Ecke der Hütte. »Dieses aufregende Künstlerleben, das Konservatorium, die Tourneen, das Theater …«

»… die Drogen und der Alkohol – vom Saulus zum Paulus, das sind die Geschichten, die sie alle hören wollen«, sagte Anna-Maria, während sie Elvira die Haare neu machte.

»Man muss seinem Publikum auch etwas bieten«, meinte Elvira ungerührt. Dann fügte sie mit erhobenem Zeigefinger hinzu: »Aber ich habe nichts beschönigt oder hinzugedichtet!«

»Da konnte ich mich schön kurz fassen«, sagte Martha. »War mir auch ganz recht so.«

»Also ich find's super, dass du dich spontan auch hast taufen lassen«, sagte Anna-Maria, mit einem Kamm in der Hand.

»Ich konnte doch Elvira nicht alleine lassen!«

»Danke, Schätzchen!« Elvira warf ihr eine Kusshand zu. »Wie hat Eduard so schön über uns gesagt: Wir hätten uns beide mit unserer Kindertaufe in der Landeskirche trösten können. Aber wir wollten es als Erwachsene noch mal ganz bewusst machen!«

Draußen war man mittlerweile bei einem modernen Lobpreislied angelangt, das aber viele schon vom offenen Gottesdienst kannten. Lena sang es tapfer, aber wenn man genau hinhörte, konnte man die Traurigkeit in ihrer Stimme hören. »So, Mädels, jetzt aber raus, bevor das Lied zu Ende ist! Ihr wollt doch das große Finale nicht verpassen!«

Nach der Taufe saßen sie noch sehr lange zusammen. Sogar Berta und Katrin waren gekommen und zum anschließenden Grillfest geblieben, ebenso die Krauses und die Blumes und natürlich Ehepaar Hoppe-Schlenker. Nur Frau Dügelsberger war weggeblieben. Zum einen, weil sie gehört hatte, dass es hier schon wieder keinen Blumenschmuck geben sollte. Und zum anderen, weil der Vormittagsgottesdienst abgesagt worden war.

»Nächstes Mal gehen wir aber wieder zu den Diakonissen nach Öschewitz!«, beschwerte sich Berta bei Eduard, der mit einigen der älteren Herren beim Grill stand. »Was soll das denn, die alten Damen in dem dreckigen See? Die holen sich doch hier sonst was weg!« Zur Unterstreichung stampfte sie mit ihrem Stock auf.

Er legte sich eine Bratwurst auf den Teller. »Berta! Was willst du denn? Die Damen erfreuen sich doch bester Gesundheit, denen macht das nichts! Eigentlich sollte der Arthur ja heute auch …« Er seufzte. »Er hatte eigentlich die Idee, sich so schnell wie möglich taufen zu lassen. Vielleicht hatte er da so eine Vorahnung?«

»Ja, ja, heute hat alle Welt Vorahnungen und Eindrücke. Keiner liest mehr in der Bibel.« Sie stützte sich auf ihren Stock auf und schaute über den See.

Eduard schaute sie an. Kam da jetzt noch was?

»Das geht doch alles hier den Bach runter«, sagte Berta, fast schon philosophisch. »Also ich find das alles sehr bedenklich hier, da mit diesen ganzen komischen …« Sie zeigte auf die Musikanlage und die Instrumente, die optisch gut in Szene gesetzt waren, am Fuße des Bootsstegs, und machte eine abwinkende Handbewegung. »Sehr bedenklich!«

Eduard schmunzelte und biss in seine Bratwurst. »Da musst du dich bei der Gemeindeleitung beschweren.«

»Bei Kurt?«

»Der lässt sich ja gerade von Jan vertreten.«

»*Das* werden wir ja noch sehen. Das muss erst abgestimmt werden! Er und die Anna-Maria, stecken da alle unter einer Decke. Das muss ja jetzt immer alles so laufen, wie die das wollen.« Sie machte wieder die abwinkende Handbewegung und fing fast an zu weinen.

»Ich weiß jetzt zwar nicht so ganz, was du meinst, aber der Gottesdienst hier am See, den hat dein Sohn auch mit unterstützt.«

»Ja, der ist jetzt schön im Posterholungsheim. Und wir können hier sehn, wo wir bleiben«, schnaubte sie, dann dampfte sie ab und machte Katrin Beine, damit es bald nach Hause ging. Eduard schaute ihr noch eine Weile nach, dann gesellte er sich wieder zu der Herrenrunde, die progressiv besprach, mit welchen baulichen Veränderungen man die nächste Taufe noch besser machen könnte.

Die Glut im Grill war schon fast erloschen und die Sonne untergegangen. Am Himmel funkelten die ersten Sterne. In Anna-Marias Garten war nur noch der Hauskreis. Erik filmte Lenas Kinder, die von Simon in der Hängematte zwischen zwei Bäumen hin- und hergeschaukelt wurden, aber schon tief und fest schliefen. Sie hatten sich den ganzen Abend hier im Garten ausgetobt.

»Mach mal noch bisschen Sternenhimmel«, sagte Simon, der im Gras lag, »für die Atmo!« Dann gab er der Hängematte mit dem Fuß noch einen Schubs.

Lena, die einige Meter entfernt am Tisch mit Martha saß, betrachtete die Szene selig. Doch dann wurde sie plötzlich wieder traurig. Martha nahm ihre Hand. »Er kommt ganz bestimmt zurück zu dir, ganz bestimmt. Wir müssen dranbleiben. So wie ich an meinen Bridgefreundinnen.«

Lena sah sie an, mit einem dankbaren Lächeln. »Ich hoffe es. Im Moment weiß ich gar nicht, was ich machen soll. Ich kann nur noch funktionieren. Wenn die beiden nicht wären ...« Sie schaute wieder zur Hängematte, dann liefen ihr die Tränen über die Wangen.

Und auf dem Bootssteg saßen Anna-Maria und Jan, jeder ein Glas Rotwein in der Hand, und baumelten mit den Füßen im Wasser.

»Was ist denn eigentlich mit deiner Lady?«, fragte Anna-Maria.

»Sie ist nicht *meine Lady*.« Er zog eine Grimasse, dann schauten sie beide wieder über den See und in den Sternenhimmel. »Aber sie hat mich zum Brunch eingeladen nächsten Samstag.«

»Hoi!« Anna-Maria klatschte ihm auf den Oberschenkel. »Da schau mal einer!«

»Aua!«

»Na, dann mal ran an die Frau! Wird ja endlich mal Zeit!«

Jan lachte und schwenkte sein Rotweinglas.

»Und wie schaut's bei dir aus? Also, mit den Männern?«

»Ach, so wie es jetzt ist, ist es ganz gut«, sagte sie, und lächelte. Plötzlich zeigte sie in den Nachthimmel, wo gerade eine Sternschnuppe verglühte. »Hast du die gesehn?«

»Yep, habe ich. Hast du dir was gewünscht?«

Anna-Maria lächelte ihn an und nickte.

»Und was?«

»Ach«, sagte sie, und schaute wieder in die Weite, »das ist eine andere Geschichte.«